L'ULTIMO SEGRETO

LIBRI DI LISA REGAN

In lingua italiana

Le ragazze svanite

La ragazza senza nome

La sua tomba nascosta

La confessione finale

Le sue ossa sepolte

Il suo pianto silenzioso

I corpi lungo il fiume

Trovarla viva

Salvate la sua anima

Respira un'ultima volta

Silenzio piccolina

Il suo tocco mortale

Le ragazze annegate

Guardala scomparire

Sparita ragazza del posto

La moglie innocente

Chiudile gli occhi

Mia figlia è scomparsa

Affronta la tua paura

L'ultimo segreto

Ricorda il suo nome

Marito scomparso

Il segreto della coppia

IN LINGUA INGLESE
DETECTIVE JOSIE QUINN

Vanishing Girls

The Girl With No Name

Her Mother's Grave

Her Final Confession

The Bones She Buried

Her Silent Cry

Cold Heart Creek

Find Her Alive

Save Her Soul

Breathe Your Last

Hush Little Girl

Her Deadly Touch

The Drowning Girls

Watch Her Disappear

Local Girl Missing

The Innocent Wife

Close Her Eyes

My Child is Missing

Face Her Fear

Her Dying Secret

Remember Her Name

Husband Missing

The Couple's Secret

LISA REGAN

L'ULTIMO SEGRETO

Tradotto da Alessandro Cataoli

bookouture

Per Marilyn House, che mi ha mostrato cosa significa essere
fieramente indipendenti senza alcun rimorso.

UNO

Quando lo vedo tornare, è coperto di sangue. Cerco di non dare a vedere il mio spavento perché lui dice sempre che finché staremo insieme non avremo nulla di cui avere paura. Ma le cose non stanno così. Mi tratta ancora come se avessi cinque anni, come se non sapessi cosa ha fatto. Come se non capissi cosa sta succedendo. Gli tremano le mani mentre si lava via il sangue di dosso. Ce n'è così tanto. Non gli chiedo di chi sia tutto quel sangue perché ho paura di quello che potrebbe rispondermi. Il mio cuore si fa pieno di tristezza.

«Va tutto bene...» mi rassicura.

«No che non va tutto bene. Che cosa hai fatto?»

Ma non mi risponde. Vedo tracce di sangue anche sulla camicia e sui pantaloni.

«Rovini sempre tutto!» gli urlo contro.

Ma lui continua a sciacquare e risciacquare quel sangue e l'acqua che cola via si tinge di un rosso chiaro come il pastello che uso per disegnare il mio fiore.

«Ti odio!»

Con un sospiro, smette di lavarsi. «So che non puoi capirlo, ma ho fatto quello che andava fatto. Per proteggerci. Se ti trovassero, ti porterebbero via. E mi ucciderebbero.»

Quasi mi lascio sfuggire con un grido che vorrei che lo uccidessero. Dice sempre che vuole proteggermi, che farebbe qualsiasi cosa per proteggermi.

Ma chi mi proteggerà da lui?

DUE

La cucina di Josie Quinn ricordava la scena di un massacro. Gli schizzi di un liquido scarlatto e denso colavano dallo stucco tra le piastrelle, gocciolavano dalle maniglie dei cassetti e tracciavano una linea che correva in senso trasversale sullo sportello bianco del frigorifero andando a formare un disegno intricato che copriva tutti i pensili della cucina. Sentendo che qualcosa di bagnato le era finito tra i capelli, Josie alzò una mano, allungando un indice da affondare tra le sue ciocche nere. Ne uscì coperto di rosso.

«Non ci posso credere...» mormorò tra sé e sé.

Come aveva fatto a finire anche sul soffitto?

In quel momento sentì qualcosa che grattava contro la porta sul retro.

«Un attimo.» disse.

Era Trout, il suo Boston Terrier, che si lamentava sempre se vedeva che non andavano ad aprirgli la porta esattamente due secondi dopo la prima zampata. Ma per una volta non poteva soddisfare la sua richiesta, perché l'ultima cosa di cui aveva bisogno era che il cane seminasse per tutta la casa il pasticcio che la padrona aveva combinato, lasciandosi dietro una serie di impronte rosse. Un'altra goccia le colò sulla fronte. Questa volta, si lasciò sfuggire un flusso di imprecazioni che andava aumentando di volume passo a passo che si allontanava dalla fonte del gocciolio. Intanto, Trout aveva cominciato ad abbaiare. Dalla parte opposta della casa sentì avvicinarsi suo marito, Noah Fraley, che si era preso l'incarico di pulire il soggiorno. Non avrebbe mai fatto in tempo a sistemare tutto quel macello prima che lui la raggiungesse in cucina, senza dubbio attirato dai latrati sempre più irrequieti del cane rimasto fuori. Difatti, la sua mente aveva appena formulato questo pensiero che sentì i suoi passi farsi più vicini e, un attimo dopo, Noah apparve sulla porta. «Come mai il cane abbaia... oh, porca miseria...»

Josie si voltò a guardarlo, facendo una smorfia. «Non l'ho fatto apposta...»

Noah fece una panoramica della stanza e strabuzzò gli occhi quando si accorse che alcuni schizzi erano finiti perfino sul soffitto. «Ma questo è...»

«Sì.» ammise Josie con un sospiro. «È la salsa di pomodoro per gli spaghetti. Ma non è calda. Non ho fatto in tempo nemmeno ad arrivare ai fornelli. Ho aperto il barattolo e l'ho versato nella pentola. Stavo andando verso i fornelli quando la pentola...»

«Ti è caduta.»

«Mi è scivolata di mano!» precisò lei.

Noah guardò verso la porta che dava sul retro dove ora si trovava Trout, con le zampine premute contro la zanzariera a battente, intento a osservare i padroni con l'intensità che di solito riservava solo ai bocconcini. «Dacci un minuto, bello...» gli disse Noah.

Con un sospiro, Trout girò su sé stesso tre volte e si sdraiò sullo zerbino.

«Com'è che a te obbedisce sempre e a me no?» si lamentò Josie.

«Non cambiare argomento.» disse Noah con un ghigno.

«Riscaldare il sugo è la parte più semplice della preparazione degli spaghetti.»

«Oh, sul serio?» lo apostrofò Josie mettendosi una mano sul fianco. «Se non sbaglio, sei stato tu a far scuocere la pasta la settimana scorsa, per l'appunto!»

Noah le rispose con un'alzata di spalle. «Beh, è vero, ma non è andata proprio...» fece un'altra panoramica della stanza, «così male.»

Josie dovette sforzarsi di non dargli a vedere quanto fosse infastidita e, vedendo che un angolo della bocca gli si arricciava, capì che Noah stava per scoppiare a ridere.

«Non ti conviene.» lo ammonì alzando una mano. «Non pensarci neanche a metterti a ridere per una cosa come questa.»

Facendo attenzione, lui scavalcò uno schizzo particolarmente esteso sul pavimento e le si avvicinò. Le accarezzò i capelli e si ritrovò con l'indice coperto di pomodoro, che ripulì leccandolo. «Non è poi tanto male.»

Josie gli diede un buffetto sul braccio. «È peggio, infatti! Guarda com'è ridotta questa cucina!»

«Ho visto di peggio sulle scene del crimine.» le si avvicinò ancora un po', scostandole i capelli dalla spalla. «Te ne è finito un po' qui...» Lei sentì che le posava le labbra sul collo e, suo malgrado, un brivido di piacere le corse lungo la schiena. Gli posò le mani sul petto. «Noah...»

Lui le strinse le braccia intorno alla vita, attirandola più vicino a sé e, come accadeva puntualmente ogni volta, il suo corpo rispose all'istante al contatto con quello del marito. Tutto d'un tratto le sembrò che in cucina facesse estremamente caldo. Noah continuò a baciarla sotto l'orecchio arrivando fino all'incavo tra la clavicola e la gola. «Preferisco la panna montata...» disse sospirandole sulla pelle, «ma sono sicuro di potermi arrangiare anche con la salsa di pomodoro.»

Un'ondata di calore le salì alle guance. «Non provare a farlo suonare eccitante. Non è eccitante neanche un po'...»

Le mani di Noah vagavano su e giù per la sua schiena e le sue labbra si inserivano nell'incavo del collo. «Fammi fare un tentativo.»

Con delicatezza, Josie lo allontanò da sé. Lui tirò su la testa per incrociare il suo sguardo, con quei suoi occhi nocciola che brillavano di divertimento e lei dovette di nuovo ricordare al suo corpo traditore che avevano tante altre cose da fare oltre a quello con cui la sua mente aveva già preso a fantasticare. «Non sto scherzando. Dobbiamo ripulire tutta questa stanza adesso e così finiremo col rimanere indietro.»

Noah la tenne stretta a sé, ma alzò una mano per sistemarle un capello randagio dietro l'orecchio e mise su un'espressione seria. «L'incaricata dell'agenzia di adozione non sarà qui prima di domani alle dieci. Quindi, abbiamo tutto il tempo che vogliamo. Senza contare che il criterio fondamentale è che la casa deve essere sicura per l'arrivo di un bambino. Va bene anche se sembra un po' vissuta, ricordi?»

Aveva ragione, naturalmente. Le misure di sicurezza che avevano adottato erano perfettamente affidabili e la casa era tutto sommato pulita, visto che non ci stavano quasi mai. Lavoravano entrambi per il dipartimento di polizia locale. Noah con il grado di tenente e Josie in qualità di detective, e facevano parte entrambi della squadra investigativa che era composta da altre due persone, oltre a loro. La città di Denton era tutto l'opposto di una grande area metropolitana già solo per la sua ubicazione: sorgeva in una valle in mezzo alla quale scorreva un ramo del fiume Susquehanna ed era incastonata tra alcune delle più belle montagne della Pennsylvania centrale; ma, nonostante il paesaggio, era teatro della sua buona dose di criminalità, anche perché da diversi anni la popolazione era in costante aumento e il dipartimento per il quale lavoravano era più impegnato che mai.

La preoccupazione le diede una fitta al pensiero degli impegni a cui dovevano quotidianamente provvedere. Se mai fossero riusciti a adottare un bambino, uno dei due avrebbe dovuto rimanere a casa per stargli dietro. Sempre che l'incaricata dell'agenzia di adozione che avevano scelto li autorizzasse a procedere. L'anno precedente avevano deciso di provare a mettere su famiglia, ma quando avevano capito che non riuscivano ad avere un bambino, Josie si era sottoposta a una serie di esami approfonditi, alla fine dei quali aveva scoperto che le sue possibilità di concepire erano scarse, se non nulle. La condizione che le impediva di rimanere incinta non si sarebbe potuta risolvere facilmente neanche se si fosse sottoposta a un intervento chirurgico e a un trattamento di fertilità. Perciò, posti di fronte alle serie difficoltà di concepire, alla fine avevano preso in considerazione l'idea di ricorrere all'adozione, motivo per cui avevano trascorso settimane e settimane a fare ricerche approfondite sulle procedure necessarie e si erano ritrovati a scartare un'agenzia di adozione accreditata dopo l'altra finché non ne avevano trovata una che gli ispirava fiducia. Arrivati a quel punto avevano dovuto affrontare un lunghissimo percorso di preparazione da far venire il capogiro che aveva compreso la compilazione di un'infinita quantità di documenti che comprendevano informazioni finanziarie, attestati di assicurazione, documentazione sanitaria - persino quella del loro cane – che alla fine si era rivelata solo la punta dell'iceberg. In tutto questo, Josie aveva dovuto rivelare gli abusi che aveva subito quando era bambina per mano di una donna che si era spacciata per sua madre e i dettagli del suo percorso terapeutico per la salute mentale che stava portando avanti. Avevano dovuto completare le ore di formazione richieste e avevano dovuto seguire corsi incentrati su diversi argomenti, per esempio come affrontare l'argomento dell'adozione con il bambino, come rivolgersi ai genitori naturali, come prendersi cura di un bambino e tanto altro ancora. In un primo momento, Josie si era sentita sopraffatta, ma poi i corsi si erano dimostrati davvero molto utili, avevano calmato un po' delle sue preoccupazioni e l'avevano fatta sentire più preparata per quello che sarebbe successo poi. D'altra parte, lei era della scuola "è sempre meglio avere qualche informazione in più", un'impostazione mentale che in più di un'occasione l'aveva aiutata ad alleviare l'ansia.

La fase successiva nel processo di candidatura per l'adozione prevedeva una visita al domicilio di residenza da parte di un responsabile della pratica di adozione inviato dall'agenzia. Il solo pensiero le faceva salire i nervi a fior di pelle. C'erano voluti mesi per arrivare al punto in cui si trovavano e questa visita rappresentava il culmine di tutti gli sforzi che avevano compiuto fino a quel momento. L'incontro a casa era il passo cruciale per ottenere l'approvazione a procedere con l'adozione.

«Ehi...» le disse Noah passandole le dita tra i capelli, alla ricerca senza dubbio di altro sugo. «Che ti prende?»

«Nessuno ci permetterà mai adottare un bambino se non riusciamo nemmeno a cucinare un piatto di pasta.»

La mancanza di abilità culinaria di cui erano uno più vittima dell'altro era diventata leggendaria nella loro cerchia di amici e parenti. Noah era appena passabile; Josie, invece, era veramente un caso disperato. Il massacro della salsa di pomodoro era una bazzecola a confronto con le catastrofi che era capace di abbattere in cucina. Per lo più si affidavano al cibo da asporto e alla gentilezza della loro migliore amica, Misty Derossi, che era una cuoca provetta ed era solita portare loro qualcosa di pronto anche due o tre volte alla settimana; era il suo modo di ringraziarli per essere una parte a dir poco importante nella vita di suo figlio, Harris, che aveva quasi otto anni. Diversi anni prima di sposarsi con Noah, Josie aveva chiuso un primo matrimonio con Ray Quinn, il quale, in seguito alla separazione da Josie, aveva avuto una relazione proprio con Misty, ma non aveva fatto in tempo ad assistere alla nascita del loro bambino. A seguito della morte di Ray, nei primi tempi, Josie aveva detestato Misty con tutto sé stessa e aveva lasciato che la gelosia che provava prendesse il sopravvento. Ma da quando aveva tenuto tra le braccia il piccolo Harris per la prima volta si era sentita pervadere da un'ondata di affetto così grande che aveva capito che avrebbe fatto di tutto per proteggerlo e per entrare a far parte della sua vita. Misty aveva concesso a Josie quella opportunità che Josie non era stata neanche lontanamente capace di darle a causa della sua insicurezza emotiva e così, nel corso degli anni successivi, avevano stretto una profonda amicizia. E avevano trovato una famiglia l'una nell'altra.

«Abbiamo già ammesso che in fatto di cucina abbiamo tutti e due bisogno di fare molta pratica.» cominciò Noah, interrompendo il flusso dei suoi pensieri. «Non è che per domani dobbiamo preparare un banchetto per l'incaricata della pratica a cui siamo stati affidati dall'agenzia. O almeno, non credo.»

Josie fece un passo indietro, allontanandosi da lui. «Noah, il problema è che non siamo in grado di *cucinare*! Come facciamo a dare da mangiare a un bambino se non sappiamo nemmeno preparare un piatto semplicissimo per noi stessi? Certo, ci sono il latte artificiale e gli omogeneizzati, ma vanno bene finché i bambini sono piccoli! Non penso, però, che vadano bene per quando diventano grandi!»

«Chiederemo a Misty di insegnarci qualcosa.» le rispose Noah in tutta tranquillità. «E se riuscissimo a far perdere la pazienza anche a lei, allora ci iscriveremo a un corso di cucina insieme.»

«Con gli orari che abbiamo?» gli fece notare Josie.

Era previsto che nel corso della visita a casa da parte dell'incaricata dell'agenzia avrebbero affrontato diversi argomenti e, prima o poi, sarebbero saltati fuori i folli orari di lavoro a cui erano entrambi sottoposti; e nessuno dei due aveva intenzione di mentire su quanto tempo erano costretti a rimanere fuori casa.

Josie si sentì bruciare il viso, ma questa volta non per il desiderio. Alzò le mani in aria e le lasciò ricadere lungo i fianchi.

Trout dovette aver percepito la tensione quando la sua voce salì di un'ottava, perché si alzò di nuovo e premette le zampe contro la zanzariera, guardandola con attenzione e cominciando a mugolare, un verso più sconsolato che esigente. Era sempre stato in sintonia con le emozioni della sua padrona e diventava sempre triste quando la sentiva arrabbiata.

«Sei preoccupata perché pensi che i nostri orari di lavoro influenzeranno la nostra domanda di adozione?»

«Puoi scommetterci che sono preoccupata!»

Noah le prese una mano e la strinse forte. La sua pelle era calda e asciutta, e questa volta il suo tocco le trasmise una sensazione di conforto. Ormai era sparita la giocosità di un attimo prima: i suoi occhi si erano riempiti di compassione e di comprensione. «Josie, abbiamo già parlato di tutto questo. Troveremo una soluzione. Siamo riusciti a trovare il tempo per seguire tutti quei corsi, no? È naturale che saremo costretti a fare qualche aggiustamento, qualche sacrificio, ma il mondo è pieno di coppie che lavorano a tempo pieno ogni giorno della settimana e comunque riescono a mettere su famiglia.»

«Sì, però...»

Noah le strinse la mano. «Però non lo scopriremo finché non ci avremo provato. Coraggio, ti aiuto a pulire questa stanza e poi andiamo a sistemare il resto della casa. E, magari, ordiniamo una pizza.»

Josie sentì che almeno in parte l'ansia svaniva; sorridendo gli disse: «Mi sembra una buona idea.»

Dalla porta, Trout abbaiò: adorava la crosta della pizza.

Nel giro di un'ora, della pizza rimanevano solo pochi bocconi e loro stavano ancora ripulendo la cucina. Noah era in piedi in cima a una scala e si serviva di uno straccio per pulire le macchie sul soffitto. Trout annusava ogni centimetro quadrato della stanza e, quando le trovava, ripuliva con una slinguazzata le macchioline sul pavimento che erano sfuggite alle loro pulizie.

Il cellulare di Josie squillò. Si avvicinò al tavolo della cucina e guardò lo schermo. Una sensazione di malessere trasformò la fetta di pizza che aveva appena mangiato in un pesante macigno nello stomaco. Nel riquadro in cui avrebbe dovuto esserci la foto del contatto, appariva la sagoma generica di un uomo. Il motivo per cui non aveva aggiunto una foto al numero del nuovo membro della squadra investigativa era che non aveva voglia di vedere la sua faccia più di quanto già non fosse costretta a farlo sul lavoro. Ma non aveva alcun dubbio che fosse lui, perché il nome del contatto che aveva scelto da far comparire sopra la foto mancante era "Coglione", un soprannome che gli aveva affibbiato un giorno, al termine di un turno in cui era stato particolarmente irritante.

«Chi è?» le domandò Noah.

Josie sospirò e scorse con il dito sull'icona rossa per rifiutare la chiamata. «È Turner.»

«Mh, qual buon vento...» commentò Noah con tono non più entusiasta del suo.

Più di un anno prima, avevano perso un membro della loro squadra investigativa a cui erano tutti molto affezionati, il detective Finn Mettner: gli avevano sparato in servizio ed era morto quasi sul colpo. Josie era con lui quella notte e gli aveva tenuto la mano mentre moriva dissanguato; era rimasta così profondamente devastata dalla morte di quello che era stato non solo il suo più giovane collega ma anche un amico, che aveva perfino partecipato a un ritiro terapeutico, nella speranza di riuscire ad affrontare il trauma; purtroppo non era andata affatto come si era aspettata. Poi, una volta che era tornata, aveva conosciuto il nuovo membro della squadra, il detective Kyle Turner.

Non era stato un buon acquisto per il dipartimento.

Era arrogante e maleducato. Ci metteva una vita a finire i rapporti e la maggior parte delle volte passava i casi più difficili agli altri invece di occuparsene di persona. Per giunta, durante i suoi turni, spariva per ore intere e quando tornava non dava mai spiegazioni su dove fosse andato né su cosa avesse fatto. L'altro membro della squadra era la detective Gretchen Palmer, che aveva più esperienza di Josie e Noah messi insieme, ed era quella che detestava di più il nuovo collega e per questo non si lasciava mai sfuggire l'occasione di definirlo pigro, e Josie non avrebbe potuto che essere d'accordo con lei. Non riusciva ancora a capacitarsi del motivo per cui fosse stato assunto, specie considerando che il loro capo, Bob Chitwood, aveva ricevuto quasi un centinaio di candidature per quella posizione.

Il telefono riprese di nuovo a squillare, con il nome "Coglione" che fluttuava ancora una volta sullo schermo.

«Non rispondergli.» le disse Noah.

«Ma perché insiste a chiamare me? Non sono di turno!»

Noah ripulì ciò che rimaneva di una macchia di salsa di pomodoro sul soffitto bianco. «Avrà da farti qualche domanda su chissacché.»

Josie lasciò che rispondesse la segreteria telefonica, con l'irritazione che le saliva in gola come un reflusso acido. «Se deve chiedere qualcosa, può mandare un messaggio come qualsiasi persona normale.»

Tornò a pulire gli armadietti. Un attimo dopo, il suo telefono emise il segnale di una notifica.

«Volevi un messaggio ed eccoti servita...» mormorò Noah.

Con un gemito, Josie tornò al tavolo e prese il telefono.

Il messaggio che Turner le aveva scritto contava una sola parola, tutta in maiuscolo: "RISPONDI". Non avrebbe smesso di chiamarla finché lei non gli avesse risposto.

Con un altro sospiro, premette sull'icona di chiamata sotto il suo nome. Turner lasciò che il telefono squillasse otto volte. Josie sentì che un bel mal di testa cominciava a pulsare nelle tempie. Stava per riagganciare quando finalmente Turner le rispose. «Quinn, ho bisogno del tuo aiuto.»

«C'è Gretchen di turno oggi.»

«Lo so, ma c'è stata una sparatoria ed è impegnata con

quella. Io sono su una rapina in banca nella parte più merdosa della città. C'è stato un grosso incidente su Prout Road. Nel bel mezzo del nulla, stando alle immagini di Google Maps. Alla centrale hanno chiesto di mandare un detective, ma io non ce la posso fare ad andare. Puoi pensarci tu?»

Sentì la presenza di Noah alle sue spalle. Era sceso dalla scala e ora si appoggiava alla sua spalla per ascoltare la conversazione.

C'era un solo motivo per cui gli agenti di pattuglia potevano avere bisogno che intervenisse un detective in un incidente automobilistico.

«C'è stata una vittima?» gli chiese Josie.

«È quello che ho sentito.»

Noah emise un gemito sommesso e Josie capì a cosa stava pensando. Al di là della triste realtà dei fatti che una persona aveva perso la vita, le scartoffie avrebbero richiesto ore.

«Ne hai parlato con il capo? Ti ha detto che mi autorizza a subentrare?» gli chiese, sapendo che uno degli aspetti più pressanti del lavoro era la costante preoccupazione di sforare il budget, avendo ricoperto il ruolo di capo ad interim agli inizi della sua carriera.

«Il capo è introvabile. Senti, non è che farti entrare in servizio ora costi di più al dipartimento. Se entri adesso, il capo ti farà fare il giorno di riposo un'altra volta, senza straordinari. Facile e indolore.»

Era sempre disinvolto su qualsiasi cosa, ma in quella circostanza non aveva tutti i torti: in questo modo potevano affrontare la sparatoria, la rapina in banca e l'incidente senza che il capo Chitwood si indisponesse, per cui Josie era favorevole a questa soluzione.

«Hai chiamato qualcuno della Polizia Stradale? Avremo bisogno che ci mandino uno dei loro agenti. Trovi il contatto sull'elenco della centrale. Probabilmente adesso è di turno l'agente Labenberg. Lavora di pomeriggio.»

«Cioè, vuoi che chiami gli agenti della Stradale? Le chiese Turner ridacchiando di gusto. «Ma non hanno da fare qualche multa o dirigere il traffico?»

Ma quanti anni aveva?

Sorvolando su quel commento, Josie gli chiese: «Ma non puoi andarci tu sulla scena dell'incidente una volta che hai finito con la rapina in banca?»

«C'è Fraley lì con te? Magari può pensarci lui.»

Noah emise uno sbuffo, facendosi svolazzare una ciocca di capelli sulla fronte. «Posso andarci io se vuoi.» le disse.

«No.» rispose Josie. «Sei molto più veloce di me nelle faccende domestiche. Mi sono occupata di un sacco di vittime per incidente stradale. È appena mezzogiorno. Sarò a casa prima che tu vada a letto.»

«Quinn?» la chiamò Turner. «Cos'hai detto?»

Noah si mise a ridere. «Lo dici solo perché ti sei scocciata di pulire il pomodoro per gli spaghetti.»

«Mandami un messaggio con la posizione precisa,» disse Josie tornando al telefono, «sarò lì tra venti minuti.»

TRE

Per tutto il tragitto verso il luogo di cui Turner le aveva inviato la posizione per messaggio, Josie sentì uno stretto nodo di ansia che le si attorcigliava nello stomaco. Conosceva la sua destinazione: una striscia d'asfalto a due corsie che si snodava tra le montagne a nord-ovest di Denton. Aprile aveva portato molte piogge e ora, un mese dopo, a maggio, man mano che ci si allontanava dalla parte più densamente popolata della città, il fogliame degli alberi cresceva rigoglioso e selvaggio, con lunghi rami che formavano un baldacchino su entrambi i lati della strada. Josie abbassò il finestrino per respirare un po' di aria fresca. Detestava lavorare agli incidenti mortali, di qualsiasi tipo fossero, e detestava ancora di più la parte in cui doveva comunicare la notizia alla famiglia della vittima. Avrebbe dovuto mandare in frantumi l'intera vita di qualcuno quel giorno, per poi sorridere ed essere gentile l'indomani mattina, quando l'incaricata dell'agenzia si sarebbe presentata a casa loro per il controllo dell'ambiente domestico. Come al solito, l'unico modo per superare un turno difficile nel suo lavoro era compartimentare ogni pensiero, come se fosse un giro di qualificazione di uno sport olimpico.

La strada scendeva leggermente e l'ombra degli alberi scompariva. Su entrambi i lati, si estendevano ora distese incontaminate di erba e sterpaglie che spingevano indietro la linea degli alberi. Passò davanti a una piccola fattoria, dove una mandria di mucche nere pascolavano su un campo verde e l'aria era pregna dell'odore di letame. Alzando il vetro del finestrino, Josie schiacciò sul pedale dell'acceleratore per allontanarsi più in fretta possibile. C'era quella che aveva tutta l'aria di una casa non abitata stabilmente a pochi ettari dalla strada, ma a parte quella non c'era molto altro in quella direzione per chilometri e chilometri. Quando superò una collina, vide lampeggiare le luci di emergenza rosse e blu. La strada era stata chiusa per permettere il passaggio degli agenti di pattuglia che si erano fermati lungo la carreggiata in direzione sud, pronti a dirigere oltre il gruppo di autopattuglie della polizia e ambulanze qualsiasi veicolo che si fosse trovato a passare di lì. C'era anche un'autobotte dei vigili del fuoco che era stata piazzata di traverso in modo da occupare entrambe le corsie, e Josie la dovette aggirare per farsi un quadro completo di ciò che era accaduto: sul lato della strada che andava verso nord, all'uscita di Denton, si trovava un pick-up Ford F-150 potenziato. La parte posteriore era rivolta verso il ciglio della strada. La portiera del lato di guida era spalancata. Un nastro giallo di segnalamento delimitava un perimetro attorno alla scena, ai confini della quale stazionavano di guardia due agenti in uniforme, incaricati di assicurarsi che nessuno oltrepassasse il nastro senza autorizzazione. Mentre Josie parcheggiava la sua auto e scendeva, sentì un brivido di apprensione percorrerle la spina dorsale fino alla nuca appena vide prima il fuoristrada della Squadra di Raccolta delle Prove del Dipartimento di Polizia di Denton parcheggiato lì vicino, con il portellone aperto e poi il piccolo fuoristrada bianco del medico legale della contea, la dottoressa Anya Feist.

Gli agenti in uniforme fecero un cenno di saluto a Josie quando la videro passare davanti a loro. La parte anteriore del pick-up Ford aveva trasformato una piccola berlina Hyundai di colore blu nella riproduzione di una lattina di coca-cola schiacciata. Josie cercò di non dare a vedere la sua reazione di fronte a una tale devastazione. L'agente Hummel e la sua squadra di tecnici della Squadra di Raccolta delle Prove si muovevano metodicamente sulla scena, vestiti con tute bianche in Tyvek, complete di cappuccio e copriscarpe. Hummel, il capo, si trovava vicino al sedile del passeggero della berlina e stava scribacchiando i suoi appunti su una cartellina. La dottoressa Feist, a sua volta vestita con una tuta di Tyvek, attendeva dietro di lui, con la borsa dei suoi strumenti tra le mani.

Uno degli agenti in uniforme, Brennan, fece un cenno a Josie. Anche lui teneva tra le mani una cartellina su cui registrava il nome di tutte le persone che entravano e uscivano dalla scena del crimine. «Pensavo che oggi ci fossero Turner e Palmer in servizio.» le disse.

«Pure io.» gli rispose Josie con un sospiro, facendo un cenno verso le due auto. «La berlina ha attraversato la linea di mezzeria e si è ritrovata direttamente sulla traiettoria del pick-up F-150, che non è riuscito a fermarsi in tempo. Cos'altro puoi dirmi?»

Brennan aggrottò le sopracciglia. «Come è riuscita a capire tutto questo?»

«Il pick-up è sul lato nord, quindi si stava allontanando dalla città, lasciandosi dietro dei segni di sbandamento nel punto in cui ha cercato di fermarsi bruscamente. La berlina, invece, era diretta verso la città e ha scavallato la corsia. Ecco perché è rivolta a sud, pur non essendo nella corsia di marcia in direzione sud. Il pick-up è più grande e più alto. A quanto pare l'incidente ha avuto un impatto minimo sul suo abitacolo. La persona che lo guidava sta bene?»

«È sconvolto, però sì, fisicamente sta bene.»

«Come si chiama?»

«Nolan Waters. Quarantasette anni. Nessun mandato e

nessun precedente. Vive a Denton. Il test dell'etilometro era negativo, ha superato a pieni voti anche il test di sobrietà sul campo e ha accettato di farsi trasportare in ospedale per sottoporsi all'esame del sangue per verificare la presenza di sostanze illegali.» Brennan puntò la penna per indicare un'autopattuglia parcheggiata nella corsia sud. «Ha detto che stava guidando e all'improvviso si è ritrovato la berlina che veniva verso di lui. Non c'erano altri veicoli lungo la strada in nessuna delle due direzioni. Si presentava tutto nella norma e poi, all'ultimo momento, la berlina ha sterzato proprio davanti a lui e... bam!»

«Nessun segno evidente di alterco fisico all'interno dell'auto prima che gli andasse addosso?» chiese Josie.

«Nessuno che abbia potuto vedere. Non ha idea di cosa sia successo né del perché la berlina sia entrata nella sua corsia in quel modo. Ha detto che è successo in una frazione di secondo.»

Josie si soffermò un istante a riflettere sul fatto che il più delle volte gli eventi che cambiano il corso di una vita in modo irrevocabile accadono in una frazione di secondo, tanto che se sbatti le palpebre puoi perderteli. «La vittima è una delle persone della macchina, quindi.» gli chiese poi.

«Esatto. La berlina è intestata a una donna di nome Mira Summers. Trentasette anni. Anche lei di Denton. Nessun mandato, nessun precedente. Abbiamo trovato la borsa nell'auto. I documenti corrispondono, quindi sappiamo che era lei alla guida.»

«Quante persone c'erano in macchina?»

«Lei e un'altra donna.»

Josie si fermò a guardare l'airbag sgonfio che spuntava dal parabrezza in frantumi sul lato di guida della berlina. Il sedile corrispondente era vuoto. Guardando da un capo all'altro della scena, vide due ambulanze. Una per la conducente e una per trasportare la vittima all'obitorio. «Mira Summers ha riportato lesioni gravi?»

«Era disorientata quando siamo arrivati e ha perso rapidamente conoscenza.» ricapitolò Brennan. «I soccorritori hanno cercato di rianimarla. Immagino che la porteranno in ospedale a breve. Ho chiesto a Dougherty di andare a casa sua per verificare se vive insieme ad altre persone, come familiari o un compagno, nel caso in cui le cose si mettano male per lei.»

«Hai fatto bene.» disse Josie dando di nuovo un'occhiata alle ambulanze, scorgendo attività sul retro di una delle due. «Chiederò i dettagli ai paramedici prima che la portino via. L'altra donna è deceduta?»

«Sì.» disse Brennan grattandosi il ponte del naso con il cappuccio della penna e dal modo in cui la sua espressione mutava in una smorfia Josie capì che c'era dell'altro che non aveva dedotto. «Ma non a causa dell'incidente.» aggiunse Brennan.

Il nodo d'ansia nello stomaco di Josie si strinse. «Stai dicendo che c'è stato un omicidio?»

«Meglio se guarda con i suoi occhi.»

QUATTRO

Josie avrebbe voluto precipitarsi dritta verso il punto dove era avvenuto lo scontro, ma sapeva che l'ambulanza su cui era stata caricata Mira Summers non sarebbe rimasta lì ancora a lungo e doveva approfittarne se voleva vederla prima che fosse trasferita in ospedale. Mira Summers era stata assicurata a una barella e le era stato applicato un collare cervicale che le teneva il collo e la testa in posizione. Con i piedi toccava quasi il bordo della barella, il che significava che superava il metro e ottanta di altezza. Le suole degli stivali neri che le arrivavano fino al ginocchio erano incrostate di fango. Due paramedici, uno per lato, stavano chini sul suo busto e uno di loro le stava inserendo una flebo nella mano, mentre l'altro stava sistemando la maschera dell'ossigeno a coprirle la bocca. Sulle sue ginocchia le avevano posto una sacca di colore blu per il vomito, da cui fuoriuscivano zaffate nauseabonde. Indossava una maglietta viola sulla quale erano disseminate macchie scure, quasi sicuramente di sangue. Le avevano avvolto entrambe le braccia, dal polso al gomito, in un giro di garza e da sotto il colletto sbucava un altro quadrato di garza, forse a coprire le ferite causate dai frammenti di vetro del parabrezza. Per quello che Josie riuscì a vedere, il viso pallido della donna era coperto di lentiggini. Aveva i capelli tinti di un bordeaux intenso e tagliati a caschetto. Sulla fronte le si estendeva un livido grande e arrossato. Due macchie di sangue secco grandi come le dita di una mano le segnavano la mascella. Teneva gli occhi chiusi e il corpo immobile.

Josie bussò con il pugno contro uno dei portelloni. Il paramedico che aveva appena inserito la flebo si voltò verso di lei e i suoi occhi si rabbuiarono appena la riconobbe. «Josie.» disse in un saluto senza la minima traccia di calore, nonostante i passati sforzi di Josie di coinvolgerlo nella sua vita.

«Sawyer.» rispose lei, sforzandosi di sorridere.

A tre settimane di vita, Josie era stata rapita da una donna che faceva le pulizie in casa dei suoi genitori, Shannon e Christian Payne. Quella donna si chiamava Lila Jensen e aveva dato alle fiamme la casa, portando così le autorità a credere che la piccola Josie fosse morta, quando in realtà l'aveva portata a Denton, dove viveva il suo ex fidanzato, Eli Matson, che l'aveva lasciata tempo addietro e al quale Lila, nel tentativo di riconquistarlo, gli aveva dato a bere che Josie era sua figlia. All'epoca non esisteva il test del DNA per corrispondenza ed Eli Matson non aveva alcun motivo per non credere che Lila non dicesse la verità sulla paternità di Josie; perciò, l'aveva cresciuta e l'aveva amata intensamente come figlia sua. Quello che nessuno sapeva era che, nel periodo in cui Lila ed Eli si erano lasciati, lui aveva avuto una relazione con un'altra donna, la quale aveva dato alla luce Sawyer senza farne parola con nessuno: in questo modo aveva tenuto lontano il bambino dalla famiglia paterna per evitare l'ira di Lila.

L'altro paramedico non degnò Josie di uno sguardo, preso com'era ad annotare i segni vitali di Mira Summers su una cartellina.

«Te ne occupi tu di questo caso?» le domandò Sawyer, riempiendo nel frattempo con movimenti rapidi ed efficaci l'agocannula della sua paziente con la soluzione fisiologica e attaccandole poi una sacca di liquidi. Una ciocca di capelli scuri gli ricadeva sulla fronte.

Josie aveva avuto la fortuna di conoscere Eli e di considerarlo suo padre fino al giorno della sua morte, quando lei aveva sei anni. Per buona parte degli otto anni seguenti era stata cresciuta anche dalla madre di Eli, Lisette Matson, che lei aveva sempre creduto fosse la sua vera nonna e che, da quando ne aveva assunto la piena custodia, le aveva salvato la vita dagli abusi di Lila e aveva recuperato quello che poteva della sua infanzia tumultuosa. Solo un paio d'anni prima della morte di Lisette, Sawyer si era messo in contatto con lei e le aveva dato prova della loro parentela.

«Sì.» disse Josie. «Volevo solo vedere come sta la conducente prima che la portiate via.»

Sawyer lasciò cadere la sacca della soluzione fisiologica in un cestino dei rifiuti lì vicino. «Non credo che sia in grado di parlare in questo momento.» L'altro paramedico controllò alcuni comandi sul monitor e poi scarabocchiò qualcosa nei suoi appunti. «È in stato non cosciente, ma il suo punteggio del coma di Glasgow è nella norma. Pupille isocoriche e normo-reattive.»

Il che significava che non era né in coma né in punto di morte. Non ancora, perlomeno. Josie sapeva che, in certi casi, i traumi cranici possono portare a gravi complicazioni nel giro di alcune ore o addirittura di alcuni giorni dopo la lesione iniziale.

Sawyer controllò il pulsossimetro che avevano applicato all'indice della donna, studiandolo da vicino. «Reagiva alla luce e ha vomitato due volte, quindi è probabile che abbia subito una commozione cerebrale, come minimo. Avrete più fortuna tra qualche ora, dopo che sarà stata ricoverata in ospedale.»

«Giusto.» mormorò Josie.

Avrebbe voluto che lui le rivolgesse almeno un'occhiata. Possibile che fossero davvero tornati all'epoca dell'imbarazzo? Sawyer non l'aveva sopportata fin dal giorno in cui si erano conosciuti e poi l'aveva incolpata della morte della nonna. A seguito dell'omicidio di Lisette c'era stato un breve periodo in cui Josie aveva pensato che lui si fosse finalmente ricreduto, tanto che aveva accettato gli inviti di Josie e Noah ed era entrato lentamente a far parte del loro gruppo di famiglia ritrovata. Ma tutto d'un tratto era scomparso di nuovo e lei non riusciva a capire che cosa provasse ora nei suoi confronti, ma considerando l'atteggiamento che teneva, sembrava proprio che fosse tornata di nuovo sulla sua lista nera.

Il collega di Sawyer si voltò finalmente abbastanza a lungo per farle un cenno di saluto e poi prese posto al volante, parlando alla radio con il Denton Memorial Hospital per comunicare del loro arrivo.

«C'è stato qualche momento in cui era sveglia o lucida dopo il vostro intervento?» chiese Josie guardando Sawyer.

Quando i suoi gelidi occhi azzurri si fissarono di nuovo su di lei, si sentì attraversare da una scossa: persino dopo tanto tempo, certe volte, le toglieva il fiato constatare quanto Sawyer assomigliasse al padre che non aveva mai conosciuto e che lei gli aveva rubato.

«Mi stai chiedendo se ha detto qualcosa che possa aiutarti a capire cosa è successo qui?»

Josie sospirò. «Precisamente.»

Sawyer chinò la testa per controllare di nuovo le cinghie avvolte intorno alle cosce della donna. «No. Era già priva di sensi quando siamo arrivati.»

«D'accordo.»

«Sei già andata a vedere l'altra donna?» le chiese Sawyer. «Ci vado adesso.»

Fece un lento cenno di assenso e poi indicò Mira Summers. «Ha riportato ferite da difesa.»

Josie si avvicinò, con le gambe che sfioravano il paraurti. «Cosa vuoi dire?»

Con delicatezza, Sawyer sollevò il braccio destro della donna e puntò un dito all'avambraccio. «So di non essere un detective e nemmeno un esperto di medicina legale, ma faccio questo lavoro da parecchio tempo, abbastanza da aver imparato che aspetto hanno le ferite da difesa. Ne ha riportate su questo e nello stesso punto sull'altro braccio. Ha una ferita più superficiale lungo il petto. Ci sono degli strappi sulla giacca. Abbiamo dovuto fermare l'emorragia e ripulire le ferite, ma ho scattato delle foto nel caso in cui voleste vedere com'era prima.»

«Oh...» disse Josie, pensando che nonostante quel tipo di documentazione non fosse necessaria in una situazione come quella, la sua solerzia era comunque da apprezzare, e non sapendo esattamente come rispondergli, aggiunse: «Sei stato... premuroso.»

Lui annuì e nel gesto di prendere il telefono dalla tasca dei pantaloni, un'altra ciocca dei suoi capelli scuri gli scivolò sulla fronte. I tratti del suo viso si tesero mentre digitava il codice di accesso. Continuando a osservarlo, Josie si rese conto che la differenza tra lui ed Eli Matson era che Sawyer aveva un'aria cupa anche quando non lo era.

«Guarda qui.» disse Sawyer girando di scatto il telefono in modo che potesse vedere la foto: un avambraccio lentigginoso riempiva lo schermo, coperto da quella che si presentava come una mezza dozzina di segni di puntura e squarci frastagliati di varie dimensioni. Il sangue si rapprendeva intorno a ciascuna ferita. Alcune erano poco profonde, mentre altre erano aperte. Del tessuto adiposo ingiallito penzolava da uno squarcio nella parte più carnosa del braccio, mentre da un'altra ferita fuoriusciva quello che aveva tutta l'aria di essere un osso.

«Questi non sono il risultato di un incidente d'auto.» constatò.

«No, appunto.» confermò Sawyer con un sospiro. Passò a una seconda foto che mostrava l'altro avambraccio della donna. C'erano meno ferite, ma simili alla serie che si vedevano nella prima foto. «Ho messo da parte anche la sua giacca.» aggiunse.

Il collega di Sawyer batté un pugno contro il cruscotto, invitandoli a darsi una mossa.

«Grazie. Qualcuno dei ragazzi della Squadra di Hummel verrà a prelevare tutti i suoi vestiti e gli stivali all'ospedale.» disse Josie. «Per analizzarli.»

«Ti manderò queste foto.» le assicurò Sawyer.

Josie guardò l'ambulanza allontanarsi, cercando di ignorare il terrore che le saliva dentro al pensiero di ciò che avrebbe trovato sulla scena dell'incidente.

CINQUE

In una decina di minuti Josie si preparò e, infilatasi la tuta in Tyvek e rimboccatasi le ultime ciocche vagabonde dei suoi capelli neri sotto l'elastico della cuffia, oltrepassò il nastro della scena del crimine che Brennan le teneva sollevato in modo che potesse passarci sotto. Si mosse con cautela tra i vari contrassegni delle prove e fece del suo meglio per evitare i frammenti di vetro sparsi sul manto stradale via via che si avvicinava al lato del passeggero della berlina. Più si avvicinava e più poteva constatare con chiarezza che sebbene il cofano fosse schiacciato a fisarmonica, in qualche modo, lo schianto non aveva deformato così tanto il telaio dell'auto da rendere impossibile l'apertura delle portiere, che ora erano entrambe spalancate. Trovò la dottoressa Anya Feist inginocchiata di fronte all'apertura del sedile del passeggero intenta a scattare qualche foto con la sua macchina fotografica. Alzò lo sguardo quando sentì Josie avvicinarsi e, come non mancava mai di fare quando si incontravano sulle scene del crimine, le rivolse un sorriso sofferto.

«Credevo che oggi fosse di riposo.»

«Lo ero.» rispose Josie avvicinandosi per dare una prima occhiata alla passeggera. Il respiro le si congelò in gola.

Studiando la sua espressione, la dottoressa disse: «È inquietante, lo so.»

Il cuore di Josie batté a uno strano ritmo. Aveva visto cose orribili sul lavoro. Corpi così devastati dagli incidenti e dagli assassini che avrebbe sofferto di conati di vomito per giorni, se non avesse imparato ad avere a che fare con le carneficine fin dall'inizio della sua carriera e se non fosse diventata così brava a reprimere le sue reazioni viscerali per portare a termine ogni lavoro. Quella che si ritrovava di fronte non contava certo come la cosa più raccapricciante che avesse mai visto, ma qualcosa le aveva fatto scattare un campanello d'allarme interiore. «Non è quello che mi aspettavo.»

La dottoressa scattò un'altra foto al corpo della donna. Il cranio era reclinato sul poggiatesta, all'apparenza troppo grande per quel corpo gracile, ma sicuramente era un risultato dovuto al suo aspetto emaciato. La pelle del viso era pallida e tesa contro le guance ossute. Persino i denti sembravano sporgere, come se le labbra avessero iniziato a ritirarsi, o come se le gengive si fossero gonfiate. Addosso le pendeva una maglietta piena di macchie, che una volta doveva essere stata bianca, ma che ormai era ingiallita e ingrigita per il sudiciume e il tempo. Intorno al collo le estremità delle clavicole sporgevano visibilmente. Aveva i capelli di un castano spento e corti. Si vedevano bene i punti in cui erano stati tagliati in modo irregolare. Non tagliati, si rese conto. Strappati. In alcuni punti, i capelli erano stati poi rasati così vicino al cuoio capelluto che era rimasta solo la pelle.

Non c'era dubbio che fosse qualcosa che aveva subito, non l'aveva fatto per sua scelta.

Josie si sentì rivoltare lo stomaco. La dottoressa si mise di lato, scattando un paio di foto da un'angolazione diversa. «Non mi chieda cosa le è successo. Sa che non posso esprimermi finché non l'avrò messa sul tavolo.»

«Brennan ha detto che si tratta di un omicidio. Sawyer mi

ha appena mostrato le ferite da difesa sugli avambracci della donna alla guida. Sebbene la maggior parte sembrino ferite da perforazione, non ha riportato segni di morsi. Che cavolo può essere successo qui?»

La dottoressa le fece cenno di avvicinarsi di più all'auto. Stando attenta a non toccare nulla, Josie allungò il collo nell'abitacolo. Le punse il naso un odore particolare che proveniva proprio dalla donna sul sedile del passeggero. Era una miscela putrida di odori corporei, escrementi umani e qualcos'altro con un retrogusto terroso. Facendo del suo meglio per resistere, guardò con attenzione la donna, individuando immediatamente ciò che il resto della squadra aveva già visto. «Bella merda.»

Alle sue spalle, la dottoressa commentò: «Se mai c'è stato qualcos'altro di più evidente...» Attraverso un paio di pantaloni da ginnastica grigi tutti consumati si vedeva bene la forma delle ginocchia nodose della donna, bloccate dall'impatto contro il cruscotto in modo che i piedi scalzi penzolassero sul tappetino. Delle mani sottili una le era rimasta in grembo in un pugno stretto mentre l'altra era aggrovigliata intorno al piccolo manico di legno dalla forma strana che sporgeva dal suo addome. Aveva tutta l'aria di essere un coltello. La lama era completamente conficcata nella carne. Il sangue, ancora fresco e di un rosso vivo, sgorgava intorno all'impugnatura.

Ecco spiegato il motivo per cui Sawyer aveva fatto cenno alle ferite sugli avambracci della donna alla guida. Ma che tipo di coltello lasciava segni da perforazione? L'unica spiegazione era che non fosse affatto un coltello. Josie allungò il collo per cercare di vedere meglio, ma buona parte del manico era coperta dalle dita strette attorno. Dovevano aspettare che le venisse rimosso dall'addome per avere conferma che si trattasse effettivamente di un coltello.

«Sono state entrambe pugnalate con qualcosa. Pensa che questa donna sia morta all'interno di quest'auto?» chiese Josie.

La dottoressa rispose con una scrollata di spalle. «È possibile. O è morta quando ormai era salita a bordo oppure è morta poco prima di entrarci. In entrambi i casi è accaduto nelle ultime due ore; infatti, non è ancora entrata in rigor mortis.»

Gli occhi di Josie furono attirati dalla cintura di sicurezza marrone chiaro legata intorno al busto della donna, appena sopra l'impugnatura del coltello.

«Era già stata pugnalata quando si è seduta qui. Anche ipotizzando che il cruscotto non si fosse accartocciato così vicino a lei, non ci sarebbe stato spazio sufficiente perché un aggressore all'interno dell'auto le potesse conficcare l'arma nell'addome in quel modo, nemmeno nel caso in cui la lama fosse relativamente corta. Qualunque cosa sia successa, non è avvenuta qui dentro.»

«Sono d'accordo.»

La tappezzeria beige dell'interno dell'auto era completamente imbrattata di schizzi di sangue. Frammenti di vetro scintillavano nelle fessure del sedile del guidatore. Schizzi di sangue si asciugavano sulla console centrale e sulla portiera del lato di guida. Era spalmato sul volante. Invece non c'era niente sui sedili posteriori. Indietreggiando leggermente, Josie esaminò la parte inferiore del telaio della portiera sul lato del passeggero e vide altre gocce di sangue. Girandosi a guardare la dottoressa, da sopra la spalla disse: «Direi che o queste due donne sono riuscite a scappare dalla persona che le ha aggredite prima che potesse finire il lavoro, oppure l'assassino ha lasciato il coltello nel corpo della vittima.»

«Non possiamo concludere che sia stata la coltellata a causare la morte di questa donna.» precisò la dottoressa. «Potrebbe essere morta per le ferite riportate nell'incidente. Non lo saprò finché non avrò eseguito l'autopsia.»

Josie sapeva di non poter saltare a conclusioni affrettate, ma conosceva abbastanza bene l'anatomia da aver già fatto il salto da incidente automobilistico a omicidio. «Qual è la sua ipotesi? Incidente mortale oppure omicidio?»

La dottoressa sospirò. «Considerata la posizione del coltello e supponendo che la lama sia lunga da cinque a dieci centimetri, l'ipotesi più probabile che posso fare è che si tratti di un omicidio. Gli assassini di solito non lasciano l'arma del delitto sulla scena. Nella mia professione non mi è capitato di recuperare molti coltelli dai corpi delle vittime. Anzi, mi è capitato solo una volta ed era un caso di violenza domestica. Un vero macello. Ferite multiple da taglio. E peraltro il marito gliel'aveva lasciato di proposito. Era il suo modo di fare una dichiarazione.» Al ricordo, la dottoressa rabbrividì e Josie capì che le veniva automatico collegarlo agli abusi che aveva subito dal suo ex marito. Ormai era in prigione per diversi reati, non ultimo per l'omicidio del membro della squadra investigativa caduto in servizio, il detective Finn Mettner. Come ogni volta che pensava al suo vecchio collega, Josie sentiva i palmi delle mani formicolare: era il suo corpo che ricordava la sensazione della mano di Mettner tra le sue mentre lo sentiva spegnersi, tanto che certe volte aveva quasi l'impressione di non averlo mai lasciato andare veramente. Recuperò in fretta e furia la chiave della sua cassaforte mentale dove conservava i ricordi più sconvolgenti e vi ricacciò dentro quel pensiero.

«Che bastardo.» disse Josie.

«Già.» concordò la dottoressa tornando a guardare la vittima con la testa inclinata in una posa di riflessione. «Nella mia esperienza, però, le morti per accoltellamento dovute a episodi di violenza domestica sono molto più gravi di questa, di solito. Perché... non accoltellano mai una volta sola.»

Ma qualcuno aveva cercato di accoltellare Mira Summers più volte. Evidentemente perché aveva cercato di difendere la passeggera. Si poteva presumere che fosse stata pugnalata con la stessa arma che ora sporgeva dall'addome della vittima?

Gli occhi di Josie furono nuovamente attratti dalle guance incavate della donna. «Se siamo di fronte a un caso di violenza domestica, ho l'impressione che l'accoltellamento non è stata la cosa peggiore che ha dovuto sopportare.»

«Non è detto che si tratti di un caso domestico. Non possiamo escludere che l'assassino sia una persona che non c'entra niente con la famiglia. Magari questa donna stava cercando di scappare e la conducente ha cercato di aiutarla. Durante alcuni dei miei turni al Pronto Soccorso mi è capitato di recuperare i coltelli perché le vittime di incidenti con accoltellamento avevano troppa paura di estrarli. Saranno stati almeno due i casi in cui la vittima pensava che, in qualche modo, il coltello tenesse fermi tutti i vasi e i tessuti e impedisse l'emorragia.»

Sotto il cappuccio della tuta, Josie sentiva il sudore accumularsi all'attaccatura dei capelli, provocandole un bel prurito. «E avevano fatto bene?»

«Uno di loro sì, aveva fatto bene. In un certo senso. Alla fine, sarebbe morto dissanguato comunque, perché il danno era fatto, ma lasciare il coltello al suo posto aveva rallentato l'emorragia abbastanza a lungo da permettergli di ricevere le cure mediche che gli hanno salvato la vita.»

«E secondo lei questa donna stava cercando di tenere il coltello dov'era finché non avesse trovato aiuto?» si informò Josie, spostando lo sguardo sulle dita scheletriche della donna che si stringevano intorno al manico del coltello.

«Difficile a dirsi. Può anche darsi che fosse troppo debole per tirarlo fuori, o che fosse la conducente ad avere troppa paura di tirarlo fuori.» suggerì la dottoressa.

«Mira Summers si è preoccupata di mettere la cintura di sicurezza a questa donna. La stava portando da qualche parte. Immagino all'ospedale...»

«Mi chiedo però perché non abbia chiamato i soccorsi...» si chiese la dottoressa.

Josie guardò verso nord, dove la strada si estendeva fin dove l'occhio poteva vedere, senza punti di riferimento all'orizzonte; poi guardò verso sud, dove la strada scendeva lungo una collina che portava in città. «Se stavano scappando da un aggressore, potrebbe non averne avuto il tempo. Ipotizzando che siano state attaccate da qualche parte qui in mezzo al nulla, è sicuro che i soccorsi ci avrebbe messo troppo tempo a raggiungere il luogo in cui si trovavano.» Puntò un dito verso nord. «Questa strada prosegue per almeno venticinque chilometri prima di raggiungere la città più vicina. Potrebbe esserci qualche abitazione sparsa qui e là, ma questo è un tratto di strada prevalentemente disabitato.»

Avrebbero dovuto scoprire da dove proveniva la donna alla guida e in quale momento e in quali circostanze aveva caricato a bordo la donna sul sedile del passeggero. Stando a quanto aveva letto Brennan sulla sua patente, Mira Summers viveva a Denton, il che significava che aveva percorso quella strada e a un certo punto era tornata indietro verso la città.

«Questa è la vostra parte del lavoro.» disse la dottoressa. «Io farò quello che posso con gli esami e l'autopsia per darvi qualche risultato su cui lavorare e valutare i termini dell'omicidio vero e proprio.»

Josie fece un passo indietro per permettere alla dottoressa di continuare le sue osservazioni e di scattare ancora qualche foto prima di rimettere la macchina fotografica nella custodia; poi, infilati i guanti, si allungò all'interno dell'auto, inarcando la schiena per non rischiare di urtare l'impugnatura del coltello, e perquisì le tasche dei pantaloni della donna. Josie non poté fare a meno di notare che anche quelli avevano un aspetto vecchio e sporco. Striature di fango ne rigavano la parte anteriore.

«Non c'è niente nelle tasche.» mormorò la dottoressa.

Non che Josie si aspettasse di trovare alcunché. Quella donna non aveva nemmeno le scarpe. Si sarebbe detto che l'unica cosa che aveva in suo possesso era l'arma che l'aveva uccisa.

«Ho quasi finito...» disse la dottoressa. «Voglio solo controllare l'altra mano.»

Josie rimase a guardarla mentre apriva le dita strette a pugno. Dalla pelle si staccarono scaglie di sangue secco. Al centro del palmo c'era un pezzo di carta bianca piegato.

«Che cosa abbiamo qui?» disse la dottoressa con voce tinta di eccitazione.

«Hummel!» chiamò Josie. «Abbiamo trovato qualcosa.»

Un attimo dopo, Hummel era al suo fianco, con la cartellina infilata sotto il braccio. Josie indietreggiò di qualche metro e la dottoressa la raggiunse per lasciare che gli agenti della Squadra di Raccolta delle Prove documentassero e fotografassero il foglio di carta prima di rimuoverlo. Infine, si riunirono di nuovo vicino alla portiera aperta mentre Hummel dispiegava il foglio con cura. Appariva come un normale foglio di carta per fotocopie da ufficio. «È umido.» constatò. Le estremità pendevano flosce dalle sue mani. I bordi erano macchiati di sangue.

«Quello è...» iniziò la dottoressa.

«Il disegno di un bambino.» concluse Josie.

SEI

Hummel alzò il disegno in modo che tutti potessero vederlo. Disegnato a pastello, il centro mostrava uno spesso anello nero circondato da un anello più grande di colore marrone scuro. Al centro di entrambi gli anelli c'era quello che aveva tutto l'aspetto di un fiore: uno stelo verde e dritto in cima al quale c'era quella che si presentava come una coppa rossa. Poteva essere un tulipano, magari, oppure una rosa. Per tutta la lunghezza del foglio, sia sopra che sotto gli anelli, correvano altre linee marroni più scure e ondulate. Una di queste linee era attraversata da un'altra linea dritta a pastello grigio che partiva dagli anelli e terminava vicino al margine del foglio con l'estremità più bassa che formava un piccolo rettangolo, di fianco al quale c'erano diversi piccoli cerchi disegnati in una tonalità di marrone più chiaro rispetto a quello del cerchio più grande. Josie era abbastanza sicura che quella tonalità di marrone si chiamasse Sabbia del Deserto. Aveva imparato a riconoscere la maggior parte dei colori dei pastelli solo a vista, avendo passato tanto di quel tempo a guardare Harris, il figlio della sua migliore amica Misty, sfornare un disegno dopo l'altro. Nel complesso, quello che avevano trovato era un disegno disordinato proprio come quelli che Harris faceva quando andava all'asilo. Appena se ne rese conto, il cuore di Josie prese a battere all'impazzata, come un colibrì intrappolato. Quella donna conosceva il bambino che aveva fatto quel disegno. Da dove venivano? E, cosa ancora più importante, era al sicuro?

«Cosa dovrebbe essere?» chiese la dottoressa.

Hummel ruotò il foglio di carta. «Non riesco a capirlo.»

«Non potrebbe essere un occhio?» suggerì Josie.

«Per il modo in cui il cerchio nero è inscritto all'interno del cerchio marrone?» ribatté Hummel. «Può darsi. La linea grigia potrebbe essere una lacrima, diciamo, anche se ha una forma un po' quadrata. Il fiore al centro è più difficile. Magari l'occhio sta guardando il fiore.»

La dottoressa indicò le linee ondulate marroni. «Queste sono le linee dell'orizzonte. Non dovrebbero essere più corte e verticali se fossero ciglia? E, a parte questo, cosa sono quei piccoli cerchi?»

«Ne potrete analizzare il significato più tardi.» le esortò Hummel. «Lasciate che metta questo foglio in una busta così lo registro tra le prove.»

«Giralo.» disse Josie.

«Certo. Un attimo.» Con delicatezza, per evitare che gli si disintegrasse tra le mani, girò il foglio. Lungo un bordo c'era lo stesso fiore e, sotto, lettere cubitali scritte con una calligrafia sgraziata, scarabocchiate con la tonalità di verde che Josie riconobbe come Verde Stridente.

AIUTO

Il colibrì intrappolato nel suo petto batté le ali così forte contro la gabbia toracica da farle male. Cercò di dire qualcosa, una cosa qualsiasi, ma non le vennero le parole.

La dottoressa lo fece per lei. «Oh mio Dio.»

«Cazzo.» aggiunse Hummel.

Josie fece un respiro profondo e mise da parte il panico segreto che provava di fronte alla prospettiva che ci fosse un bambino nelle mani della persona che aveva pugnalato Mira Summers e la donna che viaggiava con lei. C'era un lavoro da svolgere e la vita di quel bambino poteva dipendere dall'efficienza con cui lei e la sua squadra lo avrebbero portato a termine. Per calmare i nervi, tirò fuori il telefono e scattò una foto di ogni lato del foglio prima che Hummel lo portasse via. Josie si scambiò un'occhiata con la dottoressa, che emise un respiro tremante e si voltò di nuovo riportando l'attenzione sulla donna nella berlina, riprendendo a perquisire il corpo e l'abitacolo. «Non ci sono documenti.»

«Come potrebbero esserci?» borbottò Josie.

Il disegno che avevano trovato si era già impresso nella sua mente. La vittima era la madre del bambino che lo aveva fatto? Lasciando perdere il coltello che aveva piantato nell'addome, non si presentava abbastanza in salute per prendersi cura di sé stessa, figuriamoci di qualcun altro. Quel bambino poteva essere tenuto prigioniero chissà dove o poteva essere già morto. Oppure quello in cui lei e la sua squadra si erano imbattuti era uno scenario ancor più terribile da immaginare?

"AIUTO"

«Guardi...» la riscosse la dottoressa, indicando qualcosa attaccato alla maglietta della donna, all'altezza del fianco. «Mi passi la mia macchina fotografica.»

Josie la recuperò dalla custodia e la consegnò alla Feist e le chiese, mentre lei scattava altre foto di quello che sembrava un folto ciuffo di corti peli bianchi: «Quello è pelo di animale?»

«Non sono in grado di dirlo.» disse la dottoressa tastando la nuca della donna. «Ce ne sono altri qui sul colletto.» Sempre facendo attenzione a non urtare il manico del coltello, si mise in ginocchio per dare un'occhiata alle gambe e ai piedi della donna. «Anche qui. È molto corto. Potrebbe essere il pelo di un gatto. Richiami Hummel. Potrebbe esservi utile più tardi.»

Josie andò a cercarlo, elaborando mentalmente un primo quadro della vita domestica di quella donna. Un bambino. Un gatto. Non c'erano dubbi che non godesse di un buono stato di salute già da parecchio tempo e, sebbene quella condizione fisica potesse anche essere causata da una patologia di lunga durata, a giudicare dal modo in cui le erano stati tagliati i capelli era facile desumere che al contrario non fosse dovuta affatto a una malattia. Quanto a quei ciuffi di pelo che le erano rimasti attaccati addosso, ammesso che fossero di un gatto, la bestiola non apparteneva a quella donna, ma alla persona che l'aveva uccisa ed era altamente probabile che in quel preciso istante avesse con sé il suo bambino. Un bambino che aveva bisogno di aiuto.

SETTE

Non vuole dirmi cosa ha fatto. Sono passate ore e dice che non possiamo andarcene, cosa che mi sembra strano, perché non facciamo altro che spostarci. Lasciamo un posto dopo l'altro, in continuazione. Non fa altro che ripetere che dobbiamo continuare a cambiare casa per evitare che arrivino le persone cattive.

«Ti porteranno via e non ci vedremo mai più.» dice a ripetizione.

Prima mi faceva paura l'idea di non rivederlo più, ma ora allontanarmi da lui è l'unica cosa che voglio fare.

Mi si avvicina da dietro e mi mette una mano sulla spalla. Ha le unghie ricoperte di macchie rosso scuro. Non ha sciacquato via tutto il sangue.

Di chi è questo sangue?

Queste parole sono come un sussurro nel mio cervello che non si zittisce mai.

Dovrei dire qualcosa. Dovrei dirgli di lavarsi di nuovo le mani. Ma non lo faccio. Magari, se va fuori, nei posti dove c'è un sacco di persone, qualcuno lo vedrà e lo denuncerà.

«Allontanati da lì.» mi dice.

Mi scrollo di dosso la sua mano pesante e incrocio le braccia sul petto. «Tanto non può vedermi nessuno.»

«Questo non puoi saperlo. Devi darmi retta. È l'unico modo per restare al sicuro.»

Il problema è che comincio a pensare che l'unico modo per me di stare al sicuro è che le persone cattive portino via lui.

OTTO

Una volta lasciati Hummel e la dottoressa Feist a continuare il loro lavoro, Josie tornò alla sua auto e mandò un messaggio a Noah per fargli sapere che si sarebbe trattenuta molto più a lungo del previsto. Nonostante fosse rimasta sconvolta dall'aggressione a Mira Summers e dall'omicidio della sua passeggera, così come dalla probabilità che un bambino fosse in pericolo di vita, la prospettiva di lavorare di nuovo su un caso potenzialmente complesso le dava una bella sensazione. Per la prima volta da un mese a quella parte non si sentiva consumare dall'ansia che le trasmetteva l'idea della valutazione da parte dell'incaricata dell'agenzia o del percorso di adozione che lei e Noah avevano intrapreso. Non di rado in passato si era sentita accusare dai suoi colleghi e dalla sua terapeuta di nascondersi dietro al lavoro, di buttarsi a capofitto nelle indagini per non dover affrontare le sue emozioni, ma la realtà dei fatti era che il suo lavoro aveva sempre rappresentato il luogo in cui le cose avevano un senso. Era l'unico posto in cui poteva sentirsi utile in ogni momento, in cui c'era sempre una procedura chiara da seguire. E, sebbene certe volte si potesse avere l'impressione che quella stessa procedura risultasse limitante, in realtà si rivelava una guida che la aiutava sempre e comunque a capire quale fosse il prossimo passo da compiere, specialmente nel corso delle indagini più complesse e impegnative. L'arrivo di una notifica sul telefono la distolse dai suoi pensieri.

Nessun problema. Io e Trout abbiamo tutto sotto controllo. Abbiamo ufficialmente una cucina senza tracce di pomodoro. Tutti i rilevatori di fumo e monossido di carbonio sono funzionanti. Faremo un figurone con quelli dell'agenzia. Ti amo.

Al testo seguivano diversi emoji a forma di cuore di fronte ai quali Josie non poté fare a meno di sorridere.

Mise via il telefono. Dal punto in cui aveva lasciato la sua macchina poteva vedere l'altro gruppo di paramedici che faceva scorrere la barella verso la berlina per rimuovere la donna dal sedile. Hummel e la dottoressa Feist si trovavano proprio lì accanto. Nello specchietto retrovisore si intravedeva un carro attrezzi con pianale ribassato. Circa un minuto dopo, vide arrivare l'agente Labenberg della Polizia Stradale che vi si fermava subito dietro. Sarebbero occorse ancora diverse ore di lavoro prima di poter sgomberare il sito dell'incidente e, nonostante che per il momento Josie avesse raccolto tutte le informazioni che poteva per la sua parte di lavoro, sarebbe stato un lungo pomeriggio, seguito da una ancor più lunga serata. L'immagine del volto smunto e pallido della donna sulla berlina era rimasta impressa nella sua mente. Era una di quelle cose che si vedono sul lavoro e che non si possono più dimenticare. Più ci ragionava, più si convinceva che quella donna non era affatto malata e, anzi, benché né lei né la dottoressa Feist lo avrebbero affermato ad alta voce finché non avessero avuto prove concrete, l'istinto le diceva che quella donna era stata sottoposta a torture prolungate nel tempo, prima di essere pugnalata.

"AIUTO"

Non solo, l'istinto le diceva anche che il caso che avevano appena aperto si sarebbe rivelato molto più grande di quanto sembrava. Avrebbe avuto bisogno di aiuto. Alcune voci attraversarono l'aria e la raggiunsero all'interno della sua auto. L'addetta alla ricostruzione dell'incidente e l'autista del carro attrezzi stavano discutendo su quando la berlina avrebbe potuto essere rimossa dalla scena. Josie alzò il finestrino e tirò fuori di nuovo il telefono, cercando tra i contatti "Coglione".

Ma Kyle Turner non le rispose.

Provò di nuovo, ma lui continuò a non risponderle. Allora gli mandò lo stesso messaggio in maiuscolo che lui le aveva inviato quando l'aveva chiamata a casa per sostituirlo: *RISPONDI*.

Aspettò un minuto e poi lo chiamò una terza volta. Quando finalmente le rispose, sembrava senza fiato. «Ehi, dolcezza, che ti brucia tanto?»

«Hai finito con quella rapina in banca o te la stai prendendo comoda?»

«Non ho ancora finito. Perché? Che è successo?»

«L'incidente è un omicidio.» gli spiegò. «Anche la donna al volante è stata accoltellata. Più volte. Inoltre, sembra che ci sia un bambino coinvolto in questa storia e potrebbe essere in pericolo di vita.»

«Ma non mi dire...»

Josie non riuscì a capire sé stesse fingendo di essere sorpreso o se fosse genuino. A quel punto le venne in mente un pensiero; non che avesse molta importanza, ma glielo chiese lo stesso: «Sapevi già che si trattava di un omicidio quando mi hai chiamato?»

Ci fu un attimo di silenzio. Poi Turner disse: «No, macché. Dalla centrale hanno detto solo che era un incidente d'auto, con una vittima.»

«Quanto pensi di metterci con la rapina in banca?» gli chiese lei.

Lui le rispose con un'altra domanda dal tono a metà tra l'indifferente e lo scherzoso: «Perché mi stai così tanto col fiato sul collo?»

«Perché questo caso è appena diventato molto più complicato di un semplice incidente automobilistico, e io ho una...» ma si fermò prima di dirgli il vero motivo per cui doveva essere a casa l'indomani mattina. Il capo Chitwood lo sapeva e anche Gretchen ne era al corrente; invece, con Turner non aveva alcuna voglia di parlare né della visita dell'incaricata dell'agenzia né tantomeno del fatto che lei e Noah stavano cercando di adottare un bambino, perché non aveva mai fatto niente per guadagnarsi l'accesso alla sua vita privata e quindi non era tenuta a dargli alcuna spiegazione.

«Hai una...? Che cosa?» la incalzò Turner.

«Ascoltami...» ricominciò lei, «non è il caso di perdere tempo in un caso come questo. Se c'è un bambino in pericolo di vita, significa che dobbiamo muoverci il più rapidamente possibile. Però domani mattina ho un appuntamento che devo rispettare.»

«Nessuno te lo impedisce.»

Lei trattenne un sospiro e si pizzicò il ponte del naso tra il pollice e l'indice. A conti fatti non poteva dargli torto: non c'era alcun motivo che la costringesse a mancare all'appuntamento a casa con l'incaricata dell'agenzia, se non per il fatto che non si fidava di Turner e di come avrebbe gestito le operazioni. Aveva la netta sensazione infatti che, se anche Gretchen fosse stata di turno insieme a lui la mattina seguente, in un modo o nell'altro Turner sarebbe riuscito a stare lontano dall'azione. A quel punto le sovvenne un nuovo pensiero che le fece ribollire gli acidi dello stomaco. E se il bambino fosse stato nelle stesse condizioni della donna dell'incidente? Automaticamente, Josie si lasciò cadere nei suoi esercizi di respirazione a scatola.

«Ehi, non ti starai mettendo a fare quella strana respirazione che hai imparato in quel ritiro del cazzo l'anno scorso?» l'apostrofò Tuner.

«Io vado... Turner, io vado al Denton Memorial Hospital per vedere cosa riesco a farmi dire dalla donna alla guida della berlina. Mi auguro solo che sia lucida. Però per questo mi servirebbe il tuo aiuto. Avremo bisogno di far firmare i mandati per ispezionare il veicolo, per analizzare i dati del sistema GPS dell'auto e, a seconda delle condizioni della conducente e delle informazioni che sarà in grado di fornirci, specie se non è ancora abbastanza sveglia per rispondere, potremmo aver bisogno di farci firmare i mandati per accedere anche al suo telefono. E, fatto questo, sulla base del posto in cui si stava recando oggi o di quello che ci dirà, ammesso che sia in grado di dire qualcosa, dovremo controllare i registri delle proprietà o eventualmente rifare il suo percorso per scoprire dove è stata.»

Turner ridacchiò. «Stai davvero imparando a capire come funziona tutta la procedura, non è vero?»

Josie si morse la lingua per non ribattere con una risposta pungente. «Lascia perdere. Lo chiedo a Gretchen.» E riattaccò.

In fin dei conti era una benedizione che non dovesse avere a che fare con lui. Le mancava Mettner. Quando era vivo, la squadra funzionava come una macchina perfettamente oliata. Ognuno dava il proprio contributo. Andavano tutti d'accordo. Davano la priorità ai rispettivi compiti e si prendevano cura l'uno dell'altro. Ripensando a quei momenti una fitta momentanea di tristezza la colpì al centro del petto, ma la represse rapidamente. Non c'era tempo per soffermarsi sulle proprie emozioni in un momento del genere.

NOVE

Il Denton Memorial Hospital era un grande edificio in mattoni situato sulla cima di una delle colline più alte della città. Josie lasciò la macchina nel parcheggio riservato ai visitatori, vicino alle corsie del Pronto Soccorso, ed entrò senza farsi notare, mostrando il suo distintivo all'addetto alla sicurezza. Per essere un mercoledì pomeriggio, il Pronto Soccorso era piuttosto affollato. Gli infermieri facevano avanti e indietro a grandi passi lungo la fila di aree di trattamento separate da tendine, urlando indicazioni gli uni agli altri. Da dietro una delle tende proveniva il vagito di un bambino. Diversi macchinari emettevano segnali acustici, indicando il minimo cambiamento nei segni vitali dei pazienti. Josie si sentì sollevata dal sollievo quando vide la sua collega, la detective Gretchen Palmer, proprio davanti alla postazione degli infermieri, intenta a scavare con una mano dentro una busta di carta marrone proveniente dal loro caffè preferito, il Kommorah's Koffee. Sul bancone davanti al quale si era fermata c'era un portabicchieri con due tazze di caffè. Alzò lo sguardo quando si accorse che Josie si stava avvicinando e, sorridendole, estrasse dalla busta un croissant alle noci.

«Quella sarebbe una pastina?» le chiese Josie lanciandole un'occhiata di finto rimprovero.

Gretchen ne addentò metà e trangugiandola in un paio di bocconi, disse: «Tu non hai visto niente.»

Josie si mise a ridere e poi, fingendosi di nuovo seria, disse: «Non mi sembra giusto avere dei segreti con Paula.»

Gretchen era alla soglia dei cinquant'anni e quando ne aveva venti aveva avuto due gemelli che aveva subito dato in adozione perché all'epoca era rimasta coinvolta in una situazione tremenda e aveva ritenuto che quello fosse l'unico modo per tenerli al sicuro. Anni dopo, ormai grandi, erano entrambi tornati nella sua vita e, da qualche tempo, sua figlia Paula era andata a vivere con lei e l'aveva convinta a seguire una dieta rigorosa e a iniziare a fare esercizio fisico. Paula voleva godere il più a lungo possibile di tutto il tempo che aveva a disposizione con sua madre e Gretchen non aveva il coraggio di dirle di no. Senza contare che, essendo una detective, era costretta a orari che non sempre erano favorevoli alle abitudini più salutari. Al netto di quelle considerazioni, rimaneva il fatto che i croissant alle noci del Komorrah's Koffee erano il punto debole di Gretchen, che infatti stava fissando l'altra metà del croissant come se fosse il suo amante. «È già abbastanza grave che mi faccia fare jogging ogni maledetto giorno.» Con una mano si pizzicò la ciccia del punto vita: ce n'era molta meno di quanta ce ne fosse mai stata da quando si conoscevano. «Guarda qui. Mi sto asciugando. Finirò per scomparire. Paula sta lentamente riducendo le quantità di zucchero nella nostra dieta. Presto non potrò nemmeno metterlo nel caffè. Mi tiene sotto controllo la glicemia come un allibratore all'ippodromo.»

Josie si mise a ridere. «Pensavo che la scuola di specializzazione le prendesse molto tempo.»

«Non abbastanza da impedirle di diventare la mia nutrizionista domestica...» commentò Gretchen infilandosi in bocca il resto del croissant, masticando più lentamente questa volta e chiudendo gli occhi mentre ne assaporava la consistenza.

«Non sei riuscita a convincerla a rinunciare a criminologia, mi pare di capire.»

Gretchen riaprì gli occhi e si scrollò alcune briciole dal petto prima di prendere una delle tazze di caffè che porse a Josie. «Per farmi contenta, mi basta che non abbia voluto entrare in un dipartimento di polizia. Non mi entusiasma che abbia scelto criminologia, ma perlomeno è un lavoro da analista. Preferisco che stia dietro una scrivania che direttamente sul campo. Non sopporterei che vedesse mai le cose che abbiamo visto noi, non da vicino.»

Josie aprì il coperchio del bicchiere di carta, lasciando che il vapore le accarezzasse il viso. «Mi hai preso un caffè macchiato con tostatura blonde?»

Stavolta toccò a Gretchen guardarla con aria di finto rimprovero. «Mi offende che tu me lo chieda. Da quanti anni è che lavoriamo insieme?»

«Quasi otto.» rispose Josie mandando giù un lungo sorso e trepidando nell'attesa che la caffeina cominciasse a fare effetto sul suo organismo. «Non lasciarmi mai.»

«Te lo prometto.» le garantì Gretchen ridacchiando. Poi puntò un dito verso una delle sale di traumatologia con le pareti di vetro proprio di fronte alla postazione degli infermieri e disse: «La vittima della sparatoria che ho preso è là dentro... dicono che se la caverà. Ho anche già catturato l'uomo che ha aperto il fuoco: è un vicino di casa. È cominciato tutto con una lite per un albero. Vorrei che mi avessi chiamato appena Turner ti ha chiesto di intervenire, così avrei potuto risparmiarti tutto questo disturbo. So che domani è un gran giorno per te.»

«L'una non esclude l'altra.» le rispose Josie.

«Allora perché non mi ragguagli sulla situazione? Così posso subentrare io...»

Josie si prese il tempo di bere un altro lungo sorso del suo caffè macchiato prima di dire: «Non preoccuparti, posso prendere io il comando dell'indagine.»

«Guarda che per me non è un problema, eh.» le garantì Gretchen. «Pensa a quello che devi fare a casa.»

Josie pensò a ciò che Noah aveva detto a proposito degli aggiustamenti da apportare alla loro vita se avessero adottato un bambino: "è pieno il mondo di coppie che lavorano ogni giorno della settimana e comunque riescono a mettere su famiglia". «Ti ringrazio davvero, ma posso cavarmela. Ce la faccio a gestire il lavoro e le faccende a casa.»

Questa volta Gretchen la rimproverò davvero, con gli occhi ridotti a due fessure. «Si tratta della donna che era con te al ritiro dell'anno scorso, vero? Quella che, come dici tu, hai perso?»

Josie abbassò la voce a un sussurro. «Non è che io *dico* di averla persa. Io l'ho persa. Se avessi fatto un'altra scelta, adesso sarebbe ancora viva. Ma non è per questo. Almeno, non del tutto.»

Per un attimo, Gretchen le diede l'impressione di voler cominciare una discussione. Un'altra volta. Invece lasciò perdere. «Hai un brutto presentimento su questo caso.»

«Ho un brutto presentimento su tutti i casi.»

«Lo sai cosa voglio dire.»

Mentre aspettavano che qualcuno del personale medico le raggiungesse per metterle al corrente delle condizioni di Mira Summers, Josie fece a Gretchen un resoconto sui dettagli del caso e terminò mostrandole le foto che aveva scattato sul luogo dell'incidente. Gretchen riuscì a nascondere molto meglio di Josie la sua emozione quando vide il messaggio di richiesta di aiuto e le condizioni della passeggera. «La donna dovrebbe essere già all'obitorio.» concluse Josie. «Ma non penso che la dottoressa Feist riuscirà a farci avere i risultati dell'autopsia prima di domani.»

«Dove potrà mai essere il bambino che ha fatto il disegno?»

chiese Gretchen, concentrandosi subito sul dettaglio più allarmante, quello che in quel momento stava attorcigliando lo stomaco di Josie.

«È proprio questo il problema.» disse Josie. «La donna a bordo della macchina di Mira Summers voleva che qualcuno trovasse questo disegno. Anche con un coltello piantato nell'addome, si è tenuta stretta questo disegno.»

«In una morsa mortale, nel vero senso della parola.» mormorò Gretchen. «Cosa possiamo dire di questo bambino in base al disegno? Non abbiamo nessuno spunto? È il disegno di un fiore. Non mi piace parlare per stereotipi o passare per sessista, ma potrebbe essere un chiaro segno che dobbiamo cercare una bambina.»

«Sì, è la cosa più probabile, ma non dobbiamo escludere nulla. Resta comunque il fatto che questo disegno solleva più domande che risposte.» sentenziò Josie mandando giù il resto del suo caffè macchiato e, gettato il bicchiere vuoto in un cestino vicino, aggiunse: «Tra l'altro, sono dell'idea che, a giudicare dal suo aspetto, la donna che Mira Summers ha caricato sulla sua macchina sia stata segregata da qualche parte e, con tutta probabilità, torturata prima di essere accoltellata a morte.»

«Diamine, che roba terrificante.» mormorò Gretchen, sorseggiando il suo caffè. «Così la richiesta di aiuto ha molto più senso in questo contesto.»

Josie sentì dei passi alle sue spalle e si voltò per vedere chi fosse: era il medico curante del reparto di pronto soccorso, il dottor Ahmed Nashat, che procedeva verso di loro con un bel sorriso. «Detective, è un piacere, come sempre, anche se preferirei che non ci incontrassimo in circostanze così penose.»

«È di buon umore, dottore.» commentò Gretchen.

Il dottor Nashat allentò leggermente il suo sorriso e lanciò un'occhiata alle loro spalle, come se si aspettasse di vedere qualcun altro. «Se mi è consentito essere sincero, sono contento di vedere voi due e non il vostro nuovo collega.»

«Mi creda, non è il solo...» brontolò Gretchen. «Che cosa ha combinato stavolta?»

«Diciamo solo che non ha la stessa gentilezza con i testimoni o con il personale medico che invece avete voi due.»

«Non ce l'ha con nessuno.» mormorò Josie. «Che cosa può dirci di Mira Summers?»

«Quando è stata portata in reparto, aveva ripreso conoscenza e rispondeva in modo appropriato ai comandi verbali. Ha un livido molto grande sulla fronte e ho notato diversi segni di commozione cerebrale, come la sensibilità alla luce. È stata immediatamente sottoposta a una TAC alla testa. Non preoccupatevi, uno dei vostri colleghi è già venuto a prendere in consegna i suoi indumenti e gli stivali. Uno degli specializzandi provvederà a metterle dei punti alle braccia il prima possibile, ma abbiamo dato la precedenza al trauma cranico. Ad ogni modo, sebbene la TAC della paziente non mostri alcuna lesione visibile, ho diagnosticato una commozione cerebrale in base agli altri sintomi. Quindi, per il momento la terremo in osservazione e continueremo a monitorarla nelle prossime ore.»

«È sveglia?» si informò Josie. «È lucida?»

Il dottor Nashat la guardò accigliato. «Sì, è sveglia. Ha molto dolore, ma i farmaci che le abbiamo somministrato dovrebbero aiutarla. Sembra che soffra di una lieve perdita di memoria.»

Gretchen lo guardò preoccupata. «Perdita di memoria? Di che entità?»

Un'infermiera passò davanti a loro, spingendo un uomo su una sedia a rotelle che teneva una borsa del ghiaccio premuta sul naso. Il dottor Nashat si tolse di mezzo per lasciarli passare e Josie e Gretchen fecero altrettanto.

«Non ricorda molto dell'incidente o degli eventi che lo hanno preceduto.» spiegò poi il dottore.

Gretchen chiese: «È normale?»

«Quello che vediamo normalmente nei pazienti che hanno

subito una commozione cerebrale è una perdita di memoria a breve termine, che consiste nel dimenticare dove hanno messo le chiavi di casa o non ricordare i nomi delle persone... questo genere di cose. Di solito è una fase temporanea e si risolve nel corso di qualche settimana o, al massimo, di un paio di mesi. Nel caso di Mira Summers si potrebbe benissimo presentare questo tipo di perdita di memoria a breve termine nelle prossime settimane. Per quanto riguarda il fatto che non si ricorda dell'incidente, beh, può succedere, anche se non è un fenomeno tra i più frequenti. Ma si sono registrati casi di pazienti che non avevano alcun ricordo dell'evento che aveva causato la commozione cerebrale; in buona sostanza, non è fuori dal campo delle possibilità. Detto questo, non è fuori dal campo delle possibilità nemmeno che presto o tardi recuperi quei ricordi, perché non ha una perdita di memoria completa: sapeva di aver avuto un incidente quando sono andato a parlarle e sapeva anche quale strada stava percorrendo.»

Aveva una perdita di memoria selettiva, quindi. Josie guardò Gretchen e poi di nuovo il dottor Nashat. «Non mi fraintenda dottore, ma non c'è la possibilità che Mira Summers stia... fingendo?»

Lui la guardò con aria sbalordita. «Che stia fingendo di aver perso la memoria?»

«Abbiamo lavorato a un caso, diversi anni fa, in cui una donna aveva finto di perdere la memoria.» spiegò Gretchen. «Sicuramente capirà che siamo preoccupati all'idea che possa capitare di nuovo.»

Il dottore congiunse le mani in vita. «È difficile da dire. Le commozioni si presentano in modo diverso per ogni paziente. Se la perdita di memoria di Mira Summers riguardo agli eventi che l'hanno portata all'incidente sia reale o se stia...» a questo alzò le mani per fare le virgolette, «fingendo, non saprei dirvelo.»

«Tuttavia non è escluso che stia fingendo.» lo incalzò Josie.

Il dottor Nashat strinse le labbra riflettendoci su. Erano

ormai usciti dal territorio medico e Josie sapeva esattamente perché non voleva rispondere. «Ci dica la sua opinione personale. Rimarrà tra di noi. Niente che lei debba testimoniare in tribunale, qualora dovesse rendersi necessario.»

«Abbiamo degli esperti che possono occuparsi di questa valutazione.» gli fece notare Gretchen.

Lui si strofinò la fronte con le dita. «Non esiste un test misurabile con cui possiamo stabilirlo.»

Fra tutti i modi che Josie aveva sentito per eludere una risposta, quello era sicuramente il migliore e per quanto il dottor Nashat le piacesse sinceramente, sapeva che con quello aveva raggiunto il massimo che sarebbe stato disposto ad aggiungere sull'argomento.

«Ora, se non vi dispiace...» disse infatti, «devo completare il giro dei pazienti.»

Lo ringraziarono per la sua disponibilità e, guardandolo congedarsi, Gretchen si scolò il resto del suo caffè. «Cosa vuoi fare?»

Josie colse un lampo di blu dietro la testa di Gretchen. Era la divisa dell'agente Dougherty, che si stava dirigendo verso di loro. «Prima parla con lui.» rispose a Gretchen indicandolo con un gesto.

Nelle mani di Dougherty apparve un blocco per gli appunti. Ne sfogliò una pagina e la chiamò: «Quinn! Brennan mi ha detto che l'avrei trovata all'ospedale.»

«Cosa avete trovato a casa di Mira Summers?» gli chiese Josie.

Dougherty sfogliò un'altra pagina. «Risiede in una casa a schiera in città. In affitto. In uno di quei quartieri con decine di abitazioni tutte uguali. Ho bussato e suonato al campanello e non ho ricevuto nessuna risposta. Uno dei suoi vicini era in casa e mi ha detto che è uscita in macchina verso le otto di questa mattina, da sola. Sembrava in perfetta salute. Ha detto che vive da sola e il padrone di casa me lo ha confermato. Infatti, non ci sono altri nomi nel contratto d'affitto.»

«Niente bambini?» chiese Josie.

Dougherty diede un'occhiata ai suoi appunti. «Non ci sono bambini nel contratto d'affitto e il vicino ha detto di non aver mai visto bambini entrare o uscire dall'appartamento.»

«Ha detto se ha animali domestici?» chiese Josie.

Lui alzò lo sguardo per guardarla negli occhi, come se fosse sorpreso dalla domanda. «Il vicino ha detto che ha un gatto. Che fa, adesso conta i gatti come coinquilini?»

Gretchen lo guardò con aria di rimprovero. «I gatti sono più intelligenti della maggior parte degli esseri umani, Dougherty.»

«Se lo dice lei...» borbottò.

«Di che razza?» chiese Josie.

«Sta scherzando?» rispose lui.

Josie e Gretchen lo fissarono intensamente. Lui emise un pesante sospiro. «Non l'ho chiesto.» E vedendo poi che nessuna delle due gli rispondeva, si affrettò ad aggiungere: «Posso provare a scoprirlo, però.»

«Lascia perdere.» rispose Josie, mostrandogli un rapido ghigno. «Chiederemo direttamente Mira Summers.»

«Auguriamoci che si ricordi di avere un gatto.» aggiunse Gretchen, attirando un'occhiata confusa di Dougherty.

DIECI

Quando Dougherty se ne andò, Josie e Gretchen si diressero verso l'Area di Trattamento Dodici, dove la tenda era stata lasciata parzialmente aperta. Mira Summers giaceva sulla barella, con gli occhi chiusi. Le era stato messo un camice da ospedale e le sue braccia erano ancora avvolte in un giro di garza, che si era notevolmente allentata rispetto a quando era stata caricata sull'ambulanza. Sotto le luci fluorescenti dell'ospedale, era di un pallore mortale che metteva ancora più in risalto le lentiggini. Quanto al livido rossastro sulla fronte, si presentava ancora più scuro di quando Josie l'aveva vista nel retro dell'ambulanza. Accanto a lei, un monitor portatile ne tracciava i segni vitali. Dall'altra parte, una sacca di soluzione fisiologica pendeva dal sostegno, gocciolando lentamente nella flebo che le avevano inserito in una mano. Si destò di colpo spalancando gli occhi quando Gretchen tirò la tenda intorno al binario, in modo che potessero parlare in privato.

«Mira Summers?» chiese Josie in tono cordiale.

La donna alzò una mano, coprendosi gli occhi. «Chi è lei?»

Josie e Gretchen si presentarono, mostrando i loro distintivi.

Lei le squadrò con un'occhiata vuota da sotto il braccio. «Siete della polizia?»

«Sì.» disse Josie. «Vorremmo farle qualche domanda, sempre che se la senta. Altrimenti, possiamo tornare in un altro momento.»

Strizzò gli occhi. «Domande riguardo all'incidente?»

«Sì.» disse Gretchen. «Che cosa ricorda del momento dell'impatto?»

Accanto al letto, il monitor emise un segnale acustico, indicando che la frequenza cardiaca della donna stava aumentando. Josie si aspettò di veder arrivare un'infermiera, ma non arrivò nessuno. Mira Summers si coprì gli occhi con il braccio. Sia Sawyer che il dottor Nashat avevano detto che era sensibile alla luce a causa della commozione cerebrale, ma nessuno si era preoccupato di abbassare le luci sopra la sua barella. «Non molto. Ricordo solo che quando mi sono svegliata in macchina avevo un grosso pallone in faccia. Poi ho capito che era l'airbag. Dopo c'era un uomo che mi chiedeva se stavo bene. Era dall'altra parte dell'auto. Credo che ci fosse anche qualcun altro. In macchina con me...»

Josie notò che, oltre alla luce accecante a soffitto, ce n'era una più piccola sulla parete sopra la barella. «Esatto. C'era una donna sul sedile del passeggero. Non se la ricorda?»

Mira Summers spostò il braccio in modo che non le facesse pressione sulla fronte, ma tenne gli occhi coperti. «No. Non so nemmeno chi sia o come sia arrivata lì. Ero sola in macchina quando ho lasciato le scuderie.»

Gretchen fece apparire il blocco note tra le sue mani, sfogliò una pagina e prese la penna che teneva dietro l'orecchio. «Quali scuderie?»

«Sentieri Tranquilli. Ci vado ogni domenica. Per andare a cavallo. Sono iscritta nel loro programma di equitazione terapeutica... ehm, per un trattamento per l'ansia che sto seguendo. Quando ho finito, sono salita in macchina e un attimo dopo mi sono ritrovata un airbag in faccia e...» il suo petto prese ad alzarsi e ad abbassarsi rapidamente. Sul monitor, la lettura della frequenza respiratoria si fece alta. «Voi sapete cosa mi è successo? Sapete da dove veniva quella donna?»

Josie trovò gli interruttori della luce lungo la parete e fece qualche tentativo finché non riuscì a spegnere la luce a soffitto e a tenere accesa solo quella sulla parete. «Stiamo lavorando per capire com'è andata.» le assicurò. «Vediamo se così va meglio con la luce a soffitto spenta. Miss Summers, lei ha delle ferite sugli avambracci. Si ricorda come se le è procurate?»

Mira Summers abbassò lentamente il braccio. Altro sangue fresco passava in modo irregolare attraverso la garza. Sbatté le palpebre più volte. «Non mi ricordo. Mi dispiace. Ve l'ho detto, ricordo di essere salita in macchina per lasciare le scuderie e un attimo dopo mi sono risvegliata con la macchina distrutta. Mi fa male la testa, mi fanno male le braccia...» alzò un avambraccio, fissando la garza. «Mi sembra che stiano andando a fuoco.»

«È stata pugnalata diverse volte.» le rammentò Gretchen. «C'è qualche dettaglio che può dirci sul suo aggressore?»

Mira scosse lentamente la testa. Socchiuse di nuovo gli occhi contro la luce, anche se ora sembrava sentirsi più a suo agio nella penombra.

«Potrebbe essere stato qualcuno dei Sentieri Tranquilli?» le chiese Josie.

La frequenza cardiaca le salì di nuovo, facendo scattare un altro allarme. Ma neanche stavolta arrivò nessuno degli infermieri. «No. No. Le persone che frequentano le scuderie sono così gentili e Rebecca e Jonathan non farebbero mai una cosa del genere. Sono brave persone. Mi stanno aiutando.»

«Rebecca e Jonathan sono i proprietari?» si informò Josie e Miss Summers annuì. Il battito stava ancora salendo.

«E uno degli altri frequentatori?» chiese Gretchen. «Non è possibile che ad aggredirla sia stato qualcun altro che era lì oggi?»

«Non lo so. Non lo so e basta.»

L'allarme della macchina che monitorava i segni vitali continuava a suonare. Se un membro del personale medico fosse entrato in quel momento, avrebbe chiesto che se ne andassero. Nel tentativo di calmarla, Josie spostò le domande su argomenti più banali, per non rischiare che avesse un problema cardiaco quando le avrebbero chiesto del bambino. «Parliamo di quello che si ricorda. Vive da molto tempo a Denton?»

Nonostante la frequenza cardiaca e respiratoria non si abbassassero, lei rispose lo stesso: «Da tre anni. Mi sono trasferita dalla contea di Bucks. Ho trovato lavoro qui per una compagnia di assicurazioni. Mi limito a rispondere al telefono e a fare un po' di assistenza ai clienti, ma lo stipendio è buono.»

Josie premette l'interruttore per spegnere la luce a muro, immergendo l'area all'interno della tenda nella semioscurità, ma non era così penalizzante da impedire loro di vedersi. «Vive da sola?»

Il corpo di Mira si rilassò visibilmente. «Oh, sì. Ci siamo solo io e il mio gatto.»

«Di che razza è il suo gatto?» le chiese Gretchen.

Finalmente il battito cardiaco rallentò e l'allarme si interruppe. «Di quella col pelo tutto nero. Non so dirvi altro. L'ho presa in un centro di recupero. Ma è... è importante?»

Gretchen scosse la testa. «Sono solo una persona con la passione per i gatti. Lei ha figli, Miss Summers?»

La frequenza cardiaca ebbe un'impennata, ma non abbastanza alta da far ripartire l'allarme. In compenso, altro sangue trasudò attraverso i tamponi di garza, macchiando il lenzuolo che la copriva. «No. Non ho mai avuto figli.»

«È mai entrata in contatto con dei bambini ai Sentieri Tranquilli?» continuò Gretchen.

«Beh, sì, ci sono dei bambini che frequentano le scuderie, ma non ho mai parlato con nessuno di loro o altro.»

Josie tirò fuori il telefono e cercò il disegno che avevano trovato sulla scena. «Questo le sembra familiare?»

Miss Summers fissò il disegno con aria assente finché il silenzio non si fece imbarazzante. Poi, leccandosi le labbra, rispose: «No. Cosa dovrebbe essere? L'ha disegnato un bambino?»

«Crediamo di sì.» disse Josie scorrendo verso la foto del retro del foglio di carta, dove le cinque lettere verdi saltavano letteralmente fuori dalla pagina.

Miss Summers fissò il messaggio, il suo battito cardiaco improvvisamente accelerò da una minima di poco più di cinquanta a oltre centodieci soffermandosi su svariati livelli intermedi, accompagnato dall'allarme che ricominciò a suonare, si interruppe e poi ricominciò ancora, tanto che Josie si chiese se alla fine il macchinario sarebbe andato in corto circuito al passo con cui la frequenza del battito cardiaco di quella donna cambiava ogni tre per due. «Non so cosa dirvi.» sussurrò.

Josie tenne la foto in modo che potesse continuare a vederla. «Questo disegno è stato trovato nella mano della donna che era in macchina con lei. Abbiamo ragione di credere che chiunque l'abbia disegnato e abbia scritto questo messaggio sul retro sia in pericolo. Ci rendiamo conto che al momento lei non è nelle migliori condizioni, ma la prego di riflettere attentamente. Non le viene in mente se possa essere stato qualche bambino che conosce ad averlo disegnato?»

L'allarme emise un altro ruggito per tre secondi prima di tacere. «No.» disse Mira. «Mi dispiace. Non ne conosco nessuno.»

Gretchen picchiettò la penna sul blocco note. «Anche se lei non ha figli, non c'è qualcuno nella sua vita che potrebbe aver fatto questo disegno?»

«No, no.»

«Nemmeno dei nipotini?»

«Non ho... né fratelli né sorelle.»

«Magari i figli di qualcuno dei suoi amici?» continuò Gretchen.

«Ho solo una buona amica e non ha figli. Ma scusate... avete detto che quel disegno lo teneva in mano la donna che era in macchina con me. Non potete chiedere direttamente a lei?»

«Sfortunatamente no.» disse Josie. «Quella donna è deceduta.»

Ogni lineamento del viso di Mira Summers si distese per la sorpresa. «Oh, mio Dio. Sono stata io a ucciderla? Nell'incidente?»

Possibile che davvero non ricordasse niente di niente degli attimi che avevano preceduto l'incidente? Nemmeno del manico di coltello che spuntava dall'addome della sua passeggera? Josie cercò nella sua espressione i segni rivelatori di una menzogna, ma nello stato in cui versava al momento era difficile decifrare ciò che poteva indicare che stesse mentendo e ciò che era semplicemente il risultato dello sgomento e del dolore per l'incidente.

«Il medico legale dovrà eseguire un'autopsia per determinare la causa della morte, ma sembra che fosse in pessime condizioni già prima di salire sulla sua auto.»

Josie sentì uno scatto e poi un forte ronzio. Il bracciale per la misurazione della pressione sanguigna che Miss Summers aveva attorno al braccio si gonfiò.

Gretchen girò un'altra pagina del suo blocco note. «La donna nella sua macchina non aveva alcun documento. Non ricorda se le ha detto il suo nome quando l'ha caricata a bordo?»

Miss Summers aveva già detto che non conosceva l'identità della sua passeggera, ma farle rispondere alla domanda di Gretchen non era casuale: stava facendo un controllo per valutare la coerenza della sua versione dei fatti, soprattutto dal momento che sosteneva di aver perso la memoria.

Miss Summers scosse la testa. Una smorfia le attraversò il viso. Sollevò di nuovo un avambraccio. Il sangue le colava fino al gomito e finiva sulla manica del camice. L'allarme della macchina che monitorava i suoi segni vitali cominciò a strillare di nuovo. La pressione sanguigna era alta.

Josie cercò nel mobiletto vicino e, trovata una manciata di garze, gliele porse. «Se riesce a capire da quale ferita sta sanguinando ci faccia pressione sopra. Il dottore ha detto che a momenti arriverà qualcuno a metterle i punti.»

Miss Summers fece come le era stato detto.

«Adesso le vorremmo mostrare una foto della donna che era in macchina con lei.» riprese Gretchen.

In realtà Josie avrebbe preferito di gran lunga non mostrare a nessuno le foto di quella donna. Da una parte, sentiva che sbandierare quella foto era come fare un affronto alla sua dignità, giacché a stento ricordava un essere umano; ma, dall'altra, sentiva che rinunciare a cercare di identificarla e di fare giustizia per lei sarebbe stato un affronto ancora più grave. Perciò, con riluttanza, Josie avvicinò la foto al volto di Miss Summers. La garza le cadde dalle dita. Un rantolo strozzato le uscì dalla gola.

«La riconosce?» le chiese Josie, incapace di credere all'idea che chiunque potesse riuscire a riconoscerla nello stato in cui era ridotta.

L'allarme continuava a suonare. Che motivo avevano di installare simili sistemi se poi nessuno del personale medico accorreva? Miss Summers scosse di nuovo la testa. Le lacrime le scendevano sul viso. «Cosa pensate che le sia successo? Non sembra neanche... non ho parole.»

Non c'erano fazzoletti nell'area di trattamento, così Josie prese un altro rotolo di garza da darle per asciugarsi gli occhi. «Ne sapremo di più dopo l'autopsia. C'è qualcuno che possiamo chiamare per lei finché rimane qui in ospedale?»

Asciugandosi le guance con il rotolo di garza disse: «Se n'è già occupata l'infermiera. La mia amica è al lavoro. Bobbi Ann Thomas. È l'unica persona che ho da queste parti.»

«Non c'è nessuno della sua famiglia?» le chiese Gretchen.

Miss Summers individuò il punto dell'avambraccio che a occhio e croce doveva essere la fonte dell'emorragia in corso e vi premette il resto della garza pulita. «Non parlo con i miei genitori da anni. Non andiamo d'accordo.»

«E che ci dice delle sue relazioni?» chiese Josie. «Si vede con qualcuno?»

L'allarme si interruppe bruscamente, ma solo perché il bracciale per misurare la pressione sanguigna si stava gonfiando di nuovo.

«No.» rispose Miss Summers. «Non esco con qualcuno da anni. Non ho nessuno.»

«E invece che ci dice delle relazioni passate?» chiese Gretchen.

Josie trattenne il fiato vedendo che la pressione sanguigna si abbassava lentamente, aspettandosi che le urla stridule dell'allarme ricominciassero. Se non ci avesse pensato la pressione sanguigna a farlo scattare un'altra volta, molto presto l'avrebbe fatto il suo battito cardiaco. Tutti i parametri stavano cominciando a salire di nuovo.

«Cosa intende dire?» chiese Miss Summers.

«C'è stato qualche uomo di una relazione passata che le ha dato fastidio?» chiarì Josie.

Come previsto, il macchinario dei segni vitali ricominciò la sua sinfonia discordante.

«No.» rispose lei.

«Per caso qualcuno dei suoi ex ha figli?»

«Ehm, non lo so. Ve l'ho detto, non esco con nessuno da un millennio.»

«C'è stato qualcun altro che l'ha importunata negli ultimi tempi?» domandò Gretchen continuando a prendere appunti sul suo blocco note. «Qualcuno che le gira intorno? Qualcuno che la mette a disagio? Qualcosa del genere, insomma. Un vicino di casa, un collega, chiunque.»

«No, niente del genere. Dico sul serio: vivo una vita tranquilla. Vado al lavoro. Esco con la mia amica Bobbi qualche volta. Vado alle scuderie. Non faccio altro.»

La tenda si aprì di scatto e un fascio di luce proveniente dall'esterno colpì il viso di Mira, che chiuse gli occhi ermeticamente e girò la testa di lato. Un'infermiera entrò e schiacciò una serie di pulsanti sulla macchina, facendola tacere. Poi entrò un giovane medico. «Miss Summers, sono qui per metterle i punti di sutura.»

Josie lasciò uno dei suoi biglietti da visita sul tavolino accanto alla barella. «Ora la lasciamo in pace Miss Summers, ma se le tornasse in mente qualcosa, una cosa qualsiasi, su quello che le è successo oggi, sulla donna che ha caricato sulla sua auto o sul bambino che potrebbe aver fatto il disegno che le abbiamo mostrato, ci chiami senza esitare. Il nostro collega ha requisito il suo telefono come prova, ma cercheremo di farglielo restituire il prima possibile. Fino ad allora, potrà farsi aiutare da qualcuno del personale dell'ospedale a mettersi in contatto con noi.»

UNDICI

Labenberg, l'agente incaricata della Polizia Stradale, non aveva ancora finito di lavorare sulla scena quando Josie fece ritorno su Prout Road. Altri tre agenti della squadra si erano uniti a lei, e stavano scattando foto e facendo schizzi. Due pattuglie erano rimaste a sorvegliare la scena e a dirigere il traffico. Anche il carro attrezzi era ancora lì, con l'autista addormentato nell'abitacolo. Josie fece un cenno all'agente Brennan mentre passavano. Gretchen diede un sorso al nuovo caffè che si erano fermate a prendere e guardò i resti dell'incidente. Via via che risalivano sulla collina, vedevano porzioni di campi estendersi a perdita d'occhio su entrambi i lati, nient'altro che erba alta e qualche macchia di fiori selvatici fino alla linea degli alberi che delimitava il bosco in lontananza. In cima alla collina, la strada proseguiva in piano. Percorsero un chilometro e mezzo e poi un altro, e ancora non c'erano vialetti o edifici in vista. «Non esageravi...» constatò Gretchen, «quando hai detto che non c'è letteralmente nulla da queste parti.»

«Varrà comunque la pena dare un'occhiata alle carte aeree quando torniamo alla centrale. Non si può dire, così a occhio, quanto si estendano questi campi o di cosa ci sia al di là di quegli alberi. Piuttosto, che idea ti sei fatta di Mira Summers?»

«Mi stai chiedendo se sospetto che abbia mentito sul fatto di non ricordare nulla della donna che era in macchina con lei? O di chi sia stato ad accoltellarle o di cosa sia accaduto prima dell'incidente? O, soprattutto, se sa qualcosa di quel disegno? Perché, in linea generale, non sono riuscita a farmene un'idea. Non vedo per quale motivo avrebbe dovuto mentire... eppure ha dimenticato proprio le cose che ci serve sapere. Capisco quello che diceva il dottor Nashat sulle commozioni cerebrali. E ho anche visto molte persone rimuovere eventi traumatici, come essere vittima di un'aggressione... quindi chi può dirlo? Sarà il caso di andare a parlare di nuovo con lei quando le avranno messo i punti e si sarà riposata un po'. A quel punto avremo modo di farci un'idea più chiara di quello che sa.»

Josie calcolò che avevano percorso quasi tredici chilometri quando comparve davanti a loro l'Accademia Equestre dei Sentieri Tranquilli. La vernice si era scrostata dall'insegna affissa all'entrata di un vialetto di ghiaia, che Josie imboccò, e lungo il quale proseguì costeggiando una fila di alberi da un lato e un grande campo dall'altro. Frenò quando il vialetto di ghiaia si allargò sul lato sinistro fino a raggiungere un boschetto di aceri a una trentina di metri di distanza. Una bancarella di legno per la vendita di prodotti agricoli, dipinta di un rosso sbiadito, era stata sistemata nello spiazzo sotto di loro, ma sugli scaffali non c'era nulla tranne una scatola di legno con la scritta: PRENDETE QUALCOSA SE LASCIATE QUALCOSA. Proseguì. Il vialetto si snodava verso destra. Infine, giunsero a un grande edificio a due piani dietro una recinzione di tronchi. La struttura sembrava ricavata da quello che un tempo doveva essere stato un fienile poi parzialmente convertito in abitazione. I rivestimenti in legno erano vecchi e in alcuni punti il marrone era sbiadito fino a diventare grigio. Il vialetto continuava a curvare intorno alla casa, fuori dalla loro visuale, ma appena superato un pino massiccio, verso sinistra, si apriva un parcheggio sterrato dove Josie fermò la macchina.

«Per me definirla "Accademia" è un tantino esagerato.» commentò Gretchen.

Josie scese e, stiracchiandosi le braccia sopra la testa, si accorse che c'erano altri due veicoli nel parcheggio, una berlina e un cassonato. «Chissà, magari all'interno è più bello...»

Guardandola al di sopra del tettuccio dal lato opposto del dell'auto, Gretchen fece una risatina ironica e chiudendo la portiera, disse: «Ma almeno siamo ancora a Denton?»

Josie guardò in direzione della strada. «Che tu ci creda o no, sì, siamo ancora a Denton. Il confine della città dista ancora un paio di chilometri da qui verso nord.»

Gretchen scosse la testa, ridendo sommessamente mentre si incamminavano verso la struttura. «Il confine della città... c'è una bella differenza tra questo posto e la giungla di cemento di Philadelphia che conosco io. Non mi ci abituerò mai...»

Attraversarono la recinzione di tronchi e percorsero un camminamento in pietra fino a raggiungere la facciata della struttura, dove trovarono una porta bianca tutt'altro che invitante. Non c'erano insegne. Non c'era nemmeno un campanello.

«Non si direbbe proprio che questo posto sia in attività.» constatò Gretchen.

Non avevano avuto il tempo di documentarsi adeguatamente sul maneggio, essendoci arrivate direttamente dall'ospedale; in condizioni normali, Josie avrebbe fatto ricerche approfondite su un'attività come l'Accademia Equestre dei Sentieri Tranquilli prima di recarcisi, ma dato che era quello l'ultimo posto in cui Mira Summers era stata prima dell'incidente, aveva preferito ispezionarlo senza perdere tempo, perché se erano rimasti indizi o testimoni che potessero aiutarle a capire chi era la donna accoltellata a morte o cos'era successo a Mira Summers prima che distruggesse la macchina nell'incidente e, soprattutto, se c'era effettivamente un bambino in pericolo, Josie voleva scoprirlo immediatamente.

«Ci sono delle auto nel parcheggio.» le fece notare Josie, bussando alla porta.

Gretchen aveva già tirato fuori il cellulare e si era messa a cercare il nome del posto nel suo browser Internet.

Vedendo che non rispondeva nessuno, Josie bussò un'altra volta solo per ottenere lo stesso risultato.

«Ha buone recensioni.» le disse Gretchen. «Ma non sembra che faccia molti affari.»

«Hanno un loro sito web?» le chiese Josie allontanandosi dalla porta per guardare da lontano la facciata dell'edificio. Non c'erano finestre nemmeno al piano di sopra.

«Sì.» rispose Gretchen continuando a scorrere. «È un'attività a conduzione familiare che si tramanda da tre generazioni. Adesso è di proprietà di una nipote dei proprietari originali e di suo marito, Rebecca e Jonathan Lee. Ah, ecco qui: c'è scritto di trovare posto nel parcheggio e di fare il giro passando da dietro.»

Seguirono le indicazioni passando per il vialetto, evitando pozzanghere d'acqua fangosa. Fatto il giro dell'edificio, videro che il vialetto si allargava e conduceva a una stalla dipinta di bianco dall'aspetto molto più moderno della struttura che gli stava di fronte. Due grossi furgoni erano parcheggiati proprio lì accanto, uno con il cassone aperto che conteneva balle di fieno, l'altro parzialmente aperto con pile di legname che sporgevano dal portellone posteriore. Gli odori del fango e degli escrementi di animale si alternavano a quelli della paglia e del mangime per cavalli, amalgamandosi così a generare un effluvio alquanto sgradevole, ma che comunque non presentava la nota terrosa che Josie aveva sentito quando si era chinata sul corpo della donna misteriosa. Le porte della stalla erano aperte. Da uno dei box spuntava la testa di un cavallo dal pelo marrone che le accolse con un nitrito. Dalla parte opposta della stalla giunsero le note di un uomo che canticchiava.

«Ehilà?» chiamò Josie. «C'è nessuno? Cerchiamo Jonathan Lee.»

«Solo un attimo.» rispose la voce di un uomo. Detto fatto, un attimo dopo un uomo sulla cinquantina apparve al centro della stalla, ne chiuse le porte, allungò una mano per dare un buffetto a un cavallo dal muso bianco e poi si pulì le mani sulla camicia di canapa. Quando si avvicinò, il sorriso di benvenuto che esibiva si spense sul suo viso rubicondo e barbuto. «Siete della polizia?»

Josie e Gretchen gli mostrarono i distintivi e Mr. Lee lesse i loro nomi ad alta voce e poi spostò lo sguardo con gli occhi puntati sul viso di Josie. «Ma lei è quella che va sempre in televisione! Ha un programma, se non sbaglio...»

«Mi confonde con mia sorella.» spiegò Josie, riferendosi alla sua gemella, Trinity Payne, una giornalista affermata che da qualche tempo conduceva un programma tutto suo sui crimini irrisolti. «Però ha ragione, qualche volta mi è capitato di partecipare a una trasmissione della televisione locale per parlare di casi che si sono verificati qui a Denton.»

Questo sembrò allentare un po' la tensione sul volto dell'uomo; in effetti, Trinity aveva sempre detto a Josie che andare in televisione faceva sentire le persone come se la conoscessero e che era per questo motivo che riusciva a ottenere così tante informazioni dalla gente; al contrario, nella sua esperienza di agente di polizia Josie aveva sperimentato il più delle volte l'effetto opposto.

«Mia moglie è appena rientrata in casa...» spiegò Mr. Lee.

Josie guardò Gretchen solo per un secondo, ma riuscì comunque a intuire il commento inespresso che avrebbe voluto dire ad alta voce: "arriva una coppia di agenti e il suo primo pensiero è quello di farli parlare con la moglie?".

Prima che una delle due potesse ribattere in qualunque modo, la voce di una donna alle loro spalle lo avvertì: «Sono qui, Jonathan...»

Si voltarono per vedere una donna con indosso una maglietta bianca aderente, un paio di blue jeans e stivali da equitazione che si stava dirigendo verso di loro. Aveva una chioma di lunghi capelli castani che stavano virando sul grigio; li aveva raccolti in una folta treccia che portava sulle spalle e che le rimbalzava sul petto a ogni passo. Quando li raggiunse, tese una mano verso di loro. «Rebecca Lee.» si presentò. «E questo è mio marito Jonathan.»

Josie e Gretchen le strinsero a turno la mano. Aveva una presa davvero salda ed emanava una sicurezza da cui Josie si sentì immediatamente attratta e un calore che avrebbe messo chiunque a proprio agio. Per l'appunto, la tensione nelle spalle del marito si allentò visibilmente quando la moglie prese in mano la situazione.

«Siamo qui per chiedervi di Mira Summers.» spiegò Gretchen tirando fuori il suo blocco note e la sua penna. «Sappiamo che sta seguendo un percorso terapeutico in questo maneggio.»

Il marito incrociò le braccia sul petto e il sorriso della moglie si fece incerto, accompagnato da uno sguardo di preoccupazione che balenava nei suoi grandi occhi castani. «Mira sta bene? Le è successo qualcosa?»

«Qualche ora fa ha avuto un incidente automobilistico.» rispose Josie, indicando l'ora approssimativa. «Ha riportato un trauma cranico ed è stata ricoverata d'urgenza al Denton Memorial Hospital. In aggiunta, quando è stata estratta dalla sua auto, i paramedici hanno notato che aveva delle ferite da difesa sugli avambracci, provocate da un'arma da taglio.»

Mrs. Lee ebbe un sussulto. «Intende dire che Mira è stata accoltellata?»

«Così sembrerebbe.» rispose Gretchen. «È tutto quello che siamo in grado di dire al momento. Per questo, stiamo cercando di ricostruire il corso degli eventi. L'incidente è avvenuto su Prout Road. Mira non ricorda molto, ma ci ha detto che stava tornando dall'Accademia Equestre dei Sentieri Tranquilli.»

«È corretto, infatti.» confermò Mr. Lee. «È venuta qui questa mattina. Viene tutte le domeniche alla stessa ora e prende Petunia.»

«C'era qualcun altro con lei?» si informò Gretchen.

Mrs. Lee scosse lentamente la testa. «No. Perché?»

«Sul luogo dell'incidente c'era un'altra donna nella sua macchina.» spiegò Josie.

Marito e moglie si scambiarono uno sguardo perplesso e Mr. Lee disse: «Viene sempre da sola. Per caso pensate... pensate che sia stata quest'altra donna ad accoltellare Mira?»

«E poi dove potrebbe aver incontrato una persona da far salire in macchina?» aggiunse Mrs. Lee.

«C'era qualcun altro qui stamattina?» chiese Josie. «Altri membri dell'Accademia, magari?»

«Certo.» disse Mrs. Lee. «Generalmente la domenica mattina tendiamo a essere pieni di lavoro. La maggior parte dei tesserati adesso se n'è andata, ma ce ne sono ancora un paio che devono rientrare. Io, però, non ho visto se Mira ha parlato con qualcuno di loro e nessuno di loro se n'è andato all'ora in cui se n'è andata lei, al massimo poco dopo. È andata via da sola. Per lo più se ne sta per conto suo.»

«È una persona molto tranquilla.» aggiunse Mr. Lee.

Dalle stalle, un cavallo nitrì.

«Per caso ci sono dei bambini tra i vostri tesserati con i quali Mira entra in contatto quando viene qui?» si informò Josie.

«Non mi sembra.» rispose Mrs. Lee. «Abbiamo dei programmi per bambini, ma di solito li organizziamo in orari che non coincidono con quelli di Mira. Non l'ho mai vista interagire con nessuno dei bambini che vengono qui.»

Mr. Lee si passò una mano tra i capelli. «Nemmeno io.»

«Voi due avete figli?» continuò Josie.

«No.» rispose Mrs. Lee con un sorriso a denti stretti. «Non era scritto nelle stelle.»

«Qualche nipotino?» la incalzò Gretchen.

«No, nemmeno.» rispose Mrs. Lee.

Josie tirò fuori il telefono con la foto del disegno che avevano trovato nella mano della donna. Prima di lasciare l'ospedale, l'aveva modificata ritagliando le macchie di sangue. «Questo le sembra familiare?» chiese, mostrandolo a Mrs. Lee, che lo guardò attentamente prima di chiedere: «È un occhio?»

Mr. Lee si avvicinò alla moglie in modo da poterlo vedere a sua volta e nessuno dei due diede segno di aver mai visto quel disegno.

«Non ne siamo sicuri.» disse Gretchen. «È possibile che qualcuno dei bambini che viene regolarmente ai vostri corsi possa essere l'autore di questo disegno?»

«Non direi.» rispose Mr. Lee. «Non è questo il genere di cose che facciamo qui. A pensarci bene, non abbiamo nemmeno dei pastelli in casa.»

«Sinceramente non saprei che dirvi.» gli fece eco la moglie. «Quando vengono qui, stanno dietro ai cavalli. Non abbiamo idea di cosa facciano quando se ne vanno. È scontato dire che ognuno di quei bambini farà dei disegni di tanto in tanto, ma se quello che volete sapere di preciso è se ci ricordiamo che questo particolare disegno lo ha fatto uno specifico bambino tra quelli che vengono da noi, la risposta è no.»

Dalle stalle giunse un altro nitrito, seguito da una serie di colpi. «Questa deve essere Noce Moscata che vuole attenzione.» disse Mr. Lee con un sospiro.

«Può aspettare.» lo fermò la moglie. «Perché ci state chiedendo dei bambini?»

Josie infilò in tasca il telefono. «Riteniamo che Mira Summers o la donna che era in macchina con lei possano essere entrate in contatto con il bambino che ha fatto questo disegno prima dell'incidente di questa mattina. Cosa ci dite della bancarella di prodotti sul ciglio della strada? È in uso?»

«Al momento no.» rispose Mrs. Lee. «Inizieremo a rifornirla dal mese prossimo. Abbiamo un orto in uno dei campi più a valle e d'estate, se ci capitano delle eccedenze, le mettiamo lì. Ma a seconda di come procede l'anno e del tempo che fa, capita anche che la bancarella rimanga sempre vuota.»

«Sono soprattutto i nostri membri che se ne servono quando è rifornita.» specificò il marito. «Prendono quello che gli serve e lasciano un paio di dollari. Oppure, quando capita, lasciano altre cose in cambio, come legna da ardere o fieno. La nostra bancarella stimola atti di generosità nella gente.»

«È il sistema della fiducia.» continuò Mrs. Lee con un sorriso. «Noi riponiamo la nostra fiducia nelle persone e fino a oggi non siamo mai stati delusi.»

Josie aveva visto quel tipo di bancarelle in molti luoghi della Pennsylvania rurale. Ne aveva viste anche alcune dotate di un mini-frigorifero pieno di uova; di solito erano abbastanza vicine all'abitazione del proprietario da poter essere collegate alla rete elettrica. E, proprio come aveva detto Mr. Lee, le bancarelle che aveva visto erano rifornite esclusivamente di legna da ardere in eccesso con cartelli che indicavano alle persone di prendere quello di cui avevano bisogno e di lasciare quanto potevano permettersi.

«Avremo bisogno di un elenco di tutti gli altri frequentatori dell'Accademia che sono stati qui stamattina, se non vi dispiace.» disse Gretchen.

Josie si preparò, in attesa dell'inevitabile domanda sul mandato, che rientrava nei diritti dei Lee, ma che avrebbe rallentato l'indagine. Invece, Mrs. Lee si limitò a una scrollata di spalle. «Certo, non è un problema, ma non dovreste dare la priorità alla donna che era in macchina con Mira?»

«La passeggera è deceduta sulla scena.» spiegò Josie. «Non aveva documenti con sé.»

Mrs. Lee inspirò bruscamente. «Mi dispiace molto sentirlo.»

«Se potete mostrarci una foto di questa persona, magari potremmo dirvi se è stata qui questa mattina o se è una dei nostri tesserati.» propose Mr. Lee, ma la moglie scosse la testa e gli lanciò un'occhiata cupa. «Caro, ti prego. Non ci tengo a vedere la foto di una persona morta.»

«Giusto, giusto. Non ci pensavo.» le rispose il marito passandosi di nuovo una mano tra i capelli scuri e poi, sforzandosi di sorridere, si incamminò verso la casa. «Vado a prendervi quella lista.»

«Ma magari ce la potreste descrivere questa persona.» suggerì Mrs. Lee. «Potremmo essere in grado di dirvi qualcosa, anche se...» si interruppe, lanciando un'occhiata al vialetto che, girando intorno all'edificio, conduceva all'entrata, «non riesco a immaginare dove Mira avrebbe potuto dare un passaggio a un passante. C'erano veicoli in panne lungo la strada?»

«No.» rispose Gretchen.

Josie tirò fuori ancora una volta il telefono. «Se volesse dare un'occhiata a questa foto...»

Mrs. Lee alzò una mano, come per scongiurarla. «La prego. Mi perdoni, ma proprio non voglio vederla.»

Josie rimise il telefono in tasca. «Donna, caucasica, capelli corti e castani. Denutrita. Di costituzione esile. Indossava una maglietta bianca e un paio di pantaloni da ginnastica di colore grigio.»

«Non mi ricorda nessuno dei nostri tesserati.» disse Mrs. Lee guardandosi intorno. «Certo che è proprio strano. In effetti tutti i nostri membri ci raggiungono in macchina, siamo piuttosto lontani dalla città. A piedi non si arriva da nessuna parte, da qui. In questo momento ci sono tre auto nel parcheggio... lo so perché ho controllato prima di uscire perché mi sembrava di aver sentito mio marito parlare con qualcuno qui fuori. Due appartengono ad alcuni dei nostri tesserati, che adesso sono fuori a fare un giro, e l'altra è la vostra, presumo.»

«Sì.» confermò Josie.

«Quindi non manca nessuno all'appello. Ve l'ho detto, non so dirvi dove Mira possa aver fatto salire sulla sua macchina questa persona, ma di certo non qui.» concluse Mrs. Lee.

«Riesce sempre a sentire quando una macchina si ferma qui davanti?»

Mrs. Lee agitò una mano. «Se sono in casa sì. Io e mio marito siamo stati qui alle stalle con gli altri tutto il giorno. Sono rientrata in casa solo un minuto prima del vostro arrivo.»

Il che significava che non era necessario che la donna misteriosa fosse un membro dell'Accademia dei Sentieri Tranquilli: chiunque avrebbe potuto benissimo condurla con sé alla scuderia; qualunque cosa fosse successa, poteva essersi verificata proprio nel parcheggio.

«Avete telecamere che danno sul parcheggio o in qualsiasi altro luogo della proprietà?» domandò Gretchen, dimostrando a Josie che con tutta probabilità stava pensando alla stessa cosa.

«Santo cielo, no.» rise Mrs. Lee. «Perché? Non abbiamo mica dei purosangue! E nessuno dei nostri cavalli partecipa alle corse.»

Se una o entrambe le donne fossero state accoltellate nel parcheggio o addirittura nel vialetto, si sarebbero trovate abbastanza vicine alle stalle da poter chiedere aiuto ai Lee. Il che lasciava presumere che Mira Summers non fosse entrata in contatto con l'assassino né con la donna del disegno nel perimetro della proprietà.

«Dobbiamo chiedere per seguire la procedura standard.» chiarì Gretchen. «Mrs. Lee, sappiamo che Mira partecipa al suo programma di equitazione terapeutica.»

«Esatto.» confermò Mrs. Lee con gli occhi che si illuminavano. «È un programma ideato per chi desidera migliorare la propria salute fisica e mentale. È utile per le persone che lottano con problemi emotivi, come i traumi del passato, sia che siano causati da disturbi sorti durante l'infanzia sia che siano provocati da episodi di violenza domestica. È una terapia che aiuta anche a elaborare il lutto. I motivi per cui i nostri membri si rivolgono a noi sono numerosi e il più delle volte complessi. Oppure, all'opposto, sono pochi e semplici. Per esempio, abbiamo un ragazzo che era regolarmente vittima di bullismo a scuola e il nostro programma lo ha aiutato a rafforzare l'autostima e la fiducia in sé e negli altri. Per alcune persone, il solo fatto di mettersi in sella e di godersi la pace dell'aria aperta e della natura può essere estremamente curativo.»

Fece loro cenno di accompagnarla passando per la stalla fino all'apertura sul lato opposto. Davanti a loro si apriva un'enorme distesa collinosa di pascoli verdi, attraversati da sentieri sterrati per l'equitazione che proseguivano per un paio di chilometri prima di raggiungere la linea degli alberi e molti di quei sentieri la superavano e proseguivano all'interno della boscaglia. Josie si chiese cosa ci fosse oltre quella macchia. Anche cercando di consultare la sua mappa mentale di quella zona, non riuscì a orientarsi, perché capitava di rado che la Polizia di Denton venisse fatta intervenire così lontano.

«Non c'è dubbio, è da togliere il fiato.» ammise Gretchen.

Mrs. Lee era raggiante. «Sì, anche i nostri tesserati lo adorano. È questo ciò che ho sempre voluto fare. Ero una consulente psicoterapeuta iscritta all'albo prima di lasciare la mia occupazione per rilevare questa attività dai miei genitori. I risultati che ho visto sulle persone che si sono rivolte a noi sono stati a dir poco gratificanti.»

«Quindi la sua qualifica sarebbe Dottoressa Lee.» ipotizzò Gretchen.

Mrs. Lee le rispose con un sorriso a trentadue denti. «Nessuno mi ha mai chiamata così negli ultimi dieci anni. Preferisco essere chiamata Rebecca.» Sospirò con soddisfazione, osservando il suo dominio. «Non c'è paragone tra questo e starsene seduti tutto il giorno in un ufficio soffocante.»

Josie lanciò un'occhiata oltre le sue spalle, dove un paio di cavalli scuotevano la testa e davano qualche colpo contro i loro recinti. «Ha senz'altro ragione.» concordò. «Tiene dei registri?»

Mrs. Lee incrociò le braccia sul petto, tenendo lo sguardo fisso sui campi, dove una persona a cavallo emerse dalla linea degli alberi, risalendo lentamente uno dei sentieri verso la stalla. «Sì, ma sono riservati.» disse infine. «Sono certa che siete consapevoli di ciò che sarebbe necessario se voleste accedere ai documenti relativi alla salute mentale dei nostri pazienti.»

«Naturalmente.» le assicurò Gretchen. «Già che siamo qui, le dispiace se diamo un'occhiata in giro?»

Mrs. Lee lanciò uno sguardo verso la casa alle sue spalle. «Certo, Nessun problema. Andiamo prima a casa. Mio marito dovrebbe aver finito con quella lista che vi serviva.»

DODICI

Sta dormendo adesso. Siamo ancora qui. Siamo ancora qui, tutti soli. Di tutti i posti in cui siamo stati, questo è quello che detesto di più. Non so da quanto siamo qui, ma mi sembra da tantissimo, è il posto più eterno in cui siamo mai stati. Mi allontano di nascosto da lui e trovo il mio zaino. È l'unica cosa che è mia e solo mia. Ci ho messo dentro un sacco di cose. So che non dovrei prendere le cose dagli altri perché i cattivi potrebbero averci messo dentro una telecamera, un microfono o chissà che altro, ma sul fondo dello zaino ho nascosto alcune cose che mi sono rimaste da quando stavo nel mondo normale. Una bambola. Un orsacchiotto. Un set della Lego di donne che sono diventate astronaute famose.

Mi piacerebbe poter andare nello spazio, perché lì non ci sarebbero persone cattive e così potrei allontanarmi da lui, dalla solitudine, dalla fame e dalla necessità di stare sempre in guardia.

Dallo zaino non tiro fuori nessuna delle mie cose segrete. Invece, trovo la mia grande scatola di pastelli e l'album da colorare che lui mi ha regalato. È stato uno dei migliori regali che lui mi abbia mai fatto. Ho già colorato tutte le figure e ora sto riempiendo tutti i punti dove non c'è colore disegnandoci le mie cose preferite. Il pastello rosso ormai è diventato piccolissimo. Perfino la carta che lo avvolgeva è sparita. Ma da oggi non voglio più usarlo perché mi ricorda il sangue.

Di chi è questo sangue?

Il sussurro è tornato.

TREDICI

«Hai fatto caso ai gatti che gironzolano intorno alla stalla?» le chiese Gretchen mentre si incamminavano con passo lento, facendo il giro intorno al parcheggio. Il cassonato che avevano visto parcheggiato al loro arrivo era sparito e adesso rimaneva soltanto la berlina, sotto la quale diedero un'occhiata facendosi luce con la torcia del telefono. Se l'aggressione era avvenuta nel parcheggio dell'Accademia dei Sentieri Tranquilli, era logico aspettarsi di trovarne qualche segno: non era possibile che qualcuno avesse accoltellato due donne senza lasciare neanche una goccia di sangue.

«Sì.» rispose Josie facendo una panoramica sul suo lato del parcheggio. «Ma nessuno aveva il pelo del colore che corrisponde a quello che abbiamo trovato sul corpo della donna.»

Anche Gretchen le rispose senza distogliere lo sguardo dalla sua porzione di parcheggio. «Questo non significa che non ci siano altri gatti nei dintorni. Questi sono solo quelli che abbiamo visto.»

Senza un mandato, Josie e Gretchen avevano potuto dare un'occhiata solo alle parti dell'abitazione dei Lee che erano state autorizzate a perlustrare. Sebbene all'interno della casa non ci fosse niente di particolarmente degno di nota, Josie e Gretchen erano riuscite a vedere soltanto il piano inferiore. Josie era riuscita a sgattaiolare al piano superiore per dare un'occhiata, usando la scusa di dover andare in bagno, nella speranza di poter acquisire prove immediatamente individuabili nei limiti imposti dal Quarto Emendamento contro le perquisizioni non autorizzate. Si era imbattuta soltanto in una porta chiusa a chiave, ma anche avvicinandosi, non aveva sentito nessun rumore dall'altra parte. Non si era ancora del tutto liberata della sensazione che non avessero una sorta di camera delle torture nel seminterrato in cui tenevano prigioniero un bambino, ma il problema era che se volevano dare un'occhiata più approfondita, avrebbero dovuto farsi firmare un mandato e per ottenere un mandato avrebbero dovuto dimostrare che l'aggressione delle due donne era stata commessa all'interno della proprietà del centro ippico.

Per via di questo sospetto, una volta uscite, si erano messe a cercare eventuali tracce che dimostrassero che l'accoltellamento di Mira Summers e dell'altra donna erano avvenuti nel parcheggio dell'Accademia dei Sentieri Tranquilli. Questo rientrava ancora nei parametri della perquisizione nei limiti del Quarto Emendamento.

Una volta raggiunto il confine del parcheggio, fecero dietrofront e ripercorsero il tratto che avevano percorso ormai due volte. «Penso che dovremmo ottenere un mandato per una geo-recinzione...» suggerì Josie, «che si estenda dal luogo in cui si è verificato l'incidente fino a qui, dato che questa proprietà è l'ultimo luogo dove sappiamo per certo che Mira Summers è stata prima dell'incidente. In questo modo, se l'aggressione è avvenuta all'interno di questo perimetro e l'assassino se n'è andato portandosi via un bambino, potremmo riuscire a localizzarlo.»

Il mandato per la geo-recinzione avrebbe permesso alle forze di polizia di stabilire un perimetro virtuale attorno a un'area geografica specifica che avrebbe consentito di tracciare l'identificativo dei dispositivi smart, come i cellulari, che si fossero trovati all'interno di quell'area in un determinato periodo di tempo. Le forze dell'ordine avevano iniziato a ricorrere ai mandati per le geo-recinzioni già dal 2016 e, sebbene in effetti ci fossero state diverse proteste da parte dell'opinione pubblica tra chi riteneva che comportassero una massiccia invasione della privacy dei cittadini - tanto che, in risposta a queste proteste, Google aveva recentemente modificato le modalità di trattamento dei dati relativi alla cronologia della posizione degli utenti, rendendo di conseguenza più difficile per le forze dell'ordine servirsi efficacemente dei mandati di geo-recinzione - attualmente la pratica era ancora in vigore nello Stato della Pennsylvania, perciò valeva la pena provare.

«Sì, buona idea.» concordò Gretchen.

Fecero un altro giro del parcheggio, ma allo stato delle cose nemmeno Josie era più sicura del perché ne stessero ancora ispezionando l'area: proprio perché era stata trovata una grande quantità di sangue nell'auto di Mira Summers, chiunque si sarebbe aspettato di trovarne una quantità altrettanto significativa nel luogo in cui era avvenuto l'accoltellamento vero e proprio. Se fosse avvenuto in quel parcheggio, sarebbe stato evidente fin da subito.

All'improvviso apparve un uomo da dietro la casa e si diresse verso di loro. Man mano che si avvicinava, il suo aspetto le lasciò intuire che doveva avere al massimo poco più di trent'anni. Aveva le mani grosse, da una delle quali pendeva una borsa con un cordoncino. Era di bassa statura e di corporatura tarchiata, e aveva una zazzera di riccioli biondi che gli ricadevano sugli occhi. Come quelli di Mira, gli stivali neri da cavallerizzo che indossava erano coperti di fango. Il tessuto dei jeans si tirava intorno ai muscoli delle cosce. Portava una maglietta nera con sopra una scritta rossa che recitava: *Vado a cavallo perché prendere a pugni la gente non è socialmente etico.*

Mentre si avvicinava alla berlina, nella mano libera apparve una chiave. Socchiudendo gli occhi per ripararsi dalla luce del sole, puntò lo sguardo sulle magliette polo della Polizia di Denton e sulle pistole alla cintura. «Siete della polizia? Che cosa sta succedendo? Vi avverto che non ho multe in arretrato.»

Josie e Gretchen si avvicinarono e gli mostrarono i loro distintivi. «Siamo qui per parlare di un'altra tesserata dei Sentieri Tranquilli, Mira Summers.» spiegò Josie. «È rimasta coinvolta in un incidente d'auto qualche ora fa. Stiamo cercando di ricostruire i suoi spostamenti a partire da questa mattina.»

«Sappiamo che è stata qui fino alle undici, undici e mezza circa.» aggiunse Gretchen. «Ricorda di averla vista?»

«Mira?» ripeté lui. «Certo. La vedo qui ogni domenica.»

Gretchen aveva già sfoderato penna e blocco note pronti all'uso. «Come si chiama, signore?»

Il giovane fece scattare la chiave per sbloccare le portiere, ma non fece alcuna mossa per entrare in macchina. «Todd Stapleton.»

«Anche lei è nel programma terapeutico?» si informò Gretchen.

Prima di rispondere, fece atterrare la borsa sul tettuccio dell'auto, che lo colpì con un rumore sordo. Attraverso il tessuto si poteva individuare la sagoma del suo casco da equitazione. «No.» disse. «Non sono nel programma. Sono qui solo perché mi piace andare a cavallo.»

«Sul serio?» lo incalzò Gretchen, leggendo la scritta sulla sua maglietta.

Lui appoggiò un fianco contro la portiera del lato di guida e rivolse a Gretchen un sorriso mentre incrociava le possenti braccia sul petto. «Sul serio.»

«Conosce Mira Summers?» si informò Josie.

Il giovane scosse la testa. «No. Non la conosco. Ci limitiamo a scambiarci qualche saluto, ed è il massimo che si può ottenere da quella lì. È molto silenziosa. Sentite mi rendo conto che, com'è facile immaginare, qualsiasi cosa sia successa non è affare che mi riguardi, ma Mira è in arresto o qualcosa del genere?»

Gretchen scosse la testa. «No, anzi, è tutto l'opposto: è stata vittima di un'aggressione questa mattina. Insieme a un'altra donna.»

La notizia lasciò Todd Stapleton a bocca aperta. Si allontanò dall'auto e si guardò intorno, come se la persona che aveva aggredito Mira Summers e l'altra donna potesse ancora aggirarsi nelle vicinanze, in agguato. Poi indicò il terreno ai suoi piedi. «Qui?»

«È quello che stiamo cercando di capire.» confermò Josie. «Rebecca e Jonathan Lee ci hanno detto che non hanno visto né sentito nulla.»

«Porca miseria...» mormorò scrutando gli alberi che costeggiavano il parcheggio. «Non ha alcun senso. Vengo in questo maneggio da cinque anni, è un posto tranquillo, e le persone che lo frequentano sono fantastiche, anche le più tranquille come Mira. Chi diavolo può aver fatto una cosa del genere? Siete sicure che sia successo qui?»

«Questo è l'ultimo posto in cui Mira Summers è stata vista.» chiarì Gretchen. «Sappiamo che quando è uscita dalla stalla si è diretta qui al parcheggio.»

«Per caso lei ha visto qualcosa di insolito mentre era qui questa mattina?» gli chiese Josie. «Per esempio qualcuno in giro che non ha riconosciuto?»

Mr. Stapleton si grattò la nuca. «No, ma ero in giro per i sentieri.»

«E le altre volte che è venuto all'Accademia?» chiese Gretchen. «Ha mai visto qualcosa o qualcuno che le è sembrato fuori posto?»

«Non saprei proprio dire. C'è un sacco di gente che va e viene da questo posto.»

«Ha mai visto Mira Summers con dei bambini?» chiese Josie.

«No. Non l'ho mai vista con dei bambini.»

«E con altre persone?» chiese Gretchen. «Ha mai visto se con lei c'era un uomo o un'altra donna?»

Le sue labbra si ridussero a una linea sottile mentre si prendeva il tempo di valutare come rispondere. «Sì, può darsi. Ma non mi arrischierei a dire che conti come "con lei". Però, a conti fatti, credo di sì.»

«Si spieghi meglio.» lo esortò Josie.

«Sto parlando dell'anno scorso, badate...» specificò Todd Stapleton.

La penna di Gretchen si librava sopra il foglio del blocco note via via che il giovane parlava. «Continui, non c'è problema.»

Lui puntò un dito in direzione di Prout Road. «La maggior parte delle volte me ne vado dopo Mira, ma è capitato, un paio di volte, che me ne sia andato prima di lei. In quelle occasioni ho visto che la sua macchina era parcheggiata davanti alla bancarella dei prodotti. C'era anche un tizio, a bordo di un camioncino bianco.»

Josie si sentì percorrere la spina dorsale da un brivido di eccitazione. «Li ha visti insieme più di una volta?»

Lui annuì. «Sì, per questo me lo ricordo.»

«Sa dirci quante volte, di preciso?» lo incalzò Gretchen.

Di nuovo, il giovane si grattò la testa. «Non saprei. Direi almeno tre, a occhio. Tra la primavera e l'estate. Insomma, con la bella stagione.»

Erano in bella stagione. Solo per aver fatto avanti e indietro per il parcheggio, una patina di sudore ricopriva la pelle di Josie e le inumidiva i capelli. «C'era qualche scritta o un simbolo identificativo sulla fiancata del camioncino? Qualcosa che le permetterebbe di riconoscerlo?»

«No. Era solo bianco.»

A differenza della maggior parte dei testimoni con cui parlavano nella maggior parte dei casi, Todd Stapleton non si dilungava nelle spiegazioni e non le bombardava di dettagli superflui.

«E l'uomo che ha visto?» continuò Josie. «Ce lo può descrivere?»

«Non l'ho visto bene, perché ci stavo passando davanti. La bancarella dei prodotti è leggermente arretrata rispetto al vialetto. Aveva qualche anno in più di me, direi che doveva essere della stessa età di Jonathan... o magari un po' più giovane. Difficile dirlo.»

Aspettarono che aggiungesse altro. Invece, si voltò verso la borsa appoggiata sopra la macchina e vi rovistò dentro finché non trovò una bottiglietta d'acqua di plastica. Josie aspettò finché non ne ebbe bevuto un lungo sorso e non se ne fu spruzzato un po' sulla nuca. Vedendo poi che ancora non proferiva parola, proseguì con qualche altra domanda: «Ha fatto caso ai vestiti che indossava le volte che lo ha visto alla bancarella dei prodotti? O al colore dei suoi capelli? Qualche dettaglio in particolare?»

«Scusate, sono un maleducato...» disse lui tendendo la bottiglietta d'acqua prima a Gretchen, che rifiutò, e poi a Josie che, sebbene si sentisse in grado di mandar giù un intero litro d'acqua in quel momento, non si sentiva a suo agio a mettere la bocca dove l'aveva appena messa un'altra persona.

«No, grazie.» gli disse.

Gretchen disse: «Mr. Stapleton. Ci stava parlando dell'uomo che aveva visto...»

Lui ripose di nuovo la bottiglia nella borsa. «Giusto, giusto. Portava un cappello, tipo un berretto da baseball, ma non ho visto il modello. Aveva i capelli brizzolati, mi sembra. Ricci, li portava un po' lunghi e infatti gli uscivano da sotto il berretto. Mi sembra anche che avesse la barba. È tutto quello che sono riuscito a vedere.»

Gretchen prese due appunti sul suo blocco note «Alto? Basso? Grasso? Magro?»

«Nella media, direi. Oh, aspettate, sapete cosa mi ricordo? L'unica volta che l'ho visto un po' meglio aveva una maglietta bianca con le maniche tagliate e sul braccio aveva una cicatrice spessa e grinzosa. Proprio qui.» disse indicando la parte esterna del braccio sinistro, appena un paio di centimetri sotto la spalla.

Gretchen girò un'altra pagina del suo blocco note e lo porse al giovane, insieme alla penna. «Sarebbe in grado di disegnarlo?»

Lui la fissò, sfregando con la mano carnosa il collo, con le dita che scavavano nel muscolo. «A dire la verità non sono molto bravo a disegnare e, come ho detto, non l'ho visto così da vicino...»

Josie si accorse che la cicatrice che le correva lungo il lato destro del viso da sotto l'orecchio fino al centro del mento aveva preso a formicolare. «Ma era abbastanza vicino perché lei notasse che aveva una cicatrice, quindi doveva essere piuttosto grande.»

«Sì, direi di sì.» ammise con un sospiro e prendendo il blocco note e la penna di Gretchen, iniziò lentamente a riprodurla, parlando man mano che tratteggiava. «Sono quasi certo che ce l'aveva sul braccio sinistro, ma non sono sicuro al cento per cento. Era a forma di diamante, più o meno. Solo che non aveva linee rette. Era spessa e bianca. Era molto abbronzato, ecco perché la cicatrice risaltava così tanto. Inoltre, era molto bitorzoluta...» Fece una pausa.

Josie cercò di non fare una smorfia quando vide ciò che aveva disegnato. Era una semplice forma a diamante con i bordi spessi. Poi iniziò a disegnare delle piccole mezzelune al centro, evidentemente per far capire quant'era bitorzoluta. «Vedete? Non è facile da rendere, ma era come se la cicatrice fosse in rilievo. Come ho già detto, era molto evidente.»

Il fatto che fosse bianca suggeriva che la cicatrice doveva essere vecchia, mentre lo spessore e il fatto che la pelle fosse in rilievo indicavano che c'era un'alta probabilità che la ferita avrebbe dovuto essere ricucita e non lo era stata.

Gretchen si riprese il suo blocco note, senza fare molto per nascondere la sua delusione.

Il giovane ridacchiò. «Ehi, ve l'avevo detto che non sono un granché a disegnare.»

«Non fa niente.» lo rassicurò Josie. «Grazie per averci provato. Ha visto quest'uomo parlare con Mira o interagire con lei in qualche modo?»

Mr. Stapleton aprì la portiera del lato del guidatore e lasciò cadere la borsa all'interno dell'auto, stanco evidentemente di quella conversazione. «Non li ho mai visti parlare. Ho solo visto la macchina di Mira, il tizio e il suo furgone nello stesso momento. La prima volta ho pensato che quel tizio stesse semplicemente lasciando della merce alla bancarella e che Mira stesse prendendo delle cose prima di tornare a casa, ma poi, dopo averli visti insieme un paio di volte, ho pensato che evidentemente dovevano conoscersi, o che se non si conoscevano da prima, ormai si conoscevano dalla terza volta che si erano incontrati lì.»

«Ha visto dei bambini con quell'uomo?» gli chiese Josie.

Una linea gli increspò la fronte. «No. Nessun bambino che sia riuscito a vedere. Sentite, non è che possiamo stringere? Dovrei proprio andare a casa. Ho davvero bisogno di farmi una doccia.»

Gretchen annotò i suoi dati personali e gli diede un biglietto da visita prima che si allontanasse. Rimasero a guardarlo finché non l'ebbero perso di vista e si incamminarono, seguendo la curva del vialetto fino a quando non videro la bancarella di prodotti sbiadita. Prima, quando ci erano passate davanti, Josie non aveva prestato troppa attenzione, ma ora, soffermandosi lungo il margine del vialetto, riusciva a distinguere le deboli tracce che avevano lasciato i fili d'erba piegati tra il vialetto e la bancarella. Due delle tracce erano sottili e provenivano dalla direzione delle stalle. Le altre due erano molto più larghe e provenivano dalla direzione della strada.

Il cuore di Josie accelerò il passo, battendo più velocemente.

Quella avrebbe potuto essere la loro scena del crimine.

Tirando fuori il telefono, si mise a scattare qualche foto. Riprendendo a camminare al fianco di Gretchen si assicurò di raggiungere la bancarella facendo un largo giro in modo da evitare di calpestare una delle serie di tracce, rallegrandosi del fatto che le piogge del mese precedente avessero lasciato buona parte del terreno ancora morbida e fangosa: in questo modo tracce più ampie erano andate abbastanza in profondità da lasciare impronte ancora visibili e così Hummel e la sua Squadra non avrebbero avuto problemi a fare dei calchi delle impronte lasciate dagli pneumatici.

Da vicino, la bancarella era più robusta di quanto sembrasse dalla strada. Il legno, per quanto sbiadito, era in buone condizioni. Sul davanti, il fango e l'erba lasciavano il posto alla ghiaia. Una brezza sospirò tra i rami degli alberi sopra di loro. Per un attimo Josie riuscì a percepire la quiete e la pace che le circondava. Lontano dalla strada, dalla casa e dal parcheggio, si presentava come un luogo privato, persino un po' appartato, con l'ombra che offriva un rifugio fresco.

Poi fece il giro, raggiungendo il lato opposto della bancarella e lì la copiosa quantità di sangue che era schizzato e si era rappreso sulle piccole pietre davanti a loro raccontava tutta un'altra storia.

QUATTORDICI

Gretchen rimase ad aspettare vicino alla bancarella dei prodotti per sorvegliare la scena, dando così a Josie il tempo di informare i Lee di ciò che avevano scoperto. Si mostrarono scossi, ma a prescindere dal loro stato non sollevarono obiezioni a che la polizia esaminasse la scena e perquisisse i locali. Tuttavia, anche con il loro permesso Josie preferì tornare prima alla stazione di polizia per preparare un mandato, che si sarebbe comunque reso necessario nel caso in cui la coppia cambiasse idea; non sarebbe stata la prima volta che vedeva accadere una cosa del genere. Una volta preparato e fatto firmare il mandato, contattò la Squadra di Raccolta delle Prove di Hummel e chiamò altre unità di supporto perché dessero una mano nelle operazioni al centro ippico; una volta che si furono messi in moto, Josie stimò che rimanevano circa due ore di luce.

Intanto che Hummel e la sua Squadra analizzavano la scena del crimine, tutti gli altri si sparpagliarono per fare una perquisizione approfondita nei locali. Josie aveva dato una controllata ai registri della proprietà prima di tornarvi e così aveva scoperto che comprendeva un'area molto più grande di quanto avessero pensato inizialmente, che si estendeva a sud lungo Prout Road quasi fino al luogo dell'incidente stradale. Il terreno di proprietà dei Lee comprendeva anche grandi appezzamenti sul lato opposto di Prout Road: era un terreno molto vasto da coprire, ma Josie non voleva rischiare di perdersi nulla, soprattutto se c'era in gioco la vita di un bambino. Insieme a Gretchen cominciarono dalla casa. Entrambi i Lee rimasero in cucina. Mr. Lee camminava avanti e indietro davanti al tavolo rettangolare di quercia che occupava quasi tutta la lunghezza della stanza. I suoi movimenti erano frenetici. Le assi di legno del pavimento scricchiolavano sotto i suoi stivali. Le sue labbra si muovevano come se stesse borbottando qualcosa, ma non ne usciva alcun suono. Mrs. Lee sedeva tranquillamente a un'estremità del tavolo, sorseggiando una tazza di tè. L'unico segno evidente di tensione era una leggera contrazione agli angoli degli occhi. «Quanto tempo ci vorrà?» domandò a un certo punto.

Lo sguardo di Josie si posò sul mandato steso davanti a Mrs. Lee. «A occhio e croce diverse ore.»

«Pensa che avrete finito per domani?» insistette Mrs. Lee. «Sono preoccupata che i nostri tesserati possano risentirsi se dovessero vedere tutto questo andirivieni di poliziotti.»

Gretchen seguì i movimenti di Mr. Lee. «Per domani avremo finito. Ma c'è un altro paio di cose con le quali speriamo possiate aiutarci.»

Mrs. Lee avvolse le mani intorno alla tazza da tè e bevve un piccolo sorso. «Qualsiasi cosa.»

Mr. Lee si fermò a fissare la moglie. Josie si aspettava che dicesse qualcosa, che obiettasse, visto che sembrava diventare sempre più agitato quanto più tempo rimanevano in casa loro, ma non fece neanche un fiato. Era quasi come se stesse aspettando che fosse la moglie a obiettare. E invece, lei non lo degnò nemmeno di uno sguardo. Al che, con un sospiro, uscì dalla stanza a passi pesanti. Anche di questo la moglie parve non accorgersi.

«Dovremo dare un'occhiata più approfondita alla casa.» disse Gretchen.

«Certo.» concordò Mrs. Lee.

Josie si allontanò di un passo dal tavolo e si diresse verso la porta che collegava la cucina al soggiorno, dove trovò Mr. Lee che aveva preso posto su una sedia a dondolo di fronte al caminetto spento, trascinando la sedia proprio davanti all'apertura, tanto da farla stridere contro il pavimento.

«Mrs. Lee...» continuò Gretchen, «avremmo bisogno che ci forniste un elenco di tutti i veicoli commerciali che vanno e vengono regolarmente da questo maneggio, con il motivo della loro presenza e i loro proprietari.»

«Veicoli commerciali?» le fece eco Mrs. Lee.

Quando Hummel aveva dato un'occhiata alle tracce più grandi che portavano alla bancarella dei prodotti ortofrutticoli aveva dichiarato che i battistrada appartenevano sicuramente a un veicolo commerciale. I calchi delle tracce avrebbero dovuto confermarlo, ma Josie era pronta a scommettere lo stipendio di un mese che Hummel aveva ragione. «Abbiamo trovato tracce di pneumatici vicino alla bancarella dei prodotti.» le spiegò. «Crediamo che provengano da un veicolo commerciale. La nostra squadra le confronterà con i mezzi che lei e suo marito possedete, ma ci servirà comunque un elenco di tutti i veicoli commerciali che riforniscono regolarmente la vostra proprietà e che potrebbero essere stati qui in mattinata.»

Mrs. Lee aggrottò la fronte. «Oggi di qui non è passato nessun veicolo commerciale. Solo il nostro.»

«D'accordo, ma avremo comunque bisogno di quell'elenco.» la incalzò Gretchen.

«Sarò felice di fornirvelo...» rispose Mrs. Lee, «per quanto nutra seri dubbi che possa esservi di qualche aiuto.»

«C'è un uomo che guida un camioncino bianco addetto alla consegna o al ritiro delle provviste che vi occorrono?» si informò

Josie. «O che si rifornisce regolarmente dalla bancarella dei prodotti?»

Proseguì riportando la descrizione che avevano avuto da Todd Stapleton, compresa la cicatrice a forma di diamante e Gretchen recuperò il disegno che il giovane aveva fatto sul suo blocco note e lo mostrò a Mrs. Lee che chiuse le mani intorno alla tazza del tè così forte da far diventare bianche le nocche. «Non ho mai visto nessuno che risponda a questa descrizione qui da noi. State dicendo che quest'uomo è venuto alla nostra bancarella questa mattina? Che era alla guida di un camioncino bianco? La bancarella dei prodotti non viene nemmeno rifornita in questa stagione. Per quale motivo al mondo qualcuno dovrebbe andarci?»

Con la coda dell'occhio Josie si accorse che Mr. Lee aveva smesso di dondolare la sedia. «Abbiamo motivo di credere che Mira Summers si sia incontrata con un uomo alla guida di un camioncino bianco alla bancarella dei prodotti. Non lo sappiamo con certezza, ma visti i loro incontri passati, è possibile che si siano incontrati lì anche oggi.»

Sempre con passi pesanti Mr. Lee tornò in cucina e rimase in piedi sulla porta, con un'aria stupefatta intento a fissare sua moglie. Una conversazione silenziosa infuriò tra marito e moglie. Mrs. Lee strizzò gli occhi dando un'occhiata in cagnesco al marito. «Jonathan!» disse con aria truce. Al nome seguiva una domanda di cui solo lui poteva comprendere il significato e di fronte alla quale, schiarendosi la gola, domandò: «Posso vedere il disegno di quella cicatrice?»

Gretchen si avvicinò e glielo mostrò. La moglie lo osservava con attenzione. «Jonathan?»

Alzando lo sguardo dal blocco note di Gretchen, lui tese le braccia in avanti con i palmi rivolti verso l'alto, come per mostrarle che erano vuoti. «Non ne sono sicuro.»

«Non è sicuro di che cosa?» lo spronò Josie.

La moglie spinse via la tazza con tale violenza che la rovesciò su un lato, spargendo ciò che restava del tè sul tavolo e sul mandato di perquisizione. «Avevi fatto una promessa, Jonathan.» strepitò con tono che si era fatto tagliente come un rasoio.

Gretchen li squadrò con aria confusa. «Sarebbe davvero utile se poteste dirci di che cosa state parlando. Oggi abbiamo già avuto due vittime di accoltellamento, una delle quali non ce l'ha fatta, e temiamo che ci sia un bambino in pericolo.»

Il risentimento di Mrs. Lee si attenuò un po' e la sua espressione si ammorbidì quando disse: «Allora non può trattarsi di Seth. Non ha figli. Non credo nemmeno che conosca qualcuno che ha figli.»

Il marito non si mostrò altrettanto sollevato, ma annuì.

Josie chiese: «Chi è Seth?»

«Mio fratello.» rispose Mr. Lee.

QUINDICI

«Mia moglie ha ragione.» aggiunse Mr. Lee. «Mio fratello non ha figli, ma ha una cicatrice come quella che avete descritto, subito sotto la spalla. Se l'è procurata quando...» a queste parole Mr. Lee si interruppe lasciando la frase in sospeso per guardare verso sua moglie, come se aspettasse che lei gli lanciasse una qualche sorta di ancora di salvezza. Ma da lei non ottenne neanche mezza parola. Allora Mr. Lee riaprì la bocca come per continuare, ma poi la richiuse.

«Mr. Lee?» lo sollecitò Josie.

Con un sospiro, Mrs. Lee si alzò e andò al bancone a prendere dei tovaglioli di carta. «Ora basta, Jonathan. Diglielo così la facciamo finita.»

Ma il marito si ostinava ancora a non emettere un fiato. Fu Gretchen, allora, a prendere la parola: «Per il momento, accontentiamoci di ottenere qualche informazione di base. Lei e suo fratello avete lo stesso cognome?»

Mr. Lee annuì.

Gretchen prese un appunto, così avrebbero cercato Seth Lee su uno dei terminali dati di una delle loro auto non appena fossero uscite da lì. «Seth Lee. Quanti anni ha?»

«È più giovane di me. Fa quarantotto anni quest'anno, mi pare.»

Josie si intromise chiedendo: «È un uomo violento?»

Mr. Lee lanciò un'altra occhiata alla moglie. «No, niente del genere.»

Mrs. Lee asciugò il tè versato sul mandato con dei tovaglioli di carta. «Seth ha dei problemi. Ha sempre avuto problemi.»

Josie recuperò altri tovaglioli di carta e glieli passò, chiedendole: «Ha problemi di che tipo?»

«Problemi di salute mentale.» chiarì Mrs. Lee continuando ad asciugare i fogli del mandato, con scarsi risultati visto che l'inchiostro era già sbiadito nella maggior parte del testo. «Deve capire che quello che sto dicendo è la mia opinione puramente personale. Non ho mai avuto in cura Seth. Non è mai stato un mio paziente. Non lo prenderei mai in carico, perché ci sarebbe un conflitto di interessi. Non che lui accetterebbe mai di sottoporsi a un qualsiasi tipo di trattamento di salute mentale.»

«Ma lei *è* una psicologa.» disse Josie. «Un po' come dire che un medico è sempre un medico anche quando non visita i pazienti.»

Mrs. Lee fece un sorriso a denti stretti. «Certo, se fossi un dermatologo e mi capitasse di vedere una persona al supermercato con un'eruzione cutanea sulle mani, potrebbe venirmi un forte sospetto sulla natura di quella condizione perché sarebbe quello il mio campo.»

«Ma non puoi dirlo con assoluta certezza...» iniziò a dire il marito, ma si interruppe quando la moglie gli rivolse uno sguardo di rimprovero.

«So che per te è sempre il tuo fratellino, Jonathan, ma questa situazione deve finire.»

Mr. Lee le si avvicinò con aria implorante. «Tu non capisci cosa ha passato, Rebecca. Quando era sotto le armi...»

La moglie scaraventò sul tavolo una manciata di fazzoletti di carta bagnati, inzuppando di nuovo il mandato. «Non gli è successo niente quando era sotto le armi, Jonathan! È una finzione che il suo cervello ha creato. Fa tutto parte del disturbo di cui soffre.»

«Però ha detto che mentre era nell'esercito gli sono successe delle cose che lo hanno reso così com'è oggi.»

«No, Jonathan. Questa è un'altra manifestazione del suo disturbo. Anche ammettendo che non si fosse mai arruolato nell'esercito, sarebbe comunque finito nello stesso modo! Non lo capisci?»

«Come fai a esserne tanto sicura?» la rimbrottò il marito. «Come fai a darlo per scontato?»

La moglie alzò la voce fino a gridare, facendoli sobbalzare per la sorpresa tutti e tre. «Perché è il mio dannato lavoro, Jonathan! Dobbiamo per forza rifare da capo la stessa discussione? Pensavo che avessimo risolto la questione anni fa.»

Mr. Lee le puntò contro un dito tremante. «Sei tu che l'hai deciso.»

Per un attimo, vedendo Mrs. Lee precipitarsi verso il marito facendo il giro del tavolo, Josie si chiese se non stesse per scoppiare un alterco fisico tra i coniugi che avrebbero dovuto interrompere.

«Vuoi giocare a puntare il dito?» lo pungolò la moglie. «Tu mi hai mentito. Di nuovo. Come quando gli hai affittato quell'appartamento senza dirmelo, senza nemmeno consultarmi! Quanto tempo è che gli dai il permesso di venire qui? Quanto tempo è che lo stai aiutando?»

Mr. Lee abbassò il braccio, tutto a un tratto incapace di guardare la moglie negli occhi, che da parte sua lanciò un urlo alzando le braccia in aria e lasciandole ricadere lungo i fianchi. «Sei incredibile. Significa da quando abbiamo preso possesso di questo posto, quindi. Assolutamente incredibile.»

«Gli ho detto che non poteva più entrare nella proprietà.» si giustificò Mr. Lee con un filo di voce. «Seth ha accettato di venire solo quando avesse avuto un estremo bisogno di mangiare. Non c'è nulla di male se gli permettiamo di rifornirsi alla bancarella dei prodotti.»

Mrs. Lee tornò al tavolo e prese tra le mani una pagina del mandato, scuotendola davanti. Frammenti di carta umida si sbriciolarono e caddero sul pavimento. «Non c'è nulla di male, Jonathan? Secondo te non c'è nulla di male? Oggi una delle nostre tesserate è stata accoltellata! Proprio alla bancarella dei prodotti! E vuoi darmi a bere che non è stato tuo fratello? Ha la stessa dannata cicatrice!»

«Ma come avrebbe fatto a incontrarsi con Mira?» ruggì il marito, dando fondo a quel che restava del suo autocontrollo. «Non si conoscono nemmeno! Se la smettessi di pontificare travisare i fatti per cinque secondi ti renderesti conto che...»

Gretchen si piazzò davanti a Jonathan Lee prima ancora che Josie riuscisse a vederla muoversi, e lo costrinse a indietreggiare nell'altra stanza standogli praticamente addosso. «Basta così. Mr. Lee, devo chiederle di venire fuori con me per qualche minuto.»

Vedendo che lui non si muoveva, Gretchen fece un gesto verso la porta con la mano in cui teneva il taccuino e disse, con il tono di voce più severo e serio a cui poteva ricorrere: «Subito, Mr. Lee.»

Questo sembrò convincerlo. «Mi dispiace.» disse. «Ho perso il controllo. Mi dispiace.»

«Andiamo a parlare fuori.» gli disse Gretchen. «C'è un agente del nostro dipartimento che vorrei presentarle. Le farà compagnia mentre finiamo di parlare con sua moglie, così nel frattempo lei si darà una calmata e dopo potrà raggiungerla mentre noi perquisiamo la casa. Coraggio...»

Quando sentì la porta che sbatteva, Mrs. Lee si lasciò sprofondare nella sedia e si prese il viso tra le mani. Josie le si avvicinò e prese il posto più vicino al suo. «Possiamo stare tranquille a lasciarla sola con suo marito quando avremo finito la nostra perquisizione?»

Mrs. Lee tirò su la testa e rivolse a Josie un sorriso stanco. «Ma certo. Mio marito non mi farebbe mai del male e io so badare a me stessa. Non è certo la prima volta da quando ci siamo sposati che ricorriamo agli insulti.»

Noah non aveva mai fatto ricorso agli insulti da quando erano sposati; al contrario, il primo marito di Josie, Ray, lo faceva quando era ubriaco. Ma non si sarebbe mai immaginata che arrivasse a picchiarla, finché non lo aveva fatto. Ma, d'altra parte, è vero anche che non è automatico passare dagli insulti agli abusi fisici.

Come se potesse leggerle in faccia che stava cercando di risolvere qualche rompicapo nella sua mente, Mrs. Lee disse: «Dico sul serio, detective. Starò bene. Mio marito si agita molto quando si parla di suo fratello. È molto protettivo nei suoi confronti.»

La porta sul retro sbatté di nuovo e un attimo dopo apparve Gretchen che si avvicinò, tirò fuori da sotto al tavolo la sedia di fronte a Josie e si mise a sedere. «Mr. Lee si rifiuta di parlare di suo fratello in questo momento.»

«Non ne dubitavo...» disse Mrs. Lee.

«Le dispiace dirci quello che può su Seth?» le chiese Josie.

Mrs. Lee fece loro un sorriso triste. «Posso offrirvi una tazza di tè prima di iniziare?»

SEDICI

Anche se Josie e Gretchen declinarono l'offerta del tè, Rebecca Lee ne preparò lo stesso un po' e mentre il bollitore si scaldava sul fornello, asciugò quello che restava del tè versato sul tavolo, trasferendo i resti del mandato di perquisizione sul bancone e cominciando a raccontare tra un'operazione e l'altra. «Suppongo che, come prima cosa, debba farvi capire la natura del disturbo di cui Seth soffre, dato che tutto deriva da quello. Anche in questo caso, posso soltanto dirvi la mia opinione personale, ma non lo testimonierei mai in tribunale.»

«Certo, è naturale...» le assicurò Josie, «lo capiamo.»

«Se dovessi tirare a indovinare, direi che Seth soffre di un disturbo delirante. Nella maggior parte dei casi l'insorgenza avviene intorno ai quarant'anni, ma non è una regola scolpita nella pietra: può iniziare a manifestarsi anche prima dei venti, o addirittura molto più tardi dei quaranta. Nel suo caso, io sono abbastanza convinta che ci stia lottando fin da quando aveva vent'anni. All'epoca era nell'esercito: si era arruolato quando aveva diciotto anni ed è stato congedato quando ne aveva venti-due. Un congedo generico, quindi non con onore, ma neanche con disonore. Non conosco i dettagli, ma sulla base di ciò che sapevo di lui all'epoca sono propensa a credere che il suo disturbo aveva già iniziato a manifestarsi mentre era in servizio e che alla fine lo ha portato al congedo.»

Gretchen si grattò la tempia con il cappuccio della penna.

«Disturbo delirante ha detto... in che cosa consiste esattamente? In questo lavoro ho incontrato persone con una gamma piuttosto ampia di forme deliranti. Praticamente di ogni tipo, dal pensare che una celebrità si sia innamorata di te al credere che tu sia stato rapito dagli alieni.»

Il bollitore del tè cominciò a fischiare e Mrs. Lee chiuse il fuoco e cominciò a versare l'acqua calda in tre tazze per il tè. «Credere di essere stati rapiti dagli alieni non è una manifestazione del disturbo delirante, appartiene a una patologia diversa. Sono definite forme di delirio bizzarro e consistono nella manifestazione di illusioni che fanno credere a chi ne soffre che attorno a loro accadano cose che non hanno alcun fondamento nella realtà... cose che nella realtà non potrebbero mai accadere. Il disturbo delirante, invece, è tipicamente caratterizzato da deliri non bizzarri, che consistono infatti in scenari che potrebbero accadere nella vita reale, come essere inseguiti o pensare che il proprio coniuge sia infedele nonostante tutte le prove del contrario. I momenti di delirio sono improbabili, ma tecnicamente nulla vieta che accadano. Ed esistono vari tipi di deliri non bizzarri: grandioso, somatico, geloso, persecutorio, erotomanico. Nello specifico del caso di Seth, ho sempre creduto che presentasse forme di delirio miste.»

Josie accettò la tazza con il tè. «Cos'è che glielo ha fatto credere?»

Mrs. Lee posò una tazza davanti a Gretchen e poi offrì loro una scatola con diverse varietà di tè. «Per buona parte della sua vita, Seth ha creduto che il mondo intero complottasse contro di lui, che si trattasse del suo datore di lavoro, di un vicino di casa o del concessionario che gli aveva venduto l'auto. In più di un'occasione ha espresso il timore di essere spiato, in particolare aveva la convinzione che i suoi superiori dell'esercito gli stessero dando la caccia. Ripeteva che, secondo loro, aveva visto qualcosa che non avrebbe dovuto vedere e che non gli avrebbero creduto se avesse dichiarato di non aver visto nulla. Ed era convinto anche che un giorno sarebbero venuti a prenderlo per toglierlo di mezzo e allora nessuno avrebbe mai saputo cosa gli era successo veramente.»

Josie scelse l'Earl Grey. «Non ha mai pensato che i suoi sospetti fossero fondati? Non le è mai venuto il sospetto che, magari, possa essere successo davvero qualcosa mentre era sotto le armi?»

Mrs. Lee si allontanò dal tavolo per recuperare latte, zucchero e cucchiaini. «E poi cosa? Che abbia ingigantito tutto? No, non l'ho mai pensato. Come ho detto prima a mio marito, se avesse fatto tutt'altro in quel periodo della sua vita, le sue forme di delirio di oggi avrebbero a che fare con quello. Ha sempre sospettato di tutto e di tutti. Anche al di fuori dell'esercito. Non ha mai avuto un cellulare, sempre perché riteneva di essere spiato. Per questo, in passato, Jonathan non riusciva mai a trovare il modo di mettersi in contatto con lui. L'unica cosa che poteva fare era aspettare che fosse Seth a farsi vivo.»

Gretchen mescolò latte e zucchero nel suo tè. «Una simile forma di paranoia deve rendergli difficile condurre una vita normale.»

Mrs. Lee preparò il suo tè con lentezza e attenzione. «È così, per l'appunto. Non è mai stato in grado di mantenere un lavoro per un periodo di tempo significativo, non perché non fosse in grado di comportarsi normalmente, ma perché è sempre stato troppo preso dalle sue illusioni che i colleghi stessero cercando di farlo licenziare o che il suo datore di lavoro lo stesse in qualche modo tenendo d'occhio anche quando terminava il turno e tornava a casa.»

«Che tipo di lavoro fa ora?» chiese Josie.

«Tutte occupazioni saltuarie, sempre mansioni manuali. Ha

lavorato in una fattoria. In genere accetta lavori in nero. Si fa pagare esclusivamente in contanti, in modo da non essere rintracciabile. Non gli piace che da qualche parte ci sia un registro di tutte le sue attività. Per un periodo ha lavorato in una fabbrica, ma non è durato. Volete sapere come si è procurato quella cicatrice sul braccio? All'epoca pensava che il suo datore di lavoro gli avesse impiantato un microchip, più o meno come quelli che si mettono ai cani; era convinto che potesse tenere traccia dei suoi movimenti. Evidentemente era a conoscenza del fatto che la Food and Drug Administration aveva approvato un chip impiantabile negli esseri umani nel 2004. Doveva servire a conservare i dati medici di una persona in modo che, in caso di intervento urgente, i medici o gli ospedali potessero scansionare il chip e avere immediatamente a disposizione la storia clinica del paziente. Anche se poi il progetto non ha mai preso piede, Seth credeva che gliene fosse stato impiantato uno e stava cercando di toglierselo.»

«Questo è...» cominciò a dire Josie, ma si interruppe quando pensò all'entità dei danni che una persona del genere poteva provocare agli altri se avesse avuto uno scoppio di violenza; se le allucinazioni di cui soffriva lo portavano a infliggersi lesioni fisiche, il rischio che fosse propenso alla violenza nei confronti delle altre persone aumentava di molto.

«Inquietante.» disse per lei Gretchen.

«Non saprei dirlo altrimenti.» concordò Mrs. Lee. «Quello è il periodo in cui è stato peggio, per quanto ne posso sapere. In aggiunta a quelli che vi ho elencato, Seth ha tutta una serie di comportamenti che possono risultare strani, ma che non sono necessariamente dannosi. Per esempio, non ha mai vissuto a lungo in nessun posto. È una specie di nomade. Gli piace stare all'aperto, quando ne ha modo, e intendo dire proprio che dorme all'addiaccio, specialmente nei terreni di caccia statali, nei campeggi... è capitato un paio di volte che si sia accampato in una proprietà privata da cui poi è stato cacciato e credo che in quelle occasioni si sia beccato una denuncia per violazione di domicilio, nonostante poi, alla fine, le accuse non siano mai arrivate in tribunale.»

«Ci dica perché non è il benvenuto qui.» la invitò Josie.

Mrs. Lee fece una smorfia. «Ascoltate, Seth si presenta quasi sempre in modo normale. È tranquillo, educato, piacevole. Non è un mostro. È nel lungo periodo che diventa problematico. Più tempo si passa con lui, più si comincia a vedere come si manifestano le sue illusioni e, lo dico fuori dai denti, diventa un elemento di disturbo. Non posso permettergli di sospettare che quello che mettiamo in tavola sia stato contaminato o che l'acqua sia stata avvelenata. O che i nostri ospiti vogliano fargli del male. Col tempo, le sue allucinazioni invadono ogni aspetto della vita quotidiana e, alla lunga, averlo intorno non giova alla nostra attività. Abbiamo bisogno di guadagnare per andare avanti. È molto semplice e, nonostante il comportamento di mio marito di poco fa, lo sa anche lui.»

Gretchen diede un sorso al suo tè. «Suo marito ha detto che il fratello non è violento. Ma, mi chiedo, una persona con un disturbo delirante può essere violenta?»

Mrs. Lee rispose con una scrollata di spalle. «Chiunque può diventare violento. La stragrande maggioranza delle persone affette da una particolare patologia mentale non sviluppa mai comportamenti violenti, ma non è da escludere che qualche scoppio d'ira possa verificarsi.»

«Lei ha mai visto Seth comportarsi in modo violento?»

«No, ma non lo vedo da anni. È Jonathan che si occupa di lui.»

«E sa se frequenta delle donne o se ha una moglie?» le chiese Josie. «Sa se è riuscito a mantenere qualche relazione?»

Mrs. Lee accennò un debole sorriso. «Mia madre diceva sempre: "C'è un coperchio per ogni pentola". Quindi, chi può dirlo. Si è presentato con una donna quando io e Jonathan ci siamo sposati. Ma si parla di decenni fa. Mi sembra che si chiamasse Debbie o Deirdre, non mi ricordo bene. Non so quanto tempo siano stati insieme, ma dopo un po' non l'abbiamo più vista e lui ha parlato di lei solo in un'altra occasione, con Jonathan, dicendogli che non pensava che avrebbe funzionato tra loro perché lei voleva dei figli e lui no. Mi ricordo bene che l'aveva accusata di averlo tradito con qualcuno degli invitati al nostro matrimonio, anche se quel giorno lei non si era allontanata di un centimetro da lui, se non per andare al bagno un paio di volte. Uno degli amici di Jonathan lo costrinse ad andarsene non appena cominciò a fare scene. Poteva finire molto male.»

Josie lasciò in infusione il tè, sentendo che lo stomaco le dava segni di agitazione. «È assolutamente sicura che Seth non abbia avuto figli e che non conosca nessun bambino?»

«Sicura per quanto possa esserlo.» disse Mrs. Lee. «Non lo vedo da quando io e mio marito ci siamo trasferiti qui e abbiamo rilevato l'attività. Quando vivevamo nel quartiere centrale di Denton, dove io avevo anche il mio studio, veniva di frequente a trovarci a casa. Non mi ha mai detto di aver avuto figli né di aver avuto motivo di stare intorno a dei bambini. Come vi ho detto, non volevo averci a che fare. Magari è possibile che stesse con una donna che aveva già figli suoi... ma non ha mai fatto parola di nessuna compagna e noi lo abbiamo sempre visto da solo. Detto questo, non si è mai sbottonato granché con me. Mio marito ne sa sicuramente molto di più sul suo conto.»

Gretchen batté la penna sul blocco note. «Gliel'ho chiesto mentre eravamo fuori. Ha risposto la stessa cosa: "Seth non ha mai voluto figli e non ha nessuna compagnia femminile". Pensa che sia possibile che Seth arriverebbe a rapire un bambino? Un bambino che non conosce, intendo.»

Uno sguardo di orrore attraversò il volto di Rebecca Lee. «No, affatto. Nonostante tutti i suoi problemi, non riesco a immaginarmi che Seth possa fare una cosa del genere.»

Eppure, se era Seth l'uomo che aveva aggredito Mira Summers e la sua passeggera all'inizio della giornata, significava che era capace di commettere un omicidio. Pertanto, da questa prospettiva, non era difficile pensare che fosse capace anche di commettere un rapimento.

«Possiamo fare una ricerca dell'ultimo indirizzo noto di suo cognato...» continuò Josie, «ma visto quello che ci ha detto sul suo stile di vita, immagino che non sarà un'impresa facile riuscire a trovarlo al suo indirizzo di residenza. Ha idea di dove potremmo trovarlo?»

«Mi dispiace, non ne ho neanche mezza. Magari mio marito potrebbe saperlo...»

«Non lo sa nemmeno lui.» disse Gretchen.

«Giusto.» concordò Mrs. Lee. «Non abbiamo mai saputo dove trovarlo. Abbiamo sempre aspettato che fosse lui a venire da noi e creasse scompiglio.»

DICIASSETTE

Josie lasciò cadere il ricevitore del telefono nel supporto. La sua sedia scricchiolò mentre si alzava, massaggiandosi i muscoli doloranti della schiena. Sulla scrivania erano allineate tre tazze vuote del Komorrah's Koffee. Nonostante le quantità massicce di caffeina che aveva ingerito al ritorno dall'Accademia dei Sentieri Tranquilli, si sentiva ancora esausta. Una volta che avevano finito di parlare con Rebecca Lee, Josie e Gretchen avevano estratto una copia della patente di Seth Lee dal terminale mobile di una delle loro auto e avevano trovato il suo indirizzo in una piccola città, Doylestown, nella contea di Bucks, a circa due ore a est di Denton, così avevano chiamato la polizia locale e avevano richiesto che si mettessero in contatto con Seth.

«Ho parlato con l'agente Renee Simmons del Dipartimento di Polizia di Doylestown. Seth Lee non si trova al suo ultimo indirizzo conosciuto e il proprietario dice che non vive più lì da oltre tre anni. Non ha mai richiesto il trasferimento postale, quindi hanno accumulato tre anni di corrispondenza. Non si ricorda bene di Seth, ancor meno se ha mai avuto relazioni o figli, ma ha detto che era l'unica persona in affitto.»

Dall'altra parte della stanza, Gretchen attaccò alla grande

bacheca di sughero che il capo aveva acquistato l'anno precedente, una copia del disegno del bambino che avevano trovato stretto nella mano della donna a bordo della berlina. Si voltò verso Josie, spazzolando i resti di due croissant alle noci pecan dal petto. «Non mi sorprende affatto. E che mi dici dell'auto intestata a lui?»

«Nemmeno quella era lì.» rispose Josie. «E non possiamo emettere un mandato di ricerca per Seth Lee e la sua auto se non riusciamo a collegarlo alla scena del crimine. Solo perché un anno fa è stato visto a quella bancarella dei prodotti dei Lee non significa che ci sia stato anche questa mattina.»

«Hai ragione.» convenne Gretchen prendendo una copia del retro del disegno e appendendolo.

Le lettere che formavano la parola "AIUTO" erano una provocazione e una sfida e, in modo curioso, in contrasto con l'allegro fiore sull'altro lato del foglio. Gretchen passò al setaccio i documenti sulla scrivania e trovò un altro foglio di carta che attaccò alla bacheca. Si trattava di una copia ingrandita della patente di Seth Lee. Non era sfuggito a nessuna delle due che aveva una patente di guida per veicoli commerciali, il che significava che poteva guidare legalmente un camion o qualsiasi altro mezzo adibito al trasporto di merci. Dalla fototessera, che risaliva a tre anni prima, stando a quanto era riportato nei registri della motorizzazione, un paio di penetranti occhi azzurri ricambiava il loro sguardo. La somiglianza con il fratello, per quanto visibile, era minima: Seth aveva una mascella più definita e affilata e aveva i capelli scuri, molto folti e ondulati, molto meno grigi rispetto a come li aveva Jonathan. Non c'era dubbio che avesse un aspetto di gran lunga più notevole di quello del fratello maggiore e se non si badava all'accenno di minaccia che si intravedeva nella linea piatta delle sue labbra, si presentava come un tipo attraente. Non era azzardato pensare che da giovane potesse aver attirato l'attenzione di molte ragazze; la domanda era se quelle stesse ragazze fossero rimaste nei paraggi o se si fossero dileguate una volta che il suo disturbo fosse diventato evidente. Un'altra domanda che necessitava di una risposta era se qualcuna di quelle ragazze avesse avuto un figlio, sempre ammesso che Lee non avesse rapito un bambino con il quale non aveva alcuna relazione. Perché, sebbene ne avessero la possibilità, a poco sarebbe servito verificare eventuali denunce di scomparsa di minori in tutto lo Stato della Pennsylvania; senza ulteriori informazioni sul bambino in questione, non sarebbero stati in grado di stabilire se Seth potesse avere effettivamente rapito un minore.

«Potremmo riprovare all'ospedale.» suggerì Josie.

Erano andate all'ospedale non appena avevano lasciato l'Accademia dei Sentieri Tranquilli per chiedere a Mira Summers di Seth Lee, ma lei stava dormendo e il personale medico era stato irremovibile e aveva insistito affinché la lasciassero riposare fino al mattino. A quanto avevano riferito, era diventata completamente isterica quando era stata ricoverata in reparto e ci erano volute ore per farla calmare. Così, Josie e Gretchen erano tornate in centrale per finire di stendere i loro rapporti e per preparare altri mandati: uno per la geo-recinzione e due per accedere al contenuto del telefono di Mira Summers. Il primo di questi era un cosiddetto mandato di "accensione" che veniva utilizzato dalle forze dell'ordine per collegare i dispositivi mobili requisiti a un software chiamato GrayKey che permetteva di accedere ai contenuti, sbloccandoli anche quando erano protetti da un codice di accesso o erano spenti. Il secondo mandato permetteva alle forze dell'ordine di perquisire i contenuti così scaricati. E dal momento che Mira Summers aveva una commozione cerebrale, Josie non se l'era sentita di ottenere il suo consenso per accedere ai contenuti del suo telefono. Ci sarebbe voluto più tempo usando i mandati, ma se si fosse scoperto che il telefono conteneva informazioni critiche, nessuno avrebbe messo in discussione il metodo con cui erano state ottenute quelle prove.

Gretchen iniziò ad appendere le stampe che avevano preso da Google Maps, formando lentamente un quadro dell'area tra la vasta proprietà dell'Accademia Equestre e il luogo dove si era verificato l'incidente. «È vero che è passata la mezzanotte, ma sono abbastanza sicura che, quando l'infermiera ha detto "domani", intendeva quel momento del mattino con la luce del giorno. E comunque penso che sarebbe meglio raccogliere altre informazioni su questo tizio prima di tornare a parlare con Mira.»

Josie prese la tazza più vicina e rimosse il coperchio, nella speranza di trovare qualche goccia di caffè superstite. Non ce n'era neanche mezza. «Ho trovato le impronte di Seth nel Sistema di Identificazione delle Impronte per i vari arresti per violazione di domicilio di cui ci ha parlato Rebecca Lee.» Le accuse erano state tutte archiviate. Josie si chiese se Jonathan Lee avesse pagato le parcelle di tasca propria per far avere a Seth dei buoni avvocati e se sua moglie ne fosse a conoscenza. «Se Hummel riuscirà a far corrispondere le impronte rilevate sull'arma del delitto a quelle di Seth Lee, non avremo bisogno che Mira Summers ci confermi che è lui l'uomo che l'ha aggredita sulla scena del crimine.»

«È esattamente quello a cui stavo pensando.» concordò Gretchen. «Tuttavia, a prescindere dal fatto che Seth è il nostro principale sospettato, è comunque necessario che capiamo qual è il collegamento tra lui e Mira Summers e tra lui e la donna del disegno. Per questo, la cosa migliore è iniziare da Mira Summers.»

«Una cosa alla volta...» mormorò Josie. Si allungò oltre le tazze di caffè e prese un piccolo foglio di carta per fotocopie. «A proposito, ho fatto una ricerca con i nomi di entrambi i coniugi Lee. Rebecca non ha precedenti né mandati a suo carico. Jonathan è stato condannato per aggressione semplice undici anni fa. Ha trascorso nove mesi dietro le sbarre prima di essere rilasciato per buona condotta. In seguito, ha passato i successivi due anni in libertà vigilata. Su di lui pendeva una serie di altre accuse per reati minori, che però poi sono state ritirate.»

«Sul serio?» chiese Gretchen voltandosi dalla lavagna per guardare Josie. «Non sei riuscita a ottenere qualche dettaglio?»

Josie fece il giro della scrivania e si diresse verso la lavagna di sughero, lasciandosi momentaneamente distrarre dal disegno, chiedendosi che cos'altro potessero rappresentare quei cerchi e quelle linee se non erano un occhio e dove potesse essere in quel momento il bambino che li aveva disegnati.

«Josie?» la chiamò Gretchen.

«Qualche dettaglio sono riuscita a ottenerlo. Jonathan Lee aveva dato un pugno a una donna nel parcheggio di un grande magazzino.»

Gretchen emise un fischio basso. Prese un pennarello e lo usò per evidenziare i confini dell'Accademia dei Sentieri Tranquilli: dalla riva del fiume Susquehanna da un lato, passando attraverso Prout Road, fino a una striscia di boscaglia su lato opposto. «Bene, bene, bene, questo è certamente interessante.»

Josie si chiese se Rebecca Lee avesse detto la verità quando aveva detto che suo marito non era una minaccia. Lanciò un'occhiata all'orologio sulla parete. Si era fatta mezzanotte e trenta. Si era lasciata prendere così tanto dal caso che non aveva fatto caso all'ora che avevano fatto. Era tardi, ma sarebbe riuscita ad accogliere l'incaricata dell'agenzia di adozione a casa quella mattina e questa era l'unica cosa che contava.

La porta che dava sulla tromba delle scale si aprì di botto quando il capo Chitwood fece il suo ingresso con il viso butterato dall'acne tutto rosso, segno che di solito stava a indicare che era scontento per qualcosa; per quanto, a conti fatti, quello sembrava essere il suo stato naturale. Era curioso anche che indossasse un paio di blue-jeans e una maglietta di cotone a maniche lunghe al posto di uno dei completi ben più formali che di solito gli vedevano indosso sul lavoro. «Detective!» abbaiò. «Che diavolo sta succedendo qui?»

Gretchen lo guardò con aria tutt'altro che impressionata e appese un altro pezzo della carta che stavano creando.

«Allora, che cosa ci fate qui? È passata la mezzanotte.» continuò il capo muovendo un passo verso di loro. «Oggi sono andato in visita al college con Daisy. Dio solo sa quanto vorrei che quella ragazzina non andasse a un'università a ore di distanza da me. Ma non è questo il punto. Il punto è che avevo il telefono spento e avevo detto al sergente Lamay di riferirmi qualsiasi aggiornamento importante. E quando sono arrivato a casa e l'ho riacceso, indovinate un po'?» Alzò i pugni e poi aprì le dita verso l'esterno, accompagnando il gesto con il rumore di un'esplosione. «Mi è esploso in faccia!»

Gretchen si limitò a fare una scrollata di spalle. «Avrebbe fatto meglio ad aspettare fino a domattina per controllare il telefono.»

Lui le puntò contro un lungo dito. «Non fare la saputella, Palmer. A nessuno piacciono i sapientoni.»

Josie gettò sulla scrivania il rapporto su Jonathan Lee. «In realtà...» disse, «non è vero.»

Era uno scambio che facevano di frequente e, come al solito, lui non aveva pazienza per mettersi a discutere. Si scagliò contro di lei. «Non mettertici anche tu, Quinn. Aspetta... ma che ci fai qui? Oggi era il tuo giorno di riposo.»

«È bello vedere che se ne ricordano tutti...» commentò Josie stringendo le mani a pugno e usando le nocche per strofinare i muscoli della parte bassa della schiena.

«Cos'è successo a Turner?» continuò Chitwood.

Gretchen gli lanciò uno sguardo così caustico che Josie si aspettava quasi che cadesse in ginocchio. «Bella domanda.»

«Non ne sono sicura...» disse Josie. «Era impegnato in una rapina in banca che evidentemente è durata tutto il giorno e gran parte della sera. Forse è arrivato dopo, ma noi siamo state sul campo e non l'abbiamo visto.»

La spavalderia del capo si dissolse. Il suo sguardo si diresse verso la porta del suo ufficio e con calma disse: «Gli parlerò. Sono sicuro che vi siete persi di vista.»

«Dica, ha perso una scommessa?» lo pungolò Gretchen. «È questo il motivo per cui ce lo siamo ritrovati tra i piedi?»

«Chiudi il becco, Palmer!» sbraitò Chitwood.

«O forse doveva un favore a qualcuno?» continuò Gretchen.

Josie sussurrò uno "Smettila" a Gretchen e poi dovette coprirsi la bocca per soffocare le risate.

Imperterrita, Gretchen si diresse verso l'ufficio del capo. «Dico solo che, con tutta quella lista di candidati che c'erano, trovo difficile che Turner fosse il meglio che potevamo permetterci...»

«Sul serio, Gretchen...» sibilò Josie, «ora smettila!»

Ma sentiva già i passi frenetici del capo che irrompeva di nuovo nella sala grande e il suo sguardo che lanciava un'occhiata di fuoco a Gretchen. «Un'altra parola, Palmer, e troverò un candidato per sostituire anche te. Non che ti sia dovuta una spiegazione, perché non ne hai alcun diritto, ma Turner ha esperienza. È qualificato tanto quanto lo siete voi. Ha lavorato in un dipartimento di dimensioni simili al nostro a nord di Philadelphia. È da molto tempo che lavora in questo campo.»

«Lo so...» ribatté Gretchen. «Ho fatto le mie ricerche. Ha ricevuto la sua dose di pubblicità sul quotidiano locale per aver assunto il comando delle indagini nel caso del serial killer delle escort... che mi sorprende sia riuscito a risolvere, vista la sua etica del lavoro...»

«Palmer!» iniziò a urlare Chitwood, ma smise subito quando lei gli voltò le spalle e si diresse verso la scrivania di Turner, che era stata la vecchia scrivania di Mettner. Appoggiò entrambe le mani sullo schienale della sedia e le strinse. Rimase un attimo a testa bassa e respirò profondamente, come se cercasse di trovare le forze. Il capo puntò gli occhi su Josie, ponendole una domanda inespressa, alla quale lei annuì. Non si trattava solo di Turner.

Il capo sospirò e si passò una mano sul viso. La sua voce si ammorbidì fino a raggiungere il tono più pacato, quello che normalmente usava solo con due persone: la sorellina molto più giovane, Daisy, che aveva adottato tempo addietro, e Josie. Con lei, perlomeno, aveva abbassato i toni più pungenti da quando lo aveva aiutato a risolvere l'omicidio dell'altra sorella. «Palmer...» disse. «Nessuno potrà mai sostituire il nostro Mettner. Non c'è nessuno che potrei far entrare in questo dipartimento e che accontenti tutti allo stesso tempo. Non occorre che andiate d'accordo. Dovete solo fare il vostro lavoro. Se avete qualche problema con Turner, comportatevi da adulti e risolvete la questione tra di voi. E adesso ditemi cosa diamine è successo oggi.»

DICIOTTO

Josie arrivò a casa poco prima delle due di notte. Fece un breve giro delle stanze e rimase stupita di quanto fossero ordinate e pulite. Doveva ammettere che Noah era davvero bravo nei lavoretti di casa. Una volta in camera da letto, lasciò che gli occhi si adattassero all'oscurità. Avevano messo un lumino da notte nel corridoio per quando Harris si fermava a dormire da loro e se lasciavano la porta della loro camera aperta, faceva luce quanto bastava per illuminare l'interno: infatti riuscì a intravedere Trout che dormiva in fondo al letto e tirava su la testolina con aria assonnata. Josie gli fece qualche carezza e gli diede un bacio sulla testa. Lui emise un verso col naso e si rintanò con il muso sotto le coperte. Una volta addormentato, si svegliava difficilmente. Come cane da guardia lasciava parecchio a desiderare, ma compensava con la sua grande simpatia. Josie si spogliò e lasciò cadere i vestiti nel cesto della biancheria sporca. Poi si infilò nel letto accanto a Noah, premendogli il petto contro la schiena, felice di vederlo a torso nudo. Gli passò un braccio intorno alla vita e con la punta delle dita lo accarezzò lentamente risalendo e tracciando le linee del suo busto.

«Bentornata a casa.» disse lui con la voce impastata dal sonno.

Sentire il contatto della loro pelle le fece accelerare il battito del cuore, nonostante l'ora tarda e la stanchezza che invitava ogni muscolo del suo corpo a riposarsi. Si accoccolò più vicino a lui, premendo le gambe contro le sue, mentre gli posava baci leggeri sulla spalla. Lui le prese la mano con cui stava tracciando pigramente la tartaruga che aveva sull'addome e se la strinse al petto. Il battito del suo cuore rimbombava nella cassa toracica, forte e costante.

«Vuoi parlare del caso?» le chiese.

"AIUTO"

Le venne in mente il disegno trovato nella mano della donna accoltellata a morte nell'auto distrutta di Mira Summers e subito seguì il pensiero di quel bambino che si trovava da qualche parte, probabilmente in pericolo di vita; cercò di rinchiudere tutto nella sua cassaforte mentale almeno per quella notte. Non sarebbe mai riuscita a prendere sonno se non l'avesse fatto. «No.» gli disse.

Anche quando era mezzo addormentato, Noah era in sintonia con il tono della sua voce. Rotolò per guardarla in faccia e le accarezzò la guancia. «Ne sei sicura?»

Ai loro piedi, Trout si agitò. Fece un verso simile a uno sbuffo, poi saltò giù dal letto e si lasciò cadere mollemente sul tappeto. Un attimo dopo stava già russando.

«Sono sicura.» gli rispose. Si premette contro di lui con tutto il corpo e gli prese la mano con cui le accarezzava il viso facendogliela scivolare lungo il suo fianco fino a posarsi sulla pelle nuda della vita. Sorrise quando lui la tirò più vicino a sé. Sembrava completamente sveglio quando chiese: «Vuoi che ti schiarisca le idee?»

Lo attirò a sé per dargli un bacio. «Tu che ne pensi?»

* * *

Josie si svegliò prima che la sveglia suonasse. Si ritrovò sola nel letto. Ascoltò i passi di Noah e Trout che scendevano giù per le scale, passando in rassegna le varie fasi della loro routine mattutina. Non poté fare a meno di chiedersi se un giorno quella routine avrebbe coinvolto anche un bambino, al pensiero che la giornata che li attendeva avrebbe contribuito in modo definitivo alla risposta a quella domanda. Represse l'incertezza che le ribolliva nello stomaco prima che prendesse il sopravvento. Non aveva neanche ancora preso il caffè. Ci sarebbe stato tempo per le preoccupazioni in un secondo momento. Girò la testa verso la luce del sole che filtrava attraverso le veneziane. Noah le aveva aperte prima di scendere. Sapeva che le piaceva la luce. Conosceva tutto ciò che le piaceva. Un sorriso le incurvò le labbra a ripensare alla notte precedente. Il dolore ai muscoli e la stanchezza del corpo erano spariti. Anche mentalmente si sentiva più tranquilla. Era diventata una battuta ricorrente nel loro matrimonio che fare l'amore le schiarisse le idee, ma a dire il vero, era sempre stato così. E per sua fortuna, Noah era più che disposto ad accontentarla.

Lo trovò al piano di sotto, in cucina, che si stava versando una tazza di caffè. La porta sul retro era aperta. Attraverso la zanzariera poteva vedere Trout che stava scegliendo il posto ideale per fare quello che doveva fare. Sul tavolo della cucina c'era un cestino di muffin. A Josie bastò vederli e sentirne il profumo per capire che era stata Misty a prepararli. Doveva essere passata a lasciarli quella mattina. Accanto al cestino c'era un disegno di Harris, in cui aveva raffigurato Josie e Noah accanto a quella che doveva essere una culla, dentro la quale si vedeva un fagotto che rappresentava un bambino. In cima al foglio, a caratteri grandi e sgraziati, aveva scritto: "Buona fortuna" e in fondo alla pagina aveva firmato semplicemente "Harris".

La qualità era molto più avanzata rispetto a quella del disegno trovato nella mano della donna dell'incidente, mentre quella della calligrafia si presentava più o meno allo stesso modo in termini di precisione e spaziatura di tutte le lettere.

"AIUTO"

«Josie...» disse Noah, con un tono così serio che la mano le si congelò sulla pagina. Quando lei alzò lo sguardo su di lui, Noah le fece un sorriso nervoso. «Hanno chiamato dall'agenzia, circa dieci minuti fa per avvisarci che la responsabile della nostra pratica è malata. Quindi dobbiamo rimandare l'appuntamento.»

Josie tirò su il disegno di Harris e lo strinse al petto lasciandosi cadere sulla sedia più vicina. Sapeva che non doveva sentirsi sconfitta. L'intera procedura si era rivelata una costellazione di contrattempi e di lunghe attese, ma non riusciva a frenare quella sensazione di sentirsi travolta dalla delusione come da una gigantesca onda anomala di emozioni.

Noah si avvicinò e le strinse la spalla. «Questa non ci voleva...»

Lei scosse la testa. «Non è poi un grosso problema. Lo faremo lo stesso, solo un altro giorno.»

Noah scoppiò a ridere. «Già, e adesso ci toccherà aspettare con apprensione per un'altra settimana, o due, o tre. Era proprio quello che ci serviva...»

Noah fece entrare Trout, che era rimasto chiuso fuori e aveva cominciato a piagnucolare da dietro la zanzariera, e che si diresse verso Josie, accompagnato dal ticchettio delle unghie sulle piastrelle. Con la mano libera, lei gli grattò le orecchie e gli fece i complimenti dicendogli che era il cane migliore del mondo e lui, soddisfatto, si accoccolò sopra i suoi piedi.

Josie riportò la sua attenzione sul disegno di Harris.

Lo sguardo di Noah seguì il suo. «Harris potrebbe rimanerci male ancora più di noi per questo rinvio...» commentò Josie sentendosi stringere il cuore: per essere un bambino di sette anni, si era mostrato curiosamente interessato all'idea che Josie e Noah "avessero un bambino", in modo da avere un "cuginetto" con cui giocare. Rimise il disegno sul tavolo, a faccia in giù. Come faceva immancabilmente quando Misty lo portava a lavorare con sé, Harris aveva usato il retro di un foglio di carta intestata del suo ufficio come tela. L'insegnante di arte di quell'anno aveva acceso la sua nuova passione per il disegno che, Josie ne era quasi del tutto convinta, a quel punto rivaleggiava con l'altra sua grande passione per il Tee-ball. Si metteva a disegnare su qualsiasi pezzo di carta sul quale riusciva a mettere le mani e, quando capitava, anche sui tovaglioli.

Le fu inevitabile chiedersi se al bambino che aveva realizzato il disegno del fiore che avevano trovato stretto tra le mani della donna morta coinvolta nell'incidente con Mira Summers piacesse disegnare tanto quanto piaceva a Harris. Chi era stato a dargli il foglio e i pastelli? Si augurava con tutte le forze che Hummel riuscisse a ricavarne delle impronte che potessero aiutarli a risalire all'identità di quel bambino.

Trout cambiò posizione sui suoi piedi ed emise un piccolo mugolio.

«Ehi...» la ridestò Noah osservandola con sguardo perplesso. «Che ti succede?»

Josie tracciò con le dita le lettere in rilievo dell'intestazione sul foglio: «Centro per le Donne di Denton. Sto pensando al caso su cui sono intervenuta ieri. Ho paura che ci sia di mezzo un bambino.»

Noah si chinò e diede a Trout una carezza rassicurante. «Il lavoro è sempre una distrazione ideale. Raccontami di che si tratta...» la esortò, versandole una tazza di caffè e sedendosi al tavolo della cucina. Josie gli illustrò il caso nei dettagli. Quando ebbe finito, Noah intrecciò le mani dietro la testa e si appoggiò allo schienale della sedia. «Hai una foto di quel disegno?»

Josie recuperò la foto sul suo telefono e la mostrò a Noah.

«Sembra... un occhio, vero?» disse lui, prendendo il telefono dalle sue mani per poterlo studiare meglio. Poi passò alla foto della richiesta di aiuto.

«Infatti.» concordò lei. Con un sospiro, si avvicinò il cestino dei muffin: ce n'erano ai mirtilli e alla banana con gocce di cioccolato. I loro preferiti. «È la stessa cosa che ho pensato anch'io, all'inizio, ma guarda meglio. Come occhio non ti sembra un po' strano?»

«Allo stato attuale delle cose...» disse Noah, «non sono sicuro che abbia importanza cosa dovrebbe rappresentare. La cosa migliore da fare è lavorare con quello che già sappiamo, ovvero che nell'auto c'erano due donne e finora non è stato possibile collegare nessun bambino a Mira Summers.»

Josie staccò un pezzo di uno dei muffin alla banana con gocce di cioccolato e se lo infilò in bocca. Di tutti i piatti che Misty preparava non ce n'era uno che non le facesse venire l'acquolina in bocca e non la spingesse a chiedersi se per caso non esistesse qualche carattere genetico per la predisposizione alla cucina che lei non aveva mai ereditato. Riportando l'attenzione sul lavoro, disse: «Sì, è esatto, e considerato che quella donna teneva stretto il disegno nella mano, ora dovremmo concentrarci su di lei. Devo parlare con la dottoressa Feist per farmi dire i risultati dell'autopsia e vedere se ha avuto fortuna nell'ottenere un'identificazione. Sono certa che il capo ti potrà autorizzare a entrare oggi e a fare il cambio del permesso quando avremo riprogrammato l'appuntamento con l'incaricata dell'agenzia di adozione. Adesso chiamo la Feist per sentire se ha finito e se può riceverci...»

Si portò il telefono all'orecchio e quando ebbe riattaccato con la dottoressa pochi minuti dopo, annunciò a Noah: «Ci vediamo alle dieci.»

«Perfetto.» rispose lui. «E io ho appena trovato una data libera nel nostro calendario.»

DICIANNOVE

«Mettilo via!»

Mi è arrivato alle spalle. Non l'ho sentito arrivare perché è silenzioso come un gatto quando si muove. Dice che è una cosa che ha imparato perché ha passato tanto tempo a sfuggire alle persone cattive.

«Sto colorando...» gli dico. Ha dormito tutta la notte e tutta la mattina e non mi ha dato niente da mangiare e io ho cominciato ad annoiarmi e a sentirmi triste.

Ora sto usando il pastello blu, quello chiamato "Uovo di pettirosso".

Quando mi tira l'album via dalle mani trattengo la copertina che si strappa e mi alzo di scatto. «Smettila!» gli urlo con le lacrime che mi pizzicano gli occhi e le guance.

Lui si guarda intorno e poi la sua voce diventa dolce, come se tutto a un tratto cercasse di essere gentile. «Non l'ho fatto apposta, ma lo sai bene che non puoi farti vedere con questa roba.»

«Dimmi cosa hai fatto e la metterò via.» ribatto io mettendocela tutta per non fargli vedere che ho paura di lui, ma non ci riesco bene ora che ho visto che ci sono due gocce rossastre secche sul suo scarpone sinistro.

«Te l'ho detto...» mi risponde. «Ho fatto ciò che era necessario fare per proteggerci. Non sei ancora abbastanza grande per conoscere tutti i dettagli.»

A chi hai fatto del male? A chi hai fatto del male? A chi hai fatto del male?

Muoio dalla voglia di chiederglielo, ma le gocce sul suo scarpone devono essere sangue e vorrei sapere di chi è, ma se me lo dicesse, potrei morire anch'io.

Mi restituisce l'album e io lo nascondo nel mio zaino insieme ai pastelli. Non resisto, scoppio a piangere e non riesco a fermare le lacrime. Credo che sia perché ho capito a chi ha fatto del male e preferirei non averlo capito.

VENTI

L'obitorio si trovava nel seminterrato del Denton Memorial Hospital. E, quasi fosse stato fatto apposta, si trovava in una delle zone più deprimenti di tutto l'edificio. Le piastrelle giallognole scricchiolavano sotto i piedi mentre Josie e Noah percorrevano il lungo corridoio che conduceva alla serie di stanze che costituivano il dominio della dottoressa Feist. Ogni altra stanza in quella sezione del seminterrato era inutilizzata, cosa che conferiva all'ambiente un'atmosfera raccapricciante e l'aspetto di un posto in stato di abbandono, aggravato ancor di più dal colore grigiastro delle pareti, che un tempo dovevano essere state bianche, dovuto a uno spesso strato di sporcizia, e dall'odore nauseabondo delle più aggressive sostanze chimiche che aleggiava nell'aria e andava mescolandosi con quello dei corpi in decomposizione.

Proprio accanto alle porte della stanza in cui la dottoressa conduceva i suoi esami trovarono Kyle Turner, appoggiato al muro alle sue spalle con un tallone puntellato alla parete per sostenersi e con la testa china sul telefono, in una posa in cui i folti riccioli castani punteggiati di grigio gli ricadevano sulla fronte. Nell'altra mano teneva una lattina della bevanda energetica che consumava sempre al posto del caffè. Sentendo i loro passi sulle piastrelle, alzò quegli occhi di un azzurro intenso verso di loro e si diede una spinta contro il muro per raggiungere la sua piena altezza. Torreggiava su Josie, mentre rispetto a Noah non poteva vantare che una manciata di centimetri in più. Infilandosi in tasca il telefono, si pizzicò la barba tra il pollice e l'indice.

«Ma tu guarda! I piccioncini...» li schernì con un tono sprezzante che fece entrare subito il nervoso a Josie.

«Non cominciare, Turner.» lo ammonì Noah.

«Qualcuno è scontroso questa mattina.» continuò lui con aria divertita. «Che vi succede? I colombi hanno problemi in camera da letto?»

Josie alzò lo sguardo su Noah e non le sfuggì il muscolo della mascella che scattava. «Turner, se non sei in grado di mantenere un atteggiamento professionale dovrò farti rapporto. Nel caso te ne fossi dimenticato... ti sono superiore di grado.»

Per un attimo, vedendo il luccichio malvagio che brillava nello sguardo di Turner fisso su Noah, Josie ebbe la certezza che avrebbe continuato con le sue canzonature. Non era certo la prima volta che faceva commenti fastidiosi in riferimento al fatto che erano sposati, ma non era mai stato così offensivo prima di allora. Josie capì dalla tensione che si era creata nel corpo di Noah che era prossimo al punto di rottura con Turner.

Per sua fortuna, Turner non insistette. Abbassando gli occhi, borbottò: «Mi dispiace.»

«Di', piuttosto, cosa ci fai qui?» si informò Josie.

Turner bevve il resto della sua bevanda, accartocciò la lattina e attraversò il corridoio per gettarla in un cestino. «A quanto pare, non sto lavorando abbastanza.»

«E ci sei arrivato tutto da solo a questa conclusione?» lo schernì Noah. «Sei davvero perspicace.»

Turner tenne gli occhi fissi su Josie. «Grazie, tenente, ma no, non ci sono arrivato da solo. Ieri ero fuori a svolgere il mio lavoro e presumo che qualcuno non fosse soddisfatto del mio operato.»

«Non intendo nemmeno degnarti di una risposta.» disse Josie. «Nessuno ha fatto la spia su di te, Turner. Il tuo "operato" si commenta da solo.»

Gretchen aveva dato del filo da torcere a Chitwood per averlo assunto, ma non aveva parlato apertamente del suo lavoro scadente, il che significava che il capo doveva aver controllato i fascicoli e doveva essersi accorto che Turner non aveva completato le scartoffie sulla rapina in banca o al massimo doveva averle completate solo in parte. A questo si aggiungeva l'altro fatto altrettanto ovvio che Turner non si era nemmeno presentato alla stazione di polizia, nonostante fosse ancora di turno, a differenza di Josie e Gretchen che erano rimaste a lavorare fino a tardi, e di questo il capo se n'era accorto senza che nessuna delle due glielo avesse fatto notare.

«Questa è una cosa tra te e il capo.» gli fece notare Noah. «Noi abbiamo del lavoro da sbrigare.»

«E io sono qui per darvi una mano con questa storia della donna e dell'incidente...» rispose Turner tamburellando con le dita sulla coscia. «Ho letto tutti i rapporti sul caso. Sono aggiornato e pronto a procedere.»

«Molto bene.» disse Noah. «Ma se vuoi esserci d'aiuto, il tuo tempo sarebbe meglio speso con altre questioni, intanto che noi parliamo con la dottoressa Feist dei risultati dell'autopsia. Tu vai di sopra a interrogare Mira Summers e fai in modo di scoprire cosa ci faceva l'anno scorso con Seth Lee alla bancarella dei prodotti dei Sentieri Tranquilli. Dobbiamo capire che tipo di relazione c'è tra quei due e tutto ciò che lei sa su di lui, come per esempio dove possiamo trovarlo e se ha un bambino con sé. E cerca anche di scoprire se nel frattempo le è tornata la memoria su cos'è successo al momento dell'aggressione, visto che ha riposato un po'. Quando hai finito con lei, torna alla centrale e controlla i mandati in sospeso, i tabulati telefonici di

Mira Summers e il rapporto del GPS del suo veicolo. E non ti dimenticare dei risultati del mandato per la geo-recinzione. La nostra priorità è trovare il bambino che ha fatto quel disegno il prima possibile.»

Turner non rispose subito, si prese il tempo di rivolgere a Noah uno sguardo di valutazione e, per un tempo indefinito, l'unico suono che si udì nel corridoio fu il ritmico tamburellare delle dita di Turner contro i pantaloni del completo, ma durò tanto a lungo che, ancora una volta, Josie si chiese se avrebbe reagito. Non gli era mai piaciuto sentirsi dire cosa fare e provava gusto nel provocare le persone solo per il gusto di farlo. Come se sentisse una personale gratificazione a vedere quanto riusciva a farli arrabbiare tutti quanti.

«Mi aspetto un rapporto completo quando torneremo alla centrale.» disse Noah alla fine.

Poi aprì la porta della sala esami e accompagnò Josie, lasciando Turner da solo nel corridoio.

Josie inspirò ed espirò profondamente. Con un gesto delicato, Noah le posò una mano sulla parte bassa della schiena, attenuando un po' dell'agitazione che le cresceva dentro. Il solo fatto di trovarsi a così stretto contatto con Turner la rendeva irritabile e tutto questo la faceva sentire una vera idiota, perché non erano mica ragazzini delle scuole elementari e lui non era un bulletto attaccabrighe del parco giochi. Di solito non permetteva nemmeno ai criminali di renderla così suscettibile ed era per questo non si capacitava del perché, invece, Turner riuscisse a farle saltare i nervi ogni volta. Ripensando a ciò che Chitwood aveva detto la sera prima, si chiese se non fosse a causa della perdita del loro caro collega. Turner era davvero irritante fino a quel punto, o il vero problema era che semplicemente non poteva sostituire il loro Mettner? Oppure, più probabilmente, era una combinazione di entrambi i motivi?

«Concentriamoci sulla donna del disegno.» la invitò Noah a bassa voce.

Annuendo, Josie si avvicinò al tavolo da autopsia in acciaio inossidabile sul quale era stato steso un corpo avvolto in un lenzuolo. Un attimo dopo, la dottoressa Anya Feist entrò dal suo ufficio, adiacente alla sala autoptica: indossava il suo consueto camice blu scuro, si era già infilata la chioma biondo-argentato sotto una cuffia aderente abbinata, portava il suo computer infilato sotto il braccio e fece loro un sorriso mentre lo appoggiava sul piano di lavoro in metallo in fondo alla stanza.

«Mi dispiace che abbiate perso l'appuntamento con l'incaricata dell'agenzia.» disse aprendo il computer e digitando un codice di accesso.

«Non è un problema.» le assicurò Noah.

«Ci basta riprogrammare la data.» aggiunse Josie.

La dottoressa si voltò verso di loro, squadrandoli con aria dubbiosa. Non era stato un segreto per nessuno nella loro cerchia ristretta quanto fossero nervosi per quella parte del percorso di candidatura.

«L'abbiamo presa bene...» le assicurò Josie.

La dottoressa tornò a guardare il portatile, dove una serie di radiografie riempiva lo schermo. «E vi distraete con il lavoro. Lo capisco bene. Prima di cominciare a parlarvi delle conclusioni a cui sono arrivata, voglio darvi una buona notizia: mi ha chiamato Hummel un attimo fa per dirmi che ieri sera ha preso le impronte della donna dell'incidente e questa mattina, quando ha avuto modo di inserirle nel Sistema di Identificazione, ha avuto un riscontro.»

Josie avvertì un fremito di eccitazione diffondersi dalla testa ai piedi. «Come si chiama?»

Con pochi passaggi, la dottoressa aprì una pagina sul sito web NamUS, il National Missing and Unidentified Persons System, un database pubblico utilizzato tanto dalle forze dell'ordine e dai medici legali quanto dalle famiglie delle persone irreperibili per risolvere i casi di scomparsa. Ma il più delle volte veniva utilizzato per quel tipo di ricerca che comportava l'associazione tra il nominativo di una persona scomparsa e quello di una persona deceduta senza identificazione o dei relativi resti; evidentemente in passato erano già state caricate nel database del NamUS tutte le informazioni della donna su cui stavano indagando.

«April Carlson.» annunciò la dottoressa, indicando la foto di una donna dai lunghi capelli castani e lucenti e dall'ampio sorriso. Non era la foto della sua patente, sembrava scattata da un fotografo professionista. April indossava una larga gonna blu che le arrivava fino alle caviglie e una camicetta bianca a maniche corte. Era seduta sui gradini di un gazebo vicino a un lago con il sole che tramontava sullo sfondo. Teneva le gambe raccolte e si sporgeva in avanti con il busto, tenendo un braccio avvolto intorno alla vita e l'altro piegato, con il gomito appoggiato sul ginocchio, in modo che la mano, leggermente chiusa a formare un pugno, sostenesse il mento. Le circondava il polso sottile un braccialetto con un ciondolo a forma di scarabeo d'oro decorato con pietre che brillavano nella luce soffusa, del tipo che non si vedevano più in giro. Aveva tutta l'aria di essere un gioiello d'epoca ed era indiscutibilmente bellissimo. Ma niente in confronto ai suoi occhi marroni e radiosi. Di quella donna bastò l'effervescenza che traspariva da quella foto per sbriciolare il cuore di Josie in mille pezzi. Quella donna, April Carlson, non si meritava quello che le era successo: di essersi consumata fino al nulla per poi finire pugnalata a morte. Nessuno si meritava una fine del genere.

Noah lesse i dettagli ad alta voce. «Quarant'anni. Nubile, senza figli. L'unico parente di riferimento è la madre, Teresa Carlson. Lavorava come insegnante di scuola elementare.»

Questa era un'informazione fondamentale, perché anche se non aveva avuto figli suoi, aveva lavorato comunque a stretto contatto con dei bambini.

«È scomparsa dal suo domicilio a Newsham poco più di un anno fa. Che si trova a... quanto? A mezz'ora da qui? Quarantacinque minuti, al massimo. La responsabile delle indagini è Heather Loughlin.»

La detective Heather Loughlin era un membro della squadra investigativa del Dipartimento della Polizia di Stato della Pennsylvania. Nelle aree del Commonwealth della Pennsylvania in cui i dipartimenti di polizia locali non erano attrezzati per indagare autonomamente sui crimini di un certo rilievo come certi casi di omicidio o di scomparsa, si poteva richiedere l'intervento della Polizia di Stato. Era così che in passato il Dipartimento di Denton aveva lavorato nel corso di diverse indagini con Heather Loughlin, che si era sempre dimostrata una persona senza peli sulla lingua, molto efficiente nel suo lavoro e immancabilmente puntuale nel riferire i risultati di un accertamento.

«Ho già provveduto io a chiamare la detective Loughlin.» li rassicurò la dottoressa. «Visto che c'è un bambino coinvolto, ho pensato che voleste accelerare la procedura. Mi ha mandato le impronte dentali di April Carlson in men che non si dica. Corrispondono. Adesso la Loughlin si trova a un paio d'ore di distanza, ha detto che è impegnata con un altro caso, ma ha garantito che può raggiungervi a Newsham tra un'ora per fornivi gli aggiornamenti che vi occorrono, se potete andarle incontro.»

«Certo che possiamo.» esclamò Josie, incapace di staccare gli occhi dal sorriso contagioso di April Carlson. «Le manderò un messaggio per farmi dire il luogo esatto dove vuole incontrarci prima di partire.»

«Grazie, dottoressa.» disse Noah. «Nel frattempo, perché non ci illustra i risultati dell'autopsia?»

VENTUNO

La dottoressa Feist si avvicinò al tavolo autoptico, accese la lampada scialitica appesa sopra il corpo e poi abbassò delicatamente il lenzuolo, piegandolo all'altezza delle spalle di April Carlson.

«Cavolo...» esclamò Noah.

Stesa sul tavolo, sotto le luci fluorescenti, April aveva un aspetto a dir poco più inquietante di quando l'avevano rinvenuta sulla scena dell'incidente. Le guance erano pallide e smunte, i denti sembravano voler uscire dalla bocca, occhiaie livide le pendevano sotto gli occhi. Tra i capelli tosati si vedevano meglio le chiazze di cuoio capelluto. Si sarebbe detto che le clavicole fossero pronte a squarciare la pelle delicata.

«Già.» convenne la dottoressa con un sospiro. «Certe volte la crudezza è più facile da sopportare, soprattutto quando sai che la persona che hai di fronte è morta in fretta. Ma questa donna stava morendo già da molto prima di essere accoltellata.»

«È stata torturata?» chiese Josie.

La dottoressa annuì. «La deprivazione è una forma di tortura, sì, benché in questo caso la causa della morte sia la ferita da taglio penetrata nell'intestino tenue. Come sapete,

Hummel è venuto qui da poco per prendere l'arma e conservarla come prova. Cercherà di ricavare impronte e DNA dal manico. A parte questo, non era un coltello.»

Josie cercò di pensare a quale arnese con un'impugnatura simile a quella di un coltello potesse trafiggere la carne umana e i tendini per tutta la lunghezza della lama, ma non riuscì a immaginare cosa potesse essere. «E che diavolo era allora?»

La dottoressa fece loro cenno di tornare verso il portatile dove, con pochi passaggi, fece scomparire la foto con il volto sorridente di April per far apparire una serie di altre foto a sostituirla. «Era un punteruolo.»

Il braccio di Noah sfiorò quello di Josie quando si chinò a studiare le immagini. Ora che la mano di April non lo avvolgeva, Josie poté vedere che il manico non assomigliava affatto a quello di un coltello. Anzi, era più corto e di forma arrotondata, ricordava quasi quella di una lampadina. Neanche la lama era piatta come quella dei coltelli, ma di forma conica, non più spessa di una penna, con l'estremità appuntita.

La dottoressa si allungò, passando in mezzo a loro due, e ingrandendo una delle foto, indicò l'estremità metallica insanguinata. «Questa parte è in acciaio. È lunga otto centimetri e mezzo.»

Questo spiegava perché le ferite di Mira Summers erano in larga parte punture e tagli. «So che il punteruolo è un attrezzo, ma a cosa serve?» domandò Josie.

«La risposta più semplice è che i punteruoli si usano per praticare dei buchi.» le rispose Noah. «Li ho visti usare nei progetti di falegnameria. Si usa la punta per fare un buco dove si desidera forare. Sono abbastanza sicuro che vengano usati anche per le riparazioni di tappezzeria e per cucire la pelle, in tutti quei casi in cui si ha un tessuto pesante o un materiale che gli attrezzi da cucito più comuni non riescono a perforare. Ce ne sono di diversi tipi e di diverse dimensioni.»

La dottoressa li ricondusse al corpo di April Carlson. «Ho

dovuto fare qualche ricerca. Vengono utilizzati anche dai calzolai per riparare le scarpe e nella punzonatura per rilegare i libri. Insomma, sono utili in diversi campi e, sfortunatamente, sono efficaci armi per uccidere. Ne ho viste veramente tante in questo lavoro, ma questa è la prima volta che vedo usare un punteruolo come arma. Nessun segno di esitazione. Viste le ferite all'interno dell'intestino tenue, appare evidente che sia stato smosso parecchio. È difficile stabilire l'angolo di entrata della ferita originale ma, in base a tutto ciò che ho visto, la ferita corrisponde a qualcuno che le si è messo davanti e l'ha pugnalata con un angolo molto stretto leggermente rivolto verso l'alto.»

Tirò Josie verso di sé con la mano sinistra e con la destra le conficcò un punteruolo immaginario nello stomaco, brandendolo dal basso e poi portandolo verso l'alto nell'addome di Josie. «L'impugnatura ha lasciato un segno sulla carne dell'addome che corrisponde a quanto sappiamo dall'incidente stradale.»

«Ma sarebbe morta comunque, indipendentemente dalla pugnalata?» si informò Noah.

La dottoressa sospirò, guardando il volto di April Carlson. «Alla fine, sì, se non avesse ricevuto cure immediate. È impossibile per me dire quanto tempo avrebbe avuto senza conoscere le condizioni esatte del luogo in cui si trovava prima di salire sull'auto di Mira Summers, ma ovunque si trovasse, non veniva nutrita quanto bastava e non stava abbastanza tempo al sole.»

«Ci illustri quello che ha scoperto.» la invitò Josie. «Dall'inizio.»

La dottoressa annuì. «April Carlson era una donna adulta estremamente malnutrita. L'esame esterno ha mostrato diverse caratteristiche compatibili con un'inedia di lungo periodo: occhi e addome infossati, ossa protuberanti, labbra screpolate, erosione dentale, porpora...» Si spostò verso i piedi della donna e sollevò il lenzuolo, piegandolo fino alle ginocchia. Vedere quelle gambe scheletriche fece ribollire il sangue di Josie. La dottoressa indicò un'infarinatura di macchie rosa scuro, quasi violacee, sugli stinchi di April. «Nella maggior parte dei casi di forte denutrizione, questo è dovuto a una carenza della vitamina C e della vitamina K.» Spinse il lenzuolo verso l'alto, rivelando le ossa delle cosce, sottili quanto quelle delle gambe. Altre macchie di un rosa violaceo ne punteggiavano la pelle. La dottoressa indicò alcuni altri punti in cui la cute presentava quella che ricordava una forma di pelle d'oca permanente. «Questo indica una carenza di vitamina A.»

Quando Josie si spostò da un lato all'altro del tavolo, si accorse di un tatuaggio sulla parte esterna della caviglia destra che rappresentava uno stelo verde lungo il quale crescevano tre fiori rosa i cui petali ricordavano quasi dei ventagli.

«Un pisello odoroso.» disse Josie, quasi tra sé e sé. «Cosa?» chiese la dottoressa.

Josie fece un gesto verso il tatuaggio. «Il fiore. Si chiama pisello odoroso. È uno dei fiori che simboleggiano il mese di aprile.»

Sia Noah che la dottoressa la raggiunsero per guardare la caviglia destra della donna. «Come fa a saperlo?» le chiese la dottoressa.

«Suo padre.» spiegò Noah. «Insomma, Eli Matson. La portava a raccogliere fiori selvatici. Ma i piselli odorosi non sono fiori di campo, giusto?»

«Non sono sicura che siano ufficialmente considerati fiori di campo.» disse Josie, fissando il tatuaggio. «Ma insieme a mio padre... cioè, insieme a Eli, li trovavamo spesso durante le nostre gite.» Si sentì stringere il cuore al ricordo dell'uomo che per lei era stato suo padre, con quei suoi occhi azzurro intenso, proprio come quelli di Sawyer, che le sorrideva e le porgeva il fiore. «Un dolce odoroso per il mio tesoro...» le diceva, facendola ridere. La faceva sentire amata: una differenza a dir poco netta rispetto a ciò che li aspettava quanto tornavano a casa da Lila Jensen. Almeno lei aveva quel ricordo. Il povero Sawyer non aveva nulla di suo padre. Josie inspirò, cercando di ricacciare quel ricordo e tutti i pensieri su Sawyer dentro le rispettive scatole della sua cassaforte mentale.

«Mi dispiace...» disse Noah con tono dolce. «So che anche i bei ricordi possono essere dolorosi.»

«Parole sante...» sospirò la dottoressa.

«Va bene così.» disse Josie, ritrovando un po' di pace interiore.

La dottoressa riabbassò il lenzuolo, lasciando esposti solo i piedi e le caviglie. «Oltre alle altre scoperte dell'esame esterno, ho notato abrasioni alle caviglie e ai piedi, dovute al fatto che ha camminato a piedi nudi su superfici ruvide e, suppongo, tra le sterpaglie.»

Noah fece il giro del tavolo per vedere meglio i tagli lungo le caviglie e i graffi sulle piante dei piedi.

«L'esame interno non ha mostrato segni di violenza sessuale.» riprese la dottoressa. «Molti dei suoi organi erano sottopeso. Il tessuto adiposo intra-addominale e parietale era gravemente ridotto rispetto a quello che mi sarei aspettato di trovare in una donna sana della sua età. Il pancreas mostrava segni di atrofia. Il ventricolo sinistro del cuore mostrava una perdita di massa e di volume, sempre rispetto a quanto mi sarei aspettata di trovare in una persona della sua età e in condizioni di salute ragionevolmente buone. L'insieme di questi elementi è compatibile con una denutrizione che è stata protratta per un lungo periodo di tempo.»

«Ed è compatibile con il tempo in cui è risultata scomparsa?» chiese Josie.

«Secondo me, sì. Altri risultati confermano che potrebbe essere stata privata di nutrimento e di luce solare per un anno intero.» Fece loro cenno di avvicinarsi di nuovo al portatile, chiudendo le foto del punteruolo per mostrare quelle delle radiografie. «Presentava gli inizi dell'osteomalacia.»

«Di che si tratta?» chiese Noah.

«Ammorbidimento delle ossa.» spiegò la dottoressa. «È una

conseguenza della carenza di vitamina D. Va specificato che può essere dovuta anche alla fame, ma è anche coerente con la privazione di luce solare sufficiente per un lungo periodo di tempo.»

«Per esempio un anno.» completò Josie.

«Esattamente.» confermò la dottoressa tirando fuori le radiografie della spalla e della clavicola destra di April. «Potrebbe essere di più o di meno. Se la condizione fosse andata ancora avanti, sicuramente sarebbe sopravvissuta ancora per poco. Guardate qui...» Indicò il punto in cui la testa dell'omero incontrava la clavicola. Era visibile anche una parte delle costole della donna. Tra queste e l'omero si poteva vedere il margine della scapola. Appena sotto l'articolazione della spalla c'era una linea spessa e scura in netto contrasto con il bianco sfumato delle ossa. La dottoressa tirò fuori una radiografia della scapola sinistra, che mostrava un'immagine speculare.

«Quelle che cosa sono?» chiese Noah. «Fratture?»

«Pseudofratture.» specificò la dottoressa. «Ma sono chiamate anche "linee di Milkman", dal nome di un radiologo americano che presentò le sue scoperte su queste fratture già negli anni Trenta del secolo scorso. A volte vengono chiamate anche "zone di Looser", dal nome di un medico svizzero di nome Emil Looser. Si tratta di fratture incomplete. Non guariscono mai correttamente o completamente perché, essendo l'osso demineralizzato, il nuovo osso non si rafforza mai. Una pseudofrattura da sola non è sufficiente per diagnosticare l'osteomalacia, a meno che non sia bilaterale e simmetrica e si trovi in sedi considerate classiche come questa, le costole o l'ulna.»

«Quindi doveva avere parecchio dolore?» chiese Josie.

«Indubbiamente.» confermò la dottoressa Feist. «Anche se non stento a credere che questa donna fosse in agonia per il lento deperimento e lo spegnimento del suo corpo.»

Gli occhi di Noah si accesero di rabbia. «Immaginate di accoltellare qualcuno in queste condizioni.»

Josie si avvicinò a lui e gli toccò con leggerezza la mano. Tornando a guardare la dottoressa, chiese: «Questa donna sarebbe stata in grado di camminare? Prima o dopo essere stata pugnalata?»

La dottoressa scosse la testa e chiuse di scatto il portatile. «È impossibile dirlo, ma se anche fosse stata in grado di camminare, non sarebbe sicuramente andata molto lontano. Una volta accoltellata, dubito che sarebbe stata in grado di muovere un solo passo.»

«Aveva qualcosa nello stomaco?» chiese Josie.

La dottoressa sospirò di nuovo. «Fango e un po' d'erba.»

Josie disse: «Questo potrebbe indicare che, almeno negli ultimi tempi, è stata tenuta in un posto dove poteva accedere a un giardino o comunque un ambiente all'aperto.»

«Corretto.» convenne la dottoressa.

Josie sentiva che Noah stava diventando sempre più agitato, con la rabbia che gli ribolliva dentro e si riversava fuori di lui a ondate, tanto che dovette allontanarsi da loro, passandosi le dita tra le folte ciocche castane.

«Troveremo il responsabile.» gli promise Josie.

«E poi gliela faremo pagare.» aggiunse Noah.

VENTIDUE

Il profumo inebriante delle rose invase i sensi di Josie, che lo accolse molto volentieri dopo la visita all'obitorio. Contò una mezza dozzina di cespugli di rose rosse lungo la passeggiata verso la pittoresca casa a due piani dai rivestimenti bianchi dove avrebbero incontrato Heather Loughlin, come da sua richiesta, intanto che aspettava insieme a Noah sul marciapiede. Automaticamente le venne da pensare al fiore sul disegno che April Carlson teneva tra le dita. Era una rosa? Che significato aveva?

«Questo posto è così tranquillo...» mormorò Noah, guardando da una parte e dall'altra della strada. Come dargli torto? L'unico suono che si sentiva era quello degli uccelli che cinguettavano tra i rami degli aceri che costeggiavano la strada. Josie non era stata molte volte a Newsham, ma a lei era sempre sembrata una di quelle cittadine carine e sonnolente di una commedia romantica in cui la protagonista si ritira dopo una grande separazione per rimettere insieme i pezzi della sua vita. Si chiese se questo potesse essere il motivo che aveva spinto April Carlson a trasferirsi in un posto come quello. Secondo quanto era riuscita ad apprendere da diverse fonti durante il tragitto, approfittando del fatto che Noah si era offerto di stare al volante, April Carlson aveva trascorso tutta la sua vita in una cittadina chiamata Hillcrest, nella contea di Bucks. Non le era sfuggito che anche Mira Summers proveniva dalla contea di Bucks e che l'ultimo indirizzo conosciuto di Seth Lee era a Doylestown, il capoluogo della stessa contea. Era un collegamento piuttosto labile quello che univa i tre personaggi, ma sarebbe stato opportuno approfondirlo nell'evenienza in cui le altre piste non avessero portato a nessun risultato concreto. Il fratello di Seth Lee viveva a Denton, ma cosa aveva portato Mira e April in quella cittadina?

«Questo è l'ultimo indirizzo conosciuto di April.» disse Noah, interrompendo il flusso di pensieri di Josie. «Ecco perché la Loughlin voleva che ci incontrassimo qui.»

Guardò di nuovo il grande portico con il tetto nero, i pilastri bianchi e il pavimento dipinto di verde. Non c'erano mobili da esterno, ma sopra la porta era stata installata una telecamera di sicurezza. Senza dubbio il roseto veniva curato regolarmente. Possibile che fosse una coincidenza che in quel giardino ci fosse un roseto e che nel disegno che avevano trovato sul luogo dell'incidente ci fosse un fiore rosso?

«Dobbiamo davvero smettere di incontrarci in questo modo...» li salutò la detective Heather Loughlin dirigendosi verso di loro lungo il marciapiede, con un sorriso torvo sul volto.

«Sarebbe bello...» le rispose Josie.

Gli occhi della Loughlin furono attratti dai cespugli di rose. «Sono bellissime, vero? Però ora mi piacciono solo quelle degli altri colori. Il rosso mi ricorda troppo quello sangue. La dottoressa Feist mi ha detto che l'identità di April corrisponde a quella della donna del vostro incidente e che si tratta di omicidio, ma non ha aggiunto altro. Avevo già capito che l'esito non sarebbe stato positivo, ma mi auguravo lo stesso che April fosse ancora viva...»

Era l'esito che in quel mestiere desideravano tutti, ogni volta, ma che raramente era quello che ottenevano.

La Loughlin emise un lungo sospiro, rovesciando la testa verso il cielo, facendo ondeggiare la coda di cavallo bionda lungo la schiena. «A volte odio questo lavoro con tutto il cuore.»

Noah infilò le mani nelle tasche dei pantaloni. «Vale anche per me.»

Il suono d'un campanello fece girare Josie verso la casa. «Sono io...» spiegò la Loughlin prendendo il telefono dalla tasca posteriore e rispondendo a un messaggio. «Buffo, vero? Però così so sempre che è il mio telefono. Comunque, la dottoressa Feist chiamerà il coroner della contea di Bucks e darà ai genitori di April la notifica di decesso. Vi dispiace dirmi cosa ha rilevato durante l'autopsia?»

Anche se la Loughlin si era occupata della scomparsa di April Carlson, il caso del suo omicidio era di competenza della polizia di Denton, dal momento che il corpo era stato trovato nella loro giurisdizione. «Nessun problema.» brontolò Noah. «Però se ne pentirà.»

Intanto si stava avvicinando a loro una donna che portava a spasso un Welsh Corgi Pembroke, ma anziché attraversare la strada per evitarli, rimase sullo stesso marciapiede, diretta verso di loro, con lo sguardo incuriosito che passava in rassegna le mostrine sulle loro magliette e le armi da fuoco alla cintura. Josie si impose di non sorriderle, per scongiurare un invito alla conversazione. Il cane, perlomeno, era troppo impegnato a seguire qualche odore per accorgersi di loro.

Una volta che la donna e il cane si furono allontanati abbastanza, la Loughlin disse: «Datemi giusto i punti salienti.»

Josie le raccontò tutti i risultati che la dottoressa Feist aveva riferito all'inizio della giornata, suscitando nella collega un sussulto inusuale per lei. «Ora...» disse Josie in conclusione. «Avremmo bisogno che ci dicessi tutto quello che avete scoperto voi.»

«Seguitemi. Nessuno vive a questo indirizzo al momento. Il padrone di casa mi ha dato le chiavi, così possiamo dare un'occhiata in giro.» spiegò la Loughlin avviandosi lungo il marciapiede e facendo loro cenno di seguirla. «Quinn, ti ricordi quando ci siamo incontrate all'area di servizio un anno fa, più o meno?»

«Per il caso dell'Uomo dei Boschi?» disse Josie. «Certo. Stavi cercando una donna. Era April Carlson?»

La Loughlin annuì mentre salivano i gradini del portico. «Esatto. April era una maestra elementare in una scuola a pochi isolati da qui. Nubile e senza figli. I suoi genitori e i suoi fratelli vivono a Hillcrest, nella contea di Bucks, dove aveva trovato il suo primo impiego come insegnante. Erano molto dispiaciuti quando si era trasferita qui, ma capivano che voleva una paga migliore... solo che quando ho cercato tutte le informazioni che potevo trovare su di lei, ho scoperto che in realtà aveva accettato una riduzione dello stipendio per insegnare a Newsham.»

Anche sul portico, il profumo delle rose era quasi opprimente, ma a Josie non dispiaceva comunque. «Che ragione poteva avere di mentire alla sua famiglia su una cosa del genere?»

La Loughlin estrasse un mazzo di chiavi da una tasca. «Non saprei proprio, ma non è stata l'unica cosa sulla quale ha taciuto anche con la sua famiglia. Viveva qui da circa un anno, prima che scomparisse e per allora non aveva ancora stretto conoscenze, era uscita per bere qualcosa solo con un paio di colleghi di tanto in tanto, ma non si era fatta nessun nuovo amico. Eppure, c'era qualcuno che la seguiva.»

Noah tenne aperta la zanzariera in modo che la Loughlin infilasse la chiave nella serratura della porta d'ingresso. «La seguiva già da quando viveva nella contea di Bucks o solo dopo che si era trasferita qui?»

Dopo una breve lotta con la serratura, questa finalmente cedette e la Loughlin riuscì ad aprire la porta. «No, è iniziata dopo che si era trasferita. Posso dirlo perché ho parlato con la polizia di Hillcrest e non risultano episodi di molestia o di stalking, quindi è iniziata qui. Aveva preso in affitto questa casa e circa un mese dopo aver traslocato aveva iniziato ad avere problemi. All'inizio si trattava di effrazioni. Entravano, non portavano via nulla, ma qualcosa veniva sempre danneggiato.»

Josie seguì la Loughlin oltre la soglia con Noah al seguito. Trovarono ad accoglierli un forte odore di muffa. «Del tipo?»

La Loughlin scrollò le spalle, facendo una panoramica del soggiorno vuoto. «Vi manderò il dossier completo del caso. Ma, da quello che ricordo, aveva trovato i cuscini del divano tagliati, i piatti in frantumi, il materasso squarciato, i vestiti ridotti a brandelli. I... ehm, prodotti per l'igiene femminile che usava erano stati infilati nel water, causando un intasamento che era costato al proprietario di casa migliaia di dollari in riparazioni.»

Noah percorse il perimetro della stanza, controllando le finestre. «È successo tutto questo e nessuno ha visto niente?»

La Loughlin li condusse all'interno della casa, in un'altra stanza vuota che, a giudicare dal lampadario al centro del soffitto, doveva essere la sala da pranzo. «April e i suoi vicini più stretti erano fuori per lavoro buona parte della giornata ed era allora che avvenivano le effrazioni. Alla fine, aveva deciso di mettere delle telecamere sul davanti e sul retro. Da allora l'intruso aveva iniziato a entrare dalle finestre laterali.» disse puntando un dito verso le due finestre lungo il muro. Josie si unì a Noah, notando che affacciavano su un'ampia sezione laterale del giardino delimitata da un'alta recinzione che avrebbe impedito al vicino che abitava nella casa di fianco di vedere se qualcuno si fosse introdotto in casa.

«Non vedo segni di effrazione all'esterno.» osservò Noah. «E le serrature sono intatte.»

«Proprio così.» disse la Loughlin. «Ogni volta strappava le zanzariere e rompeva i vetri. Allora il padrone di casa le aveva installato delle telecamere aggiuntive per tutte le angolazioni dell'esterno dell'edificio. Alla fine, sono riusciti a riprendere un uomo che si arrampicava qui, ma non sono riusciti a identificarlo.»

«Impronte digitali?» si informò Noah.

«Troppo intelligente per lasciare impronte. Nel video che abbiamo, indossa un paio di guanti. Ed è coperto dalla testa ai piedi. Felpa con cappuccio, jeans, persino un passamontagna calato a coprirsi tutto il volto. Quindi, potevamo scordarci di riuscire a identificarlo. La polizia locale non era attrezzata per prelevare il DNA, non che ce ne fosse, ne sono certa.»

«E non vi hanno chiamato alla Polizia di Stato? Sembra che la situazione stesse degenerando.» osservò Noah.

La Loughlin li condusse in cucina dove, perlomeno, c'erano un tavolo e delle sedie. Dalle finestre sul retro, Josie vide un giardino con altre rose e, dietro, un vialetto vuoto. Un sentiero sterrato, solcato da tracce di pneumatici, separava la fila di case di quella via dal retro delle abitazioni della via di fianco. Era un quartiere molto isolato.

«La situazione stava degenerando eccome.» confermò Heather, appoggiando il fianco al piano di lavoro. «Ma no, la polizia locale non ci ha chiesto assistenza. La situazione è solo peggiorata. A un certo punto April si era ritrovata le gomme bucate così tante volte che non poteva più permettersi di sostituirle. Così aveva dovuto iniziare a usare un servizio di car sharing. Il tizio è stato ripreso due volte mentre andava a tagliare gli pneumatici della macchina: una volta, quando lei era al lavoro, era entrato nel cortile della scuola per farlo, e una volta mentre lei era al centro commerciale. Il problema è che era sempre coperto e non ha mai guardato verso le telecamere perché sapeva dove si trovavano. Comunque riteniamo che fosse un uomo caucasico di altezza tra il metro e settantacinque e il metro e ottantacinque e all'incirca ottanta chili di peso. Purtroppo, non si può dire altro. Abbiamo seguito i suoi movimenti nelle riprese di sorveglianza, ma non siamo mai riusciti a vederlo salire su nessun veicolo.»

«Non hanno fatto nessuna geo-recinzione?» chiese Josie.

«Mi faccia indovinare...» intervenne Noah prima che la Loughlin potesse rispondere «la polizia locale non era attrezzata per farla.»

«La si potrebbe pensare così, considerando le piccole dimensioni del dipartimento e che non sono abituati a crimini più gravi del furto di un'auto o del taccheggio... e invece no, l'hanno fatta la geo-recinzione, però non ne è venuto fuori niente.»

La descrizione, per quanto vaga, corrispondeva a quella di Seth Lee, e il fatto che il vandalo non portasse con sé alcun tipo di dispositivo o che si fosse premunito di spegnere i dispositivi che aveva addosso sembrava il tipo di comportamento di cui aveva parlato Rebecca Lee quando aveva descritto suo cognato.

«C'è altro?» le domandò Josie e la Loughling le fece cenno di seguirla. «Le ha lasciato un messaggio.»

VENTITRÉ

Salirono le scale fino al piano di sopra, questa volta Noah si mise dietro Heather Loughlin. «Che tipo di messaggio?» chiese.

La Loughlin non gli rispose finché non furono all'interno della camera da letto padronale, completamente spoglia. Le sagome spettrali del messaggio erano ancora visibili lungo una delle pareti bianche dove le lettere erano state ricoperte di stucco e ritinteggiate. «Ha usato una specie di coltello o un oggetto appuntito simile per inciderlo sul cartongesso della sua camera da letto.»

Josie fissò le parole. Uno strano brivido la scosse dalla testa ai piedi.

VATTENE

«Che motivo aveva di scrivere "vattene"?» si domandò Noah. «Gli stalker di solito non vogliono tutto l'opposto? Lo stesso vale per chi compie abusi domestici. Perché molte delle cose che ci hai descritto un attimo fa - intasare il bagno con i prodotti per l'igiene femminile, stracciare i suoi vestiti, distruggere il divano e il materasso, lasciare un messaggio proprio nella camera da letto - sono tutti comportamenti che farebbero pensare a un caso di violenza domestica.»

«È vero.» convenne la Loughlin. «Ma credo che quest'uomo stesse cercando di convincerla a lasciare Newsham. Ma non so per quale motivo, né chi possa essere questo tizio.»

Josie trovò una foto del loro sospettato sul suo telefono e gliela fece vedere. «Il nome di Seth Lee è mai venuto fuori nelle vostre indagini?»

La Loughlin guardò a lungo il volto del loro sospettato prima di scuotere la testa. «Mi sono fermata nel mio ufficio prima di raggiungervi qui e ho riguardato la documentazione, ma non ricordo di aver trovato questo nome. Però posso ricontrollare. Tanto, come ho detto, vi manderò una copia della documentazione.»

Sebbene Seth Lee fosse il principale indiziato per l'omicidio di April Carlson e per l'aggressione a Mira Summers, non poteva essere considerato un sospettato vero e proprio fino a quando non fossero riusciti a collocarlo effettivamente sulla scena del crimine. Dovevano tenere aperte tutte le piste d'indagine e non cercare di far combaciare quanto avevano appreso fino a quel momento con l'ipotesi che Seth Lee fosse il colpevole.

«La polizia locale ha chiesto più volte ad April Carlson se avesse idea di chi potesse esserci dietro quegli atti e lei aveva giurato di non averne idea.» continuò la Loughlin. «Tanto che una volta aveva suggerito che doveva essere stata scambiata per un'altra persona.»

«E niente sui vecchi fidanzati?» chiese Noah.

«Nessuno recente o significativo.» disse la Loughlin.

«E i suoi parenti?» chiese Josie. «Nemmeno loro avevano idea di chi potesse averla presa di mira?»

La Loughlin scosse la testa. «Nemmeno loro. Infatti, dicevano che April era benvoluta da tutti quelli che conosceva e non aveva mai avuto contrasti con nessuno.»

«Si direbbe che anche se ne avesse avuti, non ne avrebbe parlato.» commentò Josie.

«Sono d'accordo.» disse la Loughlin. «Ascoltate, ho girato ogni possibile pietra in questa storia. Ho persino trovato uno strano collegamento tra lei e un'altra persona scomparsa nella sua città natale, Hillcrest, ma non ne è venuto fuori nulla.»

Noah la guardò confuso. «Che tipo di collegamento?»

«Magari vi ricorderete di un tale di nome Shane Foster. Era un agente della polizia di Hillcrest. È scomparso circa tre anni fa. Io ho preso parte a quell'indagine, in effetti.»

Veniva sempre richiesto l'intervento della Polizia di Stato quando veniva segnalata la scomparsa di un agente delle forze dell'ordine locali, anche se si trattava comunque di circostanze piuttosto infrequenti. Josie ricordava il nome di quell'agente proprio perché non ricordava precedenti casi di scomparsa di membri delle forze dell'ordine nello Stato della Pennsylvania.

«Aveva quasi quarant'anni, era divorziato e senza figli. Veterano della polizia.» continuò la Loughlin. «Un giorno è andato al Parco Statale di Nockamixon, ha parcheggiato l'auto vicino al lago e da allora non l'ha più visto nessuno. Abbiamo dragato il lago per giorni, ma di lui non abbiamo trovato nessuna traccia. Aveva lasciato il portafoglio e il telefono all'interno dell'auto. Non c'erano segni di colluttazione o di omicidio e per questo molte persone hanno ipotizzato che si sia semplicemente suicidato, ma se così fosse stato, mi sarei aspettata di trovare il suo corpo. Abbiamo seguito tutti gli indizi che avevamo fino a quando non ci reggevano più le gambe per andare avanti e comunque ci siamo ritrovati con un pugno di mosche in mano.»

«Qual era il collegamento con April Carlson?» chiese Josie.

«Frequentavano la stessa palestra. Si erano conosciuti lì ed erano usciti insieme un paio di volte prima che lui sparisse. L'ho interrogata io stessa ed era sconvolta. Immagino che si trovassero molto bene insieme. A un tratto, due anni dopo, mi sono ritrovata qui a Newsham a indagare anche sulla scomparsa di

April. Non credo nelle coincidenze, ma non sono riuscita a trovare niente che collegasse i due casi.»

«Qualche volta è così che va.» disse Noah.

«Il caso di April Carlson è stato frustrante come quello di Shane Foster. Sono andata a parlare con tutti i suoi amici nella contea di Bucks, così come con la maggior parte dei suoi vecchi colleghi e con il preside della scuola in cui insegnava prima di trasferirsi qui. Nessuno aveva nulla di utile da dirmi. Erano tutti sconcertati, proprio come la sua famiglia, che avesse deciso di lasciare la scuola e trasferirsi a Newsham.»

Noah fissò il messaggio sbiadito sul muro. «Non si accetta una riduzione dello stipendio, non ci si lascia alle spalle tutti quelli che si conoscono e si amano e non si sopportano mesi di vessazioni senza un buon motivo.»

«È quello che penso anch'io.» Il telefono della Loughlin emise un altro scampanellio, lei lo tirò fuori dalla tasca e digitò la risposta a un messaggio alla velocità della luce. «Solo che non sono mai riuscita a capire quale fosse questo motivo, neanche dopo aver controllato tutti i suoi tabulati telefonici, le sue e-mail... tutto quanto. Sono andata indietro fino a quando le compagnie telefoniche e il giudice che firmava i mandati di perquisizione me lo hanno permesso, cioè due anni. L'uso dei social era praticamente ridotto al nulla. Ma, a quanto mi risulta, sono molti gli insegnanti che non aprono account sui social media o, quando lo fanno, non pubblicano nessun contenuto per evitare problemi di privacy, specie con studenti e genitori che, immagino, possono diventare invadenti. Qualunque fosse il ragionamento che ha fatto, qualunque cosa sapesse dell'uomo che la perseguitava, non ne ha lasciato alcuna traccia scritta da nessuna parte.»

«E i genitori? O i suoi studenti?» si agganciò Josie. «Ci sono stati problemi quando era nella sua vecchia scuola?»

La Loughlin fece loro cenno di seguirla tornando al piano di sotto. «Nessuno che si sia fatto notare dal corpo insegnanti o dal preside.»

Tornati sul portico, Josie inspirò una boccata d'aria profumata di rose. Una brezza fresca le sollevò le punte dei capelli. Il pensiero che April Carlson fosse passata dalla vita che conduceva in quella pittoresca casetta alle sevizie che aveva subìto, reclusa lontano dalla luce del sole e a patire la fame per quasi un anno, la faceva star male e la rendeva ancora più grata del solito di poter stare all'aria aperta. Una volta che la Loughlin ebbe chiuso la porta alle loro spalle, Josie recuperò dalla galleria sul suo telefono la foto del disegno con il fiore, i cerchi e le linee. «Abbiamo trovato anche questo nella mano di April.» le disse passando poi alla richiesta di aiuto sul retro.

«Oh merda...» disse la Loughlin.

Noah fece un cenno con la mano a una coppia che passava davanti alla casa spingendo un passeggino, come se fosse perfettamente normale che tre detective si trovassero in mezzo al portico di una casa disabitata. L'uomo ricambiò il saluto, invece la donna distolse lo sguardo e affrettò il passo.

«Ben detto...» convenne Josie, «Il bambino che ha fatto questo disegno è da qualche parte, ma non sappiamo dove e dobbiamo trovarlo... prima che sia tardi.»

«Beh, come sapete, April non aveva figli. A parte i suoi alunni, non c'erano bambini piccoli nella sua vita...» ricapitolò la Loughlin. «Ha un fratello minore. Lui e sua moglie stavano per avere il loro primo figlio quando April è scomparsa.»

Josie le chiese: «Hai parlato con qualcuno della scuola dove insegnava April?»

«Certo. Non ci lavorava da molto, quindi non c'era granché da scoprire. Parlando con gli altri insegnanti con cui aveva più contatti, mi è apparso chiaro che le mancava terribilmente la sua famiglia. Una volta che le molestie erano arrivate al punto da renderle impossibile di tenerle nascoste, il suo preside le aveva chiesto perché non fosse tornata nella contea di Bucks e lei si era limitata a rispondere che non poteva farlo.»

«Come sarebbe che non poteva farlo?» le fece eco Noah.

Che cosa avrebbe potuto far credere ad April Carlson di non poter tornare dalla sua famiglia e al luogo che aveva chiamato casa per tutta la vita? Il brivido nella pancia di Josie si intensificò.

Noah guardò un uomo che faceva jogging per strada e passò proprio davanti a loro, ma senza degnarli di uno sguardo. «Il nome di Mira Summers è mai venuto fuori durante le vostre indagini?»

«Non che io ricordi.» disse la Loughlin. «Ma ripeto, io posso controllare altre due volte e voi potete controllare una terza volta quando avrete il fascicolo.»

«Quando ci siamo incontrate alla stazione di servizio un anno fa...» disse Josie, «volevi mostrare la foto di April nelle aree di sosta tra i camionisti. Perché?»

«Perché l'ultima volta che è stata vista si trovava in un'area di servizio tra Hillcrest e qui. Ha lasciato la sua macchina nel parcheggio, è entrata nell'area di servizio e ha comprato una bibita e una barretta di cioccolato, ha aspettato fuori dall'ingresso per dieci minuti, guardandosi intorno, e alla fine è tornata alla sua auto. Si è messa al telefono per accettare una chiamata da un telefono usa e getta. Naturalmente, non siamo mai riusciti a rintracciare nessuno con quel numero. Dopo quella telefonata, ha guidato per quasi quaranta chilometri verso ovest sulla Route 80.» Josie sentì un nodo allo stomaco al pensiero che quella barretta di cioccolato sarebbe stata una delle poche cose che April avrebbe mangiato per tutto l'anno successivo, l'ultimo anno della sua vita. «Non ci sono molte telecamere lungo la Route 80.»

La Loughlin sospirò e allungò le braccia dietro la testa, lisciandosi la coda di cavallo. «Esattamente. A un certo punto ha sostato in uno spiazzo piuttosto ampio al margine della strada. Poi... puff! È sparita. Ha lasciato la macchina, il telefono, la borsa. Tutto quanto. Il telefono usa e getta si è acceso solo per il tempo necessario a fare quella chiamata, che non è stata registrata nella geo-recinzione. Il segnale è rimbalzato su un'antenna a pochi chilometri da dove April aveva accostato, ma la persona che lo stava usando non lo ha tenuto acceso abbastanza a lungo da permetterci di individuarlo con precisione in un luogo qualsiasi in cui avremmo potuto vederlo nelle riprese di sorveglianza. Insomma, un vicolo cieco. L'unica altra cosa che abbiamo trovato nel punto in cui era stata lasciata la sua auto è una serie di tracce di pneumatici appartenenti a un veicolo commerciale. Un furgone, con tutta probabilità, sicuramente non un semirimorchio.»

Josie lanciò un'occhiata a Noah e capì che stava pensando la stessa cosa. «Magari un camioncino.» suggerì.

La Loughlin fece una scrollata di spalle. «Perché no? Ma buona fortuna a trovarlo.»

Potevano perlomeno cercare di far coincidere le foto e i calchi degli pneumatici che la Polizia di Stato aveva fatto vicino all'auto di April sulla Route 80 con quelli trovati davanti alla bancarella di prodotti ortofrutticoli all'Accademia dei Sentieri Tranquilli.

Il telefono di Josie squillò interrompendoli. «È Hummel.»

La Loughlin scese i gradini del portico. «Con questo spirito, vi lascio al vostro lavoro. Appena torno nel mio ufficio, vi mando il fascicolo di April Carlson.»

Josie passò il dito sul tasto di risposta e lo mise in vivavoce, in modo che anche Noah potesse sentirlo. «Dimmi che hai qualcosa.»

Hummel rise. «Oh, ho un mucchio di cose. E una di queste cose è anche piuttosto grande.»

Noah disse: «Ci piace quando ci dici cose sporche, Hummel.

Dove ti trovi?»
«Sono al deposito...» rispose lui ridendo ancora.
«Ti raggiungiamo subito.»

VENTIQUATTRO

Il deposito della Polizia di Denton si trovava in una zona nella parte settentrionale della città che era leggermente più popolata di Prout Road. L'edificio era circondato da un'alta recinzione metallica. In una piccola cabina all'ingresso, un agente fece accedere Josie e Noah al parcheggio. Passarono accanto a due file di auto sequestrate per vari motivi, fino ad arrivare al capo opposto del parcheggio. Quello che era il quartier generale non ufficiale della Squadra di Raccolta delle Prove era situato in un edificio basso fatto di blocchi di cemento con una sola porta di colore blu marino. All'edificio era annesso un garage con due posti auto, le cui finestre erano ricoperte da pannelli laminati di colore bianco per garantire la riservatezza del lavoro. Josie e Noah attraversarono la porta blu, poi il piccolo ufficio all'ingresso ed entrarono in un ambiente più grande di mattoni di cemento bianchi. Una parete era rivestita di scaffali di alluminio, pieni di materiale per il trattamento delle prove. Hummel era seduto a un grande tavolo in acciaio inossidabile al centro della stanza e stava scrivendo su un computer portatile. Li accolse con un sorriso e fece loro cenno di sedersi al tavolo e una volta che Josie e Noah furono seduti di fronte a lui, girò il portatile, rivelando un rapporto sulle impronte digitali. «Il vostro sospettato è Seth Lee.»

A quelle parole, l'eccitazione fece scorrere un'ondata di energia nelle vene di Josie.

Noah si avvicinò al computer e lesse il rapporto. «Non ricordo l'ultima volta che è stato così facile.»

La spalla di Josie urtò la sua mentre si avvicinava per vedere i risultati con i suoi occhi. «Oh, non è tanto facile. Dobbiamo ancora trovarlo.» gli ricordò.

Hummel girò il portatile verso di sé. «La dottoressa Feist vi ha parlato del punteruolo?»

«Sì.» disse Josie.

«Non l'avevamo mai visto prima. Ma come si dice, c'è una prima volta per tutto.» borbottò mentre faceva volare le sue dita sulla tastiera. «Questa roba è stata una rogna da elaborare. Ho dovuto rilevare le impronte prima di prelevare il DNA. Ne ho ottenute diverse mediante fumigazione con cianoacrilato, dato che il legno era verniciato e non poroso...»

Spostando lo schermo in modo che tutti e due potessero vedere, mostrò loro un'immagine del punteruolo con il manico di legno coperto di impronte digitali bianche. Josie ripercorse mentalmente le fasi del processo di sviluppo delle impronte digitali che Hummel aveva utilizzato, che consisteva nel collocare l'oggetto in una camera di fumigazione di cianoacrilato a tenuta stagna; una volta chiuso all'interno, aveva esposto l'oggetto a quelli che erano, essenzialmente, vapori di supercolla capaci di reagire alle tracce di grassi e aminoacidi, sudore e proteine presenti nelle impronte in una reazione chimica che aveva provocato la comparsa di una sostanza bianca appiccicosa lungo le creste delle impronte.

«Ho estratto tre serie di impronte dal manico del punteruolo. Una è sconosciuta, non ha dato nessun riscontro nel Sistema di Identificazione. Ho controllato anche la banca dati del National Center for Missing & Exploited Children, ma non ci sono riscontri.»

Josie non voleva neanche soffermarsi sul pensiero che il bambino che aveva fatto il disegno e la richiesta di aiuto potesse aver maneggiato il punteruolo né sul fatto che nelle banche dati dedicate ai minori scomparsi non vengono riportate le impronte di tutti i bambini di cui viene denunciata la scomparsa o il rapimento.

«Un'altra serie corrisponde ad April Carlson e l'ultima a Seth Lee. Dal punto in cui sono state trovate le impronte della nostra vittima, sembra che stesse tenendo il punteruolo in posizione con il palmo della mano che lo sosteneva da sotto e con il pollice e le dita avvolte intorno al manico. Le impronte di cui non abbiamo il riscontro si trovano sul lato inferiore e quelle del nostro sospettato sono praticamente ovunque.»

Josie soppresse un brivido pensando alla povera April Carlson che, oltre a essere già emaciata e ridotta a uno scheletro vivente, era stata pugnalata in modo tanto freddo e crudele. Il loro lavoro comportava una sfilata senza fine delle peggiori depravazioni umane immaginabili – per non parlare poi di quelle inimmaginabili - ma per quante ne avesse viste, Josie non si sarebbe mai abituata alla totale mancanza di cuore con cui alcune persone infliggevano ad altre atti di brutalità efferata. Col tempo era semplicemente diventata più brava nel nascondere le proprie emozioni e nel continuare ad andare avanti con determinazione.

Sotto il tavolo, Noah le sfiorò un ginocchio con il suo. Come non mancava mai di fare, riusciva praticamente a leggere nei suoi pensieri. «Ce n'è abbastanza per un mandato d'arresto.»

«È circostanziale, però hai ragione.» convenne Josie. «Possiamo anche stenderne uno, ma perché l'accusa regga ci servono più informazioni. Anche ammettendo che avessimo trovato il suo DNA sull'arma del delitto, un buon avvocato difensore sarebbe comunque in grado di dire che le tracce sono sul punteruolo perché era suo e l'aveva usato per lavori che ne richiedevano l'uso. Quello che ci serve davvero è poterlo collocare sulla scena del crimine. Se riusciamo a trovarlo e ad arrestarlo, possiamo cercare di ottenere da lui una dichiarazione che lo collochi sulla scena del crimine.»

«Allora ci lavoreremo. Cos'altro hai da dirci, Hummel?»

Hummel passò a un primo piano dell'asta del punteruolo intrisa di sangue, simile a quella che avevano visto nella sala autoptica della dottoressa Feist quella mattina. «Sono riuscito a determinare il gruppo sanguigno di parte del sangue trovato sulla lama. Volevo provare a confermare che April Carlson e Mira Summers sono state entrambe pugnalate con questa lama. Diventa un po' complicato quando si ha a che fare con un'arma su cui è presente il sangue di due vittime. Anche se sono due, si ottiene un solo risultato. In questo caso, mi sarei aspettato che il risultato fosse del Tipo AB, che è una combinazione di entrambi i gruppi sanguigni, e così è stato infatti. Ottenere qualcosa di più in termini di tipizzazione sarebbe troppo complicato per me, ma ho inviato i campioni di DNA al laboratorio statale per le analisi, che dovrebbero darci la conferma definitiva che sono state pugnalate entrambe dalla stessa lama. Ma soprattutto ci fornirà il profilo del DNA di Seth Lee.»

Chiuse l'immagine del punteruolo e fece apparire le foto della berlina di Mira Summers, scorrendole rapidamente. Ciascuna foto mostrava un nuovo quadro di schizzi di sangue. Gocce sul pavimento e sulla console. Macchie sulle portiere e sul sedile. Un'impronta parziale di mano sulla cintura di sicurezza del lato passeggero. «Come previsto, ho trovato due gruppi sanguigni diversi nell'auto. Uno corrisponde a quello di April Carlson e l'altro corrisponde a quello di Mira Summers. Fin qui nessuna sorpresa.»

«Cosa stava facendo l'assassino mentre Mira Summers allacciava la cintura ad April Carlson?» borbottò Josie.

«Può darsi che se ne fosse già andato.» suggerì Noah.

Veniva spontaneo chiedersi che razza di assassino poteva ferire due donne con un punteruolo e poi lasciarle dietro di sé, una delle quali ancora viva, e l'altra con l'arma del delitto piantata nell'addome. Non aveva senso. L'unica spiegazione ammissibile era che, come Josie sospettava, l'assassino fosse proprio Seth Lee, che magari era stato colto all'improvviso dalle sue allucinazioni che lo avevano costretto a fuggire dalla scena dell'aggressione per qualche motivo.

Hummel riportò lo schermo del portatile verso di sé. «Abbiamo raccolto del tessuto da sotto le unghie di April e abbiamo anche preso come prova i vestiti sia suoi che di Mira. April Carlson non aveva le scarpe, ma abbiamo acquisito come prova gli stivali di Mira Summers. Tutto è stato sottoposto a campionatura e inviato al laboratorio di Stato per le analisi, ma i risultati potrebbero richiedere qualche settimana.»

«E i ciuffi di pelo trovati sui vestiti di April Carlson?» chiese Josie.

Hummel chiuse il portatile. «Ho dovuto spedire anche quelli al laboratorio, ma dovrei avere presto notizie.»

Noah si appoggiò allo schienale della sedia, allungando un braccio sullo schienale della sedia di Josie, sfiorandole leggermente la spalla con la punta delle dita. Anche se il suo tocco era leggero, bastò comunque ad alleviare un po' della tensione che sentiva crescere nel petto. Naturalmente, potevano far emettere un mandato d'arresto per Seth Lee mentre continuavano a costruire il caso, ma dovevano comunque trovarlo.

E dovevano ancora trovare il bambino.

"AIUTO"

«Il disegno...» disse Josie con parole che le uscirono rauche.

Con la punta delle dita, Noah le sfiorò di nuovo la spalla per rassicurarla.

Hummel annuì. «Sono riuscito a ricavare alcune serie di

impronte anche dal disegno, la maggior parte delle quali non ha dato riscontri. E, di nuovo, non c'è nulla nelle banche dati del National Center for Missing and Exploited Children. È un pezzo di carta, quindi chi può dire quante persone l'avranno toccato? Tuttavia, sono riuscito ad avere un riscontro con una serie. Una sola. Sono le impronte di Mira Summers.»

Josie fu scossa da un sussulto di sorpresa.

Noah si girò verso di lei. «Ma quel disegno non è stato trovato nelle mani di April Carlson?»

Hummel rispose prima che Josie potesse farlo. «Sì, piegato, stretto nel suo pugno. Ma sopra non ci sono le sue impronte. Invece, ci sono le impronte di Mira Summers su ogni piega.»

Il tremolio era tornato, le riempiva lo stomaco di una sensazione inquietante. «L'ha piegato.» disse Josie. «E l'ha chiuso nel pugno di April.»

Hummel rispose con una scrollata di spalle. «Non credo si possa dimostrare, ma è certamente una possibilità da tenere in considerazione. Una probabilità.»

«Molto interessante.» disse Josie. «Soprattutto considerando che quando io e Gretchen siamo andate a parlare con Mira Summers, ci ha detto che non c'erano bambini nella sua vita.»

VENTICINQUE

Se ne va e poi ritorna. Siamo ancora tutti soli nel posto più eterno in cui siamo mai stati e lo odio più di tutti. Ho fatto qualsiasi cosa per non annoiarmi e per non pensare al sangue. Non lo guardo perché lo odio. Anche quando si siede accanto a me, faccio finta che non ci sia. All'improvviso mi appare davanti al naso qualcosa di luccicante.

«Tieni...» mi dice.

Mi viene un nodo allo stomaco che mi brontola. Vorrei che stesse zitto per non fargli capire quanto desidero quel dolcetto.

«È una barretta proteica...» aggiunge. «Il tuo gusto preferito. Cheesecake.»

L'acquolina mi riempie tutta la bocca. «Ma dicevi che non dovremmo mangiarle...»

«Questa l'ho controllata. Come ho controllato le altre. Possiamo mangiarla. Non te la offrirei se non ne fossi sicuro.»

Faccio attenzione a muovere lentamente la mano quando la prendo dalle sue e anche quando apro la confezione. Il profumo è così delizioso che una strana sensazione mi attraversa tutto il corpo. Mi sembra che si chiami aspettativa. Posso anche non essere una persona normale, che va a scuola, ma conosco alcuni bei paroloni. Ha un sapore così buono che mi viene da piangere di nuovo. A volte non lo capisco proprio come funziona il mio cervello.

«Ricordati di seppellire l'involucro quando hai finito.» si raccomanda. «Le cose si metterebbero molto male se venisse trovato.»

Questo è uno dei dolcetti più speciali che mi abbia mai portato ed è anche il più raro. Mi rendo conto che sta cercando di far tornare il sereno tra noi. E so che non mi parlerà del sangue, ma questo è un buon momento per fare domande.

«L'hai restituita? Come avevi promesso?»

Si alza e fa un sospiro. «Ti prendo un nuovo album da colorare. Affare fatto? E magari anche un libro da leggere.»

Non sopporto il modo in cui il mio cuore batte più forte quando dice cose come queste, perché so che sta cercando di distrarmi dal fatto che, in questo momento, l'unica persona cattiva qui è lui.

VENTISEI

Josie e Noah risalirono in macchina diretti alla stazione di polizia. Al momento, far emettere il mandato d'arresto per Seth Lee era la loro priorità principale. Trovarono Turner già seduto alla sua scrivania, tutto preso a lanciare, un tiro dopo l'altro, la sua pallina da basket di gommapiuma nel piccolo canestro accanto al suo registro delle attività giornaliere. Non li degnò d'uno sguardo quando entrarono e non aprì bocca prima che si fossero seduti. «Fatemi indovinare... la vittima dell'incidente è morta per una coltellata.»

«Sei molto intelligente...» disse Josie, evitando intenzionalmente ogni traccia di sarcasmo nella sua voce.

Turner volse lo sguardo verso di lei con un'espressione confusa sul volto. Josie godeva un sacco quando lui non riusciva a capire cosa stesse cercando di fare, se lo stesse insultando oppure no. Lasciò che se lo chiedesse.

«La vittima dell'incidente si chiamava April Carlson.» lo informò Noah. «Ti dobbiamo ragguagliare su un bel po' di cose.»

Josie iniziò a preparare il mandato d'arresto mentre Noah metteva al corrente Turner delle informazioni di cui erano entrati in possesso. Di tanto in tanto lanciava qualche occhiata a Turner, osservandolo mentre Noah gli parlava: era difficile capire se lo stesse ascoltando davvero, perché per la maggior parte del tempo non si voltò nemmeno a guardarlo, preferendo far vagare lo sguardo per la stanza, puntellando i piedi per terra per far dondolare la sedia avanti e indietro, oppure tamburellando con le sue lunghe dita sulla scrivania, sempre se non era troppo occupato a cercare di mandare a rete la sua piccola pallina da basket nel minuscolo canestro. Da parte sua, Noah preferì non dare a vedere se tutto questo gli dava sui nervi. Quando ebbe finito, gli chiese: «Che cosa ha detto Mira Summers quando le hai chiesto del nostro uomo?»

Turner si chinò in avanti e fece qualche palleggio sulla superficie della scrivania prima di dire: «Non ha detto una parola. Quando sono arrivato in reparto, era già stata dimessa. Si era fatta venire a prendere da una collega di lavoro o che so io. Bobbi Ann Thomas. Pare che starà a casa sua, il che è una buona cosa, visto che la controfigura di Freddy Kruger è ancora a piede libero.»

Noah gli chiese: «Non hai provato a metterti in contatto con Mira Summers a casa di Bobbi Ann Thomas?»

Turner allontanò la sedia dalla scrivania e cercò di fare canestro da un metro di distanza. Come succedeva immancabilmente, la mandò fuori. «Sai, non è il mio primo giorno di lavoro, tenente... la Thomas ha detto che stava riposando e non ha voluto saperne di svegliarla. Mi ha detto di tornare in un altro momento.»

Josie smise di scrivere e guardò l'orologio: erano passate svariate ore da quando lo avevano incontrato fuori dall'obitorio. «E tu lo hai fatto?»

Turner prese di nuovo la palla. Fece un altro tiro. La mandò di nuovo fuori. «No, perché il tenente voleva che facessi un mucchio di altre cose. E a tal proposito...»

Prese una pila di fogli dalla scrivania, tenuti insieme da una fascetta a formare un mucchio piuttosto spesso, che lanciò a Noah prima di riprendere la sua partita in solitaria a pallacanestro sulla scrivania. «Il telefono della Summers si è rivelato una bella montagna di niente. Non ha fatto telefonate domenica mattina e non ne ha ricevute. E non ha nemmeno ricevuto messaggi.»

«E tra venerdì e sabato?» gli chiese Josie.

«Ha mandato un messaggio a quella Bobbi per parlare di roba di lavoro e di lezioni di yoga. Sabato la Summers ha ricevuto un messaggio di promemoria per la lezione di equitazione del giorno dopo e per un appuntamento dal dentista la settimana prossima. Non c'è altro. Piuttosto triste per una donna della sua età. Una zitella in piena regola, solitaria e con un gatto.»

«Sarebbe a dire che tutte le donne che vivono solo in compagnia del gatto sono tristi?» lo apostrofò Josie, pentendosi subito dopo di aver abboccato all'amo.

Un sorrisetto sollevò un lato della bocca di Turner. «Andiamo, tesoro. Ci deve essere qualcosa di sbagliato in quella donna se non ha uno straccio di nessuno nella sua vita, non ti pare?»

Quant'era bastardo.

«Oppure continuava a incontrare persone come te e alla fine ha deciso che è molto meglio starsene per conto proprio, campione...» ribatté Josie.

Guardò Noah, che stava sfogliando i rapporti.

A chiunque altro sarebbe sembrato che si stesse limitando a mantenere un'espressione impassibile, ma lei lo conosceva abbastanza bene da sapere che la tensione delle sue labbra era dovuta al fatto che stava trattenendo una risata. Prima che Turner potesse rispondere, Noah gli chiese: «Niente sui social media?»

«Ha un account su Instagram e uno su TikTok. Sembra che li usi entrambi per vedere la roba degli altri, non per pubblicare qualcosa di suo. E lo credo bene, se si conduce una vita così dannatamente noiosa come la sua.»

Questa volta Josie riuscì a trattenersi dal rispondere al commento.

Noah gli restituì il malloppo di fogli. «Adesso che conosciamo l'identità della misteriosa donna che Mira Summers ha caricato sulla sua macchina e grazie alla detective Loughlin, che ci ha inviato una copia della documentazione che ha steso sul caso dalla scomparsa di April Carlson, puoi renderti utile leggendo tutto quanto e cercando di trovare qualche collegamento con Seth Lee o con Mira Summers.»

Turner riprese la voluminosa documentazione con un lungo sospiro. «Non credi che sarei molto più utile sul campo? Potrei tornare a casa di Bobbi Ann Thomas a sentire se la Summers si è svegliata e se è pronta a rispondere alle domande sul nostro sospettato.»

Noah gli rivolse un'occhiata che Josie aveva soprannominato il suo sguardo da "non tollero nessuna stronzata": era un'espressione che non le capitava quasi mai di vedergli e che, doveva ammettere, trovava tremendamente eccitante. E Turner era sempre più bravo a fargliela assumere. «Potrai fare anche questo, dopo aver esaminato il fascicolo su April Carlson. Ora come ora, credo che saresti più utile se facessi quello che ti dico di fare, Turner. Hai avuto modo di controllare i dati del GPS dell'auto di Mira Summers?»

Turner tirò fuori un altro mucchio di fogli e li gettò sulla scrivania di Noah. «Non ci sono sorprese. Domenica è uscita di casa ed è andata direttamente ai Sentieri Tranquilli senza fermarsi. È rimasta lì per tre ore e diciassette minuti, poi è risalita in macchina, ha guidato fino alla bancarella dei prodotti ortofrutticoli e si è fermata lì per tredici minuti.»

Tredici minuti. Era un lasso di tempo più che sufficiente per chiunque per accoltellare due donne e lasciarsele alle spalle sanguinanti. D'altra parte, Josie sapeva per esperienza personale che basta una manciata di secondi perché un'intera vita venga sconvolta da un atto di violenza. «A quel punto ha lasciato la bancarella e ha avuto l'incidente.» finì Josie.

Turner la guardò divertito e sorrise. «Non così in fretta, zucchero. Si è fermata lungo la strada. Prima dell'incidente. Per ventidue minuti.»

«Che cosa?» esclamò Noah.

«Dove?» chiese Josie.

Turner si alzò e si avvicinò alla cartina appesa alla bacheca di sughero, indicando una puntina rossa che la sera prima non c'era e, tenendoci il dito premuto sopra, disse: «Stando ai dati mostrati nel rapporto, l'ipotesi più probabile è che si sia fermata proprio in questo punto.»

Josie abbandonò momentaneamente il mandato d'arresto e raggiunse Turner, studiando la cartina. Il punto si trovava a circa due chilometri e mezzo dall'incidente.

Noah le si affiancò. «Ma qui, vicino a dove si è fermata, non si vede nulla.»

«Perché non c'è niente.» spiegò Josie. «Assolutamente niente. Che motivo avrà avuto di fermarsi?»

«E perché si sarà fermata senza chiamare i soccorsi?» continuò Turner.

Era una domanda valida. Mira Summers era stata accoltellata. Sanguinava copiosamente. Era facile presumere che avesse accostato perché si era sentita troppo debole da non riuscire a guidare. Poteva aver perso conoscenza in quei ventidue minuti e poi, quando si era risvegliata, si era rimessa in viaggio. Era l'unica ipotesi che avesse senso.

«Turner...» disse Josie, «che ci dici dei risultati della georecinzione? Sono arrivati?»

Lui alzò gli occhi al cielo. «Tu che pensi? Sono stato bloccato qui tutta la mattina sepolto dai rapporti.»

Josie incrociò le braccia sul petto, ignorando quell'ennesima frecciatina. «Limitati a parlarci dei risultati.»

Turner si avvicinò alla scrivania e tirò fuori un altro documento da sotto il suo piccolo canestro che le porse mentre tornava alla cartina; lei scorse i risultati con Noah che leggeva allo stesso passo da dietro le sue spalle. Indicando la cartina, Turner riprese: «La geo-recinzione ha identificato una serie di dispositivi nell'area compresa tra l'accademia ippica e il sito dell'incidente. Adesso, seguitemi: sappiamo che per prima cosa riceviamo un elenco di dispositivi senza nome. Poi dobbiamo cercare di abbinare quei dispositivi a uno schema di movimento che corrisponda al crimine. Per fare un esempio, se un tizio entra in un negozio all'angolo e lo rapina e poi un testimone oculare lo colloca alla fermata dell'autobus in fondo alla strada, e la geo-recinzione ci mostra un dispositivo che si allontana dal negozio all'angolo e si dirige alla fermata dell'autobus, possiamo chiedere le informazioni di identificazione personale di quel particolare dispositivo, proprio perché segue uno schema di movimento che corrisponde a ciò che sappiamo degli spostamenti del colpevole.»

Josie gli sorrise. «Ci stai davvero prendendo la mano con questa procedura, non è vero?»

Turner rimase a bocca aperta.

Con un sospiro frustrato, Noah disse: «Lo sappiamo come funziona, Turner. Dobbiamo sapere se c'è qualcosa che possiamo usare per collocare Seth Lee sulla scena del crimine.»

Turner tornò a guardare la cartina, pizzicandosi la barba. «No.»

«Come sarebbe a dire "no"?» gli chiese Josie.

Turner lasciò cadere la mano sul fianco e scrollò le spalle. «Ehi, ti sto solo riferendo quello che dice questa roba, angelo. Non c'è un dispositivo che si sia fermato alla bancarella dell'ortofrutta, a parte il telefono di Mira Summers. Senti, sei stata tu a dire che questo tizio è una specie di pazzoide che non vuole avere niente a che fare con la tecnologia moderna perché è convinto che sia una cosa diabolica. Non capisco perché ti sorprendi.»

La porta che dava sulla tromba delle scale si aprì di schianto e il capo entrò con passo deciso, fermandosi poi a guardare ciascuno dei tre, con il sospetto che gli increspava ogni linea del viso dai lineamenti ruvidi e gli inarcava un sopracciglio cespuglioso: «State andando d'accordo o cosa?»

Se ci fosse stata Gretchen avrebbe risposto: "O cosa"; invece, Josie preferì non dire nulla.

Turner passò un braccio intorno alle spalle di Josie e l'altro intorno alle spalle di Noah e li strinse a sé, come se fossero amici di vecchia data. «Siamo come una grande famiglia felice, Signore.»

Il capo Chitwood non sembrò per niente convinto. Josie uscì da sotto il braccio di Turner, mettendo la distanza di un metro buono tra di loro.

«Fraley!» scattò il capo, dirigendosi verso il suo ufficio. «Raggiungimi nel mio ufficio tra cinque minuti. Prima voglio che mi ragguagli sul caso Summers e poi avrò bisogno di prendere un'ora del tuo tempo: il procuratore distrettuale vuole organizzare una teleconferenza sul duplice omicidio su cui hai lavorato lo scorso anno. Quello legato alla guerra tra bande per il controllo del traffico di droga. Presto verrà dato il via al processo.»

E con questo si sbatté la porta dietro le spalle. Turner lasciò Noah in piedi accanto alla bacheca di sughero mentre recuperava le chiavi della macchina e il telefono dalla scrivania. «A quanto sembra, abbiamo tutti i nostri incarichi da portare avanti. Io vado a casa di Bobbi Ann Thomas per parlare con Mira Summers del nostro grande sospetto. Chi può dirlo? Magari quando le dirò che abbiamo trovato le impronte di Seth Lee su tutta l'arma del delitto, si ricorderà con opportuno tempismo che è stato lui ad accoltellarla.»

Josie pensò di offrirsi di andare lei a interrogare Mira

Summers al posto di Turner, o almeno di andare insieme a lui, ma poi decise che era meglio lasciar perdere e di occuparsi della sua parte, perché prima riuscivano a far firmare il mandato di arresto per Seth Lee, meglio sarebbe stato, specie se aveva lui il bambino che aveva fatto quel disegno; specie se quel bambino aveva assistito all'aggressione e, adesso, nelle mani di quell'uomo, si trovava in pericolo di vita imminente oppure recluso in qualche buco buio e senza luce e stava morendo di fame come April Carlson. Per questo era opportuno che lei rimanesse in centrale e finisse le pratiche che doveva sbrigare e, sebbene non si fidasse praticamente per niente di Turner, era la cosa più sensata dividersi il carico di lavoro.

Turner le fece l'occhiolino. «Non c'è bisogno che tu venga con me, bambola. Sono un ragazzo grande. Ho già fatto questo genere di cose in passato. Tu resta qui con il tuo maritino e la tua piccola tastiera.»

Josie lo guardò uscire dalla porta e alzando lo sguardo verso Noah vide bene come l'irritazione si fosse impressa in ogni linea del suo viso. Gli diede una spintarella con il gomito. «Hai intenzione di dire qualcosa?»

Gli occhi di Noah rimasero incollati sulla porta. «Mia madre diceva sempre che se non hai niente di gentile da dire è meglio non dire niente.»

VENTISETTE

Un paio d'ore dopo, Josie stava guardando il notiziario della sera dalla sua scrivania nella sala grande. Il televisore appeso alla parete nell'angolo non era della migliore qualità e non era neanche molto grande, ma andava bene lo stesso. La notizia principale era Seth Lee, con la grafica in sovraimpressione che recitava: "*Indagato per omicidio nel caso dell'insegnante scomparsa*". Non era la grafica più adatta al caso, ma sia l'omicidio che le persone scomparse di solito attiravano l'attenzione della gente.

Una volta preparato il mandato d'arresto, Josie lo aveva caricato sul Centro Nazionale di Informazione sulla Criminalità e aveva aggiornato le informazioni della segnalazione che avevano diramato in precedenza sul loro sospettato. Non capitava di frequente che il capo Chitwood incoraggiasse la diffusione dell'indagine ricorrendo alla stampa, ma nel caso corrente, posti di fronte al rischio che poteva esserci un bambino in pericolo di vita, aveva detto a Josie di coinvolgerla; così, lei aveva contattato l'addetta stampa del Dipartimento, Amber Watts, che lavorava da casa il più possibile da quando Turner aveva preso posto alla scrivania che era stata di Mettner, il suo fidanzato. Non avevano organizzato una conferenza stampa, ma insieme avevano redatto una bozza da inviare ai media locali.

Diverse ore più tardi, la foto della patente di Seth Lee riempiva lo schermo del televisore e Josie ascoltava solo distrattamente mentre mangiava la cena che Noah le aveva comprato in un ristorante con servizio da asporto nelle vicinanze prima di tornare a casa, con tutta l'intenzione di raggiungerlo presto. Turner non aveva ancora risposto a nessuno dei suoi messaggi né alle sue chiamate per mettersi in contatto con Mira Summers. Aveva il vago sospetto che fosse andato a casa prima, nel qual caso le sarebbe toccato aspettare l'arrivo di Gretchen e poi sarebbe andata lei stessa a casa di Bobbi Ann Thomas per parlare con Mira Summers.

Intanto al notiziario, di fianco alla foto di Seth Lee, cominciò a comparire un elenco a punti: ha una cicatrice a forma di diamante appena sotto la spalla; è possibile che guidi un furgone bianco; è possibile che abbia con sé un bambino piccolo; è possibile che sia accampato all'aperto; è possibile che sia armato e pericoloso; se avvistato, non avvicinarsi; chiamare immediatamente la polizia.

Subito dopo, appariva a schermo intero la foto di April di fronte al gazebo, che era stata ritagliata in modo da mostrare soltanto il volto e il polso con il braccialetto con lo scarabeo. Il testo in sovraimpressione recitava: "*Insegnante scomparsa da un anno trovata uccisa*". Prima di rilasciare qualsiasi dettaglio alla stampa, Josie e Amber si erano assicurate che il medico legale della contea di Bucks avesse notificato alla famiglia il decesso di April: Josie aveva parlato brevemente con la madre di April, Teresa, per prepararla al fatto che stavano per rilasciare alla stampa informazioni sul sospettato dell'omicidio di sua figlia. Avevano avvisato solo i notiziari di Denton, ma Josie non aveva molti dubbi che la storia sarebbe stata ripresa anche nella città natale di April.

Il cellulare di Josie vibrò. Tirandolo fuori da sotto un

mucchio di scartoffie sulla scrivania, vide che la stava chiamando "Coglione". Accettò la chiamata. «Dove sei stato? Ti sei messo in contatto con Mira Summers?»

Turner ridacchiò. «Cosa? Niente preliminari? Andiamo, cucciola... il minimo che tu possa fare è dirmi: "Ehi, Kyle, come va la giornata?"»

Josie sbuffò per l'esasperazione. Perché non poteva semplicemente dirle per cosa la stava chiamando, come avrebbe fatto qualsiasi persona normale? Perché ogni cosa che usciva dalla sua bocca le faceva storcere gli occhi? Non aveva tempo per stare dietro alle sue battute ridicole, ma alla fine decise comunque di stare al gioco. «D'accordo. Ehilà, campione. Come va la giornata? Hai bisogno di fare un pisolino? Magari un succo di frutta?»

«Che cavolo, Quinn. Gioca correttamente.»

«Oh, allora lo sai come mi chiamo.»

Ignorando l'ultimo commento, finalmente, rispose alle sue domande. «Oggi pomeriggio dovevo occuparmi di alcune cose, ma poi ho cercato di mettermi in contatto con la Summers. Perciò, sono andato di nuovo a casa della Thomas, che mi ha detto che era andata a lavorare dopo che la Summers si era addormentata stamattina.»

Josie non riusciva a capire di quali altre cose Turner avesse da occuparsi oltre al suo lavoro, ma intanto lui continuò a parlare. «La Thomas è tornata a casa circa due ore fa e la Summers non c'era più; le aveva lasciato un biglietto in cui le diceva che stava andando al negozio per prendere un cellulare temporaneo. Sai, no, visto che il suo telefono ce l'abbiamo ancora noi... non ha detto in quale negozio andava, ma a un paio di isolati di distanza ce n'è uno che vende quei telefoni prepagati da quattro soldi. Quindi ci sono andato e ho dato un'occhiata nei dintorni, ma nessuno ricorda di averla vista né c'è traccia di lei nei filmati di sorveglianza.»

Fino a un attimo prima di quella telefonata, la cena che

Josie aveva mangiato riposava tranquilla nel suo stomaco. Ora, il senso crescente di frustrazione stava dissestando del tutto qualsiasi possibilità di digerirla.

«Hai controllato tutti i video di sorveglianza disponibili tra la casa di Bobbi Ann Thomas e il negozio?»

«Ci stavo arrivando. Ho la ripresa di una videocamera di una casa dall'altra parte della strada che la riprende mentre esce dalla casa della Thomas e si dirige nella direzione opposta. Nella direzione che ha preso ci sono un paio di negozi che vendono questi telefoni. È entrata in uno di questi e ne ha comprato uno, ma quando è uscita non è tornata indietro, in direzione della casa della Thomas; ha proseguito nella direzione opposta. Però, non sono riuscito a seguire i suoi movimenti con le riprese. Ce ne sono parecchie di abitazioni in questo quartiere senza telecamere di sicurezza.»

«Cos'altro c'è in quella direzione che una donna appena dimessa dall'ospedale con un trauma cranico e ferite da taglio multiple sulle braccia sarebbe in grado di raggiungere a piedi, oltre a un negozio dove comprare un nuovo telefono?»

Ci furono un paio di secondi di silenzio, seguiti da una serie di mormorii soffocati, prima che Turner tornasse al telefono. «C'è la casa della Summers. La Thomas ha detto che magari era solo andata a controllare come stava il suo gatto...»

Josie invece aveva la terribile sensazione che Mira Summers non fosse arrivata a casa sua o in qualunque altro posto fosse diretta, perché non c'era niente che avrebbe reso difficile per Seth Lee appostarsi da qualche parte nei pressi dell'ospedale, aspettare che Mira Summers venisse dimessa e seguirla fino a casa di Bobbi Ann Thomas e gli sarebbe stato ancora più facile rapirla da qualche parte lungo il tragitto quando era uscita per andare a casa sua senza finire nelle riprese delle telecamere di sorveglianza. Naturalmente, cercava di alimentare la speranza che l'avrebbero ritrovata a casa.

«Ottimo.» disse Josie. «Scopri se Bobbi Ann Thomas ha le

chiavi di casa di Mira Summers. In ogni caso, ci vediamo lì tra dieci minuti per vedere se ci è mai arrivata.»

VENTOTTO

I lampioni gettavano una luce dorata sul marciapiede davanti alla casa di Mira Summers. Al contrario, dall'interno dell'abitazione non trapelava alcuna luce. Vide Turner fermo davanti al gradino d'ingresso con gli occhi puntati su un'attraente brunetta della sua età. Per una volta non teneva il telefono in mano, ma in compenso batteva ritmicamente sul marciapiede con uno dei suoi mocassini marroni. Josie lasciò la macchina proprio dietro alla sua. Il gruppo di villette a schiera aveva solo posti auto in strada, senza vialetti. Erano relativamente nuove, costruite circa cinque anni prima in un'area circondata da alcune delle residenze più antiche, per non dire storiche, della città. Il Consiglio comunale aveva tentato più volte di bloccare il progetto perché le case a schiera, pur essendo piuttosto belle, non si adattavano all'estetica delle altre abitazioni del quartiere.

«Ce l'hai fatta...» la punzecchiò Turner quando vide Josie avvicinarsi, come se fosse stato lì ad aspettarla per ore. La stazione di polizia era a meno di dieci minuti di distanza.

Poco importava, ricordò Josie a sé stessa e, senza prestargli la minima attenzione, si presentò a Bobbi Ann Thomas. Guardandola da vicino, Josie capì perché era riuscita a catturare l'attenzione di Turner per più di cinque secondi: i pantaloni neri da yoga e la canottiera mettevano in evidenza i muscoli tonici delle braccia e delle gambe. I capelli castani erano tirati indietro e attorcigliati in uno chignon che otteneva l'effetto di accentuare i lineamenti degli zigomi alti e della mascella affilata. «Abbiamo provato a bussare un paio di volte.» disse. «Non ha risposto nessuno.»

«Probabilmente avrà deciso di riposare dopo la passeggiata e si è addormentata.» la rassicurò Turner. «Sono sicuro che sta bene. Apra la porta. Vada pure. La faremo svegliare e daremo a lei e al suo gatto un passaggio fino a casa sua.»

Con preoccupazione più che evidente in quei suoi occhi scuri, Bobbi Ann Thomas salì i tre gradini che conducevano alla porta d'ingresso e infilò la chiave nella serratura.

«Ho detto a Mira che potevo accompagnarla a casa dopo il lavoro per prendere il gatto e portarlo da me...» iniziò a dire. «Ma lei adora quella creatura indemoniata.»

Aperta la porta, Bobbi Ann Thomas allungò una mano all'interno, tastando la parete finché non trovò l'interruttore della luce. Quella che illuminava il soggiorno era una luce fioca.

Josie entrò, ritrovandosi in uno spazio abbastanza grande da contenere un divano con il tavolino abbinato, un tavolino da caffè e un mobile per la televisione. Sul lato opposto del televisore, vicino a una delle finestre che davano sulla strada, un albero per gatti pressappoco di grandezza umana troneggiava su tutto il resto della stanza.

«Mira Summers?» chiamò Josie. «Sono la detective Josie Quinn del Dipartimento di Polizia di Denton. Sono venuta per controllare che stia bene.»

Sul tavolino da caffè c'erano due tazze: in una erano rimaste due dita di quello che aveva tutto l'aspetto di caffè nero. Nell'altra non c'era niente, se non una pellicola marrone chiaro che ne ricopriva il fondo come unica traccia del contenuto.

Accanto c'era un tovagliolo, con il manico di un cucchiaio che faceva capolino tra le pieghe.

Quindi Mira Summers aveva avuto ospiti in casa. Non si trattava di Bobbi Ann Thomas, chiaramente, ma di una persona che aveva accolto con una tazza di caffè.

Josie si voltò per dire qualcosa a Turner, ma lui era ancora fuori sui gradini, incantato dall'amica della vittima, e le faceva versi di rassicurazione. Senza vergogna.

«Non far uscire il gatto.» lo avvertì Josie, ma lui non la guardò nemmeno. L'unico segno che le fece per dirle che l'aveva sentita fu un cenno di intesa quasi inesistente.

«Mira?» chiamò di nuovo Josie mentre si dirigeva verso la cucina. La luce che illuminava il soggiorno era sufficiente per permetterle di trovare l'interruttore appena superata la porta. La cucina, al contrario del salotto, fu pervasa da una luce intensa. Era una stanza piccola quanto la precedente, ma in ordine. Sul tavolo c'era una pila di posta non aperta, accanto un cellulare a pagamento ancora nella confezione. Al centro del tavolo c'era un grande vaso pieno di una dozzina di rose rosse. Non erano profumate come quelle del giardino della casa dove April viveva in affitto a Newsham, ma erano ugualmente belle e fresche, anche se era difficile dire da quanto tempo fossero state recise. Era possibile che Mira Summers le avesse ricevute nel fine settimana, prima dell'aggressione all'Accademia dei Sentieri Tranquilli. Josie si avvicinò al tavolo e il suo sguardo si soffermò su un piccolo biglietto bianco infilato tra i boccioli. Un pezzo era stato strappato e il retro non era visibile. Su ciò che rimaneva del biglietto c'era una parola scritta a mano: SCUSA. Un piccolo nodo di tensione si formò nello stomaco di Josie. Era una coincidenza? La rosa del disegno del bambino e le rose sul tavolo della cucina di Mira Summers con un biglietto su cui c'era scritto "SCUSA"? Scusa per cosa? Chi poteva essere stato a portarle dei fiori? Stando a quanto aveva riferito la stessa

Summers, non c'era nessuno nella sua vita, oltre a Bobbi Ann Thomas.

Possibile che fosse stato Seth Lee?

Sulla base di quello che sapeva di lui attraverso suo fratello e sua cognata, e da quello che aveva fatto ad April Carlson e a Mira Summers, Josie non riusciva proprio a immaginarselo come un tipo che portava i fiori con tanto di biglietto di scuse.

Era un mistero su cui avrebbe fatto meglio a riflettere in un altro momento. Per il presente, era necessario fare un giro delle stanze per assicurarsi che la padrona di casa non fosse sdraiata sul pavimento da qualche parte, incapace di intendere e di volere, magari a causa di un improvviso peggioramento della commozione cerebrale che aveva riportato. Josie fece ancora una volta una panoramica della cucina; riusciva a sentire un sibilo che proveniva da uno degli armadietti inferiori. Lo sportello era socchiuso. Un paio di occhi di un giallo pallido la fissavano dall'interno. Dietro il gatto c'era un ammasso di sacchetti strappati, con croccantini e scatolette che ne fuoriuscivano. Josie non si azzardò nemmeno ad avvicinarsi alla bestiola. Lanciò solo un'occhiata fuori dalla porta che dava sul retro: non c'era altro che un tratto d'erba dal quale si accedeva a un altro marciapiede. Nessuno dei giardini posteriori alla fila di case a schiera era diviso in alcun modo dalle altre proprietà. Qualcuno tra i vicini aveva installato mobili da esterno o casette e scivoli per bambini sparsi sul retro della propria abitazione. In pratica, Mira Summers non aveva nulla.

Sentì Turner che se la rideva per qualche battuta che gli aveva detto la sua nuova amichetta, entrambi ancora piazzati davanti all'entrata. Mentre Josie attraversava di nuovo il soggiorno per raggiungere le scale che portavano al piano di sopra, disse: «Turner! Mira non è al piano terra, se ti interessa. Ho trovato il gatto, in compenso, quindi vedi di non farlo uscire.»

Turner non la degnò d'uno sguardo e si limitò a socchiudere

lentamente la porta d'ingresso, in modo da rimanere da solo con Bobbi Ann Thomas di fronte all'entrata. «Beh, così almeno non c'è rischio che il gatto esca...» borbottò Josie tra sé e sé mentre accendeva l'interruttore della luce in fondo alle scale e saliva al piano di sopra, chiamando di nuovo il nome della padrona di casa.

La luce del corridoio al piano superiore rivelò tre porte aperte. La più vicina ai gradini si apriva sul bagno. Josie accese la luce all'interno, solo per trovarlo vuoto.

«Mira? Sono la detective Josie Quinn. Sono venuta per controllare che sia tutto nella norma.»

Josie si avvicinò alla porta della seconda stanza, cercando a tentoni l'interruttore della luce. Lo trovò e lo accese, ma neanche stavolta trovò traccia di Mira Summers. Solo un letto a due piazze ben rifatto e un comodino abbinato. Nell'armadio non c'era niente a parte la lettiera per il gatto.

«Mira? Va bene lo stesso se non vuole parlare con me. C'è la sua amica Bobbi al piano di sotto. Siamo venute solamente per assicurarci che sia tutto a posto.»

Anche stavolta non ottenne risposta. Dalla sua visuale nel corridoio, Josie poteva vedere una parte della camera da letto padronale. Un comodino, con sopra una lampada. Si riusciva a vedere anche una parte del letto di Mira, con le lenzuola rosso scuro e il piumone sgualcito. La porta era quasi del tutto aperta, dando a Josie la possibilità di vedere l'intera stanza una volta che ne ebbe raggiunto la soglia per premere l'interruttore della luce. Le dita gelide della trepidazione le salirono lungo la nuca. Il suo cuore ebbe un sussulto. In un lampo intravide nella sua mente il corpo senza vita di Mira Summers riverso sul pavimento nell'unico angolo della stanza che non poteva ancora vedere. Ma quando ebbe attraversato la stanza e fatto il giro intorno al letto per controllare il pavimento da quel lato, vide che non c'era nulla. Era evidente che non era in casa. Una delle ante scorrevoli dell'armadio era aperta, i vestiti appesi e le scarpe allineate sul ripiano più basso. Josie rimase colpita da quanti pochi tocchi personali ci fossero, nonostante quella donna vivesse in quella casa già da diversi anni. Non c'era una foto, non c'era un soprammobile. C'era soltanto un piccolo portagioie sopra la cassettiera ai piedi del letto. Dal piano di sotto giunse di nuovo il suono sordo della risata di Turner.

«Ma quant'è figlio di puttana...» disse Josie sottovoce.

Era a un passo dalla soglia quando ne sentì l'odore. Lo stesso odore acre, quasi terroso, che aveva avvertito chinandosi sul corpo di April Carlson sulla scena dell'incidente. L'adrenalina le salì nelle vene e divampò come un incendio. Ebbe la sensazione che il cuore le si fermasse per un lunghissimo e interminabile secondo per poi esplodere di nuovo, pompando a una velocità che sembrò del tutto insostenibile. La sua mano si precipitò automaticamente alla fondina. Sembrava che ogni cosa stesse accadendo al rallentatore e che allo stesso tempo accadesse contemporaneamente, nel medesimo istante.

Le sue labbra si dischiusero per urlare: «Turner!»

Una voce interiore la avvertì: *"Dietro la porta!"*.

La sua testa si girò verso la fessura che veniva a crearsi nel punto in cui il lato interno della porta parzialmente aperta incontrava il telaio. Attraverso la fessura, un solitario occhio azzurro ricambiava il suo sguardo.

VENTINOVE

Non ci fu il tempo per aprire la fondina, tanto meno per estrarre l'arma. Non ci fu il tempo per urlare di nuovo a Turner di raggiungerla. Non ci fu il tempo per identificarsi correttamente né per ordinargli di restare fermo dov'era o di non fare un altro passo o di mettere le mani sopra la testa. Non ci fu il tempo per fare niente. Seth Lee spinse la porta contro di lei nello stesso momento in cui Josie cercò di spingerla contro di lui. Lui colpì più forte, il calcio di Josie servì a rallentare solo di poco la spinta impressa sulla porta, che però andò sbatterle addosso con tutti novanta chili di peso di quell'uomo. Il suo corpo scattò automaticamente a destra, la testa, la spalla e il fianco andarono a sbattere contro il lato opposto dello stipite e le dita frenetiche che cercavano di estrarre l'arma dalla fondina rimasero incastrare tra il legno e l'impugnatura della pistola. Il dolore scoppiò acuto e immediato e, almeno per un po', annullò ogni altra sensazione del suo corpo. Come una pallina da flipper, rimbalzò sul telaio e di nuovo contro la porta.

Lui tirò la porta verso di sé e la spinse di nuovo contro di lei. Questa volta il suo corpo ruotò su sé stesso e con la colonna vertebrale andò a scontrarsi contro il bordo del telaio per poi tornare a sbattere contro la porta. Quando la sua nuca impattò contro la porta si udì un sonoro scrocchio. Una parte del suo cervello le ordinò freneticamente di provare a reagire in qualche modo, oltre che a farsi sballottare da una parte e dall'altra come una bambola di pezza. Afferrò la maniglia con le nocche trafitte dal dolore come se le fossero state conficcate delle schegge di vetro fin nelle ossa. Certa che Seth Lee si sarebbe aspettato che lei gli spingesse contro la porta o la prendesse a calci, la strattonò via; la sentì leggera tra le mani, quasi senza peso, e fu così che capì che lui non la teneva più.

Era uscito da dietro la porta e la stava fissando. Josie notò la camicia di flanella sbiadita e i jeans sporchi e strappati che indossava. Non aveva armi in mano, ma gli era bastata la porta per aggredirla.

«Fermati!» gli intimò, una parola che le uscì a fatica, ritrovandosi completamente a corto di fiato.

Com'era possibile che Turner non avesse sentito nulla dal piano di sotto?

Intanto, la mano che era rimasta schiacciata le pulsava ancora senza pietà mentre apriva la fondina. Lui le si lanciò addosso e lei alzò le braccia, sicura che volesse prenderla a pugni o che tentasse di strangolarla; invece, si ritrovò a essere strattonata per le spalle e a essere spinta con forza nel corridoio. Si ritrovò sul pavimento, supina. Per una frazione di secondo, lui incombette su di lei. Allora lei piegò le ginocchia, muovendo i piedi per spingersi all'indietro e per allontanarsi da lui. Contrasse gli addominali per alzare le spalle dalla moquette mentre faceva un altro tentativo per prendere la pistola. Ma lui continuava ad avanzare, buttandosi addosso a lei, con le mani tese come se volesse stringergliele intorno alla gola. Josie rotolò di lato e andò a finire contro il muro, ma almeno era fuori dalla sua presa, stesa sulla pistola al fianco, ancora nella fondina. Lui perse l'equilibrio e cadde a faccia in giù, stendendo le braccia per attutire la caduta. Josie rotolò sul fianco e gli tirò una gomitata al rene, suscitando un grugnito. Lo colpì altre due volte nello stesso punto, ma senza lo slancio della rotolata i colpi successivi non furono tanto efficaci quanto il primo. Con il respiro affannato, lui la afferrò per una spalla e la fece cadere sulla schiena. Scivolò sopra di lei come un serpente, mettendosi a cavalcioni sul suo busto in modo da tenerla inchiodata al pavimento e premere un avambraccio sul suo petto. Lei cercò di raggiungere la pistola, ma era rimasta intrappolata tra il suo fianco e l'interno coscia del suo aggressore. Lui si alzò e tirò via il braccio dal suo petto, liberandola dalla pressione. Un secondo dopo, con lo stesso braccio caricò un pugno che volò verso il viso di Josie. Lei alzò gli avambracci, ma non fece in tempo ad assorbire tutta la forza del colpo e lui riuscì comunque a colpirle la guancia, facendole rovesciare la testa di lato. Stringendo i denti si morse l'interno della guancia e un attimo dopo le si riempì la bocca di sangue. Il colpo la disorientò abbastanza a lungo da permettere a Seth Lee di infilarle le sue grandi mani in mezzo gli avambracci e avvolgerle intorno alla sua gola. Con i pollici che le premevano contro la trachea, un'ondata di panico intorpidì ogni sensazione del suo corpo, il suo campo visivo si restrinse al solo volto di quell'uomo, alla barba che gli copriva guance e mento, agli occhi azzurri che lampeggiavano con furia, alle gocce di saliva che gli si raccoglievano sul labbro inferiore mentre stringeva sempre più forte. Josie fece scorrere la mano buona lungo uno dei suoi avambracci, lungo il polso e lungo le dita, finché non arrivò al mignolo. Trovata la punta del dito, se la staccò dalla pelle finché non ebbe spazio sufficiente per afferrare la prima nocca. Aveva sempre più l'impressione che la luce intorno a loro stesse calando. Un fuoco le eruttò nei polmoni. Strattonò indietro il mignolo con tutta la forza possibile, provando una soddisfazione perversa al suono dell'osso che si spezzava. Seguì il ruggito di dolore del suo aggressore che le riversò sul viso una pioggia di saliva e allentò la presa. Josie piegò entrambi gli avambracci sui suoi gomiti e fece pressione.

Nel movimento, i loro visi si avvicinarono, facendole venire il mal di stomaco, ma almeno riuscì a spezzare la presa sulla gola. Mentre lui la teneva bloccata premendo gli avambracci contro il petto, lei piegò le ginocchia in modo da toccare il suo posteriore e poi spinse con i piedi contro il pavimento, ruotando i fianchi di lato in modo da disarcionarlo: sorprendentemente, lo fece saltare con tanta forza e rapidità da mandarlo a sbattere contro il muro di cartongesso, che si sgretolò.

Si affrettò ad allontanarsi da lui, cercando di frapporre più spazio possibile in mezzo a loro; una mossa che le risultò praticamente impossibile, per colpa del fatto che il corridoio era parecchio stretto, ma riuscì comunque a rimettersi in piedi.

Lui si era già messo sulle ginocchia e proprio quando lei estrasse la sua arma, fece scattare in avanti una delle sue possenti braccia e, con un movimento di lato, le colpì le caviglie, facendole perdere l'equilibrio e facendola atterrare sulla schiena. Le dita, ancora doloranti dall'urto di poco prima, persero la presa sulla pistola, che le volò via dalla mano e andò a finire nella camera da letto padronale.

«Fermati!» gli ordinò ansimando.

Prima che potesse dire un'altra parola, Seth balzò in piedi e scattò verso le scale. Josie si alzò a sua volta e andò a cercare a tastoni sul pavimento della camera da letto di Mira Summers, finché non trovò la pistola. Purtroppo, recuperare l'arma le costò secondi preziosi che bastarono al fuggitivo per dileguarsi. Josie si precipitò dietro di lui, scendendo due gradini alla volta.

«Turner!» cercò di gridare quando raggiunse il pianerottolo, ma la voce le uscì in un rantolo. Quando deglutì, le sembrò di avere delle lame di rasoio conficcate in gola. Sbatté un pugno contro la porta d'ingresso per fargli cenno. Seth Lee non era in salotto. All'improvviso si udì qualcosa che si schiantava in cucina, un rumore simile a quello di un oggetto di legno che si scheggia frammisto a quello di un vetro che va in frantumi. Mentre correva verso la fonte del rumore, sentì finalmente la voce di Turner, ma immaginò che dovesse trattarsi di un'allucinazione uditiva perché l'aveva chiamata con il suo vero nome e non con qualche ridicolo nomignolo.

Raggiunta la cucina, constatò che il tavolo e le sedie erano tutti spostati da un lato e sulle piastrelle erano sparpagliati i fiori e i frammenti scintillanti del vaso di vetro. La porta sul retro era spalancata e Josie la varcò per poi entrare nell'infinito verde del giardino tra un'abitazione e l'altra. Un'ombra sfrecciò alla sua sinistra, dirigendosi verso il confine del quartiere. Non c'era tempo per tornare alla sua auto e prendere la torcia, perciò seguì la direzione di quell'ombra, con le gambe che pulsavano. L'ombra che correva verso la fila di alberi che separavano le villette a schiera dal retro di una fila di grandi case in stile vittoriano iscritte nel registro storico di Denton si trasformò in Seth Lee. Misty e Harris vivevano a soli due isolati di distanza da lì.

«Quinn!» urlò Turner dietro di lei.

«È lui!» disse al di sopra di una spalla, ma anche in questo caso, la voce le uscì molto più bassa e roca di quanto avrebbe voluto. «È lui, è lui! Chiama i rinforzi!»

Il loro fuggitivo scomparve in mezzo gli alberi. Josie si tuffò dietro di lui. I rami più bassi le sferzavano il viso, si impigliavano negli abiti e le graffiavano gli avambracci. Sentì Turner precipitarsi nella boscaglia dietro di lei.

«Turner! Chiama i rinforzi!» gli disse di nuovo.

Sbucò fuori dall'area boschiva e raggiunse una sottile striscia d'erba, larga non più di un metro, che separava gli alberi dai giardini delle case più antiche della città. In buona parte, quei giardini erano isolati da recinzioni in legno o in vinile alte da due a tre metri. Alcuni erano delimitati addirittura da vecchi muretti in pietra. Ampi vicoli si estendevano tra ogni casa. Del loro ricercato neanche l'ombra. Una luce esterna illuminava a due porte di distanza e le finestre sul retro di molte case erano accese. Tuttavia, nel punto in cui si trovava lei c'era un'oscurità quasi totale. Alla sua sinistra, alcuni cani iniziarono ad abbaiare. Sbuffando, Turner si accostò a lei.

«Da quella parte...» gli disse, avviandosi in direzione del rumore. Tenendo la pistola alzata, si mise in posizione di tiro e corse in avanti, fermandosi alla fine della prima recinzione dove si apriva un vicolo. Non voleva percorrerlo con quel buio e senza garanzia che il suo aggressore non la stesse aspettando in agguato per attaccarla di nuovo; in realtà non pensava che fosse ancora lì – anzi, era pronta a scommettere sul fatto che stesse scappando il più lontano e il più velocemente possibile da loro - ma non voleva rischiare di farsi prendere alla sprovvista da lui due volte di fila in una sola notte. «Turner!» sibilò con un gran dolore che le bruciava la gola.

Assicurandosi di rimanere vicino alla recinzione, Turner si acquattò in modo da non rendersi un bersaglio facile per la sua altezza ed estrasse l'arma e con una mano strinse la spalla a Josie, facendole capire di andare per prima. Josie si mise in testa con la canna della pistola puntata in avanti e si mosse verso l'imboccatura del vicolo guardandosi intorno in cerca di eventuali minacce, lasciando che Turner le passasse accanto per raggiungere la sezione successiva della recinzione. Metodicamente, continuarono a passare davanti alle case del vicolo in questo modo. I cani che abbaiavano qualche metro più avanti diventavano sempre più frenetici. Uno di loro ringhiava perfino. Al loro passaggio si accesero altre luci esterne, ma il vicolo rimaneva ancora piuttosto buio nel punto in cui lei e Turner stavano avanzando.

A un tratto, in un punto imprecisato davanti a loro si sentì uno scricchiolio. Poi lo schiocco di due oggetti di legno che sbattevano l'uno contro l'altro. Josie ebbe solo pochi secondi per capire che era qualcuno che stava aprendo un cancello. Due case più avanti, dall'oscurità in cui era immerso il vicolo, la sagoma di un'ombra che pressappoco arrivava alla cintola li caricò passando attraverso un fascio di luce che proveniva dal retro della casa accanto.

«Oh, cazzo!» disse Turner.

A denti sguainati, un imponente pastore tedesco divorò lo spazio che li separava. Josie sentì una stretta al centro del petto quasi insopportabile. Non potevano sperare di correre più veloci di un cane. Turner gli puntò contro la pistola.

«No!» urlò Josie. «Non sparargli.»

Impedirgli di abbattere quel cane andava contro ogni suo istinto di sopravvivenza, ma non voleva che quella bestiola ci rimettesse la vita, neanche se avrebbe potuto sbranarli entrambi. Stava soltanto proteggendo la sua casa dagli estranei che si aggiravano vicino al suo territorio.

Turner esitò.

Non c'era nessun posto dove andare.

Girandosi, ripose la pistola nella fondina e con movimenti fulminei si posizionò dietro di lei. Josie ebbe appena il tempo di chiedersi se volesse usarla come scudo umano, ma un attimo dopo sentì che la prendeva, con le sue grandi mani strette intorno ai fianchi, e la sollevava come se non pesasse nulla. La recinzione accanto a loro era in vinile ed era meno alta di quella agli altri lati, ma comunque solo perché era così alto Turner fu in grado di lanciarla dall'altra parte come fosse un sacco di patate.

Con uno strillo, Josie volò in aria. La pistola le scivolò via di nuovo dalla mano. Atterrò sul fianco destro, prendendo una botta che le attraversò tutta la spalla. Qualcosa di morbido le sfiorò il viso e le braccia. Una miriade di profumi floreali le invase le narici. Era atterrata in mezzo all'aiuola delle persone che vivevano in quella casa e poteva solo augurarsi che non ci fossero cani in quel giardino. Rotolando sulla schiena, vide la recinzione scuotersi violentemente e un attimo dopo vide Turner scavalcare. Non ebbe il tempo di spostarsi, così si rannicchiò in posizione fetale tenendo le dita incrociate perché non atterrasse direttamente sopra di lei. Fu l'unica fortuna che aveva avuto fino a quel momento: Turner atterrò a pochi centimetri da lei e per giunta in piedi. In quell'istante, il pastore tedesco si gettò contro il lato opposto della recinzione, continuando ad abbaiare e a ringhiare ferocemente.

Josie tirò un sospiro di sollievo. Una luce si accese e si diffuse nel giardino. La porta sul retro si aprì e apparve una donna che quando li individuò, urlò da sopra una spalla: «C'è qualcuno in giardino! Chiama la polizia!» e si chiuse la porta alle spalle e a seguire si sentì una serratura che scattava.

Di bene in meglio.

Poi si levò un'altra voce a squarciare il silenzio della notte; proveniva dalla casa da dove era apparso il cane. «Kiki! Kiki! Vieni qui!»

Così com'era cominciato, l'assalto alla recinzione cessò. «Kiki!» si udì ancora la voce del padrone. «Vieni qui, forza!»

«Quel mostro si chiama Kiki?» brontolò Turner spazzolandosi i pantaloni. «Spero che tu sia contenta, Bambola. Non ho sparato al cane e così mi sono strappato i pantaloni!»

Alzandosi in piedi, Josie gli disse: «Grazie.»

«E con questo salto credo di essermi incasinato di nuovo il ginocchio...» disse lui in tutta risposta.

Josie cercò la sua pistola, trovandola infine sotto una sedia da giardino. «Hai chiamato altre unità?»

Dalla tasca della giacca Turner tirò fuori il cellulare. «Lo sto facendo ora. Non che ce ne sia bisogno, perché la signora Pollice Verde probabilmente avrà già fatto arrivare una squadra speciale prima che io riesca a contattare la centrale.»

«Ti avevo detto di chiamarli quando eravamo là!» gli fece notare Josie puntando un dito in direzione del complesso dove viveva Mira Summers con la voce che si alzava in un grido affievolito dalla sensazione di avere degli spilli conficcati in gola.

Turner si portò il telefono all'orecchio. «Ti stavo dando

appoggio. Come lo chiami quello che ho appena fatto? A proposito, hai i capelli pieni di terriccio.»

TRENTA

Nel momento in cui Josie smise di muoversi, il dolore si diffuse improvvisamente, provocandole fitte lancinanti in quasi ogni singola fibra del suo corpo. Le dita e le nocche della mano destra, la fronte, la guancia, la schiena, la spalla. I graffi lungo gli avambracci bruciavano. La pelle della gola era dolorante e contusa e ogni volta che parlava o deglutiva, era assalita da una sgradevole sensazione di bruciore. Le faceva male dappertutto. Ed erano passate ore.

Nel frattempo, tutte le risorse disponibili della Polizia di Denton erano state fatte intervenire per partecipare alle ricerche di Seth Lee. Gli agenti avevano passato al setaccio un isolato dopo l'altro, avevano interrogato tutto il vicinato e avevano richiesto i filmati delle telecamere di sorveglianza. Dopo essere stati scortati fuori dal giardino in cui Josie e Turner erano atterrati durante la fuga dal temibile Kiki, si erano scusati con i proprietari e si erano uniti alle pattuglie ancora impegnate a perlustrare ogni singola strada.

Ma ormai era chiaro che il loro uomo era sparito.

Josie era completamente esausta ed era tornata alla sua macchina, che aveva parcheggiato davanti alla casa di Mira

Summers; un paio di membri della Squadra di Raccolta delle Prove erano ancora dentro, a documentare il luogo in cui era stata aggredita. Si accorse che c'era ancora anche l'auto di Turner, anche se non aveva idea di dove fosse andato. Come al solito.

«Ti stavo cercando...» Era così stanca che non aveva nemmeno sentito Noah che parcheggiava l'auto dietro la sua. Le si avvicinò con un'espressione preoccupata. Non si rese conto di quanto fosse tesa finché lui non le fece alzare il viso prendendole delicatamente il mento per studiare le contusioni sulla guancia e quelle sulla gola. Nel momento in cui la toccò, la tensione della mascella, del collo e delle spalle cominciò a svanire.

«Ho sentito che ti hanno malmenata per bene...» disse.

A conti fatti, sulla sua scala delle batoste subite, la baruffa di quella notte andava a posizionarsi a livelli piuttosto bassi. «Sono piena di dolori, ma sopravviverò. Mi hanno detto che più tardi dovrò andare in ospedale per fare una valutazione delle lesioni e assicurarmi di non aver riportato danni permanenti alle corde vocali... ma, piuttosto, ti prego, dimmi che avete trovato qualcosa! Niente di niente?»

Noah lasciò cadere la mano e cercò il telefono in una tasca. «Abbiamo trovato Mira Summers nelle riprese delle telecamere di sicurezza diverse volte. In particolare, la si vede in una ripresa di un vicino che vive alla fine di questa strada, nel momento in cui si dirige verso casa sua nel pomeriggio, quando Bobbi Ann Thomas è al lavoro. È a piedi e cammina lentamente. All'incirca due ore più tardi, la si vede nella ripresa di un'altra abitazione, mentre procede nella direzione opposta, a circa due isolati da qui.»

Josie si passò la lingua sulla parte interna della guancia che si era morsicata. «Questo significa che è tornata a casa. È rimasta qui per due ore.» Per la precisione, era tornata a casa e in quelle due ore aveva intrattenuto un ospite nel suo salotto offrendogli un caffè. «C'erano dei fiori in cucina. Quel che restava del biglietto diceva: "SCUSA". Non so quando li abbia ricevuti, ma...»

«Un mazzo di rose?» chiese Noah.

Il sapore metallico del sangue che le aveva riempito la bocca persisteva ancora, seppur lievemente. Abbassò la voce quasi fino a sussurrare per evitare che il dolore aumentasse. «Sì.»

Noah puntò un dito verso il limite estremo dell'isolato, nella direzione da cui era arrivata Mira Summers quando era tornata a casa ore prima. «Tra le riprese di sorveglianza ce n'è una in cui si vede un uomo con un mazzo di rose tra le mani che attraversa laggiù, circa quaranta, quarantacinque minuti dopo che ci è passata Mira Summers. Abbiamo dato per scontato che potesse essere il fattorino di un fiorista.»

«Che aspetto aveva?»

«È difficile dirlo perché la telecamera lo ha ripreso solo di profilo e per di più indossa un cappello. Sarà stato un ragazzino o al massimo un ventenne. La qualità del filmato non è delle migliori...»

Non poteva essere Seth Lee, quindi.

«Comunque faremo in modo che qualcuno inizi a chiamare i fiorai locali...» aggiunse Noah. «Vediamo se riusciamo a rintracciare i movimenti del fattorino e a scoprire chi ha mandato i fiori e se ha visto qualcosa o qualcun altro quando li ha consegnati.»

«Ho qualche dubbio che possa essere importante...» disse Josie. «Ciò non toglie che sia sicuramente strano.»

Noah sorrise. «Ogni minimo dettaglio è importante finché non abbiamo conferma che non lo è. Dobbiamo analizzare tutto.»

Josie si strofinò la spalla, pensando che le ci sarebbe voluto un bagno molto caldo e molto lungo una volta tornata a casa. «Sei riuscito a seguire Mira Summers con le telecamere da qui?»

Noah tirò fuori il telefono e scorse l'indice sullo schermo.

«Sì. Fino a cinque isolati da qui, più o meno, in direzione ovest. Non si capisce dove sia diretta, ma continua a guardarsi intorno come se pensasse che qualcuno la stia seguendo e poi...» Girò il telefono verso di lei per mostrarle le riprese in bianco e nero che inquadravano un grande cortile con una staccionata. Dall'altra parte, le auto sfrecciavano lungo la strada. Sul marciapiede opposto appariva una figura alta che camminava a grandi passi. Non era facile da distinguere, ma le fasce bianche avvolte intorno agli avambracci erano un chiaro segno che si trattava di Mira Summers. Continuava a guardarsi alle spalle; poi nell'inquadratura entrava un camioncino bianco, di cui si vedevano solo l'abitacolo e metà del vano di carico. Dalla distanza della telecamera, era impossibile distinguere l'autista. Il camioncino si fermava di colpo, impedendo la visuale su Mira. Josie osservò il marcatore temporale in basso a destra dello schermo via via che i secondi scorrevano. Quindici secondi. Sedici. Diciassette... Quando il camioncino si allontanava, di lei non c'era più traccia.

«L'ha portata via.» concluse Josie, con lo stomaco contratto. «Potrebbe averla caricata nel cassone del camioncino, ma da questa angolazione non si vede. Ci sono testimoni?»

«Neanche uno, sfortunatamente. Abbiamo preso i filmati di tutte le telecamere della zona, sia residenziali che commerciali, per cercare di seguire le tracce del furgone e, possibilmente, per ricavarne il numero di targa. Ma è riuscito a evitare perfino tutte le telecamere del traffico. Lo vediamo ripreso da un paio di altre telecamere residenziali, ma con le angolazioni tutte storte e la grande distanza, è già tanto se siamo riusciti a individuare un unico numero della targa. Un sette. A parte questo, non abbiamo altro. Alla fine, l'abbiamo perso da qualche parte in direzione nord di Denton.»

«Da quelle parti ci sono ancora meno telecamere...» commentò Josie indicando lo schermo. «Però è successo nel primo pomeriggio. Quindi l'ha presa e poi è tornato indietro.»

«Sì.» disse Noah, mettendo via il telefono. «Da quanto

abbiamo ricostruito in questa zona, non sono emerse segnalazioni o riprese di un camioncino commerciale bianco nelle ore precedenti né subito dopo alla tua colluttazione con Seth Lee a casa di Mira Summers, quindi deve averlo parcheggiato piuttosto lontano da qui e da là deve aver proseguito a piedi. Ma adesso, con la WYEP che ha fiutato tutta questa storia, non credo che possa scorrazzare per la città dove gli pare a bordo di un camioncino bianco senza che qualcuno avverta la polizia.»

Se ciò che Rebecca Lee aveva raccontato era vero, allora suo cognato non avrebbe scoperto del mandato emesso contro di lui o della copertura della stampa: vivendo all'aperto non aveva praticamente alcun accesso alla televisione. L'unico modo per scoprirlo era che accendesse la radio nel camioncino.

Josie lanciò un'occhiata alla casa. «Stava cercando qualcosa.»

Ma cosa poteva essere? Non c'era quasi nulla in quel posto e, per di più, a quel punto aveva già sequestrato la padrona di casa. Cosa poteva averci messo che valesse il rischio di tornarci e di essere visto? Ammesso, certo, che non fosse in preda a una sorta di allucinazione, per esempio che pensasse che ci fossero telecamere all'interno. Era lui la persona che Mira Summers aveva fatto entrare per un caffè dopo aver lasciato la casa di Bobbi Ann Thomas? A questo pensiero, Josie rimase perplessa: era senz'altro un gesto piuttosto beneducato da compiere nei confronti di una persona che l'aveva accoltellata solo un giorno prima. L'alternativa era che Mira Summers fosse talmente spaventata da Seth Lee che avesse cercato di trovare un modo per placarlo, cercando di convincerlo che non lo avrebbe denunciato, così che se ne sarebbe andato; ma poi, quando aveva cercato di tornare a casa della sua amica, lui doveva averla seguita e rapita. Magari aveva pensato che Mira avesse installato delle telecamere in casa sua; in base a ciò che Rebecca Lee aveva raccontato, era plausibile che fosse una cosa di cui avrebbe potuto sospettare. Però, non aveva ridotto la casa a soqquadro. Non aveva messo fuori posto praticamente nulla. Solo l'armadietto con il cibo per il gatto, che era sorvegliato dal gatto stesso.

Piuttosto, era tutta un'altra questione capire come aveva fatto a scoprire quando e dove trovarla. Poteva averla seguita dall'ospedale?

«Abbiamo già diffuso il nome e la foto di Mira a tutte le forze dell'ordine e alla stampa.» annunciò Noah, interrompendo il flusso dei suoi pensieri. «E Amber si è già messa all'opera per diffonderlo sui canali social.»

Di fronte a una cosa del genere avrebbe dovuto sentirsi meglio, ma invece Josie aveva lo stomaco in fiamme. Era ovvio a quel punto che la vittima scomparsa e il mitomane fuggiasco dovessero conoscersi già da tempo, visto che si incontravano alla bancarella di prodotti ortofrutticoli da almeno un anno. Josie accarezzò l'idea che potessero anche essere stati insieme, ma frequentare un uomo incontrandolo di nascosto davanti a un banco di frutta e verdura solo poche volte all'anno, quando lui si degnava di farsi vedere, non sembrava certo una relazione ideale per nessuno. Per giunta, Josie rabbrividì pensando che, se aveva tenuto prigioniera April Carlson per oltre un anno, niente gli avrebbe impedito di fare lo stesso con Mira Summers. Sempre ammesso che non avesse la semplice intenzione di toglierla di mezzo. Qualunque cosa fosse accaduta la domenica precedente alla bancarella dei Lee, Josie era sicura di una cosa: Mira si era messa tra Seth e April, mettendo così a rischio la propria vita per salvare una donna che aveva già poche possibilità di sopravvivenza e riportando ferite tremende per questo suo sacrificio; non era difficile supporre che Seth Lee avrebbe voluto punirla per avergli fatto un tale affronto; ma era anche possibile che avrebbe voluto solo chiudere in fretta una questione in sospeso.

Noah le toccò di nuovo la schiena. «Ti senti bene?»

«Guarda, guarda, guarda. I piccioncini qui riuniti...» cantilenò Turner apparendo dal fondo della strada, trascinandosi dietro un trasportino per gatti.

Né Josie né Noah si preoccuparono di rispondere all'ennesima canzonatura, ma evidentemente Josie si lasciò sfuggire una smorfia perché Turner rise e disse: «Qual è il problema, Piccola? Non vuoi farmi neanche un sorriso? Ti ho salvato la vita stasera. Non dirmi che te ne sei dimenticata?»

Se fosse stato in casa con lei quando era incappata nel loro ricercato, non ci sarebbe stato nessun inseguimento e nessun bisogno di salvarle la vita. Ma non aveva voglia di stare a discutere con lui e si limitò a dire: «Sono stanca, Turner.»

Lui si fermò davanti a loro, scrutandola. «Hai un aspetto terribile. Per non parlare poi della voce. Dovresti farti visitare e poi andare a casa, a riposarti un po'. E magari lavarti i capelli.»

«Turner!» lo ammonì Noah.

Ma Turner non gli prestò attenzione e le porse il trasportino che si portava appresso. «Dopo che avrai preso il gatto della Summers. La Thomas ha detto che se ne prenderà cura lei finché non avremo trovato la sua amica. Ammesso che sia ancora viva, chiaro. Ma questo non gliel'ho detto. Mi sembra già piuttosto turbata.»

Ecco dove si trovava: a fare il cascamorto con una testimone, di nuovo. Josie non accettò il trasportino. «Cosa c'è che non va? Non puoi prendere il gatto e portarglielo tu?»

«Il fatto è che sta diventando un po' troppo irrequieta. Non mi sembra una buona idea che spetti a me infilare quel gatto in questa gabbia.»

Per l'indignazione una vampata di calore le salì dal colletto fino alla radice dei capelli. «Mi prendi in giro? Ci stavi tu prima a fare il lumacone con quella lì, mentre quello schizzato cercava di strangolarmi!»

Turner depose il trasportino a terra in mezzo a loro e, come al solito, cominciò a tamburellare con le dita sulla coscia. Il telefono apparve nell'altra mano e con il pollice inserì il codice di accesso. Qualsiasi cosa stesse apparendo sullo schermo, era molto più importante della conversazione in corso tra di loro. Non si smentiva mai. Josie gli si avvicinò, cercando di vedere cosa stesse guardando, ma Turner cambiò posizione in modo che non potessero vedere lo schermo. «Non è così che è andata...» disse poi. «Stavo interrogando una testimone, direttamente sul posto, aggiungerei, mentre tu facevi il giro la casa. Stavamo facendo un controllo sullo stato di salute di una donna che vive da sola e ha appena subito una ferita alla testa. Non c'erano luci accese. Il rischio era tutto sommato contenuto. Nessuno di noi poteva ragionevolmente prevedere che all'interno si nascondesse un sospettato di omicidio.»

Josie dischiuse la bocca per ribattere, ma Turner non le diede il tempo di interromperlo: «Senza contare che ti ho salvata da un cane che ti voleva sbranare e senza sparare un colpo, quindi direi che siamo pari. Del gatto te ne occupi tu, intesi?»

La mano che Noah le teneva contro la schiena le impedì di aggiungere altro. «Abbiamo un addetto alla cattura degli animali per questo genere di cose.»

Turner fece una scrollata di spalle. «Allora chiamalo.»

«No.» disse Noah a denti stretti. «Chiamalo tu.»

«Allora ditemi qual è il numero e il nome.» chiese Turner. «E, già che ci siamo, non è che vi dispiacerebbe aspettarlo qui? Il capo mi vuole parlare.»

Josie non aveva alcuna intenzione di stare ad aspettare che l'addetto alla cattura degli animali li raggiungesse, specialmente dal momento che lei e Noah erano lì insieme. La giornata era già stata abbastanza lunga. «Lascia perdere...» gli rispose. «Ci penso io. Solo per questa volta. Poi Noah porterà il gatto a casa di Bobbi Ann Thompson e intanto io vado in ospedale.»

Noah sembrò sul punto di opporsi, ma lanciando uno sguardo a Josie tacque. «Possiamo incontrarci all'ospedale più tardi.» gli disse.

Turner alzò gli occhi dal telefono per sorridere a Noah. «Ehi, tenente. Ti ha detto che l'ho lanciata oltre una recinzione? Come un aeroplanino di carta. Però ha fatto fuori una tonnellata di gerani quando è atterrata. Per essere così piccola, ha fatto un bel po' di danni.»

«Basta così, Turner.» lo ammonì Noah, con una punta di fastidio nella voce insolitamente alterata. «Vai dal capo.»

Tornando a guardare il telefono, Turner si allontanò. Josie si pizzicò il ponte del naso tra il pollice e l'indice dove le stava scoppiando un bel mal di testa. Era bastato il solo fatto di avergli parlato per qualche minuto. In un modo o nell'altro, qualsiasi parola che uscisse da quella bocca riusciva a farla innervosire. Noah le accarezzò la schiena con ampi movimenti. «Ho già parlato con il capo di com'è andata stasera...»

«Non stava interrogando una testimone!» sbottò lei. «Ci stava provando!»

«Non stento a crederlo.» disse Noah. «Condurrò un'indagine approfondita sul suo comportamento e ne discuterò con Chitwood. In un modo o nell'altro, questa cosa verrà gestita. Per ora non stare a pensarci.»

Josie prese il trasportino del gatto. «Noah... Turner non è solo un collega di merda.»

Lui aspettò che lei aggiungesse qualcosa di più, come se avesse intuito che voleva togliersi un peso, ma lei esitò. Sì, Seth Lee avrebbe potuto ucciderla mentre Turner se ne stava sulla porta di casa di Mira Summers a ridacchiare di qualsiasi cosa dicesse la sua nuova amichetta, ma anche lei aveva la sua buona dose di responsabilità. Anche lei aveva commesso un'imprudenza quando aveva deciso di perlustrare la casa da sola. Avrebbe potuto insistere perché Turner la accompagnasse e avrebbe potuto essere irremovibile finché lui non l'avesse raggiunta. Andava detto, però, che non sarebbe stato necessario insistere affinché lui seguisse la procedura di base.

«Di' quello che devi dire.» la esortò Noah.

Josie sospirò. A ogni parola che diceva le faceva male la gola già molto provata, ma doveva pur tirarle fuori. «Non voglio fare la spia, quindi adesso ti parlerò da moglie a marito, d'accordo? Non a te come ufficiale superiore.»

Lui fece quel sorriso che riservava solo a lei e il solo vederlo le alleviò un po' il mal di testa. «Non mi ricordo che tu mi abbia mai chiamato così...»

Lei lo guardò divertita. «Vero, ma adesso ti sto parlando come tua moglie, ricordi?»

«Giusto. Va bene. Continua pure.»

«Questa notte ce la siamo vista brutta. Sì, Turner mi ha salvata da un pastore tedesco che ci stava attaccando, ma per la maggior parte del tempo non c'è stato affatto. Raramente risponde al telefono quando è di turno, nonostante ce l'abbia incollato alla mano per il novanta per cento del tempo... e non farmi parlare dei rapporti che compila. È disordinato, è disorganizzato... e non mi capacito di come diavolo faccia a tenere traccia di tutto.»

Noah si assicurò di abbassare la voce, il suo tono si fece più sommesso. «Se vuole tenersi questo lavoro, dovrà stare più attento a non mettere in pericolo un collega come ha fatto stasera. Ti parlo come tuo marito: non so cosa darei per poterlo prendere a calci nel culo, ma tutti noi abbiamo un lavoro da fare e finché il capo ha intenzione di tenere Turner al dipartimento, dobbiamo farcene una ragione. E non dobbiamo dimenticare che non tutti lavorano come Mettner, con la sua scrivania organizzata alla perfezione e i suoi rapporti così accurati e puntuali da far sembrare tutti gli altri un branco di scansafatiche.»

Josie non poté fare a meno di ridere.

Lui le scostò una ciocca di capelli dal viso e con le nocche le sfiorò delicatamente la mascella in uno dei pochi punti in cui non le faceva male. «Dobbiamo solo stare più attenti quando lavoriamo con Turner e, finché ce l'avremo tra i piedi, dovremo abituarci alla sua presenza perché non abbiamo altra scelta.»

Josie non gli fece notare che erano già passati quasi cinque mesi e che l'unica persona a Denton che si era abituata alla presenza di Turner era il ragazzo del negozio all'angolo vicino alla centrale che gli vendeva quelle bevande energetiche che tracannava a litri. Ed era abbastanza sicura che non piacesse un granché nemmeno a quel ragazzo.

«Ora posso essere di nuovo il tuo superiore?» le chiese Noah con un sorriso.

Josie rise di nuovo, cercando di non badare al modo in cui le faceva bruciare la gola. «Stai cercando di renderlo eccitante? Perché non è proprio il momento.»

Noah si guardò intorno. «Beh, lo terrò per un'altra occasione...»

«Ottima scelta.»

«Ne riparleremo più tardi a casa.»

Riuscendo a malapena a nascondere il sorriso, fece oscillare il trasportino del gatto. «Dai, aiutami a prendere questo gatto. Voglio che sia in buone mani quando troveremo la sua padrona e la riporteremo indietro.»

Sperava che dicendolo sarebbe diventato vero.

Noah la seguì all'interno. I due agenti della Squadra di Raccolta delle Prove inviati a casa di Mira Summers stavano lavorando nel corridoio al piano superiore, probabilmente scattando foto del muro di cartongesso danneggiato e del sangue che Josie aveva perso sul tappeto dopo che il loro ricercato l'aveva presa a pugni. In cucina, nessuno aveva ancora spostato il tavolo e le sedie, rimasti tutti da una parte. Si misero a girare intorno alle rose sparpagliate, evitando i frammenti di vetro rotto del vaso e l'acqua che era schizzata dappertutto quando era andato in frantumi. L'anta inferiore del mobiletto era ancora aperta, con il gatto che si allungava stiracchiandosi verso l'esterno e leccandosi pigramente una zampa. Josie posò il trasportino lì vicino e aprì lo sportello. Poi si inginocchiò davanti al mobile. Noah aspettava dietro di lei, pronto a balzare se il gatto avesse deciso di sfrecciare via. Da parte sua, il gatto smise di leccarsi quando Josie allungò le mani per prenderlo. Non appena la punta delle sue dita ne sfiorarono la pelliccia, il gatto soffiò e scattò sulle zampe, cercando di graffiarla. Ci volle del bello e del buono prima di riuscire a farlo entrare nel trasportino e con una nuova serie di graffi sulle mani e sui polsi; Noah chiuse lo sportello.

«Sarà il caso di cercare di recuperare un po' di questo cibo?» chiese Josie, afferrando il sacchetto dei croccantini strappato.

Mentre lo tirava verso di sé, qualcosa si staccò dal fondo del cassetto sopra il mobile e svolazzò a terra. Era una busta. Cadendo, ciò che conteneva rotolò fuori, atterrando sui croccantini sparsi sul fondo del mobile. Josie sbatté le palpebre per assicurarsi di non esserselo immaginata.

«Josie?» la chiamò Noah.

Sulla parte anteriore della busta c'era scritto il nome di Mira Summers. Un giro di nastro adesivo ne circondava i bordi. Un opuscolo lucido e colorato dell'Accademia Equestre dei Sentieri Tranquilli si era parzialmente aperto davanti a loro, con un angolo che sporgeva. All'interno dell'opuscolo, attaccato a una foto delle colline ondulate e dei percorsi cavalcabili, c'era un foglietto.

«Vai a chiamare i ragazzi di Hummel.» disse Josie.

TRENTUNO

Vorrei saper leggere l'ora, perché così sarei in grado di capire da quanto tempo sono sola e quanto tempo è trascorso dall'ultima volta che ho ricevuto una visita. Mi piace moltissimo ricevere visite. Mi ricordano i momenti piacevoli del passato, quando facevo finta di essere una bambina normale e possedevo tutto ciò che possiedono le bambine normali. Prima che fossimo costretti a fuggire e a nasconderci dai cattivi, senza mai fermarci, spostandoci da un luogo a un altro all'infinito, fino a quando non ero completamente distrutta dalla stanchezza.

Prima di tutto il sangue.

No.

Non ci voglio pensare, perché allora diventerei troppo triste e sono già abbastanza triste di essere rimasta da sola. Gioco con tutti i miei tesori, li rimetto a posto, ci rigioco di nuovo, li rimetto a posto un'altra volta. Mangio le cose che mi sono state lasciate. Non mi piacciono, però è importante mangiare solo cose che non sono state manomesse o avvelenate dalle persone che vogliono portarci via. La mia pancia ne vuole ancora. Mi addormento pensando alle barrette proteiche.

Un giorno avrai tutte le barrette proteiche, il cibo e le prelibatezze speciali che potrai desiderare.

Sento la sua voce che mi parla in un sogno. È stata lei a parlarmi delle promesse. Quando mi sveglio, penso a tutte le promesse che mi ha fatto, ma poi il sussurro ritorna.

"Di chi è questo sangue?"

Quando sento i rumori che mi fanno capire che è tornato, quasi non vedo l'ora di vederlo. Corro a salutarlo, ma quando lo raggiungo i miei piedi si piantano per terra. Non capisco cosa stia succedendo.

«Non ora.» mi dice arrabbiato.

Ma non riesco a trattenere la domanda che mi esce dalla bocca. «Che cosa hai fatto questa volta?»

TRENTADUE

Josie stava fissando le foto della busta, l'opuscolo dell'Accademia dei Sentieri Tranquilli e il bigliettino che erano stati disposti sulla bacheca di sughero. Dopo aver mandato Noah a casa di Bobbi Ann Thomas a lasciarle il gatto, Josie si era fatta visitare in ospedale. Per fortuna non aveva riportato danni permanenti alle corde vocali. Quando aveva finito, era tornata a casa con Noah dal loro dolce e tenero cane Trout che l'aveva riempita di coccole. Poi aveva fatto il bagno più lungo della sua vita e aveva dormito una notte intera. Ma per quanto si sentisse riposata e nonostante avesse attenuato i vari dolori sparsi in tutto il corpo con ingenti dosi di ibuprofene, non riusciva ancora a capire il significato di quella busta né tantomeno il motivo per cui Mira Summers l'avesse attaccata al fondo di un cassetto della cucina; perfino dopo aver iniziato la giornata facendo il pieno di energie con due tazze di caffè aveva ottenuto risultati a dir poco scarsi. La calligrafia sul bigliettino era la stessa che si leggeva all'esterno della busta. C'era scritto: *È qui. Dobbiamo dirlo.* Non c'era nessuna firma.

Il riferimento doveva essere a Seth Lee. Di chi altri poteva trattarsi, altrimenti? Non sapevano chi avesse dato la busta a

Mira Summers, ma Hummel stava cercando di estrarre le impronte dalla carta, dall'opuscolo dei Sentieri Tranquilli e dal bigliettino, nella speranza di fare luce almeno su questo aspetto. La parte del messaggio che recitava "dobbiamo dirlo" preoccupava molto Josie. Che cosa doveva essere detto? E a chi doveva essere detto? Magari era un modo per dire "raccontare alle autorità del bambino che teneva nascosto". Per quanto ne sapevano, il bambino era figlio di Seth Lee. Oppure "dobbiamo dirlo" era riferito ad April Carlson; nel qual caso, però, sarebbe stato assurdo che Seth si fosse accampato nella proprietà del fratello e della cognata con lei, dato che era stata tenuta rinchiusa in qualche anfratto buio per quasi un anno. Senza contare che la Polizia di Denton aveva perlustrato a fondo tutta la proprietà dell'Accademia Equestre e non aveva trovato alcuna prova che fosse quello il posto in cui April era stata trattenuta contro la sua volontà.

Josie aveva iniziato a pensare che, se davvero il loro uomo se ne andava in giro con un camioncino, era probabile che la teneva rinchiusa nel cassone sul retro per la maggior parte del tempo. Ma un camioncino bianco nella proprietà della sua Accademia Equestre avrebbe sicuramente attirato l'attenzione di Rebecca Lee. D'altro canto, non avevano modo di sapere quanto fosse vecchio quel biglietto o di quando Mira lo avesse ricevuto. Non si poteva escludere, per esempio, che lo avesse ricevuto addirittura prima di diventare un membro dell'Accademia dei Sentieri Tranquilli tre anni prima, o anche di trasferirsi a Denton. Così come non si poteva escludere che lo avesse ricevuto dopo. Oppure, poteva averlo ricevuto insieme al bigliettino apposto sopra che diceva "È qui" e solo in seguito poteva aver deciso di diventare membro dell'Accademia Equestre. Aveva iniziato a incontrarsi segretamente con Seth Lee alla bancarella dell'ortofrutta; quindi, non vi era il minimo dubbio che sapeva che lo avrebbe trovato là. Era così che l'aveva scoperto?

La porta delle scale si aprì di schianto e una folata di aria calda la investì. I margini dei fogli che non erano stati fissati bene alla bacheca svolazzarono per un attimo. Sentì dei passi pesanti che si avvicinavano alle sue spalle. Poi udì lo scricchiolio della sedia alla scrivania di Gretchen. Ormai lo riconosceva anche senza guardare. Non importava quanto lubrificante Noah ci spruzzasse sopra, scricchiolava sempre.

«Smettila di ossessionarti.» le disse Gretchen.

Senza staccare gli occhi da quegli fogli, Josie disse: «Non posso farci niente.»

«Provaci.»

Gretchen aveva ragione: quel bigliettino non li avrebbe aiutati a trovare il loro fuggitivo, né il bambino misterioso che aveva fatto quel disegno, né, allo stato delle cose, Mira Summers. Tutto ciò che aveva fatto era stato sollevare più domande che dare risposte, specialmente sulla natura quantomai curiosa e inspiegabile del luogo in cui era stato nascosto dato che, apparentemente, non si sarebbe detto affatto che valesse la pena nasconderlo perché nessuno lo avrebbe mai cercato. Doveva avere un significato per Mira che Josie non riusciva ancora a cogliere.

«Dico sul serio.» disse Gretchen. «Devi smetterla.»

Parlare le faceva ancora male, ma non quanto le avrebbe fatto male senza gli antidolorifici. «Non posso farci niente.» ribadì.

La porta si aprì di nuovo e questa volta la varcò Noah con il suo telefono e un blocco note tra le mani. Passandole accanto, le disse: «Smettila di ossessionarti.»

«Non può farci niente.» gli rispose Gretchen.

«Provaci.» disse Noah.

Josie si voltò e mise le mani sui fianchi con un movimento che non fece altro che provocare un dolore sordo alla spalla e alla mano. «Perché voi due non aprite un'attività di consulenza personale?»

La risata di Gretchen fu inghiottita dal rumore della porta che divideva la sala grande dalle scale che si apriva per la terza volta nel giro di venti minuti. Questa volta era Hummel, che teneva una cartellina infilata sotto il braccio. Josie rimase colpita da quanto apparisse diverso con la sua uniforme normale e non con la tuta di Tyvek. «Ah bene, siete tutti qui...» disse dirigendosi verso le loro scrivanie. Guardò la vecchia scrivania di Mettner, che ormai dovevano rassegnarsi a chiamare la scrivania di Turner, e la sua espressione si rabbuiò. «Quasi tutti...»

«Dimmi che hai qualcosa che ci permetterà di sbloccare il caso Summers/Carlson?» lo pregò Gretchen.

«Magari...» disse Hummel con un sospiro e tirò fuori il telefono. «Che scemo... avrei dovuto portare del caffè per attutire il colpo.»

«Di sicuro non può essere tanto grave...» si augurò Josie. «A meno che tu non abbia potuto rilevare le impronte dalla busta e dal suo contenuto che abbiamo trovato a casa di Mira Summers ieri sera.»

«No, no, le ho prese.» la rassicurò Hummel. «Ma non credo che sia molto utile. Anzi, c'è il rischio che confonda ancora di più le cose. Purtroppo, niente di quello che vi ho portato oggi ci permetterà di localizzare Seth Lee, il bambino e nemmeno Mira Summers.»

Josie cercò di non lasciar trasparire la sua delusione.

Noah si appoggiò alla sedia della scrivania e ripiegò le braccia sul petto. «Che cosa puoi darci?»

«L'unica serie di impronte che ho potuto rilevare dalla busta che abbiamo trovato sul fondo di quel cassetto - inclusi l'opuscolo e il bigliettino – sono di Mira Summers...»

«E questo c'era da aspettarselo...» commentò Josie.

«...e di April Carlson.»

«Questa invece è una sorpresa.» esclamò Josie.

La sedia di Gretchen scricchiolò di nuovo. «È stata April Carlson a dare quell'opuscolo a Mira Summers?»

Hummel rispose con una scrollata di spalle. «Ascoltate, io mi limito a esaminare le prove. Non posso dirvi chi ha fatto che cosa, ma su quei pezzi di carta ho rilevato le impronte di entrambe le donne.»

È qui. Dobbiamo dirlo.

Non importava se non avevano modo di sapere quanto fosse vecchio quel messaggio, ma che fosse stata April Carlson ad averlo consegnato a Mira Summers era una certezza. Non si poteva dire lo stesso del motivo. In quali circostanze April Carlson e Seth Lee si erano conosciuti? E lei come faceva a sapere che lui aveva un bambino? La risposta più ovvia era che April doveva averli conosciuti entrambi quando lavorava come insegnante, eppure le indagini approfondite della detective Loughlin sulla scomparsa di quella donna non avevano dimostrato che sussistesse alcun collegamento con Seth Lee e nemmeno con Mira Summers. Difatti, nessuno dei due nomi compariva nel fascicolo sul suo caso e Josie lo sapeva bene perché aveva controllato due volte.

«C'è anche dell'altro.» annunciò Hummel prendendo la cartellina da sotto il braccio, mettendola sulla scrivania di Noah e aprendola per rivelare diverse fotografie che distribuì davanti a loro. «Ho osservato da vicino le tracce degli pneumatici della scena del crimine ai Sentieri Tranquilli. Ho un amico al laboratorio di Stato che è un esperto di tracce di pneumatici e gli ho chiesto di darmi conferma dei miei risultati, cosa che ha fatto.» Puntò un dito sulla prima foto. «Queste tracce sono compatibili con un tipo di pneumatico chiamato XDA5, distribuito da un'azienda del settore con sede a New York. Sono prodotti specificamente per i veicoli commerciali. Nessuno dei veicoli registrati a nome di Rebecca o Jonathan Lee o alla proprietà dell'Accademia usa questo particolare pneumatico. In compenso, queste tracce corrispondono a quelle che la Polizia di Stato ha trovato vicino all'auto di April Carlson dopo la sua scomparsa dalla Route 80...» passò a indicare un'altra serie di foto. «Badate, non sto dicendo che sono gli pneumatici dello stesso veicolo, ma solo che ne sono state trovate tracce dello stesso tipo in entrambe le scene.»

«Il che significa che c'è la possibilità che su entrambe le scene fosse presente la stessa persona.» disse Gretchen.

«Esatto.» rispose Hummel. «Ma sono molti i mezzi di quella classe che usano questo tipo di pneumatici, per questo non c'è modo di essere sicuri che si tratti dello stesso veicolo.»

«Hai detto bene.» disse Noah. «Questi sono ottimi risultati. Il problema è che non ci indicano una direzione e ora abbiamo tre persone da trovare.»

Hummel sospirò. «Ve l'avevo detto.»

«Cos'altro hai scoperto?» gli domandò Josie, intuendo che doveva esserci dell'altro. Hummel non era mai il tipo propenso a indugiare. Detto fatto, prese il telefono e tirò fuori una foto per mostrarla a tutti e tre. Josie si strinse accanto a Noah per guardarla meglio. «Questo è uno dei ciuffi di pelo che abbiamo trovato sui vestiti di April Carlson sul luogo dell'incidente.» spiegò a Noah.

«Non sono né peli né capelli.» sentenziò Hummel, mostrando il telefono a Gretchen in modo che anche lei potesse dare un'occhiata. «Dal laboratorio mi dicono che non sono riusciti a capire cosa possano essere. Però sono riusciti a escludere che siano peli di animale e tantomeno capelli umani.»

«Allora non può essere altro che una fibra di qualche tipo.» dedusse Gretchen.

Hummel scosse la testa. «No, perché non è sintetico.»

«Ma allora che diavolo è?» chiese Noah.

«Oh, ne so quanto voi...» ammise Hummel.

«Mandami quella foto.» gli disse Josie.

Lui girò il telefono verso di sé e gliela inviò. «Il laboratorio farà altre analisi per cercare di capire cos'è, ma ci vorrà un po' di tempo.»

Quando ricevette la foto, Josie si prese un attimo per fissarla prima di dire: «Se non è sintetico e non è né umano né animale, deve essere per forza vegetale. Proverrà da un albero o da una pianta...»

«Sembra l'unica alternativa...» convenne Gretchen. «Ma cosa può essere? A voi non sembrano quei pelucchi del dente di leone?»

«No.» disse Josie scuotendo la testa. «Sono troppo spessi rispetto a questo.»

«Eppure sembrano proprio ciuffi di pelo.» rifletté Noah. «Lanugine molto corta e ruvida. Ricordate quando Dougherty aveva quell'husky siberiano? Che perdeva tutti quei bei ciuffi di pelo quando lo spazzolava ogni giorno e gli finivano tutti sull'uniforme? A me ricorda proprio quello, solo che il pelo dell'husky è più lungo.» Si avvicinò e appoggiò la mano sul fianco di Josie. «La nostra appassionata di botanica non sa cosa può essere?»

Lei gli sorrise. «Va un po' fuori dalla mia area di competenza...»

«Se questa roba è una specie di pianta o qualche sostanza vegetale...» disse Gretchen, «quale sarebbe il modo più rapido per scoprire di cosa si tratta?»

«Chiederlo a un vero botanico.» suggerì Josie.

«Fatemi sapere cosa scoprite.» li pregò Hummel. «Sarebbe un'informazione utile da mettere da parte per eventuali casi futuri. Per ora non ho altro...»

Dopo che se ne fu andato, Gretchen si alzò in piedi e stiracchiò le braccia sopra la testa. «L'unica testimone che avevamo è stata rapita. Il nostro principale sospettato è ancora a piede libero. Nessuno degli indizi che abbiamo raccolto finora ci ha fornito indicazioni su dove trovare l'uno o l'altra. Non abbiamo ancora idea dell'identità del bambino che ha fatto quel disegno né di come il nostro sospettato sia arrivato a tenere un bambino con sé. Rintracciarlo al suo ultimo indirizzo conosciuto è stato un fallimento. Sappiamo che si incontrava regolarmente con la già menzionata unica testimone alla bancarella di prodotti ortofrutticoli del fratello, ma non abbiamo idea di quale sia il suo collegamento con la nostra vittima, né del motivo per cui l'abbia rapita per poi segregarla chissà dove per un anno intero.»

Josie guardò di nuovo le foto appese alla bacheca di sughero. Il disegno. Il volto di Seth Lee. La cartina dell'Accademia Equestre con i suoi sentieri che Gretchen aveva realizzato con le stampe di Google Maps. La busta criptica con l'opuscolo e il bigliettino. Gretchen aveva pienamente ragione: non c'era elemento di quel caso che non si presentasse disarticolato, fuori posto e incompleto. Avevano un disperato bisogno di un collante che tenesse insieme tutti i pezzi mal incastrati. «Ribadisco...» disse. «Dovreste fare i consulenti personali o magari i preparatori motivazionali.»

Noah non alzò lo sguardo dal computer, ma ridacchiò.

Gretchen disse: «Invece lo chiedo io a te: da dove dovremmo ripartire?»

Josie si allontanò dalla lavagna. «Da dove tutta questa storia ha avuto inizio.»

TRENTATRÉ

Nel giro delle due ore e mezza successive Josie si ritrovò seduta sul sedile del passeggero dell'auto di Gretchen intenta a guardare il paesaggio che scorreva davanti a loro lungo la strada per raggiungere una piccola cittadina della contea di Bucks chiamata Riddick. Era poco distante da Doylestown, dove l'ultimo indirizzo conosciuto di Seth Lee non aveva portato ad alcun risultato. Era anche a meno di mezz'ora dalla città natale di April Carlson, Hillcrest. Gretchen svoltò in quella che doveva essere la strada principale di Riddick dove su entrambi i lati del vialone si affacciavano le vetrine dei negozi ospitati in vecchi fabbricati in mattoni. A intervalli regolari comparivano fioriere, panchine e lampioni di metallo nero.

«È molto più carino dei grandi magazzini e dei tre centri commerciali che abbiamo visto lungo la strada.» osservò Gretchen.

«Hai ragione...» convenne Josie a bassa voce, nel tentativo di risparmiare la voce per le domande che avrebbe fatto a breve.

Da ogni lampione pendevano gli stessi volantini che avevano già visto attaccati alle vetrine di vari esercizi commerciali su cui era stampata un primo piano del volto di un agente in uniforme, con il cappello posizionato alla perfezione e che sorrideva con rigido formalismo per la foto ufficiale del dipartimento. Josie non aveva bisogno di leggere il nome soprastante per capire che era l'agente di cui aveva parlato Heather Loughlin: quello con cui April Carlson aveva avuto un paio di appuntamenti prima di scomparire. Shane Foster. Sopra la sua testa si leggeva a caratteri cubitali la parola SCOMPARSO. Sotto il suo volto c'erano una data, che risaliva a quasi tre anni prima, la didascalia "*Mai dimenticato*" e sotto ancora la scritta "*Dipartimento di Polizia di Hillcrest*" con riportato un numero di telefono.

«Credo che ci siamo...» annunciò Gretchen svoltando in una stradina residenziale.

Nel giro di cinque minuti si trovarono davanti a una piccola casa a un solo piano. Anni di sporcizia si erano aggrappati alla facciata, un tempo bianca. La striscia d'erba che fungeva da cortile era alta e incolta. A parte un unico vaso di variopinti fiori primaverili sul gradino d'ingresso, a prima vista si sarebbe detto che non ci vivesse nessuno. Ma quello era proprio l'indirizzo che avevano trovato come residenza dei genitori di Mira Summers e Josie ne aveva avuto conferma dalla madre, Carol Summers, quando aveva chiamato per organizzare l'incontro. Avevano deciso di iniziare da lì e di andare a Hillcrest in un secondo momento per parlare con i genitori di April. Josie non era nemmeno sicura di cosa sperassero di ottenerne: riponeva le speranze in qualcosa che collegasse Mira Summers, April Carlson e Seth Lee, un indizio che potesse condurli all'identità del bambino la cui richiesta di aiuto era finita nelle mani di una donna che era stata ridotta alla fame e poi uccisa.

Josie si asciugò il sudore che le bagnava la nuca e bussò alla porta. Sentì del movimento all'interno e poi la porta si aprì, rivelando una donna sulla settantina, di bassa statura e con una chioma di capelli bianchi e fragili che le incorniciava il viso segnato dal tempo. «Siete le agenti che hanno chiamato prima?»

«Sì.» confermò Gretchen.

Le mostrarono i loro distintivi, che la donna esaminò frettolosamente e poi fece loro cenno di entrare. L'odore stantio di sigaretta colpì Josie come uno schiaffo. Sul tavolino da caffè c'era un posacenere di ceramica azzurro pieno di mozziconi, tra i quali spuntava una sigaretta accesa, che bruciava ancora rilasciando spire di fumo; la madre di Mira Summers si avvicinò al divano grigio e malandato e la prese, tirando una lunga boccata. «Accomodatevi dove preferite.»

L'unico altro pezzo d'arredamento di quell'angusto soggiorno era una poltrona marrone che nell'aspetto si mostrava ancora più vecchia del divano, con tanto di cuscini deformati. Josie dubitava seriamente che fosse abbastanza robusta da sostenere un essere umano e Gretchen sembrava essere della stessa idea, per questo andò a mettersi accanto a Mrs. Summers sul divano, assicurandosi però di non impedirle di vedere il televisore dall'altra parte della stanza che stava trasmettendo un gioco a premi. Josie mantenne la sua posizione a pochi metri da Gretchen.

Mrs. Summers sospirò. «Come vuole. Stia pure in piedi. Non m'importa. Allora, siete qui per parlare di Mira?»

«Sì.» disse Josie. Si guardò intorno. Un muretto divisorio separava il soggiorno dalla cucina, praticamente vuota. «Avrà visto al notiziario...»

«Non guardo mai il notiziario.» la interruppe Carol Summers. «Lo trovo troppo deprimente. Ormai saranno dieci anni che non lo guardo.»

«Allora può darsi che abbia visto su qualche social che...» iniziò Gretchen, ma Mrs. Summers interruppe anche lei. «Nemmeno con quelli ci perdo molto tempo.»

Josie stava per chiederle se per caso aveva saputo del rapimento di Mira dai suoi amici, sempre supponendo che la notizia si fosse fatta strada fino alla contea di Bucks, ma riflettendoci su non aveva l'impressione che Carol Summers fosse il tipo di persona che aveva molti amici. «C'è suo marito in casa?»

Mrs. Summers emise una risata dura. «Mio marito è morto. La mia unica speranza è che nostro Signore abbia consegnato la sua anima alle porte dell'inferno!» e con le due dita che stringevano la sigaretta si fece il segno della croce, prima di ridere di nuovo.

Josie non aveva bisogno di guardare Gretchen per capire che anche lei era a corto di parole per risponderle e l'unico tentativo che Gretchen riuscì a fare fu ricorrere alla solita frase di circostanza: «Mi... dispiace per la sua perdita.» ma le venne fuori come una domanda più che un'espressione di condoglianza.

Mrs. Summers agitò la sigaretta con fare liquidatorio, facendo ondeggiare le scie di fumo a destra e a sinistra. «Non deve dispiacersi. Gordon era un bastardo. Un vecchio bastardo e cattivo. Magari Mira vi avrà detto che mi picchiava a sangue. Invece, a lei non l'ha mai neanche sfiorata con un dito. Non riesco ancora a capire perché, ma quella puttanella se ne stava lì a guardarlo mentre mi picchiava fino a ridurmi a macchie nere e blu dalle dita dei piedi alla punta dei capelli senza mai alzare neanche la voce.»

Josie non poté fare a meno di provare un moto di compassione per Mira. Non c'era da stupirsi che non parlasse con i suoi genitori. Il livello di disfunzione della famiglia Summers raggiungeva il parossismo. Come poteva la madre di Mira aspettarsi davvero che la figlia cercasse di fermare le violente aggressioni del padre quando era appena una bambina? Cero, a meno che non si riferisse a quando la figlia era già adulta.

«Quando è morto suo marito?» si informò Josie tirandosi su il colletto della polo per cercare di coprire i lividi che si era procurata nella colluttazione dell'altra sera.

«Ormai sono passati cinque anni. Che possa marcire all'inferno per l'eternità.»

Perciò era successo molto prima che Mira lasciasse la contea di Bucks per trasferirsi a Denton.

«Quando è stata l'ultima volta che ha parlato con sua figlia?» le chiese Gretchen.

«Non lo so. Saranno passati quattro anni. Lei non ci parla più con me e per me va bene così. Non mi sorprende che siate qui. Che cosa ha combinato?»

«Sua figlia non ha combinato niente.» si affrettò a chiarire Gretchen. «Domenica scorsa ha avuto un incidente d'auto dopo aver subito un'aggressione all'arma bianca. Poi, ieri, è stata rapita dallo stesso uomo che crediamo l'abbia accoltellata. In realtà abbiamo motivo di pensare che si conoscessero. È stato emesso un mandato di cattura, ma non siamo ancora riusciti a rintracciarlo.»

Intanto che Gretchen parlava, Josie tirò fuori il suo telefono e recuperò una foto di Seth Lee e lo girò verso Mrs. Summers in modo che potesse vederlo. «Seth.» disse immediatamente e poi, scuotendo la testa, rivolse la sua attenzione alla televisione e aggiunse: «Che dannato bastardo fuori di cervello. Non mi sorprende per niente. Era solo questione di tempo prima che tentasse di farla fuori. Gliel'avrò detto e ridetto un milione di volte. E pensate che mi abbia mai dato retta? Certo che no! Beh, questo è ciò che si merita.»

Ancora una volta, l'insensibilità di quella madre nei confronti della propria figlia suscitò in Josie un effetto sconcertante. Infilando in tasca il telefono, le chiese: «Può dirci come si sono conosciuti Mira e Seth?»

Mrs. Summers scoppiò in una risata priva di umorismo. «Oh, lei non ve lo ha detto, eh? E figuriamoci se avrebbe mai avuto il coraggio di ammetterlo. Sono una coppia. Lui ha esercitato una grossa influenza su di lei fin da quando Mira aveva diciotto anni. Infatti, subito dopo essersi conosciuti, lei è partita con lui ed è stata via per quasi quattro anni. E in tutto quel tempo non ho avuto sue notizie nemmeno una volta. Un giorno è tornata senza preavviso ed è rimasta per un po'. È sempre stato un tira e molla tra quei due. E ogni volta che si lasciavano, alla fine mia figlia tornava da lui. Non le importava se lui la malmenava o se la tradiva. Non le importava quali stramberie lui voleva indurla a commettere, cose del tipo mangiare solo cibo che lui stesso coltivava in un terreno speciale, o trasferirsi in un capanno nella proprietà di una persona a caso purché non ci fosse corrente elettrica, perché, in questo modo, capite, se non c'è corrente elettrica, le autorità non potevano piazzare le loro telecamere per spiarlo.» A questo punto la sua risata divenne profonda e andò avanti per un bel po', tenendosi la pancia e scuotendosi tanto che le cadde la cenere dalla sigaretta. Quando le passò, la sua espressione si indurì e, facendo un altro tiro, disse: «Lasciate che vi dica una cosa su mia figlia e il suo prezioso fidanzato: qualunque cosa le abbia fatto, mia figlia se l'è andata a cercare.»

Josie si sforzò di trattenere un'espressione di sgomento. Gretchen si affrettò a tirare fuori la penna e il blocchetto degli appunti e Josie capì che anche lei stava cercando di non dare a vedere la propria reazione.

Ma a Mrs. Summers non sfuggì nulla. Spense la sigaretta e si appoggiò allo schienale del divano. «So a cosa state pensando: che sono una madre sciagurata. Com'è possibile che dica queste cose della mia stessa figlia? Ma lasciate che vi dica un'altra cosa: quando Mira si è fatta grande, quando Mira è diventata adolescente, si è messa d'impegno nel giudicarmi per essere rimasta con suo padre, nonostante lui mi pestasse come un matto ogni volta che ne aveva l'occasione. Quella ragazzina non ha mai capito come stavano le cose. Faceva una marea di storie sul perché non me ne andassi e basta o sul perché non avessi mai chiamato la polizia. Non aveva fatto abbastanza esperienza in questo mondo per capire da sola come funzionano situazioni come queste. Era sempre stato mio marito ad avere accesso a tutti i nostri risparmi. Non mi lasciava mai lavorare. Non potevo uscire di casa e trovarmi un lavoro e un altro posto dove vivere. E come ci sarei riuscita se non sapevo fare niente, se non avevo neanche un soldo bucato? Ho chiamato la polizia un paio di volte quando Mira era piccola, ma non avevo altro posto dove andare se non questo. Come potevo sporgere denuncia? Tanto che una volta mi ha detto che mi avrebbe ammazzata se avessi continuato in quel modo. Che ogni volta che avessi chiamato gli sbirri, lui mi avrebbe spezzato un osso. Non aveva nessuna paura della polizia.»

Cercò il pacchetto di sigarette sul tavolino, ne tirò fuori una e puntandola come fosse un dito, continuò: «Da giovane era stato nell'esercito. Pensava che questo lo rendesse un duro. Non c'era uomo al mondo che potesse intimidire Gordon. A dire il vero, sono convinta che avrebbe sparato a qualsiasi agente di polizia che si fosse presentato a casa nostra per arrestarlo per avermi picchiato. Me lo sentivo. Prima avrebbe fatto fuori chiunque avesse cercato di mettergli le manette ai polsi e poi sarebbe stato il mio turno. Sicuro come il sorgere del sole, in un modo o nell'altro, mi avrebbe tolta dal mondo e fine della storia.» «Mi dispiace tanto, signora...» disse Gretchen.

Mrs. Summers trovò il suo accendino sotto una rivista scandalistica e si accese la sigaretta, inspirando profondamente. «Non occorre che lo dica. Io sono qui e lui no. Tornando a noi, dopo quattro anni passati con quel Seth, Mira è tornata a casa con un occhio nero. Quando le ho chiesto: "È stato lui a farti quello?" lei mi ha risposto di no, ma dalla sua faccia capivo che invece ci avevo preso. Allora le ho detto: "Beh, quando si dice che il bue che dà del cornuto all'asino, eh?" Poi le ho chiesto se aveva intenzione di piantarlo perché la picchiava e lei è scoppiata a piangere. Ha cercato di dirmi che tra loro due non era la stessa cosa che tra me e suo padre, perché Seth non voleva davvero picchiarla ed erano innamorati...» e la parola "innamorati" Mrs. Summers la pronunciò come se fosse una sorta di battuta a effetto e poi scoppiò di nuovo a ridere.

Gretchen prese alcuni appunti. «Suo marito che cosa ne pensava di Seth Lee?»

«A Gordon non piacevano un sacco di persone, ma nei primi tempi Seth gli andava a genio. In particolare, gli piaceva che fosse stato nell'esercito. Del fatto che picchiava sua figlia non gliene fregava niente. D'altra parte, le mogli e le fidanzate servono a questo, no? Ma poi Seth ha iniziato a comportarsi in modo strano. Non faceva altro che ripetere che Gordon era coinvolto in qualche macchinazione, che i suoi vecchi comandanti nell'esercito dovevano "metterlo a tacere" e che Gordon faceva parte della loro piccola rete di spionaggio. Beh, così com'era iniziata, è andata a finire che Seth non era più il benvenuto in casa nostra e non molto tempo dopo se n'è andata pure Mira, perché Seth aveva insistito, suppongo. Finiva sempre che faceva tutto quello che lui le diceva di fare. Qualsiasi cosa. Non importava quanto fosse ridicola. Ma di tanto in tanto lei tornava qui quando erano ai ferri corti o quando lui scompariva.»

«Come sarebbe a dire che "scompariva"?» domandò Josie.

Mrs. Summers fece un altro bel tiro, questa volta trattenendo il fumo nei polmoni per qualche secondo prima di buttarlo fuori per rispondere. «Scompariva. Se ne andava e basta. Non le diceva mica dove andava, anzi, diceva proprio che non era "sicuro" che lei ne fosse al corrente. Potevano passare mesi. Potevano passare anni. Poi un giorno riappariva e lei se lo riprendeva subito.»

Josie chiese: «Sa se Seth aveva figli?»

«Diavolo, no.» rispose Mrs. Summers tossendo. «Ma ve lo immaginate? No, affatto. Mira voleva dei bambini a un certo punto, ma lui non li ha mai voluti. Pensava che, se avessero avuto dei figli, il governo o l'esercito sarebbero venuti a portarglieli via.»

Gretchen chiese: «Per caso sa dove andava Seth nei periodi in cui "scompariva"?»

«No. Quello lì chi lo capisce è bravo.»

Allontanandosi da un altro pennacchio di fumo per non aggravare le condizioni della sua gola già irritata, Josie le chiese: «Quando è stata l'ultima volta che lo ha visto?»

«Non ne sono sicura. Sono passati diversi anni. Non è venuto al funerale di Gordon anche se Mira glielo aveva chiesto, quindi sicuramente da prima.»

Vedendo che Gretchen sbatteva le palpebre un paio di volte, Josie si accorse che le si stavano arrossando gli occhi, indubbiamente a causa della nuvola di fumo che le avvolgeva e si chiese se sarebbe stato scortese chiedere a Mrs. Summers di aprire la finestra.

«Mrs. Summers...» disse Gretchen. «Quando gli agenti sono intervenuti per l'incidente stradale in cui è rimasta coinvolta sua figlia, hanno trovato una donna sul sedile del passeggero. Era deceduta. Si chiamava April Carlson e un tempo viveva a Hillcrest. Sua figlia ci ha detto che non la conosceva e che non l'aveva mai vista prima, ma magari a lei questo nome ricorda qualcosa...»

«State parlando della sorellastra di Mira?»

Josie si scambiò un'occhiata sbalordita con Gretchen prima di voltarsi di nuovo verso Mrs. Summers. «April Carlson era la sorellastra di Mira?»

«Precisamente. Quella con la famiglia ricca che non ha mai smesso di piangersi addosso per la sua scomparsa da un anno a questa parte.» commentò Mrs. Summers roteando gli occhi. Le cadde altra cenere in grembo e la spazzolò via. «Ne ho sentito parlare ovunque sia andata. Qui la gente scompare in continuazione. Guardate quell'agente di polizia. Non lo hanno mai ritrovato.»

Gretchen girò una pagina del suo taccuino. «Come fa a sapere che April Carlson era la sorellastra di Mira?»

Mrs. Summers sospirò, come se stesse iniziando ad annoiarsi di quella conversazione. «Mio marito ha avuto una relazione prima di sposarsi con me, ma la sua prima ragazza è stata abbastanza intelligente da stargli alla larga non appena è rimasta incinta. Si è trasferita in una città vicina e ha sposato un altro uomo. Un brav'uomo con un buon lavoro che l'ha trattata molto bene; ma non ha mai voluto che la bambina scoprisse chi era il suo padre biologico e, secondo me, è stata una mossa furba. Immagino, però, che quando la bambina è cresciuta, abbia voluto sapere la verità e alla fine la madre deve avergliela detta, perché un giorno si è presentata qui con un milione di domande. Potete immaginarvi come ci è rimasta male quando ha incontrato mio marito...»

Mrs. Summers scoppiò in un'altra risata, lunga e intensa, finché un attacco di tosse la costrinse a smettere. Si batté sul petto con la mano libera prima di riprendere. «Non si è fatta più vedere, ma lei e Mira si sono tenute in contatto anche dopo la morte di Gordon. Mira non lo ha mai ammesso, ma io ho sempre sospettato che sia stata April ad averle procurato quel lavoro alla Scuola Elementare di Hillcrest. È stato allora che ha smesso di parlarmi del tutto. Ma mi sembra chiaro che quel lavoro non le sia servito a molto, se è finita dalle vostre parti. Così va il mondo.»

TRENTAQUATTRO

La casa dove viveva la famiglia di April Carlson era l'opposto di quella della famiglia di Mira Summers in tutto e per tutto. Tanto per cominciare, era dieci volte più grande e troneggiava su un generoso lotto di un ettaro e mezzo con l'erba del prato meticolosamente tagliata; poi, due file di siepi accuratamente potate fiancheggiavano il lungo vialetto e la passeggiata d'ingresso.

Avevano chiamato in anticipo e la madre di April, Teresa Carlson, le stava aspettando sulla porta, tenendola aperta per loro, in modo che potessero entrare senza dover bussare o suonare il campanello. Josie fu subito colpita dalla somiglianza tra madre e figlia così come Josie l'aveva vista nella foto, in piena salute. I lunghi capelli della madre erano argentati, ma gli occhi chiari, gli zigomi alti e la bocca ampia erano identici a quelli della figlia. L'unica altra differenza erano i segni di lacrime lasciate da un pianto recente. Indossava un maglione di cachemire attillato e pantaloni neri e incedeva con atteggiamento regale mentre faceva loro cenno di procedere attraverso l'enorme ingresso per raggiungere il retro della casa. La cucina era grande il doppio dell'intera casa di Mrs. Summers, con piani di lavoro in marmo e un'isola dove Teresa Carlson fece loro cenno di accomodarsi. A ricoprire la superficie c'erano pile di volantini con il volto dell'agente Shane Foster che le fissava di nuovo. Mrs. Carlson si affrettò a trasferirli sul tavolo da pranzo.

«Scusate...» disse, «sto aiutando i Foster a distribuire questi volantini. Il terzo anniversario dalla scomparsa di Shane è alle porte e, dopo quello che abbiamo passato con April, ho pensato che se fossi riuscita a dare il mio sostegno a un'altra famiglia a superare un momento del genere, mi sarei anche data uno scopo.» Fece una pausa per fissare la foto del giovane agente disperso. «April è uscita un paio di volte con lui, sapete? Proprio prima che sparisse.»

«La detective Loughlin ce lo ha detto.» confermò Josie mentre lei e Gretchen prendevano posto su uno sgabello, rallegrandosi che stavolta non dovessero fare i conti con un ambiente saturo di fumo. Aveva mandato giù altre due pasticche di ibuprofene durante il viaggio in macchina, ma sentiva ancora dolore alla gola e in generale un po' in tutto il corpo. Il lato positivo era che né Mrs. Summers né Mrs. Carlson avevano fatto commenti su quella raucedine persistente nella sua voce. Intanto la madre di April finì di trasferire gli ultimi volantini dall'isola al tavolo con un sospiro. «April era così distrutta. L'ha presa proprio male. Credo che Shane le piacesse davvero molto.»

In un angolo della stanza, su un tavolino c'era una grande foto incorniciata di April, la stessa che era stata usata per il manifesto di scomparsa e per il servizio del notiziario. Era circondata da candele spente. Mrs. Carlson si avvicinò alla foto come se la stesse chiamando. Passò un dito sul viso della figlia. La sofferenza che si coglieva in quel gesto diede una stretta al cuore di Josie.

«È una bellissima foto.» si complimentò Gretchen.

Senza distogliere lo sguardo dal viso della figlia, Mrs. Carlson disse: «È la mia preferita. È stata scattata il giorno in cui ha compiuto trentacinque anni. Mia madre le aveva regalato il braccialetto che indossa, che prima apparteneva a lei. April ne era rimasta commossa e lo portava sempre, finché non lo aveva perso. Poi lo ha ritrovato, grazie a Dio, ma da allora non lo ha più indossato, perché era troppo prezioso. Proprio come lo era lei...»

Il silenzio che ne seguì si prolungò a lungo e dato che non sembrava giusto dover interrompere un momento in cui la madre ricordava la figlia, decisero che potevano aspettare. Alla fine, Mrs. Carlson si asciugò le guance con i palmi delle mani, si voltò verso di loro e fece un sorriso velato dal pianto. «Comunque, c'è niente che posso offrirvi? Un po' d'acqua? Un caffè? Qualcosa da mangiare? Mio marito ieri ha portato a casa dei dolcetti dalla nostra pasticceria locale.»

«No, non importa, Mrs. Carlson.» la ringraziò Gretchen. «Non vogliamo rubarle più tempo dello stretto necessario.»

Mrs. Carlson si strinse le braccia in vita. «Quando il medico legale della contea si è presentato qui per dirci...» e a queste parole si interruppe, colta alla sprovvista da un'altra crisi di pianto. Dalla manica del maglione spuntò un fazzoletto di carta con cui si asciugò di nuovo il viso. «Scusatemi tanto. Da quando ce lo hanno detto, non abbiamo smesso di piangere un attimo. Ci era chiaro che le cose non sarebbero finite bene già dopo due settimane dalla scomparsa di nostra figlia senza che ne venisse trovata traccia, ma com'è ovvio, una madre conserva sempre un briciolo di speranza. E Heather... la detective Loughlin, è stata a dir poco meravigliosa. È passata a trovarci quando abbiamo ricevuto la notifica del decesso per parlarci di tutto ciò che sapeva sul caso. Ora avete un sospettato. Quando mi avete chiamata l'altra sera per dirmelo, e poi ho visto la foto di quell'uomo, mi sono sentita... non so come dire... credo che mi essermi aspettata di riconoscerlo o qualcosa del genere. Mi è sembrato così strano che abbia preso di mira proprio April, senza un apparente motivo, ma immagino che sia solo perché volevo che prima la scomparsa e poi la morte di mia figlia avesse un senso. Ho avuto come la sensazione che, se quell'uomo l'avesse conosciuta e avesse avuto un motivo valido per fare ciò che ha fatto, per quanto perverso, non lo avrei affrontato con altrettanto dolore. Ma poi mi sono resa conto che se lo avessi riconosciuto e se il suo gesto fosse stato al contrario determinato da un motivo non casuale, mi sarei sentita comunque in colpa per non aver notato alcun segnale di allarme che mi avrebbe permesso di scongiurare il peggio. Il mio terapeuta dice che non ha importanza se è stato un evento casuale o premeditato, perché il risultato non cambia.»

Tirò un sospiro e si asciugò di nuovo il viso. «Perdonatemi, non vi servono tutte queste considerazioni per fare il vostro lavoro...»

Il dolore che si percepiva in quella donna era così vivo e palpabile che Josie sentiva il cuore andare in frantumi e aveva l'impressione di essere catapultata in quei periodi dolorosi della sua vita, in pieno lutto per le persone a lei più care, a cui erano seguiti mesi di interminabile ginnastica mentale per dare un senso a qualcosa che di sensato non aveva niente e per alleviare un dolore che non avrebbe mai dovuto esserci. Con il passare del tempo, Teresa Carlson avrebbe imparato a convivere con il fatto che nessuna di quelle manovre emotive avrebbe cambiato l'esito di ciò che era successo, né avrebbe attenuato quel senso di devastazione. Era una delle verità più dure della vita. «La capisco bene, Mrs. Carlson...» disse Josie, «la mia terapeuta mi ha detto la stessa cosa dopo che ho perso mia nonna.»

Mrs. Carlson si allungò oltre il piano dell'isola e accarezzò la mano di Josie. «La ringrazio.»

«Ci rendiamo conto che questo è un momento estremamente difficile per lei e per la sua famiglia.» si accodò Gretchen. «E l'ultima cosa che vogliamo fare è peggiorare le cose. Perciò, se preferisce, possiamo tornare in un altro momento.»

Mrs. Carlson sorrise tra le lacrime e agitò una mano, respingendo il suggerimento. «No, non occorre. Ho cercato di stare alla larga dai notiziari e dai social media, ma l'altro mio figlio mi ha detto che l'uomo responsabile della morte di mia figlia, Seth Lee, ha rapito un'altra persona proprio ieri. La donna che ha cercato di salvare April. Quindi voglio aiutarvi in ogni modo possibile.»

Gretchen appoggiò le mani sul bancone. «Lo apprezziamo molto.»

«Ci teniamo anche a precisare...» continuò Josie «che non siamo del tutto sicuri che quello che è successo a sua figlia sia stato casuale.» Al contrario, considerando che Seth Lee usciva con Mira Summers, che era la sorellastra di April Carlson, ce n'era abbastanza per essere più che sicuri che non era stato affatto casuale; avevano appena scoperto qual era il collegamento tra di loro, ma non potevano ancora spiegarsi perché Seth avesse rapito e ucciso April, né che ruolo avesse il bambino del disegno in tutta quella storia. E, tantomeno, chi fosse quel bambino. Su queste premesse, Josie fece un respiro profondo e poi si tuffò a capofitto nella linea di interrogatorio successiva: «Nel corso delle nostre indagini, siamo venuti a sapere che il padre biologico di April era Gordon Summers.»

Quel poco di colore che era rimasto sul volto della madre di April svanì di colpo. Barcollò leggermente, poi afferrò lo sgabello più vicino e vi si lasciò sprofondare sopra. «Dio santo, non ho più sentito il suo nome da quando... da quando April ha preteso di sapere chi fosse suo padre. È stato... almeno dieci anni fa. Ma perché mi chiedete di Gordon? È morto da molto tempo ormai.»

«Lei sa che April lo aveva cercato?» continuò Josie.

«Oh, assolutamente!» rispose lei portandosi le mani al petto. «Questo non è possibile. Dopo che le avevo detto la verità su quell'uomo, mi aveva promesso che non l'avrebbe mai fatto. A quel punto era già abbastanza grande per sentirla. Ero riuscita a malapena a sfuggirgli. L'unico motivo per cui non mi aveva portato in causa per ottenere la custodia di April era perché non poteva permettersi di pagarne le spese. Ma me l'avrebbe portata via se ne avesse avuto la possibilità. Non perché gli importasse di lei - non gliene è mai importato niente, se è per questo - ma per fare del male a me. Gordon era fatto così: era vendicativo ed era crudele. Una volta sposata con mio marito, Bill aveva fatto contattare Gordon da un avvocato. Ci vollero mesi, ma alla fine rinunciò ai suoi diritti di paternità e così mio marito poté adottare April. Ecco perché ha preso il cognome Carlson e non Summers. Nessuno è mai venuto a sapere che April non era figlia di Bill. Lo sapevamo soltanto noi due e i nostri figli. E anche loro non l'hanno saputo finché non sono diventati abbastanza grandi e hanno potuto capire perché Bill non c'era nelle foto di quando April era bambina prima che compisse due anni, più o meno. Oh, Dio del cielo...»

Si mise a ondeggiare di nuovo quando la piena consapevolezza della situazione la colpì. «Mira Summers. È la figlia di Gordon, vero? Sono stati i miei figli che me lo hanno fatto capire, ma dapprincipio ho detto che non era possibile, che Summers è un cognome abbastanza diffuso. Pensavo fosse solo una coincidenza. Oh, no. No, no. È tutto vero, quindi?»

Gretchen fece una smorfia. «Mi dispiace dirglielo, ma è così.»

Mrs. Carlson rimase in silenzio mentre digeriva quella risposta: era evidente che aveva fatto in modo di perdere qualsiasi contatto con il suo ex fidanzato e quindi non aveva scoperto che aveva avuto un'altra figlia. Per questo Josie le chiese: «Gordon non ha più provato a mettersi in contatto con lei, dopo aver rinunciato ai diritti di paternità?»

Mrs. Carlson scosse la testa. «No. Credo che l'avvocato di Bill lo avesse diffidato o che lui si fosse reso conto di aver perso il controllo che esercitava su di me e che non ne valeva più la pena. Ancora non riesco a credere che April lo abbia rintracciato. Sono stata onesta con lei quando ho deciso di raccontarle quello che mi aveva fatto: quando avevo detto a Gordon che ero rimasta incinta, mi aveva picchiato così forte che avevo rischiato di perderla! Le ho fatto promettere che non si sarebbe mai avvicinata a quell'uomo. Non credo che dopo tutti quegli anni lui avrebbe rappresentato una minaccia per lei, visto che era già adulta, ma ho pensato che non fosse una buona idea mettere mano a quel vespaio.»

«Sfortunatamente sembra che l'abbia fatto...» disse Gretchen, «e sembra che, stando a quanto ci ha raccontato la vedova di Gordon, benché April lo abbia incontrato una volta soltanto, sia stata sufficiente a dissuaderla dal mettersi in contatto con suo padre una seconda volta.»

«Non l'avrei mai sospettato.» sussurrò Mrs. Carlson. «Ricordo di aver visto il suo necrologio. Mi è capitato sottomano diversi anni fa, ma non ricordo quanti siano esattamente. April quando lo ha...»

«Non ne siamo proprio sicure...» disse Josie, «ma sappiamo che Gordon è morto cinque anni fa, quindi deve averlo incontrato poco prima.»

«Ricordo di essermi sentita davvero sollevata quando ho visto il suo necrologio, perché così April non avrebbe avuto la tentazione di incontrarlo. E pensare che mi sentivo così in colpa per non averle raccontato che era morto! E invece lei lo aveva già conosciuto. Non riesco proprio a crederci.»

«Quando April è scomparsa e la detective Loughlin ha iniziato le indagini, lei le ha parlato di Gordon?» si informò Gretchen.

«No, perché avrei dovuto? A quel punto Gordon era già morto da anni e, per quanto ne sapevo io, April aveva mantenuto la promessa di non mettersi mai in contatto con lui. Deve aver conosciuto l'altra figlia quando lo ha rintracciato, ma non me lo ha mai detto.» A queste parole cominciò a tremare vistosamente. «Non riesco a pensarci. Quella povera ragazza che ha subito il destino dal quale avevo salvato la mia April. Non riesco nemmeno a immaginarlo. Ho sempre sperato che a nessun'altra donna capitasse di sentirsi attratta da quel mostro... ma la vita non è mai così gentile, soprattutto con noi donne.»

«In tutti questi anni non è mai venuta a sapere che Gordon aveva messo su una nuova famiglia?» le chiese Gretchen con tono tinto di curiosità, ma dal quale trattenne ogni vena accusatoria. «Tanto più che i Summers non vivono molto lontano da qui. In una città diversa, sì, ma a una distanza tutto sommato ragionevole.»

«Lo giuro, non lo sospettavo minimamente. Non mi sono mai interessata a cosa ne fosse stato di Gordon Summers. L'unica cosa che mi interessava era stare alla larga da lui. Mi è capitato di incontrarlo, forse due o tre volte, in qualche negozio o in una stazione di servizio... e ogni volta l'ho semplicemente evitato. Ma, a parte queste eccezioni, le nostre vite non si sono più incrociate in alcun modo. Grazie a Dio. Aspettate...» Da un momento all'altro parve essere riemersa da qualche angolo del passato per tornare nel presente. «Se Mira e April erano nella stessa macchina quando... devono aver sviluppato una sorta di relazione dopo la morte di Gordon! Eppure, April non mi ha mai detto nulla. Neanche una parola. A nessuno di noi. Né a suo padre, cioè a mio marito, né ai suoi fratelli. Nemmeno con le sue amiche ne ha mai fatto parola, e la detective Loughlin ci ha interrogati tutti quanti e in modo molto approfondito.»

Il che significava che April aveva tenuto segreta qualsiasi forma di relazione e contatto che potesse aver avuto con Mira; se April lo avesse detto a uno qualsiasi dei suoi conoscenti, la notizia sarebbe potuta arrivare a sua madre e in un batter d'occhio il cognome di Mira le avrebbe suscitato dei sospetti. E infatti, gli altri figli dei Carlson avevano notato immediatamente il cognome di Mira, anche se viveva a Denton, a diverse ore di distanza.

«Che motivo avrà avuto di non dirmelo?» mormorò Mrs. Carlson, quasi tra sé e sé. Quella donna non si presentava proprio come il tipo che avrebbe lasciato che la rabbia prendesse il sopravvento su di lei. La spiegazione più probabile che si diede Josie era che April doveva aver mantenuto il segreto sulla sorellastra perché non voleva che sua madre rimanesse delusa scoprendo che aveva infranto una promessa, soprattutto una promessa così importante per lei. Josie non aveva avuto un'infanzia normale, ma sua nonna Lisette era stata la cosa più vicina a un vero genitore che avesse mai avuto e ricordava bene quanto ci rimaneva male ogni volta che finiva per deluderla; in uno qualsiasi di quei momenti avrebbe preferito di gran lunga affrontare la rabbia di sua nonna, piuttosto che doversi confrontare con la sua delusione.

Gretchen tirò fuori dalla tasca il suo blocchetto e la sua penna. «Non conosciamo la natura del loro rapporto. È tanto possibile che non si siano mai avvicinate molto quanto il contrario e che, in un secondo momento, ci sia stata una discussione di qualche tipo che ha messo fine alla storia.»

Una valida alternativa era che April avesse incontrato Seth, o avesse scoperto della sua esistenza, e avesse saggiamente deciso di voltarsi dall'altra parte e non di cercarlo più. Se non fosse che i fatti seguenti smentivano completamente questa ipotesi: si era trasferita in una città a mezz'ora di macchina da Denton. Più vicina a lui. Più vicina alla sorellastra. Eppure, per tutto il tempo in cui aveva vissuto a Newsham, April non aveva lasciato prove di essersi messa in contatto con nessuno dei membri della famiglia Summers.

«Anche se suppongo che, nel caso si fosse messa in contatto con la figlia di Gordon, non sarebbe stato difficile nasconderlo.» continuò Mrs. Carlson. «Dato che si è trasferita subito dopo aver finito l'università e ha iniziato a vivere per conto suo. Però, mi chiedo, se avesse sviluppato un'amicizia di qualche tipo con l'altra figlia di Gordon, la detective Loughlin non avrebbe trovato delle prove sul suo telefono?»

«I tabulati telefonici che la detective Loughlin è riuscita a ottenere risalgono solo a due anni fa.» le spiegò Josie. «Se, mettiamo caso, April e Mira avessero interrotto i contatti per un litigio prima di allora, non ci sarebbe stato nulla nei tabulati telefonici.»

«Poco fa lei ha detto che non pensa che il rapimento di April sia stato casuale.» ricapitolò Mrs. Carlson con la fronte aggrottata. «Cosa c'entra questo con Mira Summers?»

Josie si schiarì la gola. Gli antidolorifici stavano finalmente tornando a fare effetto, rendendole più facile parlare. «La vedova di Gordon ci ha detto che sua figlia usciva con Seth Lee, a quanto pare da diversi anni.»

Mrs. Carlson strabuzzò gli occhi. «E quindi se April ha stretto amicizia con Mira, allora può aver avuto contatti anche con Seth. Quindi, questo è un episodio di violenza domestica di qualche tipo, non è vero? Tra Seth e Mira. Era quello l'esempio con cui quella povera ragazza è cresciuta e che ha finito per farla infatuare di un uomo tale e quale a suo padre. E la mia povera April è rimasta coinvolta in questo ginepraio.»

«Stiamo ancora cercando di mettere insieme tutti i pezzi.» chiarì Gretchen.

A Josie tornò in mente il biglietto che April aveva lasciato a Mira sull'opuscolo dei Sentieri Tranquilli, e le chiese: «Che lei sappia, April è mai stata a Denton o nei dintorni?»

Mrs. Carlson scosse la testa. «No, non che io sappia. Non avevamo mai sentito parlare neanche di Newsham, dove aveva trovato lavoro. È vicino a Denton, da quello che so.»

«Sa se April era interessata all'equitazione?» le domandò Gretchen, avendo intuito la linea d'interrogatorio che Josie aveva deciso di intraprendere «Oppure sa se le interessavano i cavalli in generale?»

«Me lo state chiedendo per via di quel maneggio, dico bene? La detective Loughlin me ne ha parlato. Comunque, no, April non ha mai dimostrato alcun interesse per cose del genere. Amava gli animali, certo, ma era più una persona da cani o gatti.» Fece un altro sospiro. «Ancora non riesco a capire perché non si sia presa un cane quando si è trasferita a Newsham. Vivere in una città nuova e strana, tutta sola, senza una famiglia vicina.»

Josie tirò fuori il telefono e recuperò il disegno del bambino per mostrarlo a Mrs. Carlson. «Mi lasci aggiungere, come le ho accennato la prima volta che abbiamo parlato al telefono, proprio prima che comunicassimo le informazioni su Seth Lee alla stampa, che riteniamo che ci sia un bambino coinvolto in qualche modo. Questo disegno è stato trovato sulla scena dell'incidente. Per caso le dice qualcosa?»

Mrs. Carlson recuperò un paio di occhiali da lettura su un tavolo vicino e prese in mano il telefono di Josie. Scosse lentamente la testa continuando a guardare il disegno. «È un occhio?»

«Non ne siamo sicuri.» disse Josie.

«Purtroppo non posso esservi di aiuto.» disse Mrs. Carlson, restituendole il telefono. «Non so cosa pensare.»

Gretchen annotò qualcosa sul suo taccuino. «Penso che con questo abbiamo concluso le domande che avevamo da farle per oggi. Le siamo molto riconoscenti per il tempo che ci ha dedicato. Non appena avremo qualche informazione in più, le faremo sapere. Adesso dobbiamo andare alla Scuola Elementare di Hillcrest prima che la preside torni a casa. Abbiamo alcune domande di approfondimento da farle.»

«La scuola elementare di Hillcrest...» le fece eco Mrs. Carlson. «Conosco la preside. È una mia amica, Hope.»

Questo spiegava perché l'indagine di Heather Loughlin non aveva scoperto il collegamento tra April Carlson e Mira Summers attraverso la scuola. Se avessero reso noto il loro legame al lavoro, probabilmente la voce sarebbe arrivata a Teresa Carlson molto rapidamente.

«Mi ha chiamato quando la foto di quell'uomo ha iniziato a circolare...» aggiunse Mrs. Carlson. «Mi ha detto che aveva un'aria piuttosto familiare, ma non riusciva a capire dove potesse averlo visto. Voleva sapere se qualcuno di noi lo avesse riconosciuto ma, come vi ho detto, io non l'ho riconosciuto. Né mio marito né gli altri miei figli.»

In quel momento il campanello suonò e Mrs. Carlson guardò l'orologio sulla parete. «Questa deve essere la mia vicina con le candele e tutto il resto per la veglia. La settimana prossima terremo una veglia per l'agente Shane Foster, in occasione dell'anniversario della sua scomparsa. Se volete scusarmi...»

Una volta che ebbe lasciato la stanza, Gretchen batté la penna sul blocco note e fece vedere a Josie lo schemino che aveva disegnato, con tanto di nomi e frecce.

Josie le disse: «Vedo che stai pensando quello che penso io.»

«Che probabilmente possiamo scoprire quello che ci serve sapere facendo fare alla preside una o due semplici ricerche. La Scuola Elementare di Hillcrest è una scuola pubblica, giusto?»

«Esatto.» confermò Josie. «Le scuole pubbliche di solito ci danno informazioni senza farci richiedere un mandato o altro.»

«Ma solo nella nostra giurisdizione. È il caso che prepariamo una richiesta per la documentazione della Scuola di Hillcrest, nel caso ce ne fosse bisogno.»

Josie annuì. «Ci vorrà un po' di tempo, soprattutto se lo facciamo fare a Turner. La giornata scolastica sta per finire.»

«Sono desolata...» disse Teresa Carlson, rientrando nella stanza.

«Non c'è alcun problema.» la rassicurò Gretchen con aria cordiale. «Ci chiedevamo se potesse fare una cosa per noi prima che ci rimettiamo in cammino.»

«Certo, qualsiasi cosa.» rispose Mrs. Carlson.

«Le dispiacerebbe chiamare la sua amica, la preside della Hillcrest, e chiederle di trattenersi fino a tardi per parlare con noi?» le domandò Josie. «Se glielo chiede lei, potrebbe facilitarci le cose.»

TRENTACINQUE

Come promesso, poco meno di un'ora più tardi, quando arrivarono alla Scuola Elementare di Hillcrest, trovarono la preside Hope Bailey ad aspettarle. Era in piedi davanti all'ingresso principale del tentacolare edificio in mattoni, accanto a un'imponente asta portabandiera. Era slanciata e aveva una postura ben eretta. Aveva i capelli biondi, tagliati a sfiorarle le spalle. Indossava una semplice camicetta bianca e un paio di pantaloni neri che, nell'insieme, le conferivano un aspetto ufficiale, ma anche alla mano. Riuniti in un ultimo drappello, alcuni scolaretti corsero verso le auto dei genitori, salutandola con ampi cenni. Le polo della polizia di Denton di Josie e Gretchen e le pistole che portavano alla cintura attirarono qualche sguardo preoccupato, ma la preside si limitò a sorridere con aria brillante al gruppetto di ritardatari, come per far intendere che non c'era nulla di cui preoccuparsi. Una volta che tutti i bambini se ne furono andati, fece entrare Josie e Gretchen all'interno dell'edificio. Josie si aggiustò di nuovo il colletto per coprire i lividi che le segnavano la gola. Poi si concentrò sulla preside, studiandola via via che le conduceva in un lungo corridoio tappezzato di disegni fatti dai suoi alunni. La preside

Bailey era più giovane di quanto Josie si aspettasse. Teresa Carlson aveva più di settant'anni, mentre la donna che avevano di fronte ne dimostrava una cinquantina.

La preside le condusse in un ampio ufficio allegramente decorato con manifesti motivazionali. Uno di questi, estremamente variopinto, annunciava: *Oggi è un ottimo giorno per scoprire qualcosa di nuovo!* Non avrebbe potuto essere più appropriato, dato che Carol Summers le aveva lasciate tutte e due di stucco rivelando che Mira e April erano sorellastre. A quel punto, potevano solo sperare che avrebbero scoperto ulteriori informazioni prima di lasciare la scuola di Hillcrest e che queste le avrebbero aiutate a individuare il loro uomo e il bambino.

C'era un'altra donna seduta dietro la scrivania che separava la porta dal resto dell'ambiente. «Sarò nel mio ufficio...» la avvertì la preside. «Non voglio essere disturbata se non da mia figlia.»

La segretaria annuì, tenendo lo sguardo fisso su Josie e Gretchen mentre seguivano la preside Bailey passando accanto alla sua scrivania e attraversavano una porta con la scritta "Preside". Il sancta sanctorum della preside Bailey era meno allegro del resto della scuola: una semplice scrivania, due sedie per gli ospiti, qualche schedario e una serie di scaffali pieni di testi accademici. I manifesti appesi alle pareti dell'ufficio erano più orientati verso gli adulti. *La vostra scarsa organizzazione non costituisce un'emergenza da parte mia*, si leggeva su uno. *Qualsiasi cosa è difficile prima di diventare facile* si leggeva su un altro. Gretchen ci si fermò davanti un attimo e, dando una gomitata a Josie, mormorò sottovoce: «Ma non mi dire...»

Josie soppresse una risata. Una volta sedute, Josie e Gretchen le mostrarono i loro distintivi, che però la preside esaminò con un'occhiata superficiale e poi fece loro cenno di procedere. «Teresa ha garantito per voi. Come vi ho detto poco fa al telefono, voglio solo aiutare in ogni modo possibile. È stato difficile, come sicuramente vi potete immaginare. Quando April era scomparsa, potevamo essere utili facendo ricerche, distribuendo messaggi e pubblicando sui social media, ma ora... non so cosa fare.»

Gretchen controllò discretamente il telefono e poi guardò Josie, scuotendo rapidamente la testa. Turner non aveva ancora inviato la lettera di richiesta dei documenti. Che diavolo stava facendo?

Mentre Gretchen inviava un messaggio a Turner, Josie chiese alla preside: «Da quanto tempo lei e Teresa Carlson siete amiche?»

«Oh, da circa vent'anni. Eravamo nel Consiglio di amministrazione della stessa organizzazione no-profit. Siamo andate subito d'accordo e da allora le cose sono sempre andate così. Ma se mi state chiedendo se April avesse ottenuto il lavoro presso il nostro istituto grazie all'amicizia con sua madre, non è per questo. L'ho assunta perché era la più qualificata per quella posizione.»

Era evidente che quella domanda era già stata sollevata in passato da altre persone, se Hope Bailey sentiva il bisogno di stroncarla sul nascere; ma così, diede conferma al sospetto di Josie che se c'era qualcosa che April non voleva che sua madre scoprisse, avrebbe dovuto tenerlo nascosto in quell'ambiente.

«Ma certo.» disse Gretchen. Guardò di nuovo il telefono e Josie capì dalla contrattura della mascella che stava ancora aspettando che Turner le inviasse la richiesta per la documentazione. «Sappiamo che ha parlato a lungo con la detective Heather Loughlin della Polizia di Stato e abbiamo già letto il fascicolo che è stato redatto sul caso, quindi non le faremo perdere tempo con le domande che le ha già fatto lei. Sono sicura che saprà che abbiamo un sospettato per il rapimento e l'omicidio di April.»

«Sì, l'ho visto al notiziario. Teresa mi aveva chiamato per dirmelo prima che la notizia fosse resa pubblica...» a questo punto abbassò la voce, anche se non c'era nessun altro che potesse sentirle. «Magari ve lo avrà già detto anche Teresa, ma quell'uomo ha un aspetto familiare. Non riesco ancora a capire se l'ho effettivamente conosciuto da qualche parte o se invece mi ricorda semplicemente un'altra persona.»

A giudicare da come stava andando, non avrebbero nemmeno avuto bisogno della richiesta per la documentazione, perciò Josie andò avanti. «È possibile che fosse il genitore di un bambino iscritto a questa scuola?»

Gretchen abbandonò il telefono per il suo fidato blocchetto per gli appunti. «Magari le sarà anche capitato di vedere al notiziario che riteniamo che l'uomo che stiamo cercando abbia un bambino con sé.»

«Sì, l'ho visto...» confermò la preside Bailey premendo entrambe le mani sul cuore. «E ne sono rimasta inorridita. Teresa mi ha raccontato di quello che ha fatto ad April, il modo in cui l'ha tenuta prigioniera... mi fa star male pensare che adesso la stessa sorte possa capitare a un bambino. Per rispondere alla sua domanda, ho cercato il nome di quell'uomo nel nostro archivio. Nel corso degli anni abbiamo avuto parecchie famiglie che di cognome facevano Lee, ma Seth Lee non è il genitore di nessuno studente che abbia frequentato la nostra scuola.»

Nessuna delle due si aspettava che fosse così facile. Josie si spostò in avanti fino al bordo della sedia. «Preside Bailey, le dispiacerebbe fare una ricerca su un altro nome per noi?»

«Certamente.» rispose lei posando automaticamente le dita sulla tastiera. «È il nome di un genitore?»

«Sì.» rispose Josie. «Mira Summers.»

Dapprima abbassò le dita sui tasti e poi rimase bloccata sul posto, con tre rughe che lentamente le apparivano sulla fronte. «Mira Summers? Un momento... non è il nome di quella donna coinvolta nel caso di April? Quella che era al volante? Quella che è stata appena rapita?»

Gretchen batté la penna su una pagina bianca del suo taccuino. «Esattamente, è lei. Crediamo anche che lei possa aver lavorato in questa scuola per qualche tempo, ma al momento quello che ci interessa è sapere se ha mai iscritto un bambino.»

«Credete che possa aver lavorato in questa scuola?» ripeté la preside. «Non può essere... ma lasciatemi... fatemi controllare nel nostro archivio degli studenti e dei genitori.»

Il telefono di Josie le vibrò in tasca. Lo tirò fuori per vedere che le era arrivato un messaggio da Turner.

Come da richiesta, controlla nella tua e-mail. Di' a Parker di piantarla di rompermi le palle.

Stava cercando di far arrabbiare Gretchen più di quanto non facesse di solito?

Dando una gomitata a Gretchen, Josie disse a bassa voce: «Ce l'ho.»

Gretchen sgranò gli occhi. «Tutto questo casino e non ne avevamo nemmeno bisogno.»

Intanto la preside non stava prestando attenzione alla loro conversazione: le sue dita si erano fermate sulla tastiera. Una sfumatura verdastra le velava l'incarnato. Deglutendo a fatica, girò il portatile verso di loro. «Mira Summers ha iscritto sua figlia, Rosie Summers, alla scuola quasi quattro anni fa.»

Rosie. Come il fiore del disegno.

TRENTASEI

Vedo che non c'è sangue e per un attimo mi sento felice, ma sento che il mio cuore batte in maniera strana e non va bene perché quando la tocco sente freddo. Ha un grosso livido sulla fronte e ha delle fasce tutte avvolte intorno alle braccia, sembra quasi una mummia. Cerco di svegliarla, ma non apre gli occhi.

«Lasciala stare.» mi dice lui.

«No.» dico io.

«Rosie, fai quello che ti dico.»

«Non voglio farlo!»

Fa un passo verso di noi e io mi butto su di lei. Scoppio a piangere così forte che ogni cosa sembra sott'acqua. Lei continua a rimanere immobile.

La sua voce si fa di nuovo gentile. Cerca di toccarmi la spalla, ma io gli scaccio la mano con uno schiaffo.

«Andrà tutto bene.» mi dice, ma io lo so che sta dicendo una bugia.

«No, non andrà tutto bene.» Niente andrà mai più bene. Mai più. «Hai ucciso la mamma!»

TRENTASETTE

Il profilo dell'alunna che riempiva lo schermo mostrava una foto scolastica di Rosie Summers. Josie si prese un lungo momento per imprimere nella sua mente il volto della bambina che stavano inseguendo da quella che sembrava una vita, nonostante fossero passati appena pochi giorni. Rosie Summers era una bambina di sei anni, sorridente, con un paio di occhi azzurri vivaci e intelligenti e una cascata di riccioli castani che le ricadevano sulle spalle. Saltava subito all'occhio la somiglianza con Seth Lee e Mira Summers.

Carol Summers aveva detto che capitava di frequente che sua figlia se ne andasse per seguire il suo uomo, talvolta tagliando ogni contatto anche per lunghi periodi di tempo; perciò, era del tutto possibile che avessero avuto una figlia insieme senza che nessuno lo sapesse. E, a pensarci bene, non era poi una grande sorpresa che Mira non avesse mai detto a sua madre di avere avuto una bambina: non c'era niente in Carol Summers che suggerisse che avrebbe potuto diventare la nonna ideale.

Gretchen puntò lo schermo con il cappuccio della penna. «Mira è l'unico genitore indicato tra i contatti. Ma in questa scheda non c'è nessun indirizzo di riferimento, quando la norma è che la maggior parte dei distretti è tenuta a raccogliere una grande quantità di documentazione al momento dell'iscrizione di un bambino a scuola. Immagino che, perlomeno, abbiate fatto una copia del certificato di nascita di Rosie, dico bene?»

«Certamente.» le assicurò la preside. «Vediamo se riesco a procurarvelo. Seth Lee è il padre della bambina, è esatto? Ora capisco perché mi è sembrato familiare. Non è riportato nella documentazione di Rosie, ma è possibile che lo abbia visto fuori dalla scuola al termine delle lezioni. Naturalmente, la maestra di Rosie non avrebbe permesso a un adulto qualsiasi che non fosse la madre di portarsela via, visto che è indicata come tutrice legale della bambina, ma non è da escludere che il padre possa essere venuto a prenderle entrambe.»

«Sì, ha ragione.» convenne Gretchen. «È una possibilità.»

«La maestra che ha avuto Rosie nella sua classe non le ha detto nulla quando è uscita la notizia che Seth Lee era sospettato del rapimento o dell'omicidio di April?» si informò Josie. «E nemmeno quando Mira è stata rapita? Da ieri sera non c'è notiziario o canale social che non sia tappezzato con la sua foto.»

Un cipiglio attraversò il viso della preside Bailey quando le sue dita ripresero a martellare sulla tastiera. «Mrs. Roman è andata in pensione e si è trasferita in Florida, ormai due anni fa. Tenderei a escludere che abbia sentito parlare di tutta questa tragedia, ma naturalmente è anche possibile che ne abbia sentito parlare e che non si sia ricordata della bambina. Sono tantissimi gli alunni e ancor di più i genitori che passano ogni anno per la nostra scuola. E, immancabilmente, ce ne sono alcuni che se ne vanno a metà dell'anno e di cui non sentiamo più parlare. Qui non... non vedo nulla. Fatemi provare in un altro modo. Mi basta soltanto ancora qualche minuto. Non può essere giusto.»

«Non si preoccupi...» le disse Gretchen prima di girarsi verso Josie e, guardandola con aria preoccupata, abbassò la voce per dirle: «Se il nostro uomo fosse davvero il padre della bambina...»

«Avrebbe il diritto di portare Rosie ovunque voglia.» aggiunse Josie concludendo per lei. «Sarebbe spettato a Mira contattare la polizia se avesse creduto che Rosie fosse in pericolo o presentare una petizione al tribunale se avesse voluto ottenere la piena custodia fisica e legale della bambina.»

Gretchen scosse la testa. «Ma non lo ha fatto.»

«No, ma deve aver convinto Seth a lasciarle iscrivere Rosie a scuola. Magari alla condizione che lei stessa lavorasse nella stessa scuola per tenerla d'occhio.»

«E April ha reso tutto possibile, facendo in modo che Mira ottenesse il posto che le serviva.» concluse Gretchen.

«Detective...» le richiamò a sé la preside con un evidente stato di confusione che accentuava i tratti del suo viso. «Non abbiamo una copia del certificato di nascita di Rosie Summers. Non abbiamo... niente a dire il vero.»

«Com'è possibile?» sbottò Josie.

«Non è possibile che qualcuno lo abbia cancellato?» chiese Gretchen.

«No. Non si tratta di questo...» la preside fece qualche altro passaggio prima di spiegarsi meglio: «È per via della legge McKinney-Vento. Una legge federale che si applica agli alunni che vivono senza fissa dimora. Quando dico senza fissa dimora, non intendo dire necessariamente che vivono per strada, ma solo che non hanno un indirizzo permanente. Nello specifico, questa legge serve a garantire che questi bambini possano comunque iscriversi a scuola e ottenere un accesso all'istruzione uguale a quello degli altri bambini.»

«Ma non dovreste comunque raccogliere le loro informazioni al momento dell'iscrizione?» la incalzò Gretchen.

La preside sospirò. «Sì, ma non nell'immediato. Lo Stato della Pennsylvania ha introdotto un'altra legge per garantire maggiori diritti alle famiglie degli alunni senza fissa dimora proprio nello stesso anno in cui Rosie è stata iscritta in questa scuola. Si chiama Legge 1 e prevede che questi bambini debbano essere iscritti con effetto immediato, il giorno stesso in cui presentano la domanda di iscrizione, indipendentemente dal fatto che abbiano fornito o meno la documentazione richiesta.»

Josie si protese verso Gretchen, tornando a un tono basso che manteneva la conversazione privata tra di loro. «Seth Lee avrebbe fatto di tutto per evitare di fornire qualsiasi documento relativo a Rosie e alla sua relazione con lui.»

«Giusto.» convenne Gretchen. «Pensava che gliel'avrebbero portata via se lo avessero scoperto. April doveva essere a conoscenza di queste leggi e deve essersene servita per aiutare Mira a far iscrivere Rosie senza allarmare Seth, e non sarebbe stato difficile dimostrare che la bambina era una senza fissa dimora.»

«È vero.» concordò Josie.

La preside Bailey si schiarì la gola. «Una volta che l'alunno è stato iscritto, dobbiamo provvedere a richiedere ai genitori di compilare tutta la documentazione necessaria nel più breve tempo possibile. Ai sensi della legge McKinney-Vento, in ogni scuola c'è un membro del corpo docente designato come responsabile dei servizi di assistenza a questi studenti. È responsabile della loro identificazione, della loro iscrizione e dell'accesso a tutti i servizi a cui hanno diritto.»

«E chi era il vostro referente quando Rosie si è iscritta?» chiese Gretchen.

«Di solito è il nostro consulente scolastico.» spiegò la preside. «È la figura designata dalla maggior parte delle scuole. Ma, se non ricordo male, da tre a quattro anni fa la nostra consulente scolastica era nel bel mezzo di un ciclo di chemioterapia e il tumore ha persistito per un paio d'anni prima ancora di andare finalmente in remissione. Per questa ragione, nel periodo in cui era in cura, più la sua malattia si aggravava, più cercavo di delegare le sue responsabilità ad altri membri della segreteria. Compresa la funzione di responsabile dei servizi di assistenza.»

«È in questo modo che April Carlson ha ricoperto la funzione di referente, in conformità con la legge McKinney-Vento.» dedusse Josie.

La preside tornò a consultare la documentazione sullo schermo del portatile. «Esatto, ma lo faceva da ben più di un anno quando Rosie Summers è stata iscritta. April era estremamente coscienziosa nel suo lavoro e scrupolosa nei dettagli. Molto organizzata. Questo... questo non me lo sarei mai aspettato da lei.»

«Che cosa non si sarebbe mai aspettato da lei?» chiese Josie.

«A quanto risulta, non ha mai dato seguito alla documentazione relativa a Rosie Summers. Non abbiamo mai ricevuto nulla e poi Rosie se n'è andata.»

Josie avrebbe scommesso il suo stipendio che Rosie non se n'era "andata", ma che Seth Lee l'aveva ritirata da scuola. La domanda era: la situazione come poteva essere precipitata così d'improvviso da provocare una simile reazione?

«Per quanto tempo Rosie è stata iscritta alla scuola?» chiese Josie.

«Cinque mesi.»

Gretchen disse: «Se avete una data di nascita registrata a nome di Rosie, potremmo richiedere una copia del suo certificato di nascita alla Divisione dei Registri Anagrafici.»

«Sì, ce l'abbiamo.» In un attimo una stampante dietro la scrivania prese vita. «Stampo tutto così potete averne una copia.»

«Se ci potesse inviare via e-mail anche una copia digitale della foto di Rosie Summers ci sarebbe davvero di grande aiuto.» aggiunse Josie. «La vorremmo diffondere alla stampa il prima possibile.»

La foto era vecchia di quattro anni, ma era meglio di niente.

«Sì, certo.»

Gretchen scarabocchiò il suo indirizzo e-mail su una pagina del suo blocchetto, la strappò e la porse alla preside.

Josie le sussurrò: «Manda la foto della bambina ad Amber. Ma, mi raccomando, non mandarla a quel coglione di Turner.»

«Non ci penso neanche.»

Le dita della preside Bailey tremavano mentre trascriveva l'indirizzo e-mail nel destinatario del messaggio in uscita. «Sono così tanti gli alunni che si avvicendano in questa scuola, anno dopo anno dopo anno... è difficile ricordarli tutti, ma credo di aver visto questa bambina nell'aula di April qualche volta al mattino, prima dell'inizio delle lezioni. Ma non posso esserne certa. Non capisco. Se Rosie è la figlia di Seth Lee e di Mira Summers, com'è rimasta coinvolta April Carlson?»

Non spettava a loro rivelare il fatto che April Carlson e Mira Summers erano sorellastre, quindi Josie si limitò a dire: «Stiamo ancora cercando di mettere insieme i pezzi. Come le ha detto la detective Palmer, crediamo che Mira Summers abbia lavorato in questa scuola per qualche tempo e, presumibilmente, nello stesso periodo in cui Rosie è stata iscritta qui. Per caso potrebbe fare un controllo per darcene conferma?»

Il colorito del viso della preside stava diventando di nuovo verdastro. «No. Questo non è possibile. Mi ricorderei se Mira Summers avesse lavorato qui. Me ne sarei sicuramente ricordata quando ho visto la sua foto al notiziario. Anche uno qualsiasi dei nostri insegnanti se lo sarebbe ricordato!»

«Non pensiamo che lavorasse come insegnante.» disse Gretchen. «È probabile che fosse impiegata come addetta alla mensa o come custode? Ci risulta che sia stata April Carlson a procurarle il lavoro.»

La preside riprese a martellare sulla tastiera del portatile, mormorando a mano a mano che cercava nell'archivio dei dipendenti. «Farò una ricerca, ma tenderei a escluderlo. È possibile che April mi abbia parlato di assumerla, anche se avrebbe dovuto comunque seguire la procedura di candidatura, ottenere le autorizzazioni, sostenere colloqui e quant'altro, ma considerato tutto quello che è successo negli ultimi giorni, sono sicura che vedere il suo viso mi avrebbe fatto riaffiorare dei ricordi. Io...» a queste parole si interruppe con un'espressione di puro sgomento. La sua voce si era fatta tremolante quando riprese. «Avete ragione. Lavorava alla mensa. Immagino di non essermi ricordata di lei perché sono passati quasi quattro anni. E poi ha lavorato qui da noi appena per cinque mesi. Esattamente nello stesso periodo in cui Rosie è stata iscritta qui.»

TRENTOTTO

La preside Bailey girò il portatile verso di loro in modo che potessero vedere sullo schermo la foto di Mira Summers scattata per inserirla nel tesserino di riconoscimento. All'epoca era più magra e più pallida, la pelle sotto gli occhi era macchiata dalle occhiaie ed esibiva un sorriso forzato; ma, d'altra parte, chi mai fa un sorriso genuino per qualsiasi tipo di fototessera?

La porta alle spalle di Josie e Gretchen si aprì di scatto. Si voltarono e videro entrare a grandi passi una ragazza con i capelli biondi tenuti raccolti in cima alla testa in uno chignon disordinato e con indosso una tuta e uno zaino su una spalla. Portava un pallone da calcio sotto un braccio e un mazzo di chiavi in una mano. Inchiodò quando si accorse che la preside Bailey non era sola in ufficio, ma si affrettò immediatamente a fare un bel sorriso. Ogni lineamento del suo viso era una copia quasi perfetta di quello di Hope Bailey. «Oh, cazzo...» si lasciò sfuggire. «Volevo dire... fate conto di non aver sentito niente. Scusate l'interruzione. Non pensavo che ci fosse qualcuno qui dentro.»

La preside rise, ma si coglieva un po' di imbarazzo nella sua risata. Quanto al suo aspetto, dava ancora l'impressione di potersi sentire male da un momento all'altro. «Non ti preoccupare. Detective, questa è mia figlia, Teryn Bailey.»

Josie sentì un brivido lungo la nuca a sentire il nome di quella ragazza, Teryn, così simile a quello di una delle persone con le quali aveva partecipato allo sfortunato ritiro dell'anno precedente, Taryn. Non poté fare a meno di innervosirsi al ricordo di quel fallimento, in particolar modo perché era reduce del fiasco della sera precedente dopo che aveva dovuto affrontare il sospettato principale della loro indagine e aver ricevuto così tante botte da non riuscire ad arrestarlo. Certo, se Turner fosse entrato nella casa insieme a lei... Salutò con voce strozzata la ragazzina e ricacciò rapidamente tutti quei pensieri e ricordi nella sua cassaforte mentale.

Teryn rispose con un cenno di saluto e si avvicinò alla scrivania della madre, consegnandole le chiavi. «Ho fatto il pieno. Adesso io vado a...» le parole le si spensero in gola quando vide la foto di Mira Summers sul computer.

Ma la madre non diede cenno di accorgersene e le prese le chiavi dalla mano. «Grazie. Dopo aver finito qui, dovrò lavorare ancora per un'ora. Adesso tu vai ad allenarti al campo, lo so. Mi piacerebbe che dedicassi un po' di quella concentrazione anche ai compiti di spagnolo.»

Teryn le rispose con un debole sorriso, distogliendo lo sguardo dalla foto sul computer e guardando più attentamente Josie e Gretchen. Il suo sguardo si posò sulla pistola che spiccava alla cintura di Josie. «Mamma, ti prego...» disse, ma senza alcuna traccia di sfida nella voce e rivolgendosi a Josie, chiese: «Siete venute per April?»

«Teryn...» la rimproverò la madre con tono di avvertimento.

«Sono solo curiosa, mamma. Tanto lo sanno tutti che è stata ammazzata. Lo sanno tutti che l'ha rapita quel tipo inquietante che si vede in televisione. Non l'avete ancora preso?»

«Non ancora.» le rispose Gretchen.

«Teryn!» disse la madre, questa volta con tono di rimprovero.

La ragazzina continuò imperterrita e puntando un dito verso lo schermo del computer disse: «Quella è la donna che è stata appena rapita dall'uomo che ha ammazzato April, vero?»

«Dico sul serio, Teryn! Basta così ora!» la ammonì la madre facendo un gesto verso la porta. «Questo è un argomento per soli adulti. Adesso, te lo chiedo per favore: esci. Ne riparleremo più tardi.»

Stavolta si vide benissimo l'espressione di sfida traboccante di rabbia che attraversava i lineamenti della ragazza, ma non discusse con la madre e, con un ultimo sguardo alla foto di Mira, Teryn disse: «D'accordo, scusa...» poi aggiunse, rivolgendosi a Josie e Gretchen: «Piacere di avervi conosciute...» e uscì chiudendosi la porta alle spalle.

«Vi chiedo scusa per questa scenata.» disse la preside con un sospiro. «Ha sedici anni e, se devo dire le cose come stanno, è una ficcanaso patentata. Beh, suppongo che lo sia sempre stata. Ultimamente, poi, ha preso questa fissa per la cronaca nera, cosa che non ritengo sia appropriata per la sua età. Ma, d'altra parte, è abbastanza grande per imparare che al mondo ci sono persone crudeli che fanno del male a persone innocenti.»

«L'ha portata a scuola qui, quando era più piccola?» si informò Josie.

«Sì. Da un lato dell'edificio ci sono il nido e la materna e dall'altro lato le elementari. Quando iniziano le medie, i ragazzi vanno in una scuola vicina per gli ultimi tre anni.»

«E all'epoca April insegnava qui?» le chiese Gretchen.

«Oh, sì. Teryn ha avuto April come insegnante in quarta elementare, ma si conoscevano anche al di fuori della scuola, dato che io e la madre di April siamo amiche. Teryn adorava April. Anche quando è cresciuta e non l'ha più avuta come insegnante, trovava sempre qualche scusa per starle vicino. L'ha presa piuttosto male quando April se n'è andata per il suo nuovo lavoro, anche se ormai non studiava più con lei da diverso tempo. E poi, quando April è scomparsa, Teryn ha aiutato molto nelle operazioni di ricerca, soprattutto con i social media. I ragazzi di oggi sono così esperti di questi strumenti che...» Hope Bailey non finì la frase e gli occhi le si appannarono. Fece un respiro profondo. «Scusatemi tanto... sono partita per la tangente. È solo che sono... questo è un bello shock. Ancora non riesco a capire come abbia fatto April a rimanere coinvolta in tutta questa storia.»

Gretchen usò la penna per indicare il portatile. «Può dirci in quali circostanze se n'è andata Mira?»

«Intende dire se è stata licenziata o se è andata via di sua iniziativa?» chiese la preside, girando il portatile verso di sé e guardando la documentazione aperta sullo schermo. «Si è dimessa autonomamente.»

Nel giro di poche ore, erano passate dal non sapere quale fosse il collegamento che univa le due vittime al fuggitivo, allo scoprire che April Carlson e Mira Summers erano sorellastre, che Seth Lee e Mira Summers erano stati una coppia, e che quest'ultima aveva messo al mondo una bambina - e Josie era più che convinta che il certificato di nascita avrebbe dato loro conferma che lui era il padre – che poi, grazie all'aiuto della sorellastra, aveva iscritto alla Scuola elementare di Hillcrest, dove aveva anche trovato lavoro, e infine, che nel giro di cinque mesi, madre e figlia avevano dovuto lasciare la scuola.

Avevano trovato una vera e propria miniera di informazioni, dalla quale però non erano ancora riuscite a ricavare alcuna spiegazione su quale piega avessero preso gli eventi nei tre anni successivi, tanto da portare la polizia a rinvenirle una ferita e una ammazzata dentro l'auto in cui erano sfuggite a un'aggressione all'arma bianca.

«Potrebbe esserci ancora qualche membro del personale che ha lavorato con Mira mentre era qui?» chiese Josie.

«Non saprei...» rispose con aria perplessa la preside Bailey.

«Sicuramente il responsabile della mensa. Posso chiedere in giro, ma non mi sarà possibile farlo fino a domani, visto che per oggi abbiamo finito. È importante, anche adesso che sapete che il bambino di cui hanno parlato al notiziario è la figlia di Mira Summers e di quell'assassino? È questo che stavate cercando di scoprire, giusto? L'identità della bambina? Ora dovrete lanciare un'allerta AMBER, immagino, no?»

Gretchen chiuse il taccuino. «Sì, verrà lanciata un'allerta AMBER il prima possibile.»

«Si sarà trattato di una sorta di disputa per la custodia, suppongo...»

«Mi dispiace molto, ma in questo momento non possiamo dirlo.» si limitò a dire Josie tirando fuori un biglietto da visita che fece scivolare sulla scrivania di fronte alla preside. «Apprezziamo molto il tempo che ci ha dedicato, Mrs. Bailey. Ci è stata di grandissimo aiuto. Se, oltre a quello che ha già fatto per noi, potesse anche chiedere a qualsiasi membro del personale scolastico che si ricorda di Mira di contattarci, gliene saremmo davvero grati.»

Per un attimo ebbero l'impressione che la preside volesse insistere sulla questione, ma aveva un'aria ancora piuttosto nauseata e alla fine optò per un semplice: «Certamente.»

Una volta uscite dalla scuola, trovarono il parcheggio completamente vuoto, fatta eccezione per una manciata di veicoli. Ma, anziché dirigersi verso la loro auto, in tacito accordo Josie e Gretchen cominciarono a incamminarsi lungo il lato dell'edificio. Una volta allontanatesi dall'ingresso principale, Gretchen disse: «Hai visto anche tu quello che ho visto io lì dentro...»

Non la intendeva come una domanda, ma Josie annuì comunque. «Andiamo a cercare quel campo da calcio.»

TRENTANOVE

Il campo da calcio costeggiava un lato dell'edificio, incastonato tra un parco giochi e un campo da softball. Teryn Bailey era l'unica persona in vista e, dal momento che non era sospettata di alcun reato, non era necessario ottenere il permesso di Hope Bailey per parlare con lei, nonostante fosse minorenne. Non era nemmeno necessario avvisare la madre che intendevano andare a parlarle, per loro fortuna, perché era chiaro che la madre non voleva che sua figlia fosse coinvolta nelle indagini della polizia, soprattutto ora che il caso aveva assunto proporzioni ben più grandi di una semplice denuncia di scomparsa.

Mentre si avvicinavano, potevano scorgere una fila di piccoli coni arancioni disposti al centro del campo. Teryn si destreggiava abilmente tra di essi, portando avanti il pallone. Josie e Gretchen si fermarono a circa tre metri dal primo cono e attesero che la ragazza si voltasse verso di loro. Quando le vide, si fermò per un attimo. Poi chinò la testa verso i piedi, con un'espressione di ferrea determinazione che le irrigidiva i lineamenti del viso mentre tornava indietro zigzagando.

«Mia madre lo sa che siete qui?» chiese, appoggiando un piede sulla palla per tenerla ferma.

«No.» disse Gretchen. «Non siamo tenute a dirglielo in queste circostanze.»

Teryn si deterse il sudore che le imperlava la fronte con la manica della felpa. «Bene. Allora, a occhio e croce, abbiamo circa mezz'ora prima che venga a cercarmi. Anche se ha detto che le mancava un'ora a finire, so bene che ci metterà molto meno a finire di compilare le pratiche e fare le sue telefonate. E non preoccupatevi, la finestra del suo ufficio non è da questo lato dell'edificio.»

«Non siamo preoccupate.» la rassicurò Josie. «Ma grazie.»

Teryn fece una mezza alzata di spalle e si mise a far rotolare la palla avanti e indietro sotto al piede. «Che cosa le è successo alla voce?»

«Laringite.» rispose Josie con la scusa pronta.

Teryn diede una rapida occhiata ai dintorni, ma non c'era nessun altro. «Avevo ragione, non è vero? Riguardo alla foto che mia madre vi ha fatto vedere nel suo ufficio. Quella era la donna che è stata appena rapita dallo stesso uomo che ha ucciso April. Ieri ho visto la sua foto su tutti i social e ho capito che quella era la stessa Mira Summers che una volta lavorava qui. L'ho riconosciuta subito, aveva gli stessi capelli! Ho pensato di chiedere a mia madre di controllare i registri dei dipendenti della scuola, ma in questi ultimi tempi è fuori di testa. Da quando è stato trovato il corpo di April, è come se non volesse nemmeno che se ne parli. Come se pensasse che se venissi a conoscenza dei dettagli, in qualche modo, potrei mettermi in pericolo.»

Conoscendo le condizioni in cui versava April al momento della sua morte, Josie sospettava che Hope Bailey stesse solo cercando di risparmiare a sua figlia il dolore di scoprire come la sua vecchia maestra aveva trascorso l'ultimo anno e gli ultimi istanti della sua vita. Se la barriera mentale di Josie non avesse funzionato così bene, l'immagine del volto emaciato di April l'avrebbe fatta impazzire.

«Tua madre cerca soltanto di essere protettiva nei tuoi

confronti.» le fece notare Gretchen. «Non è una cosa di cui ti dovresti risentire.»

La ragazza fece un'altra scrollata di spalle, fingendo indifferenza. «Sarà come dice lei. Insomma, cosa volevate sapere?»

«Ti ricordi di Mira Summers?» le chiese Josie. «Anche se ha lavorato qui solo per cinque mesi?»

Teryn si picchiettò lo chignon disordinato con un dito. «Quella con i capelli color borgogna. Agli insegnanti e al personale scolastico non era permesso tingersi i capelli... sapete, no? Di colori diversi da quelli naturali. Tutti i compagni erano affascinati da quella donna per questo motivo, anche se bisogna tenere presente che eravamo tutti molto piccoli e piuttosto stupidi. Insomma, se oggi vedessi qualcuno con i capelli color vinaccia, non ci farei nemmeno caso. Non è nemmeno un colore di moda...»

«Conoscevi bene Mira Summers?» le chiese Gretchen.

«Nessuno la *conosceva*. Era semplicemente... strana. A volte anche un po' cattiva.»

«In che senso?» chiese Josie.

«Per esempio, quando doveva distribuire da mangiare alla mensa. All'epoca non si pagava per il pranzo. Ora, invece, si deve pagare. Ma, a prescindere da queste cose, quello era letteralmente il suo lavoro, distribuire da mangiare, però c'erano alcuni bambini a cui lei non voleva dare niente. Del tipo che non glielo metteva nei vassoi e così via. Una volta è proprio uscita da dietro al bancone, si è avvicinata a un tavolo e ha portato via il vassoio a una bambina.»

Il cuore di Josie ebbe un breve sussulto prima di riprendere il suo ritmo naturale. Che cosa aveva detto Rebecca Lee di suo cognato?

Non posso permettergli di sospettare che quello che mettiamo in tavola sia stato contaminato o che l'acqua sia stata avvelenata.

Carol Summers aveva detto qualcosa di simile sul fatto che sua figlia tornava sempre dal suo uomo.

Non le importava se lui la malmenava o se la tradiva.
Non le importava a quali stramberie lui voleva indurla a
commettere, cose del tipo mangiare solo cibo che lui
stesso coltivava in un terreno speciale...

Mira non aveva accettato il lavoro alla Scuola Elementare di Hillcrest solo perché sua figlia potesse frequentare la scuola, ma stava eseguendo le istruzioni di Seth Lee, basate sulle sue deliranti allucinazioni.

«E il suo capo o i suoi colleghi non hanno mai detto niente al riguardo?» le domandò Gretchen.

«Nessuno del personale se n'è mai accorto. Questo è il punto.»

«Come si chiamavano quei bambini?» volle sapere Josie.

«Non lo so. Non me lo ricordo. So solo che è stata lei. Nessuno l'avrebbe denunciata.»

«Si trattava di più bambini?» insistette Josie. «O solo di uno?»

Teryn le rivolse uno sguardo strano. «Ve l'ho detto. Non lo so. Quello che so è che è successo. Voglio dire, immagino che sia possibile che l'abbia fatto con un bambino solo. Ne ho sentito parlare da diverse persone. Alcuni hanno detto che era un "bambino" o una "bambina" e altri hanno detto che erano dei "bambini".»

«All'epoca tua madre era già preside.» le fece notare Gretchen. «Non glielo hai mai detto?»

Teryn alzò gli occhi al cielo. «Avevo tipo dodici anni.»

«Quindi andavi in seconda media?» le chiese Josie. «Perché mi sembrava di aver capito che i ragazzini di seconda media fossero in una scuola diversa.»

«Ero in prima media.» chiarì Teryn. «Non è che sono stata

bocciata o chissacché. Sono più grande di un anno rispetto alla maggior parte dei miei compagni di classe perché il mio compleanno cade dopo la data di scadenza fissata per essere iscritta a scuola. Per iniziare la scuola bisogna avere sei anni compiuti entro il primo di settembre, o giù di lì, ma io li avrei compiuti solo il sei di settembre; quindi, ho dovuto aspettare un anno intero. Comunque, perché vi interessa così tanto la mia età?»

«Ci interessano i tuoi ricordi del periodo in cui Mira Summers ha lavorato in questa scuola...» disse Josie, «e quanto più accurati possano essere.»

Teryn fece rotolare di nuovo il pallone sotto il piede. «Beh, sono accurati, fidatevi. E no, non l'ho detto a mia madre perché era strano. Non sapevo cosa fare. E, comunque, non serviva perché April ha beccato Miss Summers mentre lo faceva.»

«Vuoi dire Miss Carlson?» disse Josie.

Teryn roteò di nuovo gli occhi e dal suo tono si capì che si stava mettendo sulla difensiva. «Lei era April per me e per tutta la mia famiglia.»

«Mi sembra giusto.» disse Josie.

«Abbiamo sentito dire che era stata April a far ottenere a Miss Summers il lavoro alla mensa.» disse Gretchen.

«Di questo non ne so nulla. Io so soltanto che un giorno April l'ha vista portare via il vassoio a una bambina e la cosa non le è andata giù.»

«Che cosa è successo di preciso?» le chiese Josie.

«All'inizio niente. Non mi ero nemmeno resa conto che April se ne fosse accorta finché non sono andata nella sua classe al termine delle lezioni per lavorare a un progetto di arte. Mi permetteva sempre di andare nella sua classe al termine delle lezioni così potevo aspettare che mia madre finisse. Ci porta-vamo il pranzo a sacco e mangiavamo sulla sua scrivania. Lei portava merendine, succhi di frutta e una tovaglia di plastica con dei disegni simpatici e la stendeva sulla cattedra e poi facevamo finta che quel pic-nic lo stessimo facendo all'aperto mentre io facevo i compiti che mi avevano assegnato. Anche se poi, la maggior parte delle volte, rimanevamo semplicemente a chiacchierare di tutto e di più.» A quel ricordo gli occhi della ragazza si riempirono di lacrime. Si chinò, raccolse il pallone da calcio e se lo mise sotto il braccio. «Me ne stavo lì a lavorare al mio progetto quando Miss Summers ha bussato alla porta... è stato strano. Non sapevo nemmeno che fossero amiche, ma lei era tutta "Ciao, che fai, vieni stasera?". E April è diventata tutta silenziosa e arrabbiata e ha detto qualcosa del tipo: "Dobbiamo parlare". E allora si sono infilate nel ripostiglio nella stanza di April.»

«Sei riuscita a sentire qualcosa di quello che si sono dette?» le chiese Josie.

«Non molto. Solo alcuni frammenti. Io stavo un po' lontano dal ripostiglio e la porta era chiusa. All'inizio, mi sembravano arrabbiate, nonostante continuassero a parlare a bassa voce. Ho sentito la parola "cibo" un paio di volte e qualcosa come "è solo una bambina", e allora ho capito che April doveva aver visto quello che aveva fatto Miss Summers.»

«Che altro?» volle sapere Gretchen. «E non ti preoccupare che non ce la prenderemo se ci dici che hai origliato.»

Teryn fece un bel respiro. «Sì, insomma, non è che ne vado fiera, se mi seguite. Ero una bambina, ero solo curiosa.»

«Cosa hai sentito?» la incalzò Josie.

«Mi sono avvicinata alla porta, ma neanche lì riuscivo ancora a sentire bene. Non ricordo nemmeno tutto ora, ma April ha detto qualcosa come: "Non puoi farlo" e "Ti ho procurato questo lavoro perché pensavo ne avessi bisogno". Dopo ha detto qualcosa che non ho sentito. Qualcosa sulla sua carriera, sulla carriera di April. E continuava a dire a ripetizione la parola "obbligatorio".»

«In che contesto?» chiese Gretchen.

«Non ne ho idea. Ci sta che quel pranzo fosse obbligatorio?

Perché lo è, in effetti! Poi Miss Summers è scoppiata a piangere. Un pianto terribile. Era così forte. Non riuscivo nemmeno a capire cosa stesse dicendo April, ma Miss Summers continuava a dire "per favore, smettila" e "ti prego" e poi "non hai idea di cosa succederà" o qualcosa del genere. Ha detto anche un sacco di altre cose, ma ora non me le ricordo.»

«Però ti ricordi di questo scambio tra April e una donna che ha lavorato alla mensa solo per qualche mese!» le fece notare Gretchen. «Dopo quasi quattro anni!»

Teryn la guardò con aria piccata. «Ma che cavolo! Fate come vi pare allora. Non m'importa se non mi credete. Non sono mica obbligata a parlare con voi...»

Si allontanò da loro e gettò di nuovo il pallone a terra.

«Aspetta.» disse Josie accusando un immediato bruciore alla gola. Abbassò la voce prima di continuare. «Non stiamo dicendo che non ti crediamo. Stiamo solo cercando di farci un quadro chiaro di quello che è successo. Mio nipote ha sette anni e non ricorda nemmeno i nomi di tutti i compagni di squadra del campionato di baseball in cui gioca.»

Teryn si guardò alle spalle. «Ero molto vicina ad April, capite? Se non mi credete, allora guardate...» Corse verso la staccionata dove aveva appoggiato il suo zaino e ci rovistò dentro finché non trovò il suo telefono. Con dita svelte scorse sullo schermo tornando indietro nella galleria delle foto. «Queste sono di me e April. Non badate alla qualità, che fa davvero schifo. Avevo un telefono dell'età della pietra all'epoca. Mia madre mi aveva comprato solo quello che si pagava mensilmente. In questo modo, se la facevo arrabbiare, le bastava semplicemente annullarlo.»

Si incuneò in mezzo a loro in modo che tutte e due potessero vedere lo schermo. La prima foto era un selfie che si era fatta quando era molto più piccola e si trovava a tu per tu con April. Vedere di nuovo il sorriso luminoso di quella donna, le morbide ciocche castane che le ricadevano sulle spalle, la feli-

cità che sembrava trasmettere a ogni cosa intorno a lei la rendevano così diversa dal fantasma che avevano trovato nell'auto di
Mira Summers fece di nuovo star male Josie.

Teryn ne scorse ancora qualcuna, molte delle quali erano
selfie. Una era stata scattata su un tavolo e mostrava solo le loro
mani mentre lavoravano a un progetto ricoperto di brillantini
per il corso di arte. Un'altra era stata scattata ad April solamente: la si vedeva seduta su una sedia per bambini, con i palmi
delle mani rivolti verso la fotocamera. Erano ricoperti di brillantini blu che luccicavano come piccole paillettes. Alcuni le erano
finiti sul naso e lei teneva gli occhi incrociati nel tentativo di
guardarli. «Mi divertivo sempre un mondo con lei.» disse Teryn,
con voce così bassa che, sebbene Josie fosse riuscita a malapena
a sentirla, dovette trattenersi dall'impulso di abbracciare quella
povera ragazza.

La foto successiva era un altro selfie, ma angolato in modo
che la fotocamera le inquadrasse tutte e due dall'alto. «Questa
ce la siamo fatta il giorno in cui ha preso un selfie stick.» spiegò
Teryn. «Ce li avete presente?»

Non attese che rispondessero e riprese a scorrere. Sullo
schermo passò un'altra serie di foto: nella prima April appun-
tava un insieme di disegni alla parete dietro la scrivania. Nella
foto successiva era rivolta verso la macchina fotografica e stava
esibendo uno dei suoi ampi sorrisi e teneva una mano allungata
come se stesse per presentare il disegno appena sopra di lei.
«Questo lo avevo fatto io.» disse Teryn. Pizzicò lo schermo con il
pollice e l'indice per ingrandire l'immagine. «Non ero
nemmeno in classe con lei, ma lo aveva appeso lo stesso. Vedete?
Si leggono le mie iniziali qui in basso. T.B.»

Teryn sospirò mentre allargava ulteriormente l'immagine.

«Ricordo il giorno in cui April ha litigato con Miss Summers
perché quella è stata l'unica volta che l'ho vista arrabbiata. Anzi,
direi proprio furiosa. Sì, quella è stata l'unica volta che l'ho

sentita alzare la voce verso qualcuno che l'aveva fatta davvero arrabbiare.»

Mentre Teryn si accingeva a chiudere l'applicazione della galleria, Josie tese la mano. «Ti dispiace se do un'altra occhiata a queste foto?»

«Nessun problema.» disse Teryn passandole il telefono.

«Mi dispiace.» disse Gretchen. «Non volevo che quello che ho detto suonasse come se non ci fidassimo della tua parola. La detective Quinn ha detto bene: stiamo solo cercando di chiarire i dettagli. Potrebbe essere importante. Che cosa è successo dopo?»

Teryn ruotò lentamente il corpo per voltarsi verso di loro.

«Appunto, April le ha urlato contro. Le ha urlato contro nel modo più rabbioso possibile. Ha detto qualcosa del tipo "quando è troppo è troppo" e "non m'importa niente". Che qualcosa era "inaccettabile" e che lei non poteva "più sopportare di farne parte". Sono abbastanza sicura che abbia detto "obbligatorio" un altro paio di volte. Continuava a parlare della sua famiglia. "Anche la mia famiglia", così diceva. A quel punto Miss Summers è scoppiata a piangere e ha continuato, ma April le ha detto di uscire e in quel preciso istante ha aperto la porta così forte da farla sbattere contro il muro e ha praticamente spinto Miss Summers fuori.»

Josie alzò lo sguardo dalla prima foto che Teryn le aveva mostrato. «Vuoi dire che April l'ha spinta fisicamente fuori dallo sgabuzzino?»

«Sì, più o meno. Intendo dire, non con forza, però, sì, le ha dato uno spintone. Sulla schiena. Credo che Miss Summers non si sia nemmeno accorta della mia presenza. È soltanto corsa fuori dalla stanza.»

Josie passò alla foto successiva e poi a quella successiva, con gli occhi attratti dallo sfondo di ognuna. Qualcosa era balenato nella sua mente quando Teryn aveva mostrato loro le foto un attimo prima, ma era stato troppo veloce perché il suo cervello riuscisse a registrarlo completamente.

«E quando Miss Summers è uscita, April ti ha detto qualcosa?» le chiese Gretchen.

«Ha detto che le dispiaceva che avessi assistito a quella scenata, e allora io le ho chiesto: "È perché Miss Summers non dà il pranzo ai bambini?" e lei mi ha guardato, come se fosse sorpresa che lo sapessi, e mi ha risposto: "Non sarà più un problema". Quello che so per certo è che Miss Summers non è più tornata. E questo è quanto.»

«E neanche di questo episodio ne hai mai parlato con tua madre?» le disse Gretchen.

«No, perché avrei dovuto farlo? Ci ha pensato April.»

«Un anno fa, dopo la scomparsa di April, una detective della Polizia di Stato è venuta a parlare con tua madre e gli altri membri del corpo docente. Tu con lei ci hai parlato?»

«Quella tipa bionda? Sì, ci ho parlato.»

Josie ritrovò una delle foto che mostrava la parete con i disegni dietro la scrivania di April e la ingrandì lasciando che fosse Gretchen a continuare con le domande. «Le hai raccontato di questo episodio tra April e Mira Summers?»

Teryn tornò al pallone da calcio e lo fece rimbalzare tra un piede e l'altro. «No. Non ne avevo motivo. Era successo tre anni prima e da allora Miss Summers non era mai tornata e nel frattempo April si era trasferita Newsham. Poi, comunque, era una cosa che riguardava il pranzo alla mensa. Mi sembrava che non c'entrasse nulla l'episodio di un'inserviente della mensa che non aveva voluto dare il pranzo a una bambina con la scomparsa di April tre anni dopo...»

Assolutamente nulla. In apparenza. Perché nessuno sapeva che erano sorellastre. Nessuno avrebbe potuto prevedere che quattro anni più tardi, in una città a due ore di distanza, le due sarebbero state trovate insieme in un incidente d'auto, vittime di un'aggressione.

Josie trovò un'altra foto con i disegni attaccati al muro sullo sfondo e la ingrandì ancora una volta. Quando trovò quello che stava cercando, si sentì come se le avessero appena tirato addosso una secchiata d'acqua fredda. «Guarda qui!» esclamò rivolta a Gretchen.

Sia lei che Teryn la guardarono e la ragazza le chiese: «Si sente bene?»

Josie passò il telefono a Gretchen, che ingrandì il disegno di un edificio rosso dal tetto piatto con un'asta portabandiera vicino alla porta d'ingresso e, davanti a questo, due fiori: uno a stelo dritto con bulbi rosa su tutta la lunghezza, l'altro era una rosa.

Gretchen li fissò, con la faccia che si tramutava in pietra. «Ecco di nuovo quel fiore. L'ha disegnato Rosie Summers.»

«Chi è Rosie Summers?» chiese Teryn.

Josie indicò lo schermo. «La rosa è la sua firma. Come le tue iniziali. La rappresenta.»

Abbandonando la palla, Teryn fece il giro attaccandosi a loro, strizzando gli occhi sull'immagine. «Avevo una compagna di classe, in terza elementare mi sembra, che di nome di battesimo faceva Regina e quindi firmava tutti i suoi lavori con una piccola corona da regina appunto.»

Gretchen chiese: «E l'altro fiore?»

«Sembra un pisello odoroso. È uguale al tatuaggio di April.» disse Josie.

Teryn si accigliò. «Cavolo, ha ragione. Sembra proprio il tatuaggio di April. Beh, a grandi linee. Se l'avesse fatto un bambino dell'asilo, diciamo.»

Perché l'aveva fatto un bambino dell'asilo. Le capacità artistiche di Rosie non erano cambiate molto in quattro anni, probabilmente perché era stata costretta alla vita nomade di Seth Lee, ma qualcuno aveva lavorato con lei almeno sulla lettura e sulla scrittura. Abbastanza da permetterle di lanciare una richiesta di aiuto.

«Quindi se la rosa rappresenta la bambina che l'ha disegnata...» ipotizzò Teryn, «l'altro fiore rappresenta April?»

«Penso di sì.» Josie allungò l'altra mano e usò l'indice per spostare la parte ingrandita della foto in modo da poter vedere bene l'edificio e l'asta portabandiera. «Che cos'è questo?»

Gretchen aprì la bocca per parlare, ma Teryn la precedette: «Secondo lei? È la scuola. Non ha visto quel gigantesco palo sul davanti? Come se non avessero trovato un altro posto dove metterlo? Non si addice esattamente all'estetica di Hillcrest, se non l'ha notato.»

Gretchen lanciò uno sguardo a Teryn e scoppiò a ridere. «Va bene, ragazzina, metti insieme i pezzi. Cosa sta cercando di dirci questo disegno?»

Teryn mise su un'aria scocciata e spostò lo sguardo da Gretchen a Josie e viceversa. «Ma sta scherzando, voglio sperare. Voi poliziotti siete tutti quanti così scarsi? Non sta cercando di dirvi proprio un bel niente. Si tratta solo di questa bambina, questa Rosie, e di April che stanno insieme in questa scuola.» Gretchen guardò oltre la testa di Teryn e incrociò lo sguardo di Josie. Avevano lavorato insieme abbastanza a lungo per riuscire a capirsi perfettamente anche senza bisogno di dire una parola.

In risposta alla domanda inespressa di Gretchen, Josie disse: «Esatto. Il disegno trovato sulla scena del crimine non è un occhio che vede dei fiori. Rosie stava cercando un modo di mostrare a qualcuno, probabilmente proprio a Mira Summers, dove erano tenute prigioniere lei e April. Il disegno è una mappa. È una mappa, per la miseria.»

QUARANTA

Gretchen si mise al volante e prese la strada per Denton, così Josie ebbe il tempo di recuperare la foto del disegno che avevano trovato nella mano di April Carlson sulla scena dell'incidente e di studiarlo di nuovo, questa volta da una prospettiva completamente diversa. Che cosa rappresentavano i cerchi? La circonferenza di un buco sembrava la cosa più probabile. Oppure di un silo. Rebecca Lee aveva detto che suo cognato lavorava nelle fattorie di tanto in tanto e a Denton e nei suoi dintorni ce n'erano molte; ma se fosse stata imprigionata dentro un silo, Rosie non ne avrebbe semplicemente disegnato uno?

«Per un attimo ho pensato che quella ragazzina non ci avrebbe lasciate andar via...» osservò Gretchen. «Teryn.»

«È curiosa.» rispose Josie. «Ed è particolarmente intelligente...»

Che cosa potevano essere le linee marroni? Terra?

«Josie...»

«Sì.»

Che cosa potevano essere i piccoli cerchi marroni?

«Io credo che se riuscissimo a capire come mai le cose sono passate da Hillcrest a questo...» disse allungando la mano e toccando lo schermo del telefono di Josie, «potremmo avere maggiori possibilità di capire dove si trova "questo posto".»

Con un sospiro, Josie lasciò cadere il telefono in grembo.

Sentiva che presto avrebbe perso di nuovo la voce, ma aveva bisogno di ragionarci su con Gretchen. «Solo se supponiamo che Rosie sia ancora in questo posto. Il nostro uomo potrebbe averla già spostata.»

«Oppure è dove tiene reclusa Mira Summers in questo momento. Ragioniamo.»

Il telefono di Josie vibrò. «È un messaggio di Noah.»

Lo lesse a Gretchen, tenendo per sé il "Ti amo" e gli emoji a forma di cuore alla fine.

Non sono riuscito a trovare il fioraio che ha consegnato i fiori a casa di Mira Summers, ma ho trovato un botanico per esaminare i ciuffi di fibre che abbiamo trovato sui vestiti di April Carlson. È un professore dell'università. Il dottor Hensley Brooks. Al momento è in California per una conferenza, ma dovrebbe tornare in città entro uno o due giorni. Ho mandato alla sua assistente alcune foto. Ci organizzerà un incontro con lui non appena tornerà.

Ti amo.

«È già qualcosa, direi.» disse Gretchen.

Josie scrisse un rapido ringraziamento seguito da alcune frasi sdolcinate e da emoji ancora più sdolcinati. Massaggiandosi la spalla, disse: «Torniamo a quello che stavi dicendo sul passaggio da Hillcrest al punto in cui ci troviamo ora. Seth Lee accetta di lasciare che Mira Summers inserisca Rosie a scuola come una bambina normale, a patto che sia presente anche lei per tenere d'occhio la situazione e, a quanto pare, anche per controllare quello che mangia durante la giornata alla mensa.»

«Corretto.» disse Gretchen. «E Dio solo sa cos'altro. April Carlson scopre cosa sta facendo la sorellastra, che controlla l'alimentazione della bambina per conto del compagno e la adatta alle sue esigenze, le toglie il vassoio all'ora di pranzo davanti agli altri bambini, la priva dell'alimentazione sulla base di un mucchio di allucinazioni.»

Josie guardò le luci di Hillcrest scomparire. Nel giro di poco si immisero sulla statale. «Come insegnante, April avrebbe dovuto riferire al Dipartimento dei Servizi Sociali le sue preoccupazioni sulla salute e il benessere della bambina sotto le cure dei suoi genitori. Era un compito obbligatorio. Ecco perché Teryn ha sentito April che continuava a usare la parola "obbligatorio" durante la discussione con Mira.»

«April non stava dicendo che il pranzo era obbligatorio...» concluse Gretchen. «Stava dicendo che era obbligatorio denunciare Mira e Seth ai Servizi Sociali.

Perciò, non c'è da stupirsi che Mira avesse implorato April di "non farlo". Doveva sapere che Seth avrebbe ritirato immediatamente Rosie da scuola al minimo accenno di coinvolgimento delle autorità di tutela dell'infanzia.»

Josie chiese: «Se April avesse presentato una denuncia ai Servizi Sociali, la scuola ne avrebbe dovuto conservare la documentazione, giusto?»

Gretchen scosse la testa. «Non credo. Non di rado abbiamo avuto a che fare con questa gente quando lavoravo nella Polizia di Philadelphia. Le scuole non tengono registri delle segnalazioni fatte dai docenti ai Servizi Sociali. Anzi, gli insegnanti non sono nemmeno tenuti a comunicare ai loro superiori se li hanno contattati. Le segnalazioni sono anonime, a meno che l'insegnante non sia disposto a fornire le proprie informazioni personali. Mi è capitato di lavorare ad alcuni casi in cui avrei voluto che gli insegnanti avessero dato il loro nome perché, quando la documentazione è arrivata in tribunale, ci avrebbe fatto molto comodo avvalerci della loro testimonianza. Ma la maggior parte delle volte gli insegnanti non si espongono pubblicamente quando sporgono denuncia perché hanno paura di subire ritorsioni da parte di genitori o di altri familiari arrabbiati.»

«Se Seth Lee avesse scoperto che era stata presentata una denuncia ai Servizi Sociali contro di lui e Mira Summers, avrebbe subito scaricato la colpa su April Carlson, non ti sembra?»

«È quello che penso anch'io...» disse Gretchen, «ma soprattutto avrebbe preso Rosie e se ne sarebbe andato.»

Josie rovesciò la testa all'indietro contro il poggiatesta. La stanchezza accumulata nel corso delle indagini si stava facendo opprimente tanto da farle sentire il peso di ogni fibra del suo corpo. «Rosie ha smesso di frequentare la Scuola Elementare di Hillcrest poco prima che Mira Summers si trasferisse a Denton. Questo significa che non stava seguendo il suo uomo, stava cercando sua figlia.»

QUARANTUNO

«Mi state dicendo che quelle due sono sorelle?» chiese Turner puntellandosi sui piedi per spingere la sedia all'indietro prima di lanciare la sua piccola pallina da basket verso il canestro sulla scrivania mancandolo, come da copione.

«Quelle due sono delle donne e hanno un nome, idiota...» si lamentò Gretchen, lanciandogli un'occhiata di disgusto.

Josie appoggiò il fianco alla sua scrivania e guardò il televisore d'angolo sintonizzato sul notiziario del mattino della WYEP. Quasi tutta la mezz'ora era dedicata esclusivamente allo scandaloso caso Carlson-Summers-Lee. Era una miniera d'oro per la stampa che non cessava di arricchirla di notizie. Con l'ultimo sviluppo, la foto della piccola Rosie Summers di sei anni si era aggiunta al carosello di volti legati all'indagine. La sera precedente, di ritorno a Denton dalla scuola elementare di Hillcrest insieme a Gretchen, Josie aveva chiamato Amber per assicurarsi di poter inserire il volto di Rosie nel notiziario delle ventitré; la mattina dopo, Rosie era ancora la notizia principale del notiziario. Allo stesso tempo, non appena erano tornate in ufficio in centrale, Gretchen aveva contattato la Polizia di Stato per assicurarsi che venisse diramata immediatamente un'allerta AMBER.

Josie non era riuscita a chiudere occhio e aveva passato la maggior parte della nottata a studiare il disegno di Rosie e a cercare di dargli un senso, ma non era riuscita ancora a capirlo e neanche Noah, che aveva cercato di darle una mano, aveva avuto molta più fortuna. Perciò, quando Josie era arrivata al lavoro quella mattina, Gretchen si era piazzata davanti alla bacheca di sughero, facendo a sua volta un tentativo per individuare il luogo che il disegno indicava, prima di arrendersi. Turner gli aveva dato un'occhiata quando aveva sentito la teoria di Josie secondo cui si trattava di una mappa e l'aveva scartata un attimo dopo. «È una mappa fatta col culo.» le aveva detto. «Perché non lavori su qualche pista concreta?»

Lavorare su qualche pista concreta. E in quel momento, portandosi il bicchiere di caffè macchiato alle labbra, Josie si ritrovò a guardarlo fare un altro lancio, mancando il canestro ancora una volta e facendo rimbalzare la pallina sul pavimento.

«Non devi essere così suscettibile, Parker.»

«Si chiama Palmer!» lo corresse Josie in tono piatto. Quel giorno sentiva meno dolore, grazie all'effetto dell'ibuprofene, e sentiva la voce tornare un po' più forte.

Turner sparì sotto la scrivania alla ricerca della sua pallina.

Gretchen scosse la testa e fece un cenno con la mano a Josie, come per dire che non valeva la pena correggerlo e Josie, in risposta, scrollò le spalle e, assicurandosi di tenere la voce abbastanza bassa in modo che soltanto Gretchen la potesse sentire, aggiunse: «Almeno con Parker ci va vicino. Io mi sono finita le orecchie con quella sfilza quei nomignoli leziosi.»

Si sentì un tonfo e poi un "ahi".

«Ti sta bene.» brontolò Gretchen.

«Guarda che ti ho sentita. E poi cercate di restare in tema, se non vi dispiace. Quindi la Carlson e la Summers sono sorellastre e quest'ultima ha avuto una figlia in gran segreto con il lunatico col botto che stiamo cercando, corretto?»

«A parte il fatto che non è corretto definire un malato mentale in piena regola "lunatico col botto", sì.» lo corresse Gretchen. «E proprio questa mattina abbiamo ricevuto una copia del certificato di nascita di Rosie Summers che conferma che Seth Lee è suo padre.»

«Ciò non toglie che dovrebbe stare in un ospedale psichiatrico, Parker...» le rispose Turner con voce che sembrava ancora provenire da lontano. «Cioè, andiamo, ha una figlia segreta! Per non parlare di chissà che diamine aveva in testa quella Summers! A sua madre sembra che non abbia detto niente di questa bambina e non c'è una sola dannata cosa in casa sua che faccia pensare che ne abbia mai avuto cura. Niente sul suo telefono. Niente nella sua posta elettronica. Niente sui suoi social. Dove diavolo l'hanno tenuta questa ragazzina per tutto questo tempo? In campeggio nei boschi con quell'omicida di papà?»

Josie fece il giro piazzandosi nel punto in cui poteva vedere la suola dei suoi mocassini e il suo sedere che sporgeva da sotto la scrivania. «Possiamo affrontare questa conversazione con la tua faccia anziché con il tuo culo, Turner?»

«Perché, c'è qualche differenza?» commentò Gretchen. «Se gli rispondi qualcosa gli uscirà.»

«Guarda che continuo a sentirti, Parker.»

Josie scosse la testa. «Mira Summers era rimasta invischiata in una relazione fatta di abusi con Seth Lee. Aveva detto a sua madre di essere innamorata. Per anni ha fatto tutto ciò che quell'uomo le diceva di fare. Sono sicura che non c'è bisogno che ti dica quanto sia difficile per le donne lasciare i loro abusatori, a prescindere da quanto la situazione diventi pericolosa.»

Turner si agitava parecchio sotto la scrivania, ma ancora non ne usciva e le uniche parti con cui Josie poteva parlare erano i piedi e il sedere. Il suo tono, tuttavia, divenne serio, il suo eloquio si fece più tranquillo, tanto che addirittura scomparve ogni minima traccia di vitalità quando le rispose con uno dei soliti nomignoli: «No, passerotto... non c'è bisogno che tu me lo dica. Ho visto mia madre affrontare la stessa situazione con mio padre.»

«Ah!» fece Gretchen. «Potrebbe essere umano, dopo tutto.» «Ti ho sentita anche stavolta, Parker. Coraggio, splendore, continua. La voglio proprio sentire questa tua teoria.»

Josie bevve un altro sorso del suo caffè macchiato. Nel servizio della WYEP stavano facendo vedere le foto di Seth, Mira e Rosie, disposte a albero genealogico. Solo la foto di April era un po' più in disparte, come se non facesse parte del quadro. Il testo in sovraimpressione recitava: *Bambina scomparsa al centro di un'apparente disputa per la custodia che si è conclusa con un omicidio*. Era un po' troppo lungo e forse non era neanche giusto, perché non avevano ancora appurato che tutta quella vicenda fosse sorta per una disputa per la custodia della bambina. Purtroppo, per il momento almeno, era difficile avere qualche certezza su quale fosse il vero motivo scatenante. «Quando Mira Summers ha avuto Rosie, credo che fosse così coinvolta nella relazione e che il rapporto tra lei e Seth fosse così solidamente consolidato, che tra loro non è cambiato nulla, benché avessero avuto una bambina.»

«Secondo noi, la madre non ha mai avuto fisicamente la custodia della bambina.» continuò Gretchen. «Pensiamo che il padre fosse troppo paranoico per lasciare che la piccola stesse con la madre. Doveva avere lui il controllo su di lei. Perché, nella sua paranoia, in questo modo la stava proteggendo da qualche "autorità" che, stando alla sua patologia allucinatoria, gliela avrebbe portata via. L'unica cosa che abbiamo sentito dire da quasi tutte le persone con cui abbiamo parlato di Seth Lee è che tende a scomparire per lunghi periodi tempo... e che è altamente probabile che sia quello che ha fatto con Rosie. Ogni volta che le sue manie avevano la meglio, prendeva la bambina e spariva per rifugiarsi da qualche parte. Sono pronta a scommettere che ha costretto quella povera donna a vivere nella costante paura di non rivedere mai più la figlia.»

«In realtà ho qualche dubbio che lei sapesse dove andava quando spariva.» precisò Josie. «Non poteva far altro che aspettare che lui tornasse e sperare che lo facesse. Rebecca Lee ha detto che non c'è mai stato modo di contattare suo cognato, che non avevano alternative se non aspettare che fosse lui a farsi vivo. E sono pronta a scommettere che Mira aveva una tale paura che lui non le facesse più rivedere la figlia o che le facesse del male che non voleva correre il rischio facendogli causa per l'affidamento e di aprire così un vaso di Pandora.»

«Già...» borbottò Turner. «Non si può chiudere quel vaso una volta aperto. Ho lavorato a casi in cui i genitori portano via i bambini e... puff! Nessuno ne sa più nulla. Oppure li ritrovi in qualche altro stato vent'anni dopo, praticamente adulti.»

Josie guardò di nuovo il televisore. Il servizio della WYEP stava riproponendo la foto di Rosie all'età di sei anni. Ormai ne aveva compiuti dieci. Quanto poteva essere cambiata dopo quattro anni? Con un sospiro, Josie riportò l'attenzione sul fondoschiena Turner. «Mira probabilmente doveva aver sperato che iscrivendo Rosie a una scuola in cui aveva trovato lavoro avrebbe dato a Seth un motivo per non trasferirla in un altro posto e, magari, anche a stabilirsi. Mira deve aver usato il suo legame con April, come sorelle, per cercare di mettere Seth a suo agio con tutta la faccenda.»

«Finché April non gli si è rivoltata contro.» aggiunse Gretchen.

«Intendi dire fino a quando non ha capito che razza di cavallo pazzo era in realtà e ha deciso di denunciarlo ai Servizi Sociali per far crepare di fame la sua stessa figlia?» domandò Turner. «Ma dove diavolo è finita questa palla del cazzo? È come un vortice interdimensionale qui sotto. Credo di aver appena visto l'ingresso posteriore di Narnia, miseria ladra.»

All'improvviso, Gretchen sobbalzò e fece scricchiolare la

sedia chinandosi in avanti per raccogliere qualcosa dal pavimento. Con un sorriso trionfante, tirò su la piccola palla da basket di gommapiuma. La scrivania di Turner fece un salto quando lui ci sbatté la testa.

«Questa scrivania bastarda... mi sono fatto male. Aspettate, credo di averla trovata...» Allungando i piedi all'indietro, verso Josie, si abbassò sul pavimento mettendosi a pancia in giù. «Ricapitoliamo, quindi la sorella, April Carlson cioè, ha denunciato questo tizio, Seth Lee, e lui ha preso la piccola Rosie e si è volatilizzato nel nulla. Ai Servizi Sociali non hanno fatto qualche indagine?»

«Mi sono messa in contatto con il loro ufficio questa mattina...» disse Gretchen. «Sostengono di non essere riusciti a trovare né Seth né Mira al momento della chiamata.»

«Molto comodo...» commentò Turner con voce affannata. «Supponiamo che l'abbia portata qui, visto che suo fratello è qui che vive. Prima che qualcuno se ne rendesse conto, anche Mira Summers si è trasferita qui e ha iniziato ad andare ogni settimana al centro ippico di Jonathan Lee. Se non sapeva dove avrebbe portato la bambina, come faceva a sapere di dover andare all'Accademia dei Sentieri Tranquilli?»

È qui. Dobbiamo dirlo.

«È stata April a dirglielo. In qualche modo è riuscita a capirlo, ma non dovrebbe essere stato particolarmente difficile: eseguendo un controllo approfondito sul passato di Seth Lee tramite un servizio a pagamento avrebbe sicuramente scoperto che Jonathan Lee è suo fratello.»

Gretchen strinse forte la pallina nella mano, schiacciandola fino a ridurla alle dimensioni di una biglia. Poi aprì il palmo e la lasciò espandere di nuovo. «Non riesco a ricostruire con precisione la sequenza degli eventi, ma non credo che il trasferimento di April a Newsham un anno dopo che Seth è scomparso portandosi dietro Rosie e il trasferimento di Mira a Denton siano una coincidenza.»

«Pensi che la Carlson stesse cercando la ragazzina?» disse Turner, con la voce di nuovo affaticata. «Da sola?»

«Rosie era la nipotina di April.» disse Josie. «Durante la discussione che Teryn Bailey ha ascoltato tra April e Mira, April ha usato l'espressione "anche la mia famiglia". Rosie non era solo un'alunna per lei, era un membro della sua famiglia.»

«In qualche modo, Seth ha capito che April aveva cercato di seguirlo.» disse Gretchen. «Non ho idea di come, ma ha scoperto che si trovava a Newsham e ha iniziato a vandalizzare la sua casa. Il messaggio "VATTENE" era da parte sua. Voleva che stesse lontana da Rosie, in particolare.»

Per quale motivo April Carlson non si fosse rivolta alla polizia una volta che si era fatta un'idea di dove potessero essere non era facile da capire; all'opposto, era facile capire perché Mira Summers non si fosse rivolta alle autorità per denunciare Seth Lee dopo che le aveva sottratto la loro figlia per portarla in un luogo sconosciuto e forse per farla morire di fame perché, dopo che per decenni era stata indottrinata e addestrata dal suo compagno a modellare la propria vita in base alle sue idee deliranti, denunciarlo alle autorità era l'ultima cosa che avrebbe potuto fare. Ma come si poteva dire lo stesso per quanto riguardava la sorellastra? Per quale motivo non lo aveva denunciato, quando poi, invece, aveva sporto denuncia per l'effrazione e gli atti di vandalismo nella sua casa di Newsham, omettendo di dire alla polizia che il responsabile era il padre della sua nipotina?

Non avevano ancora messo insieme tutti i pezzi.

«E allora cosa?» chiese Turner, rimettendosi finalmente sulle ginocchia. «Questo tizio ha deciso di rapire la Carlson e di tenerla segregata per un anno? Che diavolo di risultato avrebbe ottenuto così? Ve lo dico io: è un pazzo da legare!»

Il servizio della WYEP tagliava sul nuovo e giovanissimo

reporter di punta dell'emittente, Dallas Jones, che si era piazzato proprio davanti alla casa di Mira Summers e ne intervistava il vicinato. Josie rimase sorpresa che non avesse scelto di mettersi davanti all'Accademia dei Sentieri Tranquilli. Era anche vero che non c'era nessuno da intervistare così lontano, ed era più che evidente che nessuno dei due proprietari dell'Accademia sarebbe stato disposto a parlare con i giornalisti, tanto più che alla rivelazione che suo cognato e una frequentatrice del loro centro ippico avevano avuto una figlia, Rebecca Lee era rimasta senza parole per quasi cinque minuti. Come gesto di cortesia e per mantenere buoni rapporti con i Lee nel caso avesse avuto bisogno del loro aiuto in futuro, Josie li aveva chiamati la sera precedente per avvisarli prima che la foto della loro nipotina finisse su Internet.

Josie bevve un altro lungo sorso del suo caffè macchiato. Gretchen stava ancora esaminando la palla da basket come se stesse cercando di decidere cosa farne.

Alla fine, Turner si ritrasse all'indietro e sbucò da sotto la scrivania, con i riccioli che gli ricadevano sulla fronte e una ragnatela che gli avvolgeva la nuca. Rimasto sulle ginocchia, guardò Gretchen da sopra le scrivanie affiancate. La pallina era scomparsa. Si spazzolò via la polvere dalle spalle della giacca. Si vestiva sempre come se dovesse testimoniare in tribunale, a prescindere dal contesto. Tendendo una mano a Josie, disse: «Aiutami ad alzarmi, ciambellina.» Aveva usato il tono di una pretesa, neanche di una richiesta.

Josie posò il caffè macchiato sulla scrivania e incrociò le braccia sul petto. «Come mi chiamo?»

Lui la guardò come se non l'avesse mai vista prima. «Mi prendi in giro? Vuoi sapere perché mi fa male il ginocchio, aeroplanino di carta?»

Non era sufficiente che facesse una singola cosa buona per essere perdonato una volta per tutte per il suo comportamento irritante: non gli aveva certo perdonato di aver fatto il rubacuori con Bobbi Ann Thomas la sera in cui lei era stata strangolata da Seth Lee.

«Come mi chiamo?» gli chiese con tono più deciso.

Turner girò la testa in direzione di Gretchen, confuso: «Ma fa sul serio?»

«Se vuoi rivedere la tua preziosa pallina da canestro, devi rispondere alla sua domanda.» ribatté Gretchen in tono di sfida.

Turner abbassò il mento sul petto. Josie sentì distintamente una risatina prima che lui facesse forza con una mano sul bordo della scrivania e si rimettesse in piedi.

Josie scosse la testa. «Quanto sei testardo. Quand'è che imparerai, fenomeno?»

Lui si alzò in tutta la sua altezza e la guardò dall'alto in basso. Quando lei non batté ciglio né indietreggiò, lo fece lui, finendo per andare a sbattere con le cosce contro la scrivania. Si schiarì la gola. «Imparare cosa?»

«Le buone maniere.»

Si lisciò il bavero della giacca e rispose: «Non servono le buone maniere quando si è così belli.»

Dietro di lui, Josie vide Gretchen che alzava gli occhi al cielo. «Giuro che questa stupida palla te la butto via.»

«Non volete sentire cos'ho scoperto?» chiese Turner, girandosi verso Gretchen.

Josie tornò a sedere. «Sarebbe a dire che hai lavorato mentre eravamo via?»

Turner si spazzolò i pantaloni. «Guarda che ieri sera, mentre non stavo lavorando al vostro mandato, avrò risposto a una mezza dozzina di "avvistamenti" fasulli del nostro uomo in fuga. A quanto pare, ora ogni volta che qualcuno vede un dannato involucro di cibo nel bosco, pensa che si sia accampato lì.»

Da tutto ciò che avevano raccolto, Josie era certa che Seth Lee non avrebbe mai mangiato cibo confezionato, ma non era una cosa che avrebbero condiviso con il pubblico.

«Abbiamo avuto una soffiata.» proseguì Turner. «Da tutte le emittenti. Ha chiamato una signora, tale Deirdre Velis. Gestisce un negozio di mobili usati da qualche parte qui intorno. Ha detto che conosce il nostro uomo. Che lo conosce bene.»

Deirdre, come il nome della donna che Seth Lee aveva portato al matrimonio di suo fratello decenni prima.

Turner si sedette sulla sedia e tese la mano perché Gretchen gli lanciasse la sua pallina da basket. Vedendo che lei non ci pensava neanche, iniziò a tamburellare con le dita sulla scrivania. «Ha detto che potrebbe avere informazioni per aiutarci a trovarlo.»

«Per esempio?» chiese Josie.

«Non me l'ha voluto dire per telefono, ma appena abbiamo riattaccato ho fatto una ricerca su di lei. Ha una vecchia condanna per assegni scoperti risalente a quasi vent'anni fa, ma da allora è sempre stata sulla retta via. Ho anche fatto una ricerca sul suo negozio, "Arredamento d'epoca". Ha due furgoni registrati e uno di questi ha una targa che finisce col numero sette, per il quale ho già diramato la segnalazione. Oh, e la vecchia Deirdre dovrebbe arrivare di sotto nella prossima mezz'ora. Ieri sera sono andato al negozio subito dopo la sua chiamata per poterle fare due domande, ma ho trovato chiuso e tutto buio. Nessun segno del furgone, o di qualsiasi altra cosa, in realtà. Un posto nel bel mezzo del nulla.»

«Che magari potrebbe essere un buon posto per tenere delle persone che hai rapito?» suggerì Gretchen.

Turner alzò entrambi i palmi delle mani. «Infatti ci avevo pensato, Parker, ma non è che potevo entrare per guardare senza avere il suo permesso o senza esibire un mandato, ti pare?»

Questo era vero, Josie dovette ammetterlo.

«Naturalmente, questo non mi ha impedito di raggiungere la banchina dello scarico merci, che ho trovato aperta, e gridare a pieni polmoni per vedere se qualcuno mi rispondeva.» aggiunse.

«Turner!» esclamò Josie. «Questo è...»

«Contro la procedura. Lo so, pasticcino, ma dobbiamo trovare quella bambina, no? E, comunque, non ho varcato la soglia del negozio, quindi, tecnicamente, ero ancora fuori.»

Ma anche se fosse andato contro la procedura e avesse messo piede nell'edificio – o meglio, se anche avesse perlustrato l'edificio da cima a fondo - chi lo avrebbe mai scoperto? Soprattutto perché ci era andato da solo.

«Rilassatevi, d'accordo?» disse Turner. «Vi assicuro che non ho fatto niente che metterebbe nei casini l'indagine in un secondo momento, e ho chiamato questa Deirdre appena sono tornato qui. Mi ha spiegato che era al supermercato quando sono passato.»

Gretchen lo guardò scettica con un sopracciglio inarcato. «E a quel punto ci sei tornato?»

«No. Ha detto che l'avrei trovata lì, se avessi voluto, ma si era fatto tardi e, siccome nel frattempo c'era stato un altro "avvistamento" di Seth Lee, le ho dato appuntamento per questa mattina e sono andato a verificare la segnalazione. Che, per l'appunto, era un'altra cavolata. Nel caso non l'aveste notato.»

Josie bevve in un sorso il resto del suo caffè macchiato e guardò di nuovo verso il televisore, dove era apparsa ancora una volta la foto di Seth Lee. Anche la grafica con l'elenco a punti era tornata, ma questa volta la voce "è possibile che abbia con sé un bambino piccolo" era stata sostituita dall'avviso "ha rapito una bambina di dieci anni di nome Rosie Summers".

«Sì, lo abbiamo notato...» mormorò Josie.

Turner tese di nuovo la mano verso Gretchen, che questa volta gli lanciò la pallina da basket. Se Josie non l'avesse conosciuta bene, l'avrebbe sicuramente scambiata per un'offerta di pace.

Rimango stesa sopra di lei tutta la notte per evitare che lui la tocchi. Mi sa che sto sognando quando la sento muoversi sotto di me, quando la sento gemere. Sono morta anch'io? Sono in paradiso? Il paradiso è uguale al posto più eterno, ma con mia madre dentro? Le promesse contano ancora in paradiso?

«Mamma...» sussurro.

Si lamenta di nuovo. Poi la vedo aprire gli occhi. Quando mi vede, scoppia in lacrime. Le mamme piangono in paradiso?

«Rosie...» mi dice. La sua voce mi ricorda il gracidare di una rana. Mi avvolge tra le braccia e mi tiene stretta a sé. Ora la sento calda, molto calda. Affondo il viso nel suo collo come faccio sempre. Profuma di fiori e non voglio lasciarla andare via.

«Siamo morte?» le domando in un sussurro.

La sento che scuote la sua testa. «No, tesoro. Non siamo morte.»

«Possiamo andarcene adesso?»

La sua ombra oscura tutta la luce intorno a noi. Prima che lei possa rispondere, lui si abbassa e mi trascina via da lei. «Da qui né tu né lei andrete da nessuna parte.»

QUARANTATRÉ

Alla stazione di polizia di Denton, Deirdre Velis aveva preso posto a capo del tavolo della sala conferenze e guardava sorridendo Josie e Turner. Aveva almeno cinque anni in più di Seth, se non anche dieci. La lunga capigliatura argentata era raccolta in una coda bassa, all'altezza della nuca. Sottili rughe le increspavano gli angoli degli occhi nocciola e il contorno delle labbra. La grande borsa di stoffa che si era portata appresso doveva essere stata cucita a mano. Il maglione color crema che indossava sopra una semplice camicia di cotone bianco era logoro dal tempo. Un profumo di lucido per mobili aleggiava intorno a lei.

Josie aveva provveduto a fare le presentazioni prima che lei e Turner prendessero posto sulle due sedie alla destra di Miss Velis e siccome Turner aveva già parlato con lei per telefono, Josie lasciò che fosse lui a prendere la parola per primo.

«Grazie per essere venuta fin qui...» le disse lui sfoggiando un gran sorriso.

Deirdre ricambiò il sorriso, anche se il suo fu più contenuto. Giunse le mani sulla superficie del tavolo e fece un profondo respiro per darsi la carica. «Mi permetta di scusarmi di nuovo per non averle potuto aprire ieri sera e di ringraziarla ancora per avermi ricontattata. Non guardo il notiziario, ma ascolto la radio e quando ho sentito il nome di Seth Lee ho capito che dovevo chiamarvi subito. Ci conosciamo da molto tempo io e lui. Andava ancora alle superiori quando ci siamo conosciuti.»

«Ah, non scherziamo!» esclamò Turner tamburellando con le dita sul bracciolo della sedia. «Non credo neanche per un attimo che quelle liceali potessero competere con una donna sofisticata come lei.»

Sentendo quella battuta Josie si chiese se l'avesse pensata come un complimento o se fosse il modo equivoco in cui Turner stava chiedendo alla donna se aveva avuto una relazione intima con Seth Lee quando era ancora minorenne. Qualunque fosse la risposta, Deirdre mantenne il suo sorriso nervoso. «Seth lavorava d'estate nella fattoria di mio zio a Fairfield. Non è successo nulla finché non è diventato abbastanza grande... ma, per risponderle, sì, ci siamo innamorati profondamente e siamo stati insieme per molti anni. Io volevo sposarmi, sistemarmi e mettere su una famiglia. Ma di queste cose Seth non voleva neanche sentire parlare. Pensava... beh, ha sempre avuto dei problemi.» Si batté un dito sulla tempia. «Qui. Lui dice che è colpa del servizio di leva, ma la verità è che stava iniziando ad avere dei pensieri piuttosto strani ancora prima di essere arruolato.»

«Delirava.» chiarì Josie.

«Sì.» confermò Miss Velis annuendo. «Più andava avanti, più le sue idee si facevano... radicate. Ora, non fraintendetemi, non è chissà quale specie di mostro e non è nemmeno uno spostato.»

Improvvisamente, Josie ebbe quasi l'impressione di sentire la pioggia di saliva che le cadeva sul viso quando Seth Lee aveva cercato di strangolarla. Le parole "mostro" e "squilibrato" si impressero nella sua mente, eppure non poté fare a meno di chiedersi se ci fosse qualcos'altro in gioco che lo aveva portato a passare dagli abusi su Mira Summers al rapimento e alla tortura di April Carlson per un anno intero; intuiva ancora una volta che si stavano perdendo qualcosa di importante. Rebecca Lee aveva detto qualcosa di simile a quello che Deirdre Velis stava dicendo in quel momento.

Seth si presenta quasi sempre in modo normale. È tranquillo, educato, piacevole. Non è un mostro.

Turner disse: «È proprio sicura che quel tipo non sia un mostro? Perché...»

Sotto il tavolo, Josie scalciò di lato con la gamba, mandandola a sbattere contro la caviglia di Turner, che la guardò.

«Credo che sia meglio riformulare la frase.» si corresse Miss Velis. «L'uomo che ho conosciuto io e di cui mi sono innamorata decenni fa non era un mostro. Anche quando i suoi... problemi non avrebbero potuto essere più evidenti di così, rimaneva ancora l'uomo di cui mi ero innamorata.»

«L'ha mai picchiata?» le chiese Turner con tono deciso.

Miss Velis deglutì, abbassando lo sguardo sulle mani giunte. «Sì, qualche volta. Quando era molto agitato, immerso nei suoi... pensieri. Quando diventava così, non c'era modo di ragionare con lui. Molte volte ho cercato di farlo aiutare, ma non ha mai accettato. Suppongo di aver insistito troppo, perché se n'è andato.»

«L'ha lasciata lui?» chiese Turner. «Intendo dire che è lui che ha rotto con lei. Quando è successo?»

«Circa dieci anni fa, mi sembra.»

Il che significava che sul finire la loro relazione si era sovrapposta a quella tra lui e Mira.

«Sapeva che Seth si vedeva con Mira Summers?» le chiese quindi Josie.

Le labbra di Miss Velis si strinsero in una linea sottile e un fuoco di rabbia si accese nei suoi occhi, ma mantenne la sua compostezza. Quando riprese a parlare, le parole che scelse erano attentamente controllate, ma Josie percepì un sottofondo di furia. «Lo sospettavo. Seth spariva per mesi, a volte anche per anni. Non avevo modo di sapere se mi rimaneva fedele. Ogni volta che glielo chiedevo, mentiva e diceva che non c'era nessun'altra, oltre a me.»

«Ma lui l'aveva lasciata. A quel punto, non le aveva detto di Mira Summers?» insistette Turner. «O della figlia segreta che aveva avuto con lei?»

«No. Mai.»

Per allora, Rosie doveva avere già compiuto dieci anni. La fine della relazione tra Deirdre Velis e Seth Lee era coincisa con la nascita della bambina. Non poteva essere una coincidenza. Ammesso che non fosse troppo imbarazzata per ammettere di averlo sempre saputo. Una cosa era scoprire che il suo uomo l'aveva tradita; un'altra era scoprire che aveva avuto un figlio da un'altra donna, soprattutto quando, fino a poco tempo prima, lei voleva avere dei figli con lui e lui si era rifiutato. «Quando è stata l'ultima volta che ha visto Seth?» le chiese Josie.

«Oh, sarà stato un paio di settimane fa.» rispose Miss Velis. «Ecco perché sono venuta a parlare con voi. Ci siamo lasciati ormai da dieci anni, ma ci sono state alcune volte in cui Seth è venuto da me, alla ricerca disperata di denaro. Suo fratello non vuole aiutarlo, o almeno così dice lui. Mi dispiaceva per lui e così, quando aveva bisogno di lavorare, gli facevo fare le consegne per il mio negozio.»

«Consegne di mobili.» disse Josie. «Con un camioncino.»

Miss Velis si sistemò una ciocca di capelli dietro l'orecchio, anche se erano già perfettamente in ordine. «Sì. Lo pago in contanti. È l'unica cosa che accetta. Non ha nemmeno più una carta di credito o un conto corrente. Gli do un elenco di pezzi e uno di indirizzi a cui devono essere consegnati, poi lui li carica su uno dei miei camioncini e li consegna. Non sono molti. Vendo mobili d'epoca e vintage. Non c'è una grande richiesta, ma abbastanza per tenere aperto il mio negozio. A dire il vero, con l'avanzare dell'età, trovo sempre più difficile fare questo tipo di lavoro.»

«La aiuta mai a riparare i mobili?» le chiese Josie.

«Qualche volta.»

Josie pensò al punteruolo, all'uso che se ne fa nella lavorazione della tappezzeria e della falegnameria. Tutte attività che potevano essere necessarie in un negozio che vendeva mobili d'epoca. Guardò Turner per vedere se anche lui aveva fatto il collegamento, ma lui aveva sfilato il telefono dalla tasca e lo teneva su una coscia, guardando qualcosa di nascosto. Ma come gli veniva in mente? E magari sperava di darle a bere che stava consultando qualcosa di inerente al lavoro!

«Lo ha mai visto con Rosie Summers?» gli chiese Josie tirando fuori il telefono e recuperando la foto della bambina per mostrargliela.

Un'emozione indefinita attraversò in un lampo il volto di Deirdre Velis. Poteva essere risentimento. Poteva essere ostilità. Oppure... amarezza? Magari dovuta al fatto che aveva conosciuto Seth per prima e voleva avere dei figli con lui, ma lui l'aveva respinta e poi aveva avuto una figlia con un'altra donna?

«Quando si presenta al mio negozio, viene sempre da solo.» rispose Miss Velis scuotendo la testa. «Come ho già detto, non avevo idea che lui e quest'altra donna avessero avuto una bambina insieme.»

«E che ci dice di April Carlson?» insistette Josie. «Non l'ha mai visto con lei?»

«Gliel'ho detto, lo vedo sempre da solo, quindi no.»

«Ha idea di dove possa averla tenuta prigioniera? O di dove potrebbe tenere la bambina?»

«Vorrei saperlo, mi creda.» disse Miss Velis. «Ma non lo so. Seth non è mai rimasto a lungo in nessun posto. Se ha dei nascondigli, non ho mai saputo dove fossero.»

Un vicolo cieco dopo l'altro. Turner era ancora impegnato

con quello che stava guardando sul suo telefono, tutto preso a picchiettare con i pollici sullo schermo.

Josie passò dalla foto scolastica di Rosie al disegno che avevano trovato sulla scena dell'incidente. «In questo disegno le sembra di vederci un luogo che ha mai visto o che le è familiare?»

Miss Velis guardò il disegno con la fronte aggrottata dalla perplessità e fece una piccola risatina. «Un luogo? Detective, a me sembra più che altro... un occhio.»

Josie infilò in tasca il telefono. «Seth sta mai da lei? A casa sua o nel suo negozio? Magari durante i mesi invernali?»

Arrivare a conoscere gli spostamenti del loro ricercato durante la stagione fredda era stato un tormento per Josie sin dall'inizio delle indagini.

«La mia casa è comunicante con il negozio, ma no, lui non sta con me. Non più. Non è una buona idea, vista la nostra storia. E, a parte questo, lui non si fida... a stare chiuso in casa. Pensa che ci siano telecamere nascoste per spiarlo. Gli ho detto mille volte che non è vero, ma non mi crede mai.»

«Con quale frequenza fa le consegne per lei?» le chiese Josie. «Diverse volte all'anno? O più volte alla settimana?»

«Dipende dal periodo.» spiegò Miss Velis. «Ci sono mesi in cui non ho nessuna consegna da fare e ce ne sono altri in cui ne ho da fare una mezza dozzina alla settimana. Se Seth passa in zona, lascio che se ne occupi lui. Altrimenti non ho alcun modo di mettermi in contatto con lui...»

Turner diede una gomitata a Josie e sussurrò: «Abbiamo un avvistamento.»

«Quindi gli permette di prendere uno dei suoi furgoni, ma non ha modo di contattarlo?» ripeté Josie. «Come fa a sapere che glielo riporterà?»

Miss Velis si mise a ridere. «Perché ha bisogno di soldi. Sono io che pago per il pieno di benzina del furgone, che gli do i contanti per... qualsiasi cosa abbia bisogno di comprarsi. Non è molto, ma è evidente che ne ha bisogno. Sentite, sono venuta qui oggi perché si è preso il mio furgone. Ho pensato che se vi avessi dato il numero di targa, magari sareste riusciti a trovarlo più velocemente.»

Frugò nella borsa e tirò fuori una copia del libretto di circolazione. Stendendolo e porgendolo a Josie, aggiunse: «Purtroppo non ha il navigatore. È un modello piuttosto vecchio. E chiaramente non ha nemmeno tanti accessori moderni.»

«Questo ci sarà di grande aiuto.» disse Josie. «Miss Velis, sa dirci dove vive o dove alloggia Seth?»

«Non l'ho mai saputo.» sospirò lei. «Ha sempre detto che gli piaceva spostarsi da un posto all'altro, accampandosi. Quando gli capitava di avere un lavoro fisso, stava da un collega. Questo è quello che mi ha sempre detto. Ma ora ho scoperto che in tutti questi anni ha avuto un'altra donna, da cui ha avuto anche una figlia. Magari stava da lei, quando non stava con me. Magari ora si è trovato un'altra donna che lo tiene nascosto da qualche parte.»

Non c'era modo di confondere l'amarezza nel suo tono.

Turner alzò gli occhi dal telefono e guardò verso Miss Velis per chiederle: «Lei sapeva già che il suo uomo è matto da legare. Ora sa che ha rapito una coppia di donne, che le ha accoltellate entrambe e che ne ha fatta fuori una. Anzi, quasi due, perché l'altra sera, per poco, non ha fatto fuori anche questa qui.» disse dando una gomitata a Josie sul braccio.

Miss Velis le lanciò un'occhiata di valutazione. Josie fu contenta di essersi presa il tempo, quella mattina, di applicare il correttore sui lividi che le punteggiavano la gola.

«Turner.» lo riprese, con un tono di avvertimento, ma naturalmente lui continuò imperterrito per la strada che aveva imboccato. «Quindi, non ha esitato nemmeno un attimo nel cercare di avere la meglio su una donna armata di pistola. Allora, mi dica, Deirdre: non ha un briciolo di paura di quest'uomo? Cosa pensa che succederà la prossima volta che si ripresenterà al suo negozio con il furgone, ormai consapevole di essere ricercato per omicidio e per una serie di altri gravi reati? Stiamo parlando di un individuo decisamente fuori controllo.»

«Detective...» gli rispose Miss Velis aprendo le dita e appoggiando i palmi delle mani sul tavolo. «So come gestire Seth. Ho fatto pratica negli ultimi trent'anni. Se si dovesse ripresentare al mio negozio, chiamerei la polizia e lui non se ne accorgerebbe nemmeno finché non vi vedesse arrivare.»

QUARANTAQUATTRO

Sulla fronte e sul labbro superiore di Josie si stava formando una patina di sudore. Non ricordava che maggio fosse così caldo a Denton. Era ancora presto e sarebbero rimasti sotto il sole cocente per almeno un'altra ora, se non anche di più, ammesso che la segnalazione che Turner aveva ricevuto si fosse rivelata fondata. Si infilò il giubbotto antiproiettile sopra la polo della Polizia di Denton e guardò Turner che scorreva sul telefono come se non avesse la benché minima preoccupazione al mondo. Se ne stava lì, al margine del vialetto dell'Accademia dei Sentieri Tranquilli, dove la ghiaia lasciava il posto all'asfalto di Prout Road; si era tolto la giacca del completo per mettersi a sua volta il giubbotto antiproiettile, ma non si era neanche arrotolato le maniche della camicia. Le sembrava inspiegabile che non fosse in un bagno di sudore.

Proprio di fronte a lui, sul lato opposto di Prout Road, c'era l'agente Brennan, che sorvegliava uno dei vari sentieri da equitazione che conducevano al luogo in cui era stato avvistato Seth Lee. Quando Josie e Turner erano arrivati, Brennan e altri tre agenti avevano fatto una perlustrazione sommaria, ma non avevano trovato altro che un capo di abbigliamento che ritenevano appartenesse a lui. Gli altri agenti erano rimasti nell'area in cui si trovavano i vestiti per assicurarsi che nessuno compromettesse la scena.

«Turner.» lo chiamò Josie vedendo una fila di autopattuglie in avvicinamento. Senza nemmeno alzare lo sguardo dal telefono, lui si tolse di mezzo per permettere alle auto di entrare nel vialetto.

«Sei sicura che sia proprio necessario, topolina? Ieri mi sono fatto in quattro per raggiungere una mezza dozzina di campeggi e altri luoghi sperduti nella natura incontaminata per seguire queste segnalazioni, ma non ho trovato un accidente di niente. C'eravamo solo io e un paio di altri ragazzi. Quanti poliziotti ci vogliono per non trovare il nulla cosmico? I nostri ragazzi hanno già perlustrato questo posto. Sei sicura di non voler chiamare la Squadra Speciale di Pronto Intervento della Polizia di Stato?»

In effetti, i suoi membri erano appositamente addestrati per rispondere a situazioni ad alto rischio. Composta da un'unità tattica e da un'unità di negoziazione, la Squadra sostituiva i dipartimenti di polizia della Pennsylvania che non disponevano di unità SWAT proprie.

Josie si faceva vento con la mano, chiedendosi perché non ci fossero degli alberi sotto cui cercare un po' di ombra. Non riuscì a capire se Turner la stava prendendo in giro o se diceva sul serio parlando della Squadra Speciale; quindi, decise di rispondergli come se fosse stata una domanda seria. «Nessuno di quegli avvistamenti era in questa zona, nella proprietà dell'Accademia Equestre dei Lee e sono convinta che qui si senta in qualche modo a suo agio e in un ambiente che gli è familiare. Non è azzardato pensare che sia tornato qui, anche solo temporaneamente, e no, non voglio chiamare la Squadra Speciale. Quanto tempo è passato? Saranno due ore ormai da quando alla centrale hanno ricevuto la prima chiamata in cui dicevano di averlo avvistato e hanno inviato i primi agenti sul posto, giusto? Potrebbe essere già sparito da un pezzo e la Squadra Speciale potrebbe impiegare un'altra ora per arrivare e organizzarsi. Preferirei che i nostri uomini stabilissero dei perimetri e iniziassero subito le ricerche.»

Gli agenti in uniforme scesero dai loro veicoli e si diressero verso di loro, formando un circolo irregolare vicino all'imbocco del vialetto. Dalla direzione della casa dei Lee apparve Rebecca, che si dirigeva verso di loro con un cipiglio rabbioso stampato in faccia.

Turner si avvicinò a Josie, con il telefono ancora in mano, e le diede un colpetto sulla spalla. «Io penso che adesso ci divertiamo. Tu no?»

Rebecca non si fermò e non li salutò nemmeno. Invece, passò in mezzo al gruppo e iniziò ad attraversare Prout Road, dirigendosi verso Brennan, che rimase immobile, con gli occhi nascosti dagli occhiali da sole. Quando si rese conto che nessuno la stava seguendo, si fermò e li chiamò da sopra la spalla: «Andiamo. Vi porto dagli altri agenti.»

Turner, Josie e alcuni agenti in uniforme si misero a correre per raggiungerla.

«Non può stare qua fuori con noi.» la avvertì Turner. «Non è sicuro. Possiamo trovarli da soli.»

«Stronzate.» sbottò lei fulminandolo con lo sguardo. «Questa è la mia proprietà.»

Turner guardò di nuovo Josie, come per chiederle aiuto. «Mrs. Lee...» disse Josie. «Possiamo parlare un minuto? In privato?»

La vide esitare, spostare lo sguardo verso Brennan che era ancora fermo al suo posto come una barriera impenetrabile tra lei e il sentiero, e alla fine arrendersi. Guardò Turner mentre seguiva Josie fino al vialetto, che la condusse lontano dal gruppo di agenti. Nel frattempo, Turner si avvicinò a Brennan. Parlarono per un momento e poi lei sentì Turner gridare le istruzioni per delimitare un ampio perimetro intorno al luogo in cui il loro uomo era stato avvistato l'ultima volta.

«Il mio collega ha ragione, Mrs. Lee.» le spiegò Josie riportando l'attenzione su di lei. «Non è sicuro per lei accompagnarci nella ricerca.»

Mrs. Lee fece un gesto intorno a loro. «Nessuno conosce questo posto meglio di me! Nessuno di voi sa come trattare con mio cognato. Non credo che se mi vedesse insieme a voi diventerebbe violento e magari riuscirei a farlo ragionare. Ammesso che sia ancora in zona!»

Josie preferì non parlarle dell'incontro che aveva avuto con suo cognato. «Sono sicura che ha ragione, Mrs. Lee...» convenne Josie. «Ma non posso comunque permetterle di rischiare unendosi a noi.»

Rebecca Lee strinse le mani sui fianchi. «È una stronzata bella e buona!» La sua voce tremava di rabbia. «La presenza di mio cognato sul terreno dell'Accademia costituisce un pericolo per i miei clienti, per non parlare dei danni che sta facendo al mio reddito. Io aiuto le persone che si rivolgono a me. Il mio programma di equitazione terapeutica ha lo scopo di aiutare le persone che hanno subito un trauma, non di provocarne uno. Mio cognato sta rovinando tutta la mia vita. E mio marito continua a prendere le sue difese. E io...» si interruppe, con il petto che ansimava.

Josie si asciugò il sudore dalla fronte. Evidentemente lei e Rebecca Lee avevano una cosa in comune: affrontavano meglio lo stress se avevano qualcosa da fare, se potevano rimboccarsi le maniche in qualche modo. «Vuole aiutarci?» la sollecitò.

Mrs. Lee riuscì a rallentare la respirazione. «Chiaro che voglio aiutarvi.»

«Allora ci lasci fare il nostro lavoro...»

Mrs. Lee era già sul punto di protestare, ma Josie alzando una mano la fermò prima che dicesse una parola. «E mentre noi facciamo il nostro lavoro, ho bisogno che lei indaghi su una cosa per me.»

«Qualsiasi cosa.»

«La avverto, non le piacerà. Potremmo far firmare un mandato per ottenere le informazioni che ci occorrono, ma questo ci porterebbe via del tempo.»

«Non è il caso di perdere altro tempo. Cos'è che le occorre, detective?»

«Come fa suo cognato a sopravvivere durante i mesi invernali?» le chiese Josie. «Quando nevica o le temperature scendono ben al di sotto dello zero?»

Mrs. Lee scosse lentamente la testa. «Gliel'ho già detto che questo non lo so.»

C'era qualcosa che quella donna aveva detto a suo marito il giorno che erano andati a parlare con loro all'inizio delle indagini e che aveva lasciato Josie un po' perplessa, tanto si era insinuato in un angolino della sua mente, aspettando pazientemente di essere risolto. «Lei ha detto che suo marito una volta ha preso in affitto un appartamento per suo fratello senza prima parlarne con lei.»

Mrs. Lee inspirò bruscamente, ma l'agitazione sul suo volto si attenuò. «Confermo. L'aveva fatto e aveva continuato per anni senza che io lo sapessi, ma poi ho messo fine alla cosa. È successo molto tempo fa. Ora che abbiamo preso possesso di questo posto, vedo tutto ciò che entra ed esce. Lo saprei se...» si interruppe di nuovo e rimase a bocca aperta, prendendo atto di un nuovo pensiero che la colpiva.

Ma non lo condivise con Josie che, pur non pensando che avesse bisogno di un'ulteriore imbeccata, preferì dirlo lo stesso: «È possibile che suo marito abbia usato un conto che lei non controlla di frequente? O che non paghi direttamente alcun proprietario o nessuna società di amministrazione immobiliare, ma che semplicemente prelevi dei contanti per consentire a suo fratello di avere un posto dove alloggiare quando il tempo non gli permette di accamparsi all'addiaccio? Quello che vorrei chiederle è di controllare tutti i vostri conti per accertarsi che suo marito non abbia effettuato prelievi di contanti a intervalli regolari.»

Mrs. Lee si passò la lingua tra le labbra e annuì. «Certo, posso controllare.»

«Ottimo.» disse Josie. «Ora, la mia squadra si dirigerà lungo il sentiero dove suo cognato è stato visto per l'ultima volta.»

QUARANTACINQUE

Josie, Turner e quattro agenti in uniforme lasciarono Brennan di sentinella lungo Prout Road, di fronte al vialetto dell'Accademia Equestre e si avviarono lungo un prato in pendenza, con l'erba che arrivava alle ginocchia, attraversato da un sentiero che avrebbe consentito il passaggio di un cavallo per volta. Nel punto in cui il terreno diventava fangoso, Josie vide l'impronta di uno zoccolo e nugoli di mosche si libravano pigramente su grandi mucchi di escrementi.

Turner agitò una mano davanti al naso. «Non ci posso credere!»

Josie fece un passo lungo per evitare un mucchio particolarmente consistente. «Quei tuoi bei mocassini non sopravviveranno a questa giornata.»

Continuarono a percorrere il sentiero per mezzo chilometro, quando la pianura verdeggiante lasciò il posto a una boscaglia, portandoli a immergersi finalmente nell'ombra. Josie si abbassò il colletto e ne usò un lembo per asciugarsi il sudore sul viso. Turner si rimboccò una dopo l'altra le maniche della camicia. «Dove hai detto che porta questo sentiero?»

«Non hai neanche guardato la cartina?» esclamò Josie. Lo

scroscio dell'acqua, sempre più forte a ogni passo, rendeva evidente dove si trovavano. «Siamo al fiume.»

Pochi istanti dopo, uscirono dagli alberi sulla riva del fiume Susquehanna e si disposero a ventaglio lungo la riva. L'acqua vorticava e scorreva veloce ai loro piedi, scivolando sulle rocce. Nel punto in cui cumuli di rami, foglie e alberi caduti si erano ammucchiati lungo la riva, turbinavano vortici di schiuma giallastra.

«Ma che roba è quella?» sbottò Turner avvicinandosi a lei. «Sono bolle di sapone? Ma che è venuto a farci qui? Il bucato o che altro?»

Josie scosse la testa. «È schiuma fluviale.»

«Schiuma fluviale? Da quando in qua i fiumi hanno la schiuma, si può sapere?»

«È un fenomeno che si verifica con la decomposizione naturale dei detriti come fogliame, rami, materia organica...»

Senza badare troppo alla sua spiegazione, Turner si stropicciò il naso. «Come ti pare, ma c'è puzza quaggiù. Come un misto di merda di cavallo e non so di che altro, ma qualcos'altro c'è di sicuro.»

L'acqua era marrone e poco profonda finché non raggiungeva la metà del fiume, dove diventava più profonda e assumeva un colore tra il verde e il blu. Di fronte a loro, la riva opposta non si alzava tanto dal pelo dell'acqua ed era più scoscesa, e proseguiva avanti fino a una stretta stradina a due corsie, oltre la quale c'era un'alta parete rocciosa che formava la base della montagnola successiva.

Scacciando una zanzara, Turner le chiese: «Mi stai dicendo che qualcuno che è venuto su questo sentiero col cavallo ha pensato di aver visto il nostro uomo quaggiù in riva al fiume? E come diavolo avrebbe fatto ad arrivare qua sotto? Non vedo camioncini commerciali, né un posto dove parcheggiarne uno.»

«Potrebbe averlo abbandonato.» gli fece notare Josie.

«Sarebbe la mossa più intelligente e potrebbe aver proseguito a piedi in qualsiasi direzione.»

Turner puntò un dito verso la sponda opposta. «Quella strada si collega in qualche punto a Prout Road?»

«No.» disse Josie. «Corrono parallele. Per ricollegarti a Prout Road da qui dovresti proseguire fino alla città, attraversare il South Bridge, fare il giro della città e a quel punto riprendere Prout Road.»

«Non vedo nulla.» disse Turner. Con la punta del piede spostò un sasso, facendolo cadere in acqua con uno schizzo.

Josie guardò l'acqua che scorreva e pensò a quanto sarebbe stato bello tuffarsi. L'aria era calda, ma il fiume in quel periodo dell'anno doveva essere freddo. Accantonando l'idea, si incamminò lungo la riva, verso tre dei loro agenti che si erano messi di guardia in fila vicino alla linea degli alberi, mentre gli altri agenti in uniforme camminavano accanto a lei.

La riva del fiume sarebbe stata un posto ideale per accamparsi, supponendo che Seth Lee non credesse che l'acqua era avvelenata. Quella zona era piuttosto isolata. Guardando verso nord, in direzione opposta alla città, si riusciva a vedere soltanto acqua a perdita d'occhio. Verso sud, invece, l'acqua scorreva impetuosa verso la città. Qualche chilometro più avanti c'era un'altra ansa del fiume, dove una parte della riva opposta, coperta da un boschetto, si estendeva fino all'acqua. Una penisola dai bordi smussati. Al di là di quella, il Susquehanna spariva dalla vista.

Sentì Turner dare un calcio a un un'altra pietra facendola finire nell'acqua. «È solo una perdita di tempo.»

«Avevi impegni più urgenti?»

Turner raggiunse con agilità il drappello di agenti, facendosi strada tra di loro per posizionarsi accanto a lei. «Devo starti vicino, principessa, per assicurarmi che non ti prendano di nuovo a calci nel culetto.»

Era come una scheggia che si spezza quando si cerca di

rimuoverla e, rimanendo sottopelle, provoca un'infezione. Quelle del tipo che ti fanno venire il pus.

«Vuoi stare un po' zitto?» sospirò Josie stancamente. L'agente Conlen salutò il gruppo con un cenno e si diresse lungo la strada verso gli alberi, lontano dalla riva del fiume.

In mezzo a due grandi frassini c'era un'apertura abbastanza grande da permettere a due persone di camminare fianco a fianco. Poco oltre c'era una piccola radura. Il terreno era composto da zolle di fango e di erba. Una quercia morta era caduta su un fianco, creando un posto dove sedersi o un riparo naturale, a seconda delle esigenze. Sul terreno, sotto al tronco, giaceva stropicciata una camicia di flanella logora, misto rosso e bianco ormai sbiaditi, e a cui mancava almeno una manica, da quello che Josie poteva vedere.

«Una camicia...» disse Turner. «Potrebbe essere di chiunque.»

«No.» disse Josie. «È la sua. La indossava quando mi ha aggredito a casa di Mira Summers.»

«Questo non ci è di grande aiuto...» disse Turner. «Sapeva che qualcuno lo aveva visto. Ora abbiamo metà delle forze del nostro dipartimento sparpagliata in questi boschi a cercarlo. Micia, dammi retta, se n'è andato.»

«Ma la nostra unità cinofila potrebbe ancora trovarlo.» disse Josie, tirando il telefono fuori dalla tasca.

QUARANTASEI

Poco dopo Josie si ritrovava ancora una volta sul bordo del vialetto dell'Accademia dei Sentieri Tranquilli, sudata fradicia, ad aspettare insieme a Turner l'arrivo di Luke Creighton e del suo segugio Blue. Quando vide Turner togliersi il giubbotto antiproiettile e gettarlo sul sedile posteriore del suo fuoristrada e addirittura allentarsi il nodo alla cravatta, si sentì appagata nel constatare che sul retro della camicia aveva una macchia di sudore a forma di V che gli arrivava quasi fino alla cintola.

«Pensavo che non avessimo un'unità cinofila.» le disse.

«Non ce l'abbiamo, in realtà.» disse Josie. «Non è mai stata inserita nel bilancio. Il capo si è rivolto a un'organizzazione senza scopo di lucro che fornisce cani da ricerca e salvataggio con i loro conduttori ai dipartimenti di polizia che ne hanno bisogno, a spese minime per il dipartimento. Il nostro conduttore serve diversi dipartimenti in questa zona.»

Alla fine, Turner si sfilò del tutto la cravatta e la gettò sul sedile posteriore accanto al giubbotto antiproiettile e si sbottonò i primi tre bottoni della camicia, lasciando intravedere il collo della canottiera completamente fradicio. «Questo conduttore com'è? Bravo?»

Josie si voltò dall'altra parte, provando quel vecchio e familiare miscuglio di emozioni che le capitava di provare ogni qualvolta si ritrovava a parlare con Luke Creighton. O anche solo a pensare a lui. Una volta erano stati fidanzati. Era stato il primo uomo con il quale aveva avuto una relazione seria dopo la morte del suo primo marito, Ray. Lavorava come agente della Polizia di Stato. Era stato un uomo che rispettava le regole alla lettera in tutto e per tutto, finché un giorno Josie gli aveva chiesto di infrangerne una e lui era rimasto ferito gravemente, sfuggendo per un pelo alla morte. Aveva perso la milza.

«Sì.» disse lei. «È il migliore.»

Turner si era messo così vicino a lei che con il braccio le sfiorò il suo. «Sei sicura? Non mi sembri convinta.»

Josie aveva passato diciotto mesi a prendersi cura di Luke per aiutarlo a rimettersi in sesto e ricominciare a lavorare e poi lui le aveva mentito, aveva tradito la sua fiducia e l'aveva delusa. Si era ritrovato in una brutta situazione che non aveva fatto altro che peggiorare quando aveva coperto una sparatoria. Una complicata serie di eventi spiacevoli lo aveva portato a essere rapito da uomini di malaffare affiliati alla mafia. Lo avevano torturato, lasciandogli danni permanenti e irreversibili.

«Sono sicura.» ribadì Josie. «E poi il lavoro più grosso lo fa il cane e il cane di Luke è sicuramente il migliore.»

«Non c'è dubbio che i cani ti piacciano molto.» constatò Turner, fissandola. «È per questo che non volevi che sparassi a Kiki la Minaccia?»

Josie strinse gli occhi mentre lo guardava. «Davvero gli avresti sparato?»

Lui sorrise. «Tu che ne pensi?»

«Non so cosa pensare di te, Turner. Fammi solo un favore. Quando arriverà Luke, non... dire nulla sulle sue mani, intesi? Cerca di non reagire.»

Durante la terribile esperienza a cui era stato sottoposto, Luke si era visto frantumare le ossa di entrambe le mani e di tutte le dita, che erano ancora ricoperte di cicatrici argentate. La punta del mignolo della mano sinistra era piegata verso l'esterno, con un'angolazione innaturale, mentre l'indice e il medio della mano destra erano appiattiti. Questo era il meglio che numerosi interventi chirurgici di ricostruzione erano riusciti a garantirgli. Lui diceva di essersi abituato e che le reazioni della gente alle sue mani non gli davano più fastidio, ma a Josie invece dava fastidio quando la gente reagiva male.

Luke aveva pagato per ogni singolo errore che aveva commesso: aveva perso il lavoro, aveva buttato alle ortiche la sua carriera e aveva dovuto scontare una condanna dietro le sbarre. Aveva preso il suo segugio, Blue, per aiutarsi a gestire l'ansia paralizzante che lo tormentava per quello che aveva passato, ma aveva scoperto che Blue poteva anche aiutarlo a riscattarsi quando aveva trovato un modo per essere utile agli altri. Il loro curriculum rasentava la perfezione e una volta Blue aveva addirittura salvato la vita di Josie. Era uno di quei debiti che non sarebbe mai stata in grado di ripagare.

«Ehi.» Turner le urtò delicatamente il braccio. «Cioè, mi stai veramente chiedendo di fare qualcosa, ho capito bene?»

«Luke è importante per me.»

«È tanto difficile?» le chiese con un ghigno. «Chiedermi qualcosa?»

Lei gli diede una gomitata decisa, colpendolo alle costole. «Tu che ne dici?»

«Dico che tu puzzi di sudore e di merda di cavallo.»

Un fuoristrada bianco e sporco di polvere apparve in lontananza, risalendo su Prout Road. Josie si allontanò da Turner per fare cenno a Luke di entrare nel vialetto. «Anche la tua è una fragranza piuttosto decisa.»

Pochi istanti dopo, Blue era ai piedi di Josie e riceveva grattatine dietro le orecchie e una profusione di complimenti, mentre Luke si presentava a Turner. Per Josie fu una sorpresa autentica quando vide che Turner non diede alcun segno visibile di reazione vedendo le mani maciullate di Luke. Non era facile capire se fosse dovuto al fatto che lei aveva insistito affinché non reagisse o perché era rimasto colpito dalla sua stazza: Luke doveva essere quasi cinque centimetri più alto di Turner, aveva le spalle più larghe ed era decisamente più muscoloso. Era un gigante gentile, che da tempo aveva abbandonato il taglio di capelli da poliziotto statale e si era lasciato crescere una fluente chioma castana in uno stile un po' selvaggio e spettinato che gli si addiceva di più.

Mentre scendevano lungo il sentiero verso il corso d'acqua, Josie aggiornò Luke sulla situazione.

«Ho seguito le notizie.» disse Luke. «Mi chiedevo infatti se avrei ricevuto una chiamata. Anche se preferirei di gran lunga cercare quella bambina anziché stare appresso al bastardo che l'ha rapita.»

Turner gli batté la mano sulla spalla. «Appena troviamo questo bastardo, gli faremo dire dove trovare la bambina.»

Josie non ci avrebbe messo la mano sul fuoco che sarebbe stato così automatico, ma preferì tenere per sé questo timore. Una volta raggiunta la radura, Luke mise la pettorina a Blue, facendogli così capire che era ora di mettersi al lavoro, e poi gli diede le stesse istruzioni a voce bassa che gli dava ogni volta che venivano chiamati a fare una ricerca, lasciandogli annusare la camicia di Seth Lee. Un attimo dopo Blue partì in quarta.

Come ogni volta, Josie dovette correre per stargli dietro. Alle sue spalle, Turner si faceva strada con goffaggine attraverso la foresta, lamentandosi ogni volta che riusciva a riprendere un po' di fiato. Blue si diresse verso sud, in direzione della città, tenendosi vicino agli alberi piuttosto che al fiume. Attraversarono un prato aperto. Senza l'ombra che li rinfrescava, gocce di sudore cominciarono a colare sul viso di Josie, bruciando gli occhi quando non lo asciugava abbastanza velocemente. Al suo fianco sentiva il respiro di Turner farsi affannoso, ma le sue lunghe falcate le rendevano ancora difficile stargli al passo.

Per quale motivo aveva preso quella direzione? Era rischioso tornare in un'area abitata dove quasi tutta la popolazione aveva visto la sua foto al notiziario e sapeva che era ricercato per omicidio e per rapimento. Poteva significare che teneva Rosie e Mira nascoste in un luogo vicino alla città? Ma allora dove in città, si chiese, già che non erano ancora stati capaci di decifrare la mappa che la piccola Rosie aveva disegnato e nemmeno a capire dove avesse trovato un posto in cui segregare April Carlson per un anno intero; durante la stagione calda, non gli sarebbe stato difficile trovare luoghi boschivi remoti dove nascondere la sua vittima, ma durante le stagioni fredde era tutto un altro paio di maniche. Anche se Rebecca Lee avesse scoperto che suo marito Jonathan aveva preso in affitto un appartamento per suo fratello, non era detto che fosse proprio quello il posto in cui avrebbe tenuto prigioniera una donna adulta senza che nessuno se ne accorgesse o si insospettisse. In base a che il furgone di Deirdre Velis fosse il principale mezzo di trasporto con cui si spostava. Ancora una volta, sembrava la cosa più probabile che avesse nascosto April nel cassone per la maggior parte dell'anno precedente. Questo avrebbe spiegato certamente la mancanza di luce solare che aveva dovuto sopportare.

Blue sfrecciò di colpo a sinistra e un attimo dopo erano tornati sulla riva del fiume. Annusò tra le rocce e il terriccio sul margine della riva e poi alzò il naso per annusare l'aria. Josie guardò da una parte all'altra del fiume, cercando di determinare la distanza che avevano percorso. Ora che l'ansa del fiume dove si era formata la penisola si trovava alle loro spalle, Josie aveva una visuale più chiara della riva opposta, che proseguiva serpeggiando in direzione della zona centrale di Denton. In buona parte la penisola era costituita soltanto da alberi o da ammassi di rocce. Da una parte, quello che aveva tutta l'aria di essere un vecchio capanno da giardino era ridotto a un mucchio di assi di legno e scarti. Gli alberi intorno erano stati abbattuti.

Evidentemente qualcuno aveva iniziato i lavori per costruire qualcosa.

Blue smise di annusare e guardò il suo padrone, senza emettere alcun allarme attivo, che sarebbe stata un'abbaiata, e nemmeno un allarme passivo, per cui si sarebbe messo a sedere o sdraiato a pancia in giù. Significava che aveva perso la traccia ed era estremamente insolito per lui.

Turner si avvicinò alle spalle di Josie. «E chi ci pensava che questo lavoro avrebbe comportato tutto questo correre. Cosa sta succedendo?»

Luke si accigliò. «Il nostro uomo deve essere entrato in acqua. Blue è riuscito a seguire l'odore fino a qui. Mi dispiace.»

«Non dispiacerti.» lo rassicurò Josie.

«Perché, i cani non possono cercare anche in acqua?» chiese Turner, come se improvvisamente fosse diventato un esperto di cani da ricerca e salvataggio.

«Non è che vi siete portati dietro una barca per caso?» chiese Luke ridacchiando. «Sto scherzando. Quello a cui stai pensando sono i cani addestrati a ritrovare un corpo immerso nell'acqua. A meno che questo tizio non sia morto, credo che sarebbe uno spreco di risorse.»

«Ma per sicurezza...» disse Josie, «chiediamo a qualche pattuglia di perlustrare lungo tutta la strada dall'altra parte del fiume per vedere se riescono a individuare qualcosa.»

Turner si attaccò alla radio per fare la richiesta, mentre Josie si accovacciò per fare qualche complimento a Blue. Luke gli diede un po' d'acqua che lui bevve con entusiasmo. Pochi minuti dopo, si diressero di nuovo verso l'Accademia dei Sentieri Tranquilli, procedendo molto più lentamente questa volta e tenendo come punto di riferimento il fiume per non perdersi. Josie si sentì riavere quando raggiunsero di nuovo l'ombra degli alberi, ma cominciava a pensare che Turner non avesse tutti i torti: puzzava sul serio di merda di cavallo e di sudore.

«Blue?» chiamò Luke smettendo di camminare.

Josie si guardò intorno, ma non vide il cane. Turner si chinò, appoggiando le mani sulle ginocchia. «Magari starà facendo una pisciatina...»

«Non lo so.» disse Luke tornando indietro tra gli alberi per cercarlo.

Il cuore di Josie partì al galoppo. Non si era nemmeno accorta che Blue si fosse allontanato dal gruppo. «Luke?» chiamò, ma lui continuò a camminare. «È scappato via. Non è da lui. Blue è...»

Luke si fermò di colpo e Josie andò a sbattergli contro la schiena. Girandogli intorno, vide Blue steso accanto a un mucchio disordinato di rocce.

Turner finalmente li raggiunse. «Oh, cavolo. Proprio ora ha bisogno di fare un pisolino?»

«No.» disse Josie, con gli occhi fissi sul cane. «Questo è l'allarme passivo...»

«...per il ritrovamento di un cadavere.» concluse Luke.

QUARANTASETTE

La terra non era stata rivoltata di recente. Questo era ciò che Josie continuava a ripetere a sé stessa con il passare delle ore. La terra non era stata rivoltata di recente. Quindi la tomba non era nuova. Perciò non potevano esserci state sepolte né di Mira né di Rosie Summers. Non era nemmeno detto che fosse collegata al loro caso. La dottoressa Feist e i ragazzi della Squadra di Raccolta delle Prove ci stavano ancora lavorando quando il sole si abbassò all'orizzonte e sarebbero passate diverse altre ore, forse sarebbe occorsa addirittura tutta la nottata, prima di riuscire a trasportare i resti all'obitorio. Josie e Turner rimasero ad aspettare fuori dal perimetro che la squadra di Hummel aveva delimitato, seduti fianco a fianco sul tronco di un altro albero abbattuto. Uno degli agenti aveva portato loro delle bottigliette d'acqua, che Josie si era scolata fino all'ultima goccia senza fermarsi a respirare, mentre Turner si era versato la sua sulla testa.

«Non sei costretto a restare.» gli disse lei, con la gola che le doleva dopo tanto sforzo.

Era irrequieto come sempre, intento a tamburellare con le dita sulla gamba e a camminare avanti e indietro, scalzando i sassi nel fiume. Ma era rimasto quasi tutto il tempo senza stare al telefono, tanto che lei si era chiesta se non gli stesse venendo d'improvviso un qualche problema di salute.

«Neanche tu sei costretta a restare.» le fece notare.

«Voglio solo sapere...»

«Sì, anche io.» disse lui, interrompendola.

Ottennero la risposta che avevano aspettato pochi istanti dopo, quando la dottoressa Feist uscì dal perimetro, sistemandosi la macchina fotografica che le pendeva dal collo e liberando la chioma biondo-argentato dalla cuffia, e si avvicinò a loro. «Non si tratta né di Mira né di Rosie Summers. Dai resti si deduce che questa persona è stata sotterrata molto tempo fa. Molto anni fa.»

«Quanti più o meno?» le chiese Turner.

«Non posso dirlo finché non l'avrò messo sul tavolo.»

«Vittima di omicidio?» la incalzò Turner.

«Detective Turner...» disse la dottoressa Feist. «Non saprò nulla finché non avrò la possibilità di esaminare adeguatamente questi resti, ma nella mia esperienza le persone che muoiono per cause naturali di solito non si seppelliscono nel bosco.»

Josie era troppo stanca per ridere a spese di Turner. Una spiacevole sensazione di sollievo le si depositò nel petto: era contenta che non si trattasse di una delle due Summers, ma non era mai contenta di scoprire che una persona aveva perso la vita, soprattutto a causa di un atto di violenza.

Da parte sua Turner, senza curarsi del tono mordace della dottoressa Feist, si alzò in piedi e le rivolse un sorriso. Era lo stesso che aveva usato con Bobbi Ann Thomas, il che significava che... un momento! Non è che stava cercando di fare l'affascinante con la dottoressa? Stava davvero provando a rimorchiare Anya Feist?

«Turner!» gli urlò con gli acidi dello stomaco che si ribellavano.

Lui le lanciò un'occhiata interrogativa e lei gli fece un cenno al posto sul tronco che aveva appena lasciato. «Rimettiti seduto. La dottoressa Feist potrebbe avere qualche informazione da darci in via confidenziale.»

«È quello che stavo per...» cominciò lui.

«Si metta seduto, se vuole sentire quello che ho da dire.» tagliò corto la dottoressa.

Lui alzò le mani in segno di resa e tornò al suo posto accanto a Josie.

La dottoressa mise mano alla macchina fotografica che portava a tracolla e premette alcuni tasti finché il display digitale si accese, la girò verso di loro in modo che potessero entrambi vedere le immagini che aveva catturato mentre le passava in rassegna. Ossa annerite dal tempo e dallo stato avanzato di decomposizione scorrevano lampeggiando sul piccolo schermo. «La mia impressione iniziale, date le dimensioni dei femori e dell'osso pelvico, è che il defunto sia un uomo.»

«Ma davvero?» esclamò Turner. La dottoressa alzò lo sguardo dalla macchina fotografica quel tanto che bastava per fulminarlo con un'occhiata severa. «Ho detto che è solo la mia impressione iniziale. Dovrete aspettare il mio rapporto per avere una conferma.»

«Ricevuto, dottoressa, capisco.»

La dottoressa Feist si soffermò su una foto in particolare, quella di un oggetto indefinito. «Il defunto indossava dei vestiti, ma sono molto deteriorati e al momento non posso fornirvi ulteriori dettagli al riguardo. Non abbiamo trovato il portafoglio o altri effetti personali. Abbiamo però trovato due oggetti che potrebbero essere rilevanti. Dovranno essere acquisiti come prove e puliti per poterli identificare correttamente. Questo è il primo...»

Tese lo schermo verso di loro. Accanto a quella che sembrava una parte della mandibola del cadavere c'era un oggetto incrostato di terra che si incurvava quasi a formare una

S. «Cos'è, il frammento di una catenella?» chiese Turner. «O grani o qualcosa di analogo?»

«Crediamo sia metallico.» rispose la dottoressa. «Ma per quanto tempo è rimasto nel terreno e per quanto è sporco e rovinato, non so dirvi con precisione di cosa si tratti.»

Il cuore di Josie fece uno strano battito. Era un presagio di qualcosa. Fissò l'oggetto finché la dottoressa Feist non passò alla foto successiva. Era il suo corpo che stava reagendo. Una parte di lei sapeva di cosa si trattava e perché era importante. Aveva solo bisogno che la sua mente trovasse il modo di capirlo con esattezza. Turner le diede una gomitata. «Ti senti bene, zuccherino? Che hai, stai per vomitare o ti senti svenire? So che non è il primo cadavere che vedi, quindi...»

«No, non c'entra niente.»

«E quest'altro che roba è, dottoressa?» chiese Turner, che aveva già perso interesse ed era passato a concentrarsi sulla foto successiva. Anche in questo caso, l'oggetto immortalato era così sporco di terra che a malapena si riusciva a distinguerne la superficie dalla terra circostante, ma a differenza del primo oggetto, questo era rotondo e grossomodo delle dimensioni di un dollaro d'argento, come si poteva stimare grazia al righello che la dottoressa aveva messo accanto quando aveva scattato la foto. «Una moneta...» disse la dottoressa, ingrandendola. In alcuni punti le incrostazioni di polvere e terra non erano eccessivamente dense da impedire a Josie di distinguere il colore sottostante.

Quando si rese conto che non era un dollaro d'argento, il battito del suo cuore passò da un ritmo sostenuto a un pieno galoppo che le fece tremare la cassa toracica.

Turner era stranamente silenzioso.

«A me sembra di vedere una o due lettere qui...» disse la dottoressa, ingrandendo sui dettagli e riportando la foto a grandezza normale, cercando di mostrare il punto esatto che voleva che vedessero. «Qui, vedete? Questa è sicuramente una H e la lettera successiva sembra una I, ma non lo saprò con certezza finché non l'avremo ripulita. E siccome non sapevo se sarebbe stato utile o meno, ho pensato di farvi dare una prima occhiata.»

La dottoressa girò di nuovo la macchina fotografica e se la lasciò di nuovo pendere dal collo. Usò la manica della tuta in Tyvek per scostarsi dalla fronte alcune ciocche di capelli sudati. «Che vi prende a voi due?»

Josie si girò a guardare Turner che, anche da seduto, la sovrastava. La zazzera riccioluta gli scendeva quasi fino alle sopracciglia. Quegli occhi penetranti la guardavano con curiosità. «Stai pensando quello che penso io?» le chiese.

Josie non sapeva se essere incoraggiata o turbata dal fatto che per una volta fossero sulla stessa lunghezza d'onda. «È una moneta della sfida.»

Turner annuì lentamente, senza toglierle gli occhi di dosso. «Le monete della sfida sono proprio ciò che il nome suggerisce: monete, o all'occorrenza medaglioni, che riportano le insegne oppure l'emblema di una particolare organizzazione. Se ne vedono di frequente sulle uniformi dei membri di un certo corpo militare e delle forze dell'ordine. Queste monete rappresentano un simbolo di appartenenza a una determinata unità o a dipartimento e il legame che si è creato al suo interno. A volte indicano un traguardo speciale raggiunto oppure vengono date come riconoscimento per risultati eccezionali. È una pratica comune che i membri del corpo militare e delle forze dell'ordine se le scambino come segno di rispetto o come gesto di mutuo onore. Anche il Dipartimento di Polizia di Denton ne ha una...» spiegò Josie alla dottoressa, concludendo silenziosamente che Turner non poteva averla ancora ricevuta.

«Potrebbe essere un militare.» suggerì Turner. «Ma potrebbe anche essere uno dei nostri. Non abbiamo qualche agente che non si presenta al lavoro da un po' di anni?»

Josie sentiva il sangue che le ruggiva nelle orecchie. Il suo cervello si mise francamente all'opera per incastrare i pezzi di questo puzzle. Il primo oggetto non era un pezzo di catena o un qualche tipo di grani. Era un braccialetto con un ciondolo a forma di scarabeo. Il braccialetto che indossava April Carlson nella fotografia.

È qui. Dobbiamo dirlo.

Il riferimento non era a Seth Lee.

«Quinn?» disse Turner.

Le faceva sempre un effetto così strano quando usava il suo vero nome. «La polizia di Denton non ha agenti scomparsi, ma quella di Hillcrest sì: l'uomo che April Carlson frequentava prima di scomparire tre anni fa. L'agente Shane Foster.»

QUARANTOTTO

Devo aspettare i momenti in cui rimaniamo da sole per parlarle. Se non lo faccio, mi metto nei guai. Vorrei stare con lei e abbracciarla per sempre, ma lui l'ha legata e quindi non posso fare altro che accoccolarmi contro il suo fianco come se fossi un gatto. Quando ero una bambina normale, potevo accarezzare e giocare sempre con il suo gatto. Diceva che avrebbe potuto essere mio. Quando mi riporterà a casa con sé, voglio che mi racconti tutte le cose che avremmo fatto insieme. Non importa anche se me l'avrà già detto un miliardo di volte, non mi stanco mai di sentirmelo raccontare. Potrò mangiare tutto quello che voglio. Ha detto che non dovrà "limitare" quello che mangio come faceva papà. Avrò una stanza tutta per me. Andremo nei ristoranti e nei parchi. Andremo a comprarci dei vestiti nuovi. Potrò guardare la televisione. Potrò perfino avere degli amici. Potrò tornare a scuola anche se, come lei mi ricorda sempre, ho molte cose da recuperare. So di non essere come le bambine normali, ma magari potrò esserlo se tornerò a vivere con lei.

Sento il suo respiro contro la mia testa.

«Pensavo che saresti venuta a prendermi.» le dico.

«Stavo venendo a prenderti, amore mio. Stavo venendo a prenderti, ma è successa una cosa brutta.»

Inizio a respirare in modo strano, come se non mi entrasse abbastanza aria nel petto. «È successo qualcosa di brutto alla zia April?»

«Purtroppo sì, tesoro.»

Arriva la sua voce cattiva e spaventosa. «Non chiamarla in quel modo. Non era tua zia.»

«Sì che era mia zia!» gli urlo contro. «Le volevo bene!»

Le sue dita si avvinghiano intorno al mio braccio, stringendo forte finché il dolore non mi fa lacrimare gli occhi. La mamma grida: «Lasciala stare!»

Ma è troppo tardi. Mi trascina via. Cerco di lottare, ma lui è molto più grande di me e quando è arrabbiato nessuno lo può fermare. «Ti ho detto di stare lontana da lei.» mi urla sbattendomi a terra con tanta forza che mi fa male tutta la schiena. Si china fino a toccare il mio viso e mi sputa sulla guancia. «Se ti avvicini di nuovo a lei...»

Rimaniamo immobili entrambi. Sento dei passi. Anche lui li sente. Sul suo viso cambia qualcosa e allora mi rendo conto che sta per far finta di essere di nuovo gentile. Prima di andarsene, finisce la frase in un sussurro. «...La faccio fuori.»

QUARANTANOVE

Josie e Turner avanzavano faticosamente lungo il sentiero in salita mentre calava la notte. Lui camminava davanti a lei, facendosi luce con la torcia del cellulare per assicurarsi che non calpestassero eventuali escrementi. Non che importasse, comunque: Josie era abbastanza sicura che nessuno dei due potesse emanare un odore peggiore di quanto già non facessero. Il cellulare di Josie vibrò all'arrivo di un messaggio da parte della detective Heather Loughlin, per rispondere a quello che le aveva detto quando l'aveva chiamata poco prima che lasciassero la scena del crimine.

Farò avere al più presto le impronte dentali di Shane Foster alla dottoressa Feist.

Josie le inviò velocemente un ringraziamento e si concentrò sulla schiena di Turner. Aveva dolori sparsi per tutto il corpo, come fino a un paio di giorni prima, e stava morendo di fame. «Rallenta il passo...» gli disse.

Per una volta, lui non le diede filo da torcere e andò più piano in modo che lei lo raggiungesse fino a trovarsi fianco a fianco. Il sentiero era stretto, però, e con il braccio sfiorava e andava a sbattere contro la spalla dolorante di Josie che, dopo un po', gli fece cambiare lato.

«Secondo te com'è andata?» le chiese Turner puntando la torcia del suo telefono da una parte all'altra del sentiero davanti a loro.

«Seth Lee pensava, o addirittura sapeva, che April Carlson aveva chiamato i Servizi Sociali quando Rosie era a scuola e una volta che ha scoperto che lei usciva con un agente di polizia, ha pensato che prima o poi gli avrebbe raccontato delle strane restrizioni alimentari che aveva impartito alla sua bambina e così lo ha tolto di mezzo?»

Josie evitò un mucchio di escrementi. «Se non è andata proprio così, ci siamo vicini. Seth deve aver avuto uno dei suoi episodi allucinatori, così che deve essersi convinto che un qualche tipo di autorità gli stesse dando la caccia da anni. Sono sicura che questo ha influito. Ma credo che anche April fosse coinvolta.»

Turner tenne gli occhi puntati sul fascio di luce della torcia. «Lo dici per via del braccialetto? Come puoi essere sicura che sia il suo?»

«Non posso esserne sicura.» lo contraddisse Josie. «Ma, secondo me, è la cosa più sensata. April aveva detto a sua madre di aver perso il braccialetto e ne era rimasta estremamente turbata. Tanto che, quando lo ha presumibilmente ritrovato, non lo ha più indossato. Teresa Carlson ha anche detto che sua figlia era rimasta distrutta quando Shane Foster era scomparso, nonostante fossero usciti insieme solo un paio di volte. Quando l'ha interrogata sulla sua relazione con Shane Foster, Heather Loughlin ha avuto la netta impressione che April fosse devastata dalla sua scomparsa.»

«Quando in realtà era devastata perché aveva perso il braccialetto mentre aiutava Seth Lee a seppellire Foster.» completò Turner. «Il vero motivo per cui non l'aveva mai più indossato era perché non ce l'aveva. Mentre non capisco che motivo aveva di aiutarlo a coprire l'omicidio di un agente di polizia...»

Josie incespicò perché gli scarponi scivolavano nel fango. Almeno, sperava che fosse fango. Turner allungò una mano verso di lei, ma lei non la prese. «Non possiamo dire che l'ha fatto, a meno che non fosse coinvolta in qualche modo.»

Turner fece una risata amara. «Questo tizio ha fatto fare a Mira Summers delle cose assurde per lui nel corso degli anni, ma non posso pensare che abbia manipolato April Carlson a tal punto da farle uccidere un agente di polizia, specialmente uno con cui usciva. Tanto più che lei aveva chiamato i Servizi Sociali non appena aveva avuto il sospetto che la piccola Rosie stesse soffrendo la fame. Non aveva paura di Seth Lee.»

«Ma se sapeva che aveva ucciso una persona, aveva di fronte l'occasione perfetta per allontanarlo per sempre dalla vita di Mira e Rosie Summers. Una disputa per l'affidamento o persino l'intervento dei Servizi Sociali avrebbero avuto come unico risultato che lui avrebbe preso Rosie e sarebbe sparito. April deve aver aiutato il compagno di sua sorella fornendogli una copertura perché aveva avuto un ruolo nella vicenda. Magari sarà anche stato accidentale, chi può dirlo, ma una volta presa la decisione di non confessarlo, April e Seth hanno portato a termine la loro reciproca distruzione.»

«Non poteva denunciarlo senza rimanere coinvolta lei stessa...» continuò Turner scacciando una zanzara e facendo così oscillare il fascio di luce della torcia. «Dove si colloca la Summers in tutto questo? Ha ricevuto quel biglietto dalla Carlson che diceva "È qui" - cosa che la Carlson avrebbe potuto sapere solo se avesse aiutato Lee a seppellire il nostro tizio - e "dobbiamo dirlo". Ovviamente la Summers sapeva che avevano ucciso Shane Foster. Diavolo, forse era coinvolta persino lei.»

«Credo che volesse allontanare la sua bambina da Seth Lee prima che venisse fuori qualcosa sulla morte di Shane Foster. April le ha dato l'opuscolo. Si è trasferita a Denton, ha trovato un lavoro, una casa e ha iniziato a frequentare l'Accademia Equestre. In quest'ottica, gli incontri con Seth alla bancarella dei prodotti ortofrutticoli potevano essere come delle visite: era solo in quei momenti che poteva vedere sua figlia. E un anno dopo, April si è trasferita a Newsham.»

«Li stava cercando.» concluse Turner. «Tutti e tre. Lee, la bambina e la sorellastra. Poi, in qualche modo, il nostro uomo ha scoperto che era nei paraggi e ha iniziato a darle il tormento vandalizzandole la casa, nel tentativo di farla andare via. Mi chiedo perché lei non l'abbia detto alla polizia locale e basta, però. Le bastava entrare nella stazione di polizia e dire: "Ehi, io e questo pazzoide con cui usciva mia sorella abbiamo ammazzato un poliziotto e lo abbiamo seppellito in un allevamento di cavalli".»

«Forse sapeva che sarebbe stata ritenuta complice della morte di Shane Foster, soprattutto se riteneva di aver seppellito accidentalmente il suo braccialetto insieme al suo corpo, ma è anche probabile che non pensasse di poter dimostrare il coinvolgimento di Seth. Oppure, forse, voleva prima assicurarsi che Rosie fosse al sicuro. April sapeva di cosa era capace Seth. Non credo che potesse sopportare il pensiero che Rosie vivesse con lui. Considerando la discussione che era scoppiata tra lei e Mira alla scuola di Hillcrest, si direbbe che non si fidasse di sua sorella per fare la cosa giusta per la bambina.»

«Ma perché ne ha parlato al proprietario di casa, allora?» si chiese Turner. «Visto che tanto sapeva chi li stava commettendo e non aveva alcuna intenzione di sporgere denuncia?»

Questa era una delle cose di cui Josie non riusciva a capacitarsi. «Non so proprio che dire.»

Turner tirò un respiro mentre il sentiero si faceva più ripido. «Quindi April ha vissuto a Newsham per quasi un anno, ficcando il naso negli affari di Seth, e alla fine lui l'ha rapita. Poi, invece di ucciderla subito e neutralizzare quella che per lui era una minaccia, l'ha tenuta in vita fino a quel giorno, davanti alla bancarella dei prodotti. Pensi che la Summers abbia sempre saputo che era lui a tenere segregata sua sorella?»

Josie pensò alle ferite sulle braccia di Mira Summers. «No. A meno che Seth Lee non stesse cercando di tenere Mira Summers sotto controllo servendosi di April Carlson come leva. Per assicurarsi che non le venisse in mente di portargli via la bambina.»

Una volta raggiunta la strada, Turner si fermò per riprendere fiato. «Questa gente si è bevuta il cervello, Quinn.»

Questa volta il numero di veicoli della polizia era triplicato ed era arrivata anche un'ambulanza per trasportare i resti all'obitorio. Attraversarono Prout Road, illuminata a giorno delle luci dei veicoli della polizia, al di là dei quali il vialetto dell'Accademia era avvolto nell'oscurità; ma mentre Josie stava per entrare nel suo fuoristrada, un fascio di luce si diresse nella loro direzione e si sentirono le voci di Rebecca e Jonathan Lee che si avvicinavano.

«Non ci penso neanche a farlo, Jonathan! Non posso credere che tu ti aspetti che io mantenga questo segreto!»

«È del tutto irrilevante, ti dico! Non credo abbia mai messo piede in questo posto, Rebecca!»

Turner era sul lato del passeggero. Batté sul tettuccio e poi indicò i Lee. Josie lo seguì e andarono incontro alla coppia dove si trovava la prima fila di auto di pattuglia, con i fari accesi. Mrs. Lee aveva un'aria ancora più furiosa di prima e Mr. Lee, che già aveva l'aria di uno che non dormisse da giorni, indossava vestiti sporchi, aveva i capelli spettinati e seguiva la moglie con le mani giunte in segno di supplica, ripetendo: «Ti prego, Rebecca!»

Turner incrociò le braccia sul petto, scrutando Mr. Lee come se fosse un roditore. «Abbiamo appena sentito tutto, quindi sappiamo che sua moglie ha qualcosa da raccontarci. Ora può anche smettere di implorarla.»

Mr. Lee imprecò sottovoce e voltò loro le spalle. Mrs. Lee

gli puntò in testa il fascio di luce della torcia. «Fai sul serio? Beh, visto che sei qui, dovresti essere tu a dirglielo.»

Vedendo che Mr. Lee persisteva nel suo silenzio, lei puntò la torcia verso il suolo. «Aveva ragione, detective. Mio marito ha preso in affitto un appartamento per suo fratello in un complesso negli ultimi dieci anni. Senza neanche pensare di consultarmi.»

CINQUANTA

«Permettimi di aiutarti, splendore...» disse Turner avvicinandosi alle spalle di Josie e iniziando a sistemarle gli spallacci del giubbotto antiproiettile.

«Non c'è problema.» rispose lei scrollandoselo di dosso. «Posso farcela da me.»

«Ma certo che puoi farcela.» la provocò lui. «Tu puoi fare tutto. Tranne saltare le recinzioni.»

Josie non reagì alla sua risata compiaciuta, non aveva voglia di farsi trascinare in un altro dei suoi giochini. Non in quel momento. Si ritrovava a guardare da un capo all'altro del parcheggio di uno studio dentistico locale che il Dipartimento della Polizia di Denton e il Dipartimento dello Sceriffo della contea di Alcott avevano scelto come punto di ritrovo prima di dirigersi verso il complesso dove Jonathan Lee aveva preso in affitto un appartamento per suo fratello nei dieci anni precedenti. Si trovava a Bellewood, il che faceva rientrare tutto il fabbricato sotto la giurisdizione dello Sceriffo della contea di Alcott. Erano passati tre giorni da quando Rebecca Lee aveva raccontato tutto a Josie e a Tuner dell'appartamento in cui alloggiava suo cognato e da quando aveva costretto suo marito a dar loro l'indirizzo. Nel corso di quei tre giorni avevano contattato l'ufficio dello Sceriffo per comunicare la loro intenzione di arrestare Seth Lee, se lo avessero trovato all'interno. Per prima cosa, avevano messo lo stabile sotto sorveglianza, per non mettere a repentaglio l'esito dell'irruzione, schierando sul posto un imponente dispiegamento di forze di polizia solo per scoprire che il loro sospettato non c'era. Se avessero cercato di eseguire il mandato senza prima verificare che si trovava effettivamente all'interno dell'abitazione, avrebbero corso il rischio che gli altri residenti lo avvertissero, rendendo così inutile qualsiasi tentativo futuro di arrestarlo. Per quanto Josie odiasse aspettare, soprattutto con la vita di una donna e di una bambina a rischio – di nuovo, sempre ammesso che lo avrebbero trovato in casa - non voleva mandare all'aria la migliore occasione che avevano di catturarlo solo perché avevano avuto troppa fretta di agire e senza sufficienti informazioni. Il furgone bianco intestato al negozio "Arredamento d'epoca" di Deirdre Velis occupava un posto auto nel parcheggio posteriore, il che in un primo momento aveva suscitato un moto di eccitazione collettivo nella squadra investigativa, solo che poi, senza alcun avvistamento del loro uomo nel corso dei tre giorni successivi, il capo Chitwood aveva concluso che, con tutta probabilità, aveva fatto fagotto e aveva abbandonato il furgone di fronte al suo vecchio alloggio; perciò, il capo aveva ordinato alla squadra di adottare un approccio meno aggressivo, che consisteva nel cercare di ottenere la chiave dell'appartamento di Seth Lee da un portinaio o da un coinquilino direttamente sul posto, se possibile, per evitare di sfondare la porta. Il furgone poteva tranquillamente essere sequestrato in un secondo momento. Per questo erano intervenuti di fronte al complesso di appartamenti in forze abbastanza consistenti per delimitare un perimetro intorno all'intera struttura, in aggiunta agli agenti che avrebbero messo in sicurezza l'interno dell'edificio. In quel momento, c'era una grande agitazione, erano tutti presi a controllare le loro attrezzature e Noah si muoveva in mezzo agli uomini, impartendo istruzioni.

Turner si era messo alle spalle di Josie, appollaiato sul cofano della sua auto, e stava ingurgitando una delle sue bevande energetiche. Nell'altra mano teneva il cellulare, con il pollice che scorreva furiosamente. Senza alzare lo sguardo dallo schermo, sbuffò: «Ci stiamo mettendo una vita...»

Ignoralo, ignoralo, ignoralo, le disse la voce nella sua testa. Un'altra autopattuglia dello Sceriffo della contea di Alcott entrò nel parcheggio. Pochi minuti dopo, Noah riunì tutti gli agenti e ripassò il piano un'ultima volta. Quando finalmente risalirono sui loro veicoli, Josie sentì una scarica di adrenalina scorrerle nelle vene. Il complesso di appartamenti era a soli due isolati di distanza, in una strada residenziale. L'edificio a tre piani con la facciata blu cielo sovrastava le abitazioni vicine ed era costeggiato da un vialetto con una serie di spaccature nell'asfalto che andavano formando una rete che collegava più di una dozzina di buche, dalle quali spuntavano erbacce, così come ne crescevano tutto intorno al portico d'ingresso. Non ci misero che pochi secondi a circondare l'intero edificio.

Le assi di legno cedevoli del portico scricchiolarono sotto il loro peso mentre Josie, Turner e altri due agenti si avvicinavano alla porta d'ingresso. Altre squadre aspettarono fuori. Una serie di cassette postali di metallo era affissa al muro accanto alla porta. Di queste, solo alcune riportavano un nome e non se ne vedeva una per Seth Lee. La porta d'ingresso era chiusa a chiave. Qualcuno aveva scritto a mano con un pennarello la parola "Portineria" sotto il campanello. Josie premette il pulsante e fu ricompensata con un suono ovattato che proveniva da qualche parte nelle profondità dell'edificio. Un attimo dopo, il portone si aprì e videro apparire un giovanotto che, nonostante portasse un berretto nero da baseball calato sulla fronte, puntava lo sguardo dall'uno all'altra e poi al drappello di agenti in equipaggiamento tattico alle loro spalle. Bloccato sul posto, dischiuse le labbra come per dire qualcosa, ma poi le richiuse. Era parecchio giovane, non poteva avere più di diciotto o diciannove anni. I jeans e gli scarponi da lavoro marroni che portava indosso avevano un aspetto vecchio e consumato e dalle maniche della maglietta nera altrettanto malridotta spuntavano avambracci abbronzati e striati di muscoli.

«Sono la detective Josie Quinn del Dipartimento di Polizia di Denton.» si presentò esibendo il mandato d'arresto. «Stiamo cercando Seth Lee.»

Il ragazzo spostò lo sguardo di nuovo su Turner, sugli agenti radunati dietro di loro e infine di nuovo su Josie. Era innaturalmente immobile.

Quando Josie gli chiese se lavorasse in portineria, il ragazzo parve rilassarsi leggermente. «Sì, do una mano alla proprietaria così lei mi scala una parte dell'affitto. Eh... Mr. Lee ha un appartamento qui. Sta al terzo piano, al numero dodici. Ma nessuno lo vede mai. È sempre fuori e non credo nemmeno che usi molto la stanza per dormire.»

«Dobbiamo comunque andare a controllarla.» disse Josie. «E ci semplificheresti il lavoro se ci fornissi una chiave.»

Lui si strinse la testa schiacciando la visiera del berretto. «Ehm, sì, ma non credo di poterlo fare.»

Turner fece un passo avanti, appoggiandosi con il suo corpo voluminoso al telaio della porta. «Hai un nome, figliolo?»

«Mi chiamo Ryan...»

Turner gli sorrise. «Ryan? Soltanto Ryan? Come Cher o Shakira?»

«Chi?»

«Ce l'hai un cognome, Ryan?» si spiegò Turner. Poi si voltò di nuovo verso Josie ma puntò un pollice verso il ragazzo. «Ma fa sul serio? Possibile che questi ragazzini non sappiano nemmeno chi è Shakira?»

«Tramel.» rispose Ryan. «Siete qui per arrestare Mr. Lee? Per via di quella roba che si vede al notiziario?»

Senza stare a perdere tempo a rispondere a quella domanda, Josie disse invece: «Se non sei in grado di fornirci una copia della chiave dell'alloggio di Mr. Lee, devo chiederti di farti da parte.» Si spostò leggermente in modo che lui potesse vedere meglio le auto della polizia parcheggiate l'una accanto all'altra davanti all'entrata. Noah era in piedi accanto a uno dei fuoristrada, sorvegliava le operazioni e teneva lo sguardo fisso su Ryan.

«Puoi aspettare laggiù con il mio collega, il tenente Fraley.» gli disse Josie.

«Coraggio, figliolo...» lo esortò Turner. «Tiraci fuori una chiave in più e ti dirò tutto su Shakira.»

Lanciando un'ultima occhiata a Josie, Ryan indietreggiò e fece loro cenno di seguirlo attraverso l'ingresso e un corridoio. «Ce l'ho una chiave di riserva. Va bene, venite, ve la prendo.»

Due squadre di agenti si riversarono nell'ingresso dietro di loro e con un gran scalpiccio di piedi salirono i gradini: una squadra si diresse verso il terzo piano e l'altra verso il secondo per assicurarsi che non ci fossero sorprese o imboscate. Ryan condusse Josie, Turner e i due agenti in uniforme che erano con loro verso una porta contrassegnata da un cartello con la scritta "Portineria".

Scosse la maniglia più volte e poi la sollevò, spingendo contemporaneamente la porta per farla aprire.

L'interno era poco illuminato, c'era soltanto una piccola finestra ad ante scorrevoli posta in alto lungo la parete che dava sull'esterno. C'era odore di polvere, di gesso e di lucidante per legno. La maggior parte della stanza era occupata da una vecchia scrivania in rovere che sembrava essere stata rubata dall'ufficio di un preside scolastico degli anni Cinquanta. La fotocopiatrice di fianco non aveva un'aria molto più moderna. Addossato alla parete di fondo c'era uno schedario di metallo blu con accanto un tavolino, anch'esso di metallo. Entrambi erano ammaccati e arrugginiti sugli spigoli. Ryan passò accanto alla scrivania e si diresse verso il tavolo sul quale erano disposti una macchina per il caffè della Keurig, due tazze con il bordo scheggiato, una selezione di cialde per il caffè, bustine di zucchero, una confezione di Caffè Mate e una manciata di cucchiai di plastica. «Gradite un po' di caffè?»

«Solo la chiave, figliolo.» disse Turner.

«Certo, certo...» disse Ryan andando dietro la scrivania e chinandosi a frugare in uno dei cassetti.

Josie sentì Turner che ricominciava a tamburellare rapidamente con le dita sulla coscia, lamentandosi con un gemito sommesso.

Ryan passò a un altro cassetto, con gesti via via più affrettati. «Mi dispiace...» borbottò. «Giuro che è qui da qualche parte.»

Questa volta Turner ringhiò: stava perdendo la pazienza. «Ascolta, ragazzo, non abbiamo tempo per queste stronzate alla *Mission: Impossible*. Ho provato a fare il poliziotto buono, ma possiamo sfondare la porta senza problemi. Tu resta qui. La mia collega ha delle domande da farti, comunque.»

Ryan tirò su la testa di scatto, con la bocca aperta. Iniziò a parlare, ma Turner se ne era già andato, portando con sé gli agenti in uniforme. Guardando Josie, disse: «Mi dispiace. È qui, da qualche parte. Posso trovarla se mi date un minuto.»

«Lascia perdere.» disse Josie.

«Va bene...» concesse Ryan facendo spallucce, «ma la padrona di casa non sarà contenta dei danni alla proprietà.»

Josie non perse tempo a rispondere a quel commento e passò alle domande: «Quando è stata l'ultima volta che hai visto Mr. Lee?»

«Non l'ho mai visto qui.» disse Ryan lasciando perdere i cassetti della scrivania per la macchina per il caffè della Keurig. Inserì una capsula nell'alloggiamento sulla parte superiore e poi infilò una tazza sotto il beccuccio di infusione. Schiacciò un paio di pulsanti finché la macchina non iniziò a gorgogliare e un filo di caffè scorse piano nella tazza. «È quello che stavo cercando di dirvi all'entrata: Mr. Lee non si vede mai qui.»

«Intendi dire che non viene qui o che non lo hai mai visto?»

La macchina del caffè emise un lungo ronzio e poi tacque. Ryan sollevò il coperchio per recuperare la capsula che poi gettò in un piccolo cestino vicino ai suoi piedi.

«Ryan?» lo riprese Josie, indietreggiando fino a trovarsi sulla soglia, in modo da poter tenere d'occhio tanto l'interno della portineria quanto il corridoio, dove gli altri agenti si affaccendavano da un appartamento all'altro, perquisendo tutte le aree comuni.

«No, non l'ho mai visto.» ammise Ryan mettendo nella sua tazza tre bustine di zucchero e sei micro-confezioni di latte della Coffee Mate e mescolando il tutto con un cucchiaio di plastica.

Una lenta serie di scricchiolii giunse dal piano di sopra. Altri passi sulle scale. Qualcuno chiese che fosse portato un piede di porco.

«Il suo furgone è parcheggiato sul retro.» gli fece notare Josie.

Ryan tirò fuori dalla tasca un tovagliolo e lo piegò a metà. Poi ci infilò dentro il cucchiaio di plastica. Lasciandolo sul tavolo, prese la tazza e si girò verso di lei per guardarla. Bevve un lungo sorso prima che il suo sguardo si posasse sulla pistola che portava alla cintola. «Quello è il furgone di Mr. Lee? Come fate a esserne sicuri?»

«Lo sappiamo, Ryan. Da quanto tempo è parcheggiato là fuori?»

«Non ne sono sicuro. Magari qualcuno degli altri inquilini potrebbe dirvelo con più precisione.» suggerì il ragazzo mandando giù il resto del suo caffè e rimettendo la tazza sul tavolo. «Forse uno di loro lo ha visto, ma se anche fosse, dubito che lo ammetterebbero. La gente che vive qui non si fida molto dei poliziotti.»

Josie non aveva visto telecamere di sorveglianza all'esterno del complesso, ma glielo chiese comunque: «Ci sono telecamere sul retro?»

Con le mani che gli pendevano mollemente lungo i fianchi, Ryan ebbe come uno spasmo alle dita. «A lei sembra il tipo di posto in cui ci sono delle telecamere?»

Josie sentì di nuovo il rapido scalpiccio di un paio di scarpe che scendevano le scale e, dal ritmo frenetico, capì subito che si trattava di Turner. Pochi istanti dopo, infatti, sentì il suo respiro scompigliarle i capelli alla nuca.

«Non è qui, ma vieni su a dare un'occhiata all'appartamento. Il tenente sta organizzando il sequestro del furgone.»

CINQUANTUNO

A Josie bastò lanciare una rapida occhiata all'appartamento numero dodici per rendersi conto che era inimmaginabile che Seth Lee potesse averci detenuto qualcuno contro la sua volontà. Non era abbastanza grande. Un letto ben rifatto occupava un buon ottanta per cento dello spazio disponibile. Mettendosi vicino alla finestra che dava sul vialetto, si riusciva a sentire benissimo la voce dei residenti dei due alloggi adiacenti che si lamentavano di quell'incursione con gli altri agenti, che nel frattempo stavano procedendo a interrogare ogni inquilino dell'edificio per accertarsi se qualcuno di loro avesse visto nei dintorni Seth Lee, o Mira e Rosie Summers di recente e persino April Carlson nell'ultimo anno. Ma, come le aveva detto Ryan poco prima, se anche qualcuno avesse visto qualcosa, Josie dubitava seriamente che lo avrebbe ammesso; quello era senza alcun dubbio il tipo di posto in cui la gente si faceva gli affari propri.

«Nell'armadio non c'è niente.» annunciò Turner scansandola e girando intorno al letto. Infilandosi un paio di guanti in lattice, aprì il cassetto più alto del comodino. «Abbiamo delle camicie. Di flanella. A quanto pare, devono piacergli particolarmente. Due paia di jeans, dei calzini e della biancheria intima. Non si vedono scarpe da nessuna parte.»

Josie sospirò. «Forse usa questo appartamento come deposito dove tenere qualche cosa in più? Tutte le persone con cui abbiamo parlato hanno detto che non gli piace stare al chiuso. Secondo me ha usato questo posto solo per abbandonare il furgone. L'ha lasciato sul retro, dove nessuno, a parte gli altri residenti, l'avrebbe visto. In questo modo nessuno di loro lo avrebbe denunciato. O perlomeno non subito. Avrà pensato che la proprietaria avrebbe chiamato per farlo rimuovere una volta che fosse rimasto fermo lì troppo a lungo. D'altronde, se Rebecca Lee non avesse scoperto i prelievi in contanti di suo marito, non avremmo mai saputo dell'esistenza di questo posto.»

Turner aprì il secondo cassetto dall'alto e ne fissò il contenuto. «Tu dici che forse usa questo appartamento come deposito dove tenere qualche cosa in più, eh?»

Josie si avvicinò mentre Turner tirava fuori gli altri cassetti. Erano pieni di cose da mangiare. Cibo preconfezionato. Barrette ai cereali. Barrette proteiche. Barrette al cioccolato. Biscotti al burro di arachidi. Confezioni di farina d'avena. Porzioni di maccheroni al formaggio da cuocere al microonde. Zuppa in lattina. Diversi tipi di cracker.

«Ma che diavolo gli frulla in testa a questo tizio?» si chiese Turner. «Avevo l'impressione di aver capito che avesse un problema con la manomissione del cibo. Non è per questo che va a rifornirsi alla bancarella dei prodotti ortofrutticoli di suo fratello? E invece si rimpinza di merendine da questo comodino? Pensi che venga in questo appartamento, si faccia uno spuntino e poi torni in qualsiasi buco in cui ha infilato la sua bambina a costringerla a mangiare il fango?»

Anche solo pensarlo era profondamente inquietante. «Può darsi che sia stato suo fratello a lasciargli qui queste provviste...» suggerì Josie. «Possiamo chiamare direttamente Jonathan Lee e scoprirlo.»

Turner chiuse lentamente i cassetti e si tolse i guanti. «Perciò torniamo al punto di partenza. Andiamocene da qui.»

Turner lasciò il complesso prima di tutti gli altri; apparentemente era sopraggiunta una questione più urgente. Josie e Noah rimasero fino a quando tutti i residenti non furono interrogati e poi tornarono alla stazione di polizia. La stampa era venuta a conoscenza di quella che avevano già cominciato a chiamare "blitz" nel complesso di Bellewood. Diversi giornalisti si erano radunati all'ingresso sul retro della centrale di polizia, gridando domande mentre Josie e Noah li superavano ed entravano all'interno.

«Come avete fatto a rintracciare Seth Lee in quel posto?»

«Per quanto tempo è rimasto in quell'appartamento?»

«Lui sapeva che avreste cercato di arrestarlo o è stato avvisato da qualcuno?»

«Quale sarà il vostro prossimo passo?»

Josie si sentì sollevata quando la porta si chiuse alle loro spalle, interrompendo quel vociare. Ma anche dopo aver trascorso un'ora alla scrivania nella sala grande, quell'ultima domanda la tormentava. Quale sarebbe stato il prossimo passo che avrebbero mosso? Prima di mettersi a lavorare ai rapporti che doveva stendere, aveva chiamato Jonathan Lee per farsi dire se aveva messo lui scorte di cibo e vestiti nell'appartamento che aveva preso in affitto per suo fratello. Lui sostenne di non essere mai entrato in quel monolocale e di non avere mai avuto una copia della chiave, ma Josie non avrebbe saputo dire se fosse il caso di fidarsi sul serio; l'unica cosa su cui Jonathan Lee aveva dato una prova inconfutabile di affidabilità era la sua propensione a mentire sul conto di suo fratello.

Intanto che Noah concludeva le sue telefonate, Josie si alzò e tornò alla bacheca di sughero. L'area che copriva era diventata sempre più estesa. Gli elementi che comprendeva cominciavano a sovrapporsi. C'era la veduta aerea dell'Accademia Equestre dei Sentieri Tranquilli tenuta su con le puntine da disegno per segnare la bancarella dei prodotti ortofrutticoli, il punto in cui Mira Summers si era fermata su Prout Road per ventidue minuti dopo l'accoltellamento a cui avevano appena aggiunto la posizione approssimativa del luogo in cui avevano rinvenuto il corpo dell'agente Shane Foster. Ormai la maggior parte della cartina era coperta da stampe di altri approfondimenti relativi all'indagine tra cui si contavano le foto delle quattro persone che componevano la tragedia dentro cui erano stati trascinati: Seth Lee, Rosie Summers, Mira Summers e April Carlson. C'era il biglietto che quest'ultima aveva lasciato alla sorellastra il cui le diceva dove trovare il corpo di Shane Foster. Qualcuno aveva appeso un foglio con tutte le informazioni relative al furgone con cui si spostava Seth Lee, compresa una copia del certificato di registrazione del veicolo che Deirdre Velis aveva messo a loro disposizione. C'era anche una copia di una foto della scena del crimine che mostrava un primo piano sulle fibre ancora non identificate che erano state rinvenute sul corpo di April Carlson; chiunque l'avesse appesa lì vi aveva disegnato accanto un grosso punto interrogativo nero. Poi c'era il disegno fatto da Rosie, la presunta mappa, e una copia del messaggio che aveva lasciato sul retro in cui implorava aiuto.

La porta che dava sulla tromba delle scale si aprì di colpo, facendo entrare una ventata d'aria nella stanza che fece sventolare i fogli appesi alla bacheca. Era Turner, che entrava a passo di marcia, libero dal giubbotto antiproiettile, di nuovo in giacca da completo con una bevanda energetica che faceva capolino da una delle tasche. Come sempre, teneva il telefono in una mano, con il pollice che scorreva all'infinito. Entrando, lanciò un'occhiata a Josie prima di chiederle: «Ma stai ancora pensando a quello stupido disegno?»

«Perché? Tu hai qualcosa di meglio su cui riflettere?» gli chiese lei con tono deciso.

Turner si lasciò cadere sulla sua sedia, scambiando il telefono con la pallina da basket di gommapiuma. «Dov'è Parker?»

«Palmer.» lo corresse Josie, voltando le spalle alla lavagna di sughero.

«Oggi non c'è.» annunciò Noah riattaccando il telefono della scrivania. «Stavo parlando con Anya... la dottoressa Feist, che si scusa per averci messo tanto a farci avere il suo rapporto completo sul corpo che Blue ha trovato nella proprietà dei Sentieri Tranquilli.»

Turner lanciò la palla per mandarla a canestro e, com'era prevedibile, lo mancò. «Ha confrontato le impronte dentali giorni fa. Adesso sappiamo che era quell'agente di Hillcrest, Shane Foster.»

Il cellulare di Noah vibrò all'arrivo di un messaggio. Mentre lo controllava, riprese a parlare: «Esatto. Hummel ha preso ciò che restava dei vestiti e delle scarpe trovati con i suoi resti e li ha inviati al laboratorio di Stato per vedere se si può estrarre del DNA che possa collegare Seth Lee, o chiunque altro, al corpo. Ha anche ripulito la moneta della sfida e il braccialetto. La moneta era della Polizia di Hillcrest, come previsto. Il braccialetto aveva un ciondolo a scarabeo. È riuscito a inviare le foto a Teresa Carlson che ha confermato, nei limiti del possibile, che corrisponde a quello di sua figlia, ma metterà insieme quante più foto possibili per fare un confronto più dettagliato e completo.»

Cosa che avrebbe dato loro la conferma di quello che già era facilmente intuibile: non c'era il minimo dubbio che quello fosse il braccialetto di April Carlson.

«E la causa della morte?»

«Indeterminata.» rispose Noah.

«È rimasto troppo a lungo nella terra.» dedusse Turner. «Potrebbe essere stato accoltellato, soffocato, picchiato a morte, ma le lesioni ai tessuti molli e agli organi non sono visibili sullo scheletro.»

«E non ci sono ferite da corpo contundente?» chiese Josie. «Ossa rotte? Frattura del cranio?»

Noah alzò lo sguardo dal cellulare. «Entrambi i femori erano rotti, così come l'osso pelvico. Ha riportato anche diverse fratture alle costole. La dottoressa pensa che le ferite siano compatibili con una lunga caduta o con l'impatto contro un oggetto, come un'auto, anche se non può dirlo con certezza. Le fratture non avrebbero causato il decesso, ma se ha subito ferite abbastanza gravi da provocare un danno del genere, è presumibile che abbia riportato anche lesioni interne e che siano quelle che lo hanno portato alla morte.»

Se Josie avesse dovuto scommettere, avrebbe puntato i suoi soldi su una lesione di qualche entità causata da un veicolo a motore. Eventualmente accidentale. Questo avvalorava la sua teoria secondo cui April Carlson non aveva partecipato volontariamente o attivamente alla morte di Shane Foster.

Turner strappò la linguetta della sua bevanda energetica. «Strategia della distruzione reciproca assicurata. Che altro abbiamo, tenente? Perché siamo a corto di indizi e la tua mogliettina, laggiù, sta per diventare strabica a forza di guardare quel disegno.»

«Turner!» scattarono contemporaneamente Noah e Josie. Rimanendo impassibile, lui risucchiò l'intero contenuto della lattina, la accartocciò e produsse un rutto sonoro prima di lanciarla verso il cestino della spazzatura, che mancò.

Noah aspettò che la raccogliesse e la gettasse via prima di rispondere alla sua domanda. «Il botanico di cui vi ho parlato è al piano di sotto. Il sergente Lamay lo sta portando su. È il dottor Hensley Brooks dell'Università di Denton. Dice di poter fare luce sulle fibre trovate sui vestiti di April Carlson.»

«È questo il tuo asso nella manica?» gli chiese Turner incredulo. «Un botanico? Andiamo, tenente. Abbiamo a che fare con uno psicopatico che sta facendo il girotondo intorno a noi e il massimo che abbiamo da far vedere del nostro lavoro è un altro cavolo di cadavere e una quantità di straordinari tale che il capo potrebbe avere un attacco di cuore. E, come se tutto questo non bastasse, non riesco a togliermi l'odore di merda di cavallo dalle scarpe.»

Josie incrociò le braccia sul petto. Doveva ammettere che Turner non aveva tutti i torti; ciò non toglieva che dovevano lavorare con le prove che avevano a disposizione e, al momento, quelle prove erano a base vegetale. «Se hai un'idea migliore, ti prego, metticene a parte...»

Noah si alzò in piedi quando la porta che dava sulle scale si aprì di nuovo e il sergente Lamay la varcò trascinando i piedi, seguito da un uomo afroamericano, alto e distinto, in completo blu scuro, con un paio di occhiali adagiati sul naso e una cartellina a tre falde sotto il braccio. Li salutò con un sorriso contagioso, girando per la stanza per stringere la mano a tutti e presentarsi, insistendo che lo chiamassero per nome; per essere un professore universitario, aveva un modo di fare inaspettatamente rilassato e informale. Notando la foto delle fibre in questione sulla bacheca di sughero, si avvicinò, assumendo una posa di tre quarti come se si trovasse di fronte a platea in una sala conferenze. «Ho portato le mie foto e tutto l'occorrente.» Si sfilò la cartellina da sotto il braccio e la porse a Josie, che era la più vicina. «Ma questo è un buon inizio.»

Josie si avvicinò a Noah, raggiungendolo alla sua scrivania. Turner si unì a loro e rimase a guardarla mentre tirava fuori dalla cartellina un mucchio di fogli che componevano un rapporto, completo di fotografie e diagrammi a colori, di cui sfogliò alcune pagine.

«Ehi, professore?» gli fece Turner. «Sono uno lento a leggere. Pensa di potermi dare solo i punti salienti?»

Il professor Hensley rise e indicò la foto sulla bacheca. «Vorrei iniziare ricordandovi che non ho potuto esaminare il campione fisico perché al momento è sotto la custodia del vostro laboratorio. Tuttavia, sono sicuro al novantanove per cento che si tratta di una pianta chiamata *Erechtites hieraciifolius*. A volte viene chiamata anche erba del fuoco. Fa parte della famiglia delle margherite.»

Josie tornò alla prima pagina dove le parole *Erechtites hieraciifolius* campeggiavano sopra la foto di una pianta molto simile a un dente di leone, ma molto più alta, corposa e leggera. Dal fusto principale si diramavano reti di steli e foglie più piccole, ognuna delle quali era ricca di germogli multipli.

«È un'infestante gigantesca.» commentò Turner.

Il professor Hensley rise di nuovo. «Tecnicamente è un'erba aromatica, ma capisco perché la chiama così. Ha una crescita estremamente rapida. C'è chi dice che appare da un giorno all'altro. A volte cresce fino a due o tre metri e può diffondersi molto rapidamente. La maggior parte delle persone non la trova attraente. È una pianta annuale, ma in alcuni luoghi ha vita breve e può essere una sempreverde. Presenta un fiore che non è proprio quello che la gente ha in mente di solito pensando a un fiore, ma un insieme di ciò che avete qui nella vostra... ehm, foto della scena del crimine. Se guardate a pagina quattro, vedrete diverse foto della pianta quando è in fiore.»

Josie sfogliò i documenti fino alla quarta pagina, dove le foto della pianta, o dell'erba per dirla nei termini del professore, la mostravano in piena fioritura, solo che al posto dei petali i fiori erano costituiti da una fitta lanugine bianca che si contava nell'ordine di diverse decine.

«Non voglio annoiarvi con la terminologia scientifica, ma in pratica quegli ammassi di pelucchi bianchi tenuti insieme dai semi che si presentano come i fiori della *Erechtites hieraciifolius* prendono il volo, proprio come fanno i semi di tarassaco e arrivano ovunque.»

Con le dita Turner prese a picchiettare un ritmo impaziente contro il bordo della scrivania di Noah. «Professore, è davvero affascinante, ma avrà notato che stiamo cercando di trovare un assassino che ha rapito la sua ragazza e la sua bambina. È una situazione piuttosto pericolosa. Come ci aiuta tutto questo?»

Nonostante l'asprezza dei toni di Turner, l'entusiasmo del professor Hensley non si attenuò minimamente e, battendo le mani, disse: «Il tenente Fraley mi ha detto che questi fiori sono stati trovati sul corpo di una delle vostre vittime. L'insegnante, secondo la mia supposizione, da quello che ho sentito al notiziario, la quale, prima del suo omicidio è stata tenuta prigioniera in un luogo al buio. E voi avete bisogno di sapere dove sia questo luogo, ho ragione?»

«Sì.» disse Josie.

«Non so dirvi se l'uomo che state cercando ha raccolto i fiori dove è stata trattenuta la donna o durante il trasporto o in entrambi i casi, ma quello che posso dirvi è che la *Erechtites hieraciifolius* cresce di solito in aree aperte dove è passato da poco un elemento di disturbo. Ai margini delle strade, nei pascoli, nei prati... nei terreni recentemente devastati da incendi o dove sono stati abbattuti molti alberi. Fiorisce in estate, ma con il caldo di questo mese non mi stupirei di vederne fioriti anche in questa stagione.»

«Sta dicendo che dovremmo cercare in questo tipo di aree se vogliamo trovare il luogo in cui è stata tenuta April Carlson?» gli chiese conferma Noah.

«Precisamente.» disse il professor Hensley annuendo. «Questo è il mio consiglio professionale.»

«Senza offesa, professore...» si intromise di nuovo Turner, «ma potrebbe essere ovunque.»

Josie cercò di ricordare se le fosse capitato di vedere qualcuna di quelle piante durante le sue escursioni nella proprietà dell'Accademia Equestre. Ma, d'altra parte, anche nel caso in cui le avesse viste, non avrebbe implicato automaticamente che Seth Lee avesse trattenuto April Carson con la forza nei dintorni, tanto più che sicuramente uno dei clienti di suo fratello e di sua cognata l'avrebbe trovata.

Noah e Josie ringraziarono il professor Hensley congedandolo. Turner rimase con un'espressione impassibile e indifferente e aspettò che il botanico se ne fosse andato per dire: «Questo restringe il campo a quasi tutta la città. Spero che ci rimanga qualcos'altro...»

«Anche se April Carlson aveva questi fiori sui vestiti e fango ed erba nello stomaco, per la maggior parte dell'anno in cui Seth Lee l'ha tenuta prigioniera, è rimasta in un posto al buio.» ricapitolò Josie. «In quell'anno non ha mai visto la luce del sole. Non aveva segni a caviglie e polsi, il che ci indica che non l'aveva legata. Deve averla tenuta in un posto chiuso a chiave, isolata dal resto del mondo. Se l'avesse tenuta in un ambiente all'aperto, non c'è dubbio che prima o poi avrebbe cercato di scappare o almeno di attirare l'attenzione di altre persone.»

«Il furgone.» disse Turner. «L'avrà tenuta nel cassone del furgone con cui fa le consegne.»

«No, sarebbe stato troppo rischioso.» disse Noah. «Chiunque avrebbe potuto sentirla in qualunque luogo l'avesse parcheggiato. No, credo che Josie abbia ragione: ha tenuto April Carlson al chiuso per la maggior parte della sua prigionia e se l'è portata dietro nel cassone fino alla bancarella dei prodotti di suo fratello. Ovunque la tenesse, è lì che ora si trovano Mira e Rosie Summers.»

Non lo disse ad alta voce, ma non ce n'era bisogno, perché tutti avevano completato quell'affermazione con le parole che Noah aveva tenuto per sé: sempre ammesso che fossero ancora vive.

Turner emise un lungo sospiro di frustrazione. «Allora il tuo esperto delle piante se l'è fumata l'erba aromatica.»

«Tutt'altro.» lo contraddisse Noah. «C'è un posto, fuori mano, in una zona periferica della città, circondato dagli alberi, a cui Seth Lee ha regolarmente accesso, che scelga di dormire sotto un tetto o meno.»

«Il negozio di antiquariato "Arredamento d'epoca"» esclamò

Josie. «Turner, quando ci sei andato, hai notato zone in cui c'erano stati incendi? Cantieri in cui il terreno era stato smosso? Lavori recenti di rimozione degli alberi?»

Stavolta prese a tamburellare le dita di entrambe le mani contro le cosce. «Non mi sembra, a meno che non si consideri la cava di ghiaia sul retro del locale dove quella Deirdre Velis brucia i mobili, senza particolare abilità nel nasconderlo. Ma non possiamo ottenere un mandato di perquisizione per casa sua. I fiori di qualche erba, un falò per bruciare le sterpaglie nel retro del negozio... anche se ha ammesso che faceva guidare uno dei suoi veicoli al nostro uomo, non è mica sufficiente. Supponendo che abbia mentito su... beh, su tutto quanto, non lo possiamo comunque dimostrare di fronte a un giudice.»

Noah prese le chiavi della macchina. «Ma possiamo andare a parlarle. Possiamo passare da lei per farle sapere che il suo furgone è stato appena sequestrato e cosa deve fare per riaverlo.»

Turner sorrise. «Ho capito dove vuoi arrivare, tenente. Magari riusciremo a farle ammettere qualcosa che ci dia una causa sufficiente per un mandato di perquisizione.»

Josie gettò il rapporto del professor Hensley sulla scrivania di Noah. «Sbrighiamoci.»

CINQUANTADUE

Turner prese la sua macchina; Noah si mise alla guida del suo fuoristrada, così Josie ebbe il tempo di fare una ricerca in rete all'ultimo minuto per vedere cosa poteva trovare sul negozio "Arredamento d'epoca". Era evidente che Noah aveva fatto ricerche sul negozio di Deirdre Velis, una volta che avevano ricevuto le informazioni sul furgone, ma lei non aveva avuto il tempo di farne di sue perché era stata troppo impegnata a seguire altre piste.

«È già tanto se in rete si trova un risultato per questo posto...» commentò tra una ricerca e l'altra. «Se non avessimo parlato di persona con la proprietaria e non avessimo visto il furgone, sono sicura che stenterei a credere che esista davvero. Qui si legge che è un negozio di mobili antichi, ma non ha un sito web. Non ci sono foto. Non c'è niente. C'è soltanto un numero di telefono. Ed è già tanto.»

«C'è una vista aerea su Google Maps.» la avvertì Noah. «Però non c'è la vista dalla strada.»

Le dense aree residenziali della città si diradarono quando svoltarono su una stretta strada a due corsie che serpeggiava tra le montagne. Il navigatore indicava che mancavano ancora ventiquattro chilometri alla loro destinazione. Era una zona più popolosa di Prout Road, nel punto in cui si trovava l'Accademia Equestre, con abitazioni distanziate ogni cinquecento metri circa. Tuttavia, così lontano dalla città, Josie non capiva come facesse la proprietaria di un negozio di mobili d'epoca a sostenere la propria attività, per quanto potesse rientrare in un mercato di nicchia con una clientela strettamente affezionata. Josie aveva vissuto a Denton per tutta la vita e aveva imparato a conoscere le varie zone della città solo una volta entrata nel dipartimento di polizia, ma non aveva mai sentito parlare del negozio "Arredamento d'epoca".

Passò il resto del viaggio a studiare la vista dall'alto dell'area, benché non offrisse nulla di illuminante. Circondato da alberi su ogni lato, anche dall'altra parte della strada, l'edificio che ospitava il negozio di Deirdre Velis - piuttosto grande per essere a un solo piano – era stato costruito su un lotto di ghiaia e di erbacce, tra le quali, tuttavia, nessuna era la *Erechtites hieraciifolius* che cercavano. L'esterno era dipinto di un blu opaco e sbiadito. Una grondaia si estendeva dal tetto sopra l'alta vetrina sulla quale il nome del negozio era stato dipinto a mano in nero.

Noah fermò la macchina vicino all'entrata, accanto a quella di Turner, e scesero.

«Sembra abbandonato, non è vero?» constatò Turner.

In effetti, a giudicare dalle finestre coperte dall'interno da fogli di giornale non potevano dargli torto; le altre offrivano uno scorcio profondo del negozio cavernoso in cui erano ammassate decine di scrivanie, sedie, armadi, credenze, angoli cottura e divani. Non si presentava tanto come uno spazio espositivo quanto piuttosto come un magazzino stracolmo di cianfrusaglie. A Josie parve di vedere il bancone delle vendite al centro di quel disordine, ma non c'era traccia né della proprietaria né di nessun altro.

«Non si direbbe che ne trasportino molti di questi mobili.»

commentò Noah provando a girare la maniglia della porta, ma era chiusa a chiave.

«Non si entra da quella parte, tenente.» disse Turner. «Facciamo il giro passando dal retro.»

Non c'erano finestre lungo il lato dell'edificio. Seguirono Turner, ma quando girarono sul retro, Josie e Noah si fermarono. Una pila di mobili alta quasi quanto l'edificio stesso occupava un'immensa quantità di spazio nell'ampio lotto posteriore. Poltrone reclinabili, tavoli, divani, librerie. Alcuni pezzi erano rotti. I mobili imbottiti erano strappati e sbiaditi. Segni nerastri di un falò segnavano il terreno tutto intorno. Nelle vicinanze c'erano mucchi di cenere. Ma non c'era traccia di *Erechtites hieraciifolius*.

Da sopra la sua spalla, Turner disse: «È un bel modo per sbarazzarsi dell'inventario indesiderato, non vi pare?»

Un furgone bianco identico a quello sequestrato alla pensione dove alloggiava Seth Lee era parcheggiato a una banchina di carico che si estendeva dal retro dell'edificio. Come sull'altro, non riportava nessuna scritta né altri segni riconoscibili che indicassero che fosse collegato a un'attività commerciale. «Andiamo.» disse Turner. «Se abbiamo fortuna troviamo il portellone aperto.»

Quando raggiunsero il furgone, Josie si mise in punta di piedi e tastò la griglia e il cofano. Erano freddi, a indicare che non era stato guidato di recente.

«Rallenta, Turner.» gli disse Noah.

«Rilassati, tenente. Ho tutto sotto controllo...» lo rassicurò Turner prima di mettersi a urlare: «Salve? Deirdre Velis? È qui?»

Attraverso la stretta apertura dove il retro del furgone incontrava la banchina di carico, Josie poté vedere che il portellone del magazzino era aperto, proprio come aveva previsto Turner. Invece, la porta di carico del furgone era chiusa e bloccata. «Miss Velis?» chiamò, adeguandosi al volume di Turner.

«Dipartimento di Polizia di Denton. Abbiamo bisogno di parlare con lei per qualche minuto.»

Turner si infilò dietro il furgone e si issò sulla banchina di carico. «Deirdre Velis?» chiamò di nuovo. «Polizia di Denton. Ha un minuto?»

Si accovacciò e tese una mano a Josie. Lei la fissò e Turner si mise a ridere. «La grande Josie Quinn non ha bisogno di aiuto? Coraggio, scimmietta. Sto solo cercando di aiutarti a tirarti su. Non è una scusa per palpeggiarti. Pensi che proverei a fare qualche mossa con tuo marito che mi fissa?»

«Turner...» lo richiamò Noah, indicando il portellone del magazzino. «Concentrati.»

Turner fece una scrollata di spalle e si alzò, allontanandosi da loro. Josie si issò sulla banchina di carico col minimo sforzo. Noah la seguì. Camminarono lungo la lastra di cemento e poi si fermarono davanti a un arco che separava la banchina di carico dal retro del negozio e tutti e tre chiamarono la padrona e si identificarono. Davanti a loro si estendevano file ben serrate di mobili. Lungo una parete c'era un grande banco di vendita. Accanto c'era un corridoio. Deirdre Velis ne uscì, con una mazza da baseball di metallo sollevata sopra la spalla.

«Fermi dove siete.» li avvertì.

CINQUANTATRÉ

Turner alzò le mani al cielo in segno di resa. «Ehi, vacci piano con quella mazza, campione.»

Noah tirò fuori il distintivo come un'offerta di pace, anche se lei era troppo lontana per vederlo. «Miss Velis, siamo della Polizia di Denton. Si ricorda dei miei colleghi, vero? Siamo venuti perché dobbiamo parlare con lei.»

Abbassando la mazza lungo il fianco, si diresse lentamente verso di loro, mentre ogni traccia di sospetto sul suo volto si dissipava man mano che si avvicinava. Guardando Turner, disse: «Ah, sì. Ora mi ricordo di lei. E anche di lei.» E rivolgendo a Josie un sorriso, si scusò: «Mi dispiace di avervi accolti così. Come potete vedere, sono tutta sola in questo posto sperso in mezzo al nulla e ora, con questa faccenda di Seth...»

Niente male per essere una persona che, dopo aver sostenuto di poter gestire un uomo come Seth Lee, non ci aveva pensato due volte ad armarsi di mazza sentendo il minimo rumore di persone che si avvicinavano.

«La capiamo.» le assicurò Noah sfoderando uno dei suoi sorrisi più smaglianti. «La prudenza non è mai troppa. Le dispiace se entriamo?»

«No, no, entrate pure.» rispose lei facendo loro cenno di attraversare la soglia, scendere la rampa ed entrare nel negozio e, mentre la seguivano al banco delle vendite, aggiunse: «Sedetevi dove volete...» e rise. Dovevano essercene a decine tra divani, poltrone e sedie diversi dove mettersi a sedere in quel posto.

Come se avesse preso seriamente il suo invito, Turner si diresse verso il gruppo di mobili più vicino, sei divani tutti accostati l'uno all'altro. Miss Velis si spostò dietro il bancone delle vendite, che formava un quadrato con una piccola apertura sul lato più vicino al corridoio, e posò la mazza sul ripiano. Josie e Noah presero posizione sul lato opposto, all'esterno del quadrato.

«Siete riusciti a prenderlo?» chiese Deirdre. «Alla radio hanno detto che lo stavate ancora cercando, ma ora, vedendo che siete venuti fin qui, ho pensato che potreste avere delle novità.»

«Sfortunatamente, no, signora.» disse Noah. «Ma abbiamo localizzato il suo furgone. Però, lo abbiamo dovuto sequestrare...»

Mentre Noah le parlava della procedura di sequestro, comprese le tempistiche e le modalità con cui avrebbe potuto recuperarlo, Josie notò che lo sguardo di Miss Velis si era fissato su Turner e ne seguiva ogni movimento mentre lui si faceva un giro tra i mobili, sempre più distante da loro, passando un dito sulla superficie di un tavolo da sala da pranzo.

Josie esaminò il disordine dietro la scrivania. Era quello che ci si sarebbe aspettati di trovare dietro la scrivania di un negozio specializzato in mobili d'epoca, senza alcuna tecnologia moderna come un computer: montagne di ricevute; un telefono cordless nell'apposita base; un libro mastro; diversi libri rilegati sulla valutazione e la riparazione dei mobili; blocchetti per appunti; penne; una ciotola con dentro un mazzo di chiavi; una tazza da caffè; involucri di barrette di cioccolato; una bombola di lubrificante; diversi attrezzi per la lavorazione del legno che Josie non riuscì a identificare per nome.

«Per ora posso cavarmela con un solo furgone...» disse Miss Velis, con gli occhi ancora puntati su Turner. «Avete qualche indizio? O avete idea di dove sia andato Seth ora che è rimasto a piedi?»

Noah si accigliò. «Speravamo che potesse darci lei qualche informazione su di lui. Oltre al fratello, Jonathan, lei è la persona che conosce Seth da più tempo.»

Lo sguardo di Josie si posò su un oggetto dall'altra parte della scrivania: era appena il sussurro di un istinto quello che le diceva che era qualcosa di importante, ma sul momento non avrebbe saputo spiegarsi il perché.

Dallo sguardo di Miss Velis si intuiva che era infastidita nel vedere Turner abbandonare il tavolo da sala da pranzo e dirigersi verso un piccolo gruppo di scrivanie. «Ho già detto agli altri detective che non ho idea di dove possa essere Seth. Se lo sapessi, ve lo avrei già detto.»

«Ehi, Quinn, guarda questi...»

Stupendosi ancora una volta nel sentirgli usare il suo vero nome, Josie si voltò per vedere Turner che cercava di infilarsi, nonostante fosse evidentemente troppo alto, in un banco scolastico con sedia integrata per bambini. La seduta e il ripiano del banco erano di pino. Alla base, sedia e tavolo erano collegati da una struttura di tubolari di ferro. In qualche maniera, Turner riuscì a infilarcisi. «Questo è quello che io chiamo rustico. Ehi, Deirdre... di che epoca è questo? Degli anni Cinquanta?»

Noah lo nascose bene, ma Josie capì lo stesso che non ne poteva più delle buffonate di Turner.

Con un sorriso nervoso, Miss Velis gli rispose: «È degli anni Trenta.»

Turner sollevò il piano della scrivania e sbirciò nel vano portaoggetti.

«Le dispiacerebbe non toccare questi oggetti?» gli chiese

Miss Velis avviandosi verso l'apertura che da dietro il bancone conduceva allo spazio espositivo, ma Turner si era già rimesso in piedi e si stava dirigendo verso un grande armadio un corridoio più in là. La proprietaria del negozio tornò lentamente al suo posto dietro il bancone delle vendite, facendo rotolare la mazza avanti e indietro con gesti nervosi. «Come stavo dicendo, non posso aiutarvi a trovare Seth perché, pur conoscendolo da molto tempo, non siamo più intimi.»

«Miss Velis, lei ha anche una Chevrolet Cavalier intestata a lei personalmente.» proseguì Noah cambiando argomento. «Può dirci dov'è?»

«È dal meccanico.»

«In quale officina?» le domandò Turner.

Momentaneamente presa alla sprovvista, lei spostò lo sguardo avanti e indietro tra Noah e Turner prima di rispondere: «Ho un amico che fa il meccanico e che ha un'autofficina giù in città.»

Josie guardò di nuovo gli oggetti sul bancone. «E come si chiama quest'autofficina del suo amico?»

Si poteva cogliere un leggero tremolio nelle dita di Deirdre Velis mentre faceva rotolare di nuovo la mazza. «Oddio, non me lo ricordo proprio il nome. Quanto può essere assurdo? È quello che succede quando si invecchia. Per me è soltanto l'autofficina del mio amico, non penso mai al nome. È quella che si trova sulla Aymar Avenue. Ce l'avete presente, no? Vicino a Campbell Street.»

«Oh, sì.» disse Noah automaticamente. «Credo di aver capito a quale si riferisce.»

Non c'era nessuna autofficina sulla Aymar Avenue, né tantomeno su Campbell Street. Deirdre Velis stava mentendo.

Josie le chiese: «Ha altri dipendenti o prestatori d'opera oltre a Seth Lee?»

Gli occhi di Miss Velis si posarono di nuovo su Turner, che apparve dietro Josie e Noah. «No. Qui ci lavoro solo io.»

Con un sospiro Turner arruffò i capelli di Josie. «Ehi, sentite, io devo proprio liberare gli ormeggi. Deirdre, tesoro, non è che c'è un bagno in questo posto o qualcosa di analogo?»

Miss Velis continuava a far scorrere le dita lungo il manico della mazza. «Non è un bagno per la clientela.»

Turner sorrise e le fece l'occhiolino. «Ma io non sono la clientela, Deirdre. Sono qui per proteggere i bravi cittadini di Denton, compresa lei. Se non l'ha notato, siamo a un milione di chilometri dalla civiltà e io non ce la potrei mai fare a tornare in città in tempo e questi due...» disse battendo una mano su una spalla a entrambi, «si arrabbiano come matti quando gli faccio casino in macchina.»

Anche se Turner era arrivato con la sua auto, Noah sorrise e accettò la battuta. «E a lui non piace quando lo costringiamo ad andare a piedi.»

«Potrei anche andare fuori, sul retro, ma non vorrei rischiare di incappare in qualche orso in agguato nel buio. E io lo so che lei non vuole che venga sbranato da qualche animale selvatico...»

Miss Velis, con la sua facciata accomodante che scivolava via, diede a intendere che era proprio quello ciò che desiderava, ma cedette e fece un gesto verso il corridoio. «L'ultima porta a sinistra. Si sbrighi. E le sarei grata se non toccasse nient'altro.»

«Non posso nemmeno tirare lo sciacquone?»

E prima che Miss Velis potesse rispondere, lui se n'era già andato, lasciandosi una risata alle spalle mentre in un batter d'occhio copriva la distanza dal corridoio con un paio di lunghe falcate. Una volta che ebbe girato l'angolo, non poterono più vederlo da dove si trovavano.

«Mi scuso per il mio collega.» disse Noah. «Le saremo fuori dai piedi il prima possibile. Dobbiamo solo farle qualche altra domanda. Quando lei e Seth vi frequentavate, eravate anche conviventi?»

«Cosa?» chiese Miss Velis. «Non vedo come questo possa

essere rilevante per quello... per quello che sta succedendo al momento.»

Il suono di una porta che scricchiolava li raggiunse dai recessi del corridoio immerso nella penombra.

«Sono domande di routine...» spiegò Noah.

«No, non mi sembra proprio. Al contrario, direi che nessuna di queste domande è di routine.» rispose piccata Miss Velis allontanandosi dal bancone e voltandosi in direzione del corridoio. La sua espressione si indurì quando chiese: «Dov'è il vostro collega? Perché ci mette così tanto?»

Josie aveva capito che Turner aveva in mente qualcosa; probabilmente aveva usato la scusa di dover andare in bagno nella speranza di poter acquisire qualsiasi prova che riuscisse a cogliere in quel lungo corridoio nei limiti delle perquisizioni in assenza di mandato imposti dal Quarto Emendamento. Non avrebbe avuto il permesso di aprire nessuna porta o di ficcare il naso in nessun altro modo, ma qualsiasi cosa avesse scorto in bella vista gli sarebbe stata utile per intervenire di conseguenza. Era la stessa strategia che aveva usato lei la prima volta che si erano presentati all'Accademia Equestre di Rebecca e Jonathan Lee, con la differenza che, quando era uscita dal bagno, loro due non avevano l'aria da omicida a sangue freddo che Deirdre Velis aveva in quel momento.

Josie girò intorno al bancone delle vendite, piazzandosi tra la donna e l'imbocco del corridoio. «Se avesse bisogno di mettersi in contatto con Seth Lee, con urgenza, come farebbe?»

«Non potrei farlo. Ve l'ho già detto...»

Si udì un forte schianto, seguito subito da un secondo schianto, che inghiottirono il resto delle sue parole. Seguirono poi un grugnito, un terzo schianto e il rumore del legno che si spezzava. Poi arrivò la voce di Turner: «Resta fermo lì. Mettiti in ginocchio, cazzo, o...»

Josie e Noah aprirono contemporaneamente le fondine ed estrassero le pistole. Un colpo d'arma da fuoco risuonò dal corridoio, con un rimbombo che rimbalzò da una parete all'altra della grande sala espositiva. Deirdre Velis prese la mazza e la ritrasse, fissando Josie con uno sguardo omicida. L'eco esplosivo dello sparo si affievolì quanto bastava da permettere a Josie di distinguere i grugniti e i colpi della colluttazione che era cominciata nel corridoio. Noah puntò la pistola contro Miss Velis. «Metta giù quella mazza.» le intimò con voce calma. Poi, rivolgendosi a Josie: «Vai.»

CINQUANTAQUATTRO

Con uno scatto Josie si precipitò nel corridoio, ma si fermò quando vide Turner impegnato a lottare strenuamente con Seth Lee. La sua pistola giaceva sul pavimento, ben lontana dai loro corpi fusi. Erano ancora in piedi e ciascuno dei due cercava di avere la meglio sull'altro. Seth aveva immobilizzato Turner puntandogli l'avambraccio contro la gola in modo da tenerlo inchiodato contro il muro. Quando Josie si mise a gridargli di fermarsi, Turner ne approfittò per dargli una ginocchiata. Seth se lo trascinò dietro ed entrambi fecero una piroetta, andando a sbattere contro la parete opposta. L'intonaco si sbriciolò, ma nemmeno il colpo all'inguine riuscì a rallentare la furia di Seth Lee abbastanza a lungo da permettere a Turner di prendere il controllo dello scontro. Si muovevano troppo velocemente perché Josie riuscisse a prendere bene la mira. Alle sue spalle, sentì Noah che urlava dei comandi a Miss Velis. Una volta che le avesse messo le manette ai polsi, avrebbe chiamato i rinforzi.

Quando Turner ricevette un colpo alla testa, lo scricchiolio dell'osso trapassò anche Josie. Un fiotto di sangue uscì dal naso di Turner, che incespicò, e Seth Lee lo spinse all'indietro, contro una porta di legno. Josie mise nella fondina la pistola, pronta a unirsi alla lotta; se non poteva sparare a quell'uomo senza correre il rischio di ferire o di uccidere il suo collega, quantomeno non sarebbe rimasta a guardarlo che lo massacrava di botte fino a fargli perdere i sensi; così si lanciò nella mischia: attraversò il corridoio e puntò la spalla contro il fianco di Seth Lee, che accusò con un grugnito l'impatto dei loro corpi che sbattevano l'uno contro l'altro, ma senza perdere la presa su Turner neanche per un istante. Un attimo dopo la porta gemette e il legno si spaccò. Turner proiettò le mani in avanti, nel tentativo di chiuderle intorno alla gola di Seth, ma un attimo prima di farsi agguantare, questi lo afferrò per una ciocca di capelli e gli sbatté la nuca contro la porta.

Noah apparve alle loro spalle e cercò di superare Josie per agguantarlo per un braccio, ma gli sfuggì tra le dita. Josie si riscosse, facendo perno sull'altro fianco di Seth Lee. Unendo le forze, lei e Noah sarebbero riusciti a sottometterlo.

Ma prima che potessero fare qualsiasi tentativo, lui sbatté di nuovo la testa di Turner contro la porta; l'urtò mandò in frantumi il legno all'altezza dei cardini; della porta solo alcuni frammenti dai bordi frastagliati rimasero attaccati, sporgendo dai cardini del telaio come spine acuminate; la porta si rovesciò verso l'interno e Seth e Turner precipitarono su un pianerottolo di cemento e volarono giù da una scala nell'oscurità sottostante. Josie sentì il tonfo dei loro corpi che battevano contro i gradini, accompagnato da una serie di grugniti.

Noah superò Josie e raggiunse il pianerottolo, con la pistola pronta a fare fuoco. «Turner?» chiamò.

Josie infilò la testa oltre l'apertura e si guardò intorno alla ricerca di un interruttore a parete, o almeno di un cavo con una lampadina sospesa sopra il pianerottolo. Seguì Noah, che intanto aveva già cominciato a scendere giù per le scale, con la tremenda sensazione che la gola le si stesse chiudendo. Non sopportava gli spazi chiusi e ancor meno quando erano immersi nell'oscurità. Era un altro residuo dell'orribile infanzia che aveva vissuto. Ne aveva già affrontati di luoghi simili in passato, ma la portavano sempre e comunque sull'orlo di una crisi di panico e quel posto non era da meno: riusciva a malapena a sentire i suoni, riusciva a malapena a concentrarsi sopra il tuono del suo stesso cuore che batteva al galoppo. Per assicurarsi che fosse ancora in grado di formulare parole, anche lei chiamò: «Turner?»

«Sono quaggiù!»

Si concentrò sulla schiena di Noah mentre il suo corpo si abbandonava automaticamente a un esercizio di respirazione detto "a scatola". Ci fu un breve lampo di luce dalla base dei gradini che sembrava lontano migliaia di chilometri. Era lo schermo del telefono di Turner. Non era abbastanza per illuminare alcunché, sebbene lo puntasse lontano dalle scale.

«Ho bisogno di aiuto...» disse Turner. «Il mio dannato ginocchio... non riesco a vedere Lee. È da qualche parte qui sotto.»

Tenendo lo sguardo fisso in avanti e la pistola pronta in una mano, Noah usò l'altra per estrarre il telefono dalla tasca posteriore, lo scosse e lo porse a Josie che accedette rapidamente all'applicazione torcia e glielo porse di nuovo in modo che potesse farsi luce fino in fondo alle scale. Prendendosi mezzo secondo per fare lo stesso con il suo telefono, dovette lottare contro sé stessa per contenere il terrore che le impediva di tenere ferme le mani e di continuare a scendere, gradino dopo gradino, sempre più in basso nell'oscurità. Alla loro destra c'era una parete di pietra e alla loro sinistra una ringhiera.

Anche Turner trovò l'applicazione torcia sul suo telefono e la accese, puntando la luce alla sua sinistra. Finalmente gli occhi di Josie cominciarono ad abituarsi alle luci e a ogni minimo spiraglio di illuminazione, che le apparivano come l'aria con cui aveva bisogno di riempirsi i polmoni passo dopo passo per raggiungere il fondo. Una volta arrivata, l'inconfondibile odore di escrementi umani le riempì le narici. In qualsiasi altra circostanza avrebbe fatto i salti di gioia accarezzando l'idea che Turner avesse perso il controllo delle sue funzioni corporee, ma in quel momento ogni singola cellula del suo corpo le stava urlando che nelle viscere di quell'edificio era successo qualcosa di terrificante. Mentre si chiedeva se il seminterrato si estendesse sotto l'intero edificio, quel tanfo tremendo si fece più forte fino a ricoprirle la lingua e bruciarle gli occhi. Sentirono dei fruscii. Turner puntò selvaggiamente il fascio della torcia da una parte all'altra. Josie percepì il cuore fermarsi per due battiti prima di riprendere il ritmo raggiungendo una velocità sicuramente insostenibile. Si sporse di lato quel tanto che bastava per guardare intorno a Noah. Turner si era tirato su e si era puntellato sul ginocchio buono. Proprio come quel giorno in centrale quando aveva perso la pallina da basket sotto la scrivania di Mettner. La sua scrivania. Solo che in quel momento aveva il viso e la camicia imbrattati di sangue.

«Ce la fai a metterti in piedi?» gli chiese Noah.

«No, non ce la faccio... ho bisogno di qualcuno a cui aggrapparmi. Tieni gli occhi puntati laggiù, tenente.» gli disse puntando un dito nella stessa direzione del raggio della sua torcia. Si vedeva soltanto il suolo in terra battuta e poi il buio più totale. Seth Lee doveva essersi nascosto da qualche parte oltre la portata delle loro torce, a meno che non ci fosse un'uscita alternativa.

«Quinn, dammi una mano a rimettermi in piedi...»

Con una mano Noah teneva la pistola puntata davanti a sé e con l'altra puntava la torcia nel tentativo di penetrare le tenebre che pervadevano lo scantinato. Con una delle sue grandi mani, Turner agguantò Josie per un fianco; le ci volle un secondo buono per capire che le si era aggrappato alla cintura per rimettersi in piedi e dovette resistere al suo peso che la trascinava verso il basso per mantenersi in equilibrio.

«Tenetevi pronti...» disse con voce sommessa. «Luci tra tre, due, uno...»

Josie percepì vagamente il suono di una cordicella che veniva tirata e un attimo dopo una luce di un giallo opaco riempì lo spazio circostante. Le ci vollero alcuni secondi per capire che si trovavano in una piccola stanza che probabilmente si univa al resto del seminterrato attraverso una porta vicino al fondo della scala. Una porta che era chiusa con un lucchetto. I suoi occhi seguirono la direzione verso cui Noah teneva puntata la pistola, giungendo su Seth Lee che se ne stava rintanato nell'angolo più lontano. Era in ginocchio, con la schiena rivolta verso di loro.

Che diamine stava facendo?

Noah avanzò verso di lui. «Seth Lee. Alzati, tieni le mani alzate dove posso vederle e girati.»

Seth Lee si alzò, allungando le mani sopra le spalle in modo che potessero vedere che erano vuote.

Con gli occhi spalancati Josie passò in rassegna il resto di quello scantinato in meno di un secondo. Un secchio da quindici litri, con i lati sporchi di qualche sostanza scura. Un mucchio di un'altra sostanza indefinita tutta rappresa sul pavimento a pochi metri dal secchio. Altre macchie non identificabili sparse ovunque. Un conato di vomito minacciava di salirle dal fondo alla gola, ma riuscì a ricacciarlo all'indietro deglutendo. Stringendo la mascella, trovò il cassetto della sua cassaforte mentale pieno di cose che mettevano a dura prova la sua fiducia nell'umanità e vi ficcò dentro le immagini e gli odori di quel sotterraneo, restringendo la sua attenzione esclusivamente sul loro obiettivo.

«Bene...» gli disse Noah. «Adesso alzati lentamente.»

Seth Lee fece come gli era stato ordinato. Quando Josie e Noah si avvicinarono, si accorsero che era sul punto di scoppiare in lacrime. Tracce di terriccio gli ricoprivano i palmi delle mani, indizio che doveva aver seppellito o dissotterrato qualcosa.

«Girati, lentamente...» gli ordinò Noah, «e intreccia le dita dietro la testa.»

«Mi dispiace...» mormorò con voce sorprendentemente roca. «Non avrei mai voluto che le accadesse qualcosa di male. Non avrei mai voluto che le accadesse niente di tutto questo.»

Noah ripeté le istruzioni e questa volta Seth Lee si adeguò, così che Noah e Josie poterono raggiungerlo contemporaneamente per abbassargli le braccia dietro la schiena e fissargli i polsi con delle fascette. Josie gli lesse i suoi diritti, ma lui, anche dopo aver indicato verbalmente di averli compresi, continuò a parlare, sforzando la voce che si faceva piena di quello che aveva il suono del rimorso. «Non volevo che accadesse. Non volevo che accadesse niente di tutto questo. Non ho mai voluto che soffrisse. Non lo sapevo che era qui... non lo sapevo.» Non riuscì ad andare avanti, interrotto dai singhiozzi.

Turner zoppicò verso di loro e aiutò Noah a guidare Seth su per i gradini. Josie ripose la pistola nella fondina e camminò lungo il bordo della stanza finché non riuscì a vedere cosa lo aveva ridotto in quello stato subito dietro al secchio. Qualcosa era stato inciso sul pavimento e, a giudicare da come si presentava, Seth Lee aveva cercato di cancellarlo. Tirò fuori di nuovo il telefono dalla tasca e recuperò rapidamente l'applicazione torcia per puntare il fascio di luce sul pavimento. Sentì un pezzo del suo cuore incrinarsi esattamente nello stesso momento in cui un'ondata di ammirazione le riempì il petto. Ammirazione e rispetto per la donna che aveva trovato il modo di lasciare un segno del suo passaggio così indelebile in quell'inferno nero da non poter essere cancellato.

Quello che April Carlson aveva inciso sul pavimento era il suo nome.

Arrivato in cima alle scale, si udì di nuovo Seth Lee che urlava: «Mi dispiace!»

CINQUANTACINQUE

Aspetto finché non rimaniamo di nuovo noi due da sole e poi torno da lei di nascosto, soprattutto perché temo che lui l'abbia uccisa. Invece vedo che è ancora viva e le accarezzo la schiena e i capelli come lei ha sempre fatto con me.

«Rosie...» dice. «Non puoi stare qui.»

«Non c'è nessun altro qui.» dico io. «Va tutto bene. Hai fame? Posso trovare qualcosa. Qui non c'è niente che abbia un buon sapore, ma non voglio che diventi come la zia April quando papà l'ha portata qui.»

«Oh Dio...» dice lei scoppiando a piangere e appena mi chiedo se ho fatto qualcosa di sbagliato, lei mi dice: «Mi dispiace che tu abbia dovuto vederla in quello stato, tesoro. Non lo sapevo. Appena l'ho scoperto, ho detto a tuo padre che doveva portarla da me, e così ha fatto, ma poi...»

Le metto una mano sulla testa e le faccio uno "shhh" come faceva lei con me quando piangevo.

«È andato tutto storto...» continua lei e sembra uno di quei giocattoli che squittiscono.

"Shhh" le ripeto finché non mi sembra più calma.

«Rosie, ascoltami...» mi dice poi con uno sguardo che si fa

serio. «Quello che sto per dirti è molto importante. Ho bisogno che tu mi ascolti molto bene e tu faccia esattamente quello che ti dico. Se hai la possibilità di andartene da qui, voglio che tu lo faccia. Devi andartene. Devi scappare. Devi andare alla polizia. I poliziotti non sono le persone cattive che tuo padre pensa che siano. Ti aiuteranno. Ti assicuro che ti aiuteranno. Devi raccontare a loro tutto quello che sai, a qualunque costo.»

Annuisco, anche se le cose che dice mi fanno sentire il cuore che va troppo veloce.

«Mi hai capito?» continua lei.

«S-sì.»

«E c'è anche un'altra cosa molto importante: se non c'è altro modo, devi lasciarmi qui. Non importa cosa mi succede. La cosa importante è che tu riesca a scappare.»

«No, non posso...»

Ci stiamo guardando così intensamente e stiamo parlando di così tante cose importanti che nessuna di noi due lo sente arrivare. Questa volta mi tira per i capelli.

«Cosa ti ho detto che sarebbe successo se ti fossi avvicinata di nuovo a lei?»

CINQUANTASEI

Josie si era messa ad aspettare sul margine del parcheggio di fronte al negozio di antiquariato "Arredamento d'epoca", proprio nel punto in cui incontrava la strada e con le punte degli scarponi poggiava sulla linea gialla. Era uscita fuori da quasi tre ore e ancora sentiva di non riuscire a prendere abbastanza aria fresca. Alle sue spalle erano sopraggiunti numerosi veicoli della polizia e del pronto soccorso, ora disseminati sul lotto di ghiaia. Qualche autopattuglia, l'unità mobile della Squadra di Raccolta delle Prove di Hummel, un'ambulanza e l'auto senza contrassegni di Gretchen. Era arrivata non appena aveva ricevuto la notizia e al momento si trovava all'interno dell'edificio insieme a Noah. Turner era seduto sul retro di una delle ambulanze, con una grossa borsa del ghiaccio sul ginocchio e un pezzo di garza infilato in ciascuna narice.

Gli altri agenti che avevano ricevuto la chiamata avevano perquisito l'edificio da cima a fondo in modo rapido e approfondito prima che i ragazzi della Squadra di Raccolta delle Prove iniziassero le loro analisi dell'umida cella in cui April Carlson aveva trascorso l'ultimo anno della sua vita.

Di Mira e Rosie Summers, invece, non c'era traccia.

All'alzarsi di una leggera brezza che le accarezzava il viso, Josie chiuse momentaneamente gli occhi, respirando a pieni polmoni.

«Ehi.» la chiamò Noah apparendo alle sue spalle e appoggiandole una mano sulla schiena. Lei dovette resistere al fortissimo impulso di sciogliersi tra le sue braccia. «Deirdre Velis e Seth Lee sono stati trasferiti in una cella di detenzione. Non siamo riusciti a ottenere mezza parola da nessuno dei due, se non si conta la richiesta di un avvocato che la Velis ha fatto praticamente nel momento stesso in cui le ho messo le fascette.»

«Com'è che non mi sorprende per niente?» disse Josie con sarcasmo. «È molto più scaltra di quanto credessimo. Penso che forse...»

Con gli occhi nocciola Noah soppesò le sue parole e con delicatezza, le scostò una ciocca di capelli dietro l'orecchio. «Pensi cosa?»

«Ripensavo alle cose che Seth Lee ha detto nel seminterrato. Che non voleva che le accadesse niente di male, che non sapeva... che non voleva che April Carlson morisse. Non è stato lui a farla morire di fame e a torturarla. È stata Deirdre Velis.»

«Quando abbiamo portato fuori Seth, lo abbiamo accompagnato davanti a lei.» disse Noah. «Lei gli ha lanciato uno sguardo e lui... lui ha avuto paura. Glielo si poteva leggere negli occhi. Un secondo dopo, anche lui ha chiesto un avvocato.»

Josie si massaggiò la spalla dolorante. «È Deirdre quella che prende ogni decisione e scommetto che tutte le volte che Seth è "scomparso" nel corso degli anni, da Mira, da suo fratello, in realtà veniva qui. Sono convinta che lei eserciti una forma di controllo su di lui. Non credo che si siano mai lasciati veramente, al massimo, può darsi che lui abbia fatto dei tentativi per sfuggire alla sua influenza nel corso degli anni. Secondo me deve essere così che è finito con Mira Summers.»

«Il problema è che Deirdre Velis non voleva lasciarlo andare.» continuò Noah. «Lo aveva avuto per prima. Hai detto che voleva avere dei figli, mentre lui non ne voleva neanche parlare, no?»

«Esatto. Salvo poi avere avuto una figlia con un'altra donna. Inizio a pensare che Deirdre abbia sempre saputo di Rosie. Era arrabbiata e ferita per averlo perso a causa di un'altra donna. È facile intuire che Seth non abbia mai voluto stare con lei, ma non si è mai sentito in grado di tagliare completamente i ponti; d'altronde, era solo un ragazzo quando si erano conosciuti. Poteva essere impressionabile e facilmente manipolato da una donna più grande, al punto da sentirsi in qualche modo intrappolato, da sentire di avere degli obblighi nei suoi confronti. E non c'è dubbio che le sue allucinazioni non abbiano fatto altro che peggiorare la situazione. Oh, porca puttana...» esclamò Josie, interrompendo la sua ricostruzione dei fatti quando fu colpita da un altro pensiero: nel corso degli anni Seth aveva continuato a tornare da Deirdre. Una persona diversa l'avrebbe lasciata e non si sarebbe mai voltata indietro una volta che avesse sentito che la relazione non gli era più congeniale; questo era ciò che avrebbe fatto la maggior parte delle persone. Le coppie si separano in continuazione.

«Cosa c'è?» le chiese Noah.

«E se Deirdre stesse usando le allucinazioni di Seth per esercitare il suo controllo su di lui? Non avrebbe dovuto far altro che sfruttarle, amplificando le sue paure. Quale modo migliore per manipolarlo? Riflettici: e se lei avesse strumentalizzato il suo disturbo e lo avesse usato contro di lui e contro tutte le persone a lui care per tutto questo tempo?»

La tensione sul volto di Noah le fece capire che la sua teoria poteva avere qualche fondamento. «Credo che tu debba vedere cosa abbiamo trovato dentro.»

Josie seguì Noah all'interno del negozio, attraverso lo spazio espositivo, oltre il bancone delle vendite fino al corridoio, dove la Squadra di Raccolta delle Prove aveva già documentato la colluttazione. Dalla porta che conduceva al seminterrato si diffondeva una luce chiara e intensa. I ragazzi della squadra di Hummel avevano installato dei faretti alogeni per documentare ed elaborare meglio la scena. Josie soppresse un brivido. Nemmeno la luce di mille soli avrebbe potuto scacciare l'oscurità che incombeva su quella stanza. Gretchen si trovava davanti a una porta in fondo al corridoio e si fece da parte per lasciarla passare. Avvicinandosi, Josie ebbe un tuffo al cuore. «Che diavolo sarebbe questo?»

La stanza era la più vicina al retro dell'edificio. Una fila di finestre a lucernario correva lungo la parte superiore della parete di fondo, facendo sembrare il locale, già ampio di per sé, ancora più spazioso e più arioso di quanto non si presentasse. A differenza delle tonalità deprimenti di marrone e di bianco che contraddistinguevano il resto del negozio di mobili, quella stanza era dipinta con una serie di colori vivaci. Ricordava un'aula scolastica di dimensioni gigantesche. Davanti a una lavagna magnetica c'era una scrivania, dietro alla quale c'erano un nastro con l'alfabeto e una libreria stracolma di libri per bambini.

Gretchen indicò una parete divisoria in fondo. «Dall'altra parte c'è un letto con un piumone con degli unicorni rosa.»

La stanza era cosparsa di cesti di giocattoli e animali di peluche. Una lavagnetta di sughero si trovava vicino a un piccolo tavolo pieno di materiale di ogni tipo per il bricolage. Era tappezzata con i disegni fatti dalla mano di un bambino, ognuno dei quali riportava una serie di iniziali disegnate nell'angolo in basso a destra.

R.L.

Rosie Lee. Non Rosie Summers. Rinchiusa in casa di Deirdre Velis, la bambina doveva aver sempre usato il cognome del padre, a riprova di quanto doveva essere risentita quella donna nei confronti della nuova compagna del suo uomo. Quale modo migliore di vendicarsi e di rivendicare la famiglia che aveva sempre desiderato con Seth Lee se non quello di creare una casa per la bambina all'interno del suo stesso negozio? Di fronte a quella constatazione, Josie si chiese se ogni volta che apparentemente Seth Lee ritornava da Mira Summers, portando con sé la piccola Rosie, Deirdre Velis non avesse manipolato in qualche modo sfruttando le sue allucinazioni per farlo poi tornare da lei, in modo da potersi tenere la bambina che aveva sempre desiderato.

La bambina che era ancora da qualche parte, chissà dove, con la sua vera madre. Vive o morte che fossero.

Josie si voltò di nuovo verso Gretchen e Noah. Turner era apparso dietro di loro. «Piuttosto inquietante, eh, bellezza?»

«Dobbiamo trovarle.» disse Josie.

CINQUANTASETTE

Per quella che sembrava la centesima volta, Josie si trovò davanti alla bacheca di sughero nella sala grande a fissare il disegno di Rosie Summers. Dietro di lei, Noah, Gretchen e Turner sedevano tranquillamente alle rispettive scrivanie. Anche Turner, una buona volta, stava fermo, non tamburellava con le dita da nessuna parte e non sbagliava un canestro dopo l'altro. Stavano tutti aspettando che le venisse un'idea brillante.

Anche lei la stava aspettando.

«Se quella è una mappa, non ci indica la strada per raggiungere quell'inquietante negozio di mobili vecchi.» commentò Turner con voce nasale a causa della frattura al ponte del naso che Seth Lee gli aveva procurato. Almeno era andato a casa per mettersi un completo pulito.

Forse si erano concentrati troppo sull'idea che April Carlson e Rosie Summers fossero sempre state nello stesso posto. Forse avevano dato per scontato che ovunque Seth Lee andasse, lo facessero anche la bambina e la zia, e che lui se le portasse appresso nel furgone come fossero uno dei suoi carichi.

«Noah...» disse Gretchen, «hai contattato l'avvocato di Seth Lee e Deirdre Velis?»

«Sì e anche il procuratore distrettuale è andato a parlare con lui. Ha offerto per entrambi la possibilità di ridurre le accuse per ciò che hanno fatto ad April Carlson se ci avessero detto dove si trovano Rosie e Mira Summers. Il guaio è che si ostinano tutti e due a non spiccicare parola, per quanto il loro avvocato abbia caldamente consigliato di farlo.»

Josie sentì Turner che si spostava la borsa del ghiaccio sul ginocchio. «Quella bambina ha dieci anni! Quei due non sono esseri umani, sono rifiuti umani!»

Josie si fece avanti e staccò dalla bacheca le foto di Seth Lee e April Carlson e il documento di immatricolazione del camioncino, scoprendo la puntina da disegno che contrassegnava la bancarella dei prodotti ortofrutticoli dell'Accademia dei Sentieri Tranquilli. Se ci aveva visto giusto, Mira Summers si incontrava con Seth Lee proprio in quel punto, in modo da poter vedere la sua bambina. Sparse su tutto il disegno che Rosie aveva fatto c'erano le impronte di sua madre. La bambina aveva dato alla madre una mappa. Non perché trovasse sua zia April – questo era chiaro perché il pisello odoroso non c'era da nessuna parte nel disegno - ma perché trovasse lei. Se Rosie fosse stata tenuta prigioniera nel negozio di mobili di Deirdre Velis, avrebbe potuto semplicemente dirlo alla madre.

Gretchen disse: «A questo mondo ce ne sono molti di rifiuti umani, Turner.»

«Ehi, mi hai appena chiamato Turner invece che "idiota"?»

La sedia di Gretchen scricchiolò. «Non abituartici, coglione.»

Josie staccò anche le foto di madre e figlia Summers. Ormai aveva memorizzato i loro volti.

Se Rosie non era mai stata al negozio di mobili, significava che era sempre stata con suo padre, all'addiaccio. Quanto a Seth Lee, se stava dicendo la verità quando aveva detto che non conosceva le condizioni di April Carlson perché l'aveva lasciata con Deirdre Veils, era possibile che avesse scoperto a quali torture la sua amante l'avesse sottoposta e avesse cercato di portarla via da lì? In tal caso, l'aveva portata dove teneva Rosie, al suo accampamento? Quindi, doveva essere per quello che aveva fango ed erba nello stomaco al momento della morte e, sempre per lo stesso motivo, per cui era ricoperta di *Erechtites hieraciifolius*.

Josie scostò la foto del bigliettino che April aveva dato a Mira e poi la foto della *Erechtites hieraciifolius*; sotto, rimanevano soltanto il disegno e la grande cartina dell'Accademia Equestre dei Sentieri Tranquilli. Fece qualche passo indietro e l'occhio le si posò sulla puntina da disegno che contrassegnava il luogo in cui Mira si era fermata dopo l'accoltellamento.

Per quale ragione si era fermata in quel posto per ventidue minuti?

Josie tracciò una linea dalla puntina, corrispondente al luogo in cui Mira aveva accostato al ciglio della strada, fino al prato e dalla parte opposta, finché la cartina non si fermava sull'argine del fiume. Il corpo di Shane Foster era stato trovato a circa un chilometro e mezzo a monte del fiume. Anche se fosse stato sepolto proprio sul ciglio della strada, non poteva essere lui il motivo per cui si era fermata. Non per un tempo così lungo dopo che sia lei che sua sorella erano state accoltellate. Il dito di Josie si diresse lungo il fiume verso la puntina che segnava il luogo in cui si trovavano i resti dell'uomo.

Si fermò a metà strada.

Il suo cuore cominciò a battere forte. Spostò lo sguardo dal dito al disegno. Il fiume. Il disegno. Staccò il disegno e lo portò dall'altra parte della bacheca, ruotandolo in modo che stesse in verticale.

Noah si alzò e andò accanto a lei. «Cosa vedi?»

Josie scosse la testa. «È stato qui per tutto il tempo.»

La sedia di Gretchen scricchiolò e un attimo dopo se la ritrovò di fianco. Turner si avvicinò alle loro spalle facendo scorrere la sedia e tenendo in equilibrio la borsa del ghiaccio sul ginocchio gonfio. Noah si avvicinò di lato per poter vedere a sua volta la lavagna di sughero. Josie indicò un punto lungo la riva del fiume di fronte alla proprietà dell'Accademia Equestre. «Qui il fiume piega bruscamente. Guardate la riva.»

Era un'area ampia e pianeggiante piena di alberi. Un piccolo quadrato nero sbucava in mezzo alle chiome. Non più grande di un capanno per gli attrezzi da giardino.

«Adesso qui non c'è più niente.» disse Josie. «Questo capanno è stato demolito. Questi alberi non ci sono più. L'ho visto dall'altra parte del fiume quando stavamo seguendo Luke e Blue.» Puntò un dito sui piccoli cerchi marrone chiaro sul disegno. «Questi sono i ceppi degli alberi. Questa strana cosa grigia che sembra una goccia quadrata... è questo il capanno.»

«Porca miseria.» esclamò Gretchen.

Noah toccò il quadratino nero sulla mappa. «Qui c'è un sacco di spazio per parcheggiare un camioncino. Quando c'erano ancora gli alberi, probabilmente lo nascondeva bene.»

«Ero lì con te, Quinn!» sbottò Turner. «Tutta quella zona è uno spazio aperto. Non è possibile che là ci siano quella donna e sua figlia.»

«Non sono là, infatti.» disse Josie. Fece scorrere il dito dal piccolo quadrato nero che rappresentava il capanno demolito verso la riva e attraverso un'ampia porzione d'acqua fino a un'isola in mezzo al fiume. Non era altro che uno di quei piccoli agglomerati rocciosi che durante l'anno sporgevano dal fiume in svariati punti. La maggior parte finiva sommersa ogni volta che il livello dell'acqua si alzava. «Qui. Quando facevamo il giro con Luke e Blue, pensavo che questa fosse una parte dell'argine dove si trova il capanno... pensavo che fosse un unico pezzo di terra, come una specie di grande penisola che arrivava a metà dell'acqua. A causa dell'ansa del fiume e della posizione in cui mi trovavo quando l'ho guardato, non ho potuto vedere che questo pezzo di terra non fa parte della riva. È effettivamente un'isola in mezzo al fiume e si trova proprio di fronte alla parte della riva con il capanno distrutto e i ceppi degli alberi.»

Mettendo il disegno di Rosie proprio accanto alla veduta aerea, si accorsero della corrispondenza perfetta.

«Sei impazzita, micetta?»

«Ma quelle isole non sono permanenti.» obiettò Noah. «Per la maggior parte quei pezzi di terra sono tutt'altro che permanenti. Sono soggetti al livello della corrente e per buona parte dell'anno sono sott'acqua.»

Gretchen batté il dito sulla veduta dell'isola di Google Maps. Era molto più piccola di quella che Josie aveva visto qualche giorno prima. Ma si spiegava facilmente perché la veduta di Google Maps era vecchia di almeno un anno. «È proprio per questo che è il posto perfetto per nascondersi. E non ci dimentichiamo che stiamo parlando di Seth Lee. A lui non importa che sia permanente. A lui basta che sia all'aperto. Senza contare poi che così è a un passo dalla casa di suo fratello e in un posto dove può tenere d'occhio l'agente di polizia che ha seppellito laggiù.»

Josie guardò Turner. «Ricordi la schiuma fluviale? Non riuscivamo a distinguerla dagli altri odori...»

«Vuoi dire la merda di cavallo.»

«Ma ha un odore tutto particolare. L'ho sentito su April Carlson sulla scena dell'incidente e di nuovo su Seth Lee prima che mi aggredisse a casa di Mira Summers. È qui che si nascondeva. Sono sul fiume, ma in un posto dove a nessuno verrebbe mai in mente di guardare.»

Turner si avvicinò, incuneandosi tra Josie e Noah. «E come diamine facevano ad arrivarci? A nuoto?»

Josie indicò il disegno in cui la linea grigia collegava gli anelli neri e marroni, che a quel punto era certa rappresentassero l'isola, e l'area con i cerchi marrone chiaro. «No, non a nuoto. Devono aver avuto un'imbarcazione di qualche tipo, magari una zattera o qualcosa di simile, almeno per trasportare April dall'altra parte, ma forse Seth ha allestito un sistema di corde per poter attraversare da soli. Il punto è che credo che si trovino qui. Mira si è fermata proprio qui.» Josie toccò la puntina e poi tracciò una linea immaginaria fino all'isola. «Che coincide quasi perfettamente con l'isola. Credo che Rosie fosse ancora lì. Non credo che fosse con Seth il giorno dell'accoltellamento, ma Mira aveva una mappa. Potrebbe averla controllata prima, forse aspettando la sua occasione per andare a prendere la bambina.»

«Ma stava perdendo sangue e April stava morendo.» obiettò Noah.

«E non aveva modo di attraversare il fiume.» aggiunse Gretchen.

«Così è tornata alla macchina.»

«Il resto lo sappiamo.» concluse Turner con impazienza. «Prendiamo chiunque riusciamo a trovare laggiù e portiamolo via da lì!»

CINQUANTOTTO

Nonostante l'entusiasmo, Turner se ne rimase alla stazione di polizia con il ghiaccio sulla gamba, mentre Josie, Noah e Gretchen si diressero verso la riva del fiume con due ambulanze, nel caso in cui Rosie e Mira Summers fossero ferite. Il Dipartimento di Polizia di Denton non aveva una propria unità di soccorso nautico e fluviale, ma il Dipartimento dei Servizi di Emergenza della città era ben attrezzato per l'esecuzione di salvataggi in caso di alluvione e aveva tutto il necessario. Nel giro di un'ora, un camion del Comune che trainava un gommone si accostò all'argine, costeggiando il capanno demolito e i ceppi degli alberi e scuotendo le piante di *Erechtites hieraciifolius* di due metri e mezzo di altezza con tale forza da mandare in aria batuffoli di fiori bianchi tutto intorno, tanto che per diversi minuti sembrò che stesse nevicando e alla fine tutti quanti avevano quei batuffoli attaccati ai capelli e ai vestiti.

L'equipaggio dei servizi di emergenza si sistemò sulla riva, distribuendo giubbotti di salvataggio a Josie, Noah e Gretchen. Josie aveva tenuto d'occhio l'isola, sperando di scorgere eventuali movimenti della madre o della bambina o di qualsiasi altra persona, ma non era riuscita a vedere nulla. Un freddo terrore le stava salendo lungo la schiena. Seth Lee poteva aver partecipato involontariamente ad alcuni dei crimini di Deirdre Velis, ma aveva comunque dimostrato di essere capace di atti di violenza. Perciò, non si poteva escludere che le avesse uccise e che poi fosse andato a cercare di nascondersi al negozio di mobili.

«Non ci vorrà molto.» disse Mitch Brownlow, posando una mano sulla fiancata della sua imbarcazione per indicare che potevano salire. Era uno dei soccorritori nautici più anziani e di maggiore esperienza della città. In fatto di carattere lasciava un po' a desiderare, ma non c'era posto più sicuro sul fiume che su un'imbarcazione con lui.

Josie non conosceva l'altro ragazzo che lavorava con Mitch Brownlow, ma lui li aiutò a salire a bordo, iniziando da Noah. Josie salì per seconda, seguita da Gretchen. Brownlow le sorrise. «Sei tu quella che diventa verde, vero?»

Gretchen strinse le cinghie del giubbotto di salvataggio mentre si sistemava. «Prometto di vomitare fuoribordo.»

Pochi istanti dopo, il motore prese vita e i loro corpi furono sbalzati contro il fianco dell'imbarcazione mentre Brownlow si dirigeva verso l'isolotto. Non ci fu tempo per Gretchen di sentirsi male. L'isola era così vicina che avrebbero potuto benissimo arrivarci anche a nuoto, se non fosse stato per la forte corrente e per il fatto che dovevano salvare due persone che versavano in condizioni ignote.

«Vi aspettiamo qui...» disse Brownlow guardandoli saltare oltre la fiancata.

Gli lasciarono i giubbotti di salvataggio e si fecero strada attraverso il terreno pieno di rocce. Quando raggiunsero la linea degli alberi, Josie si voltò e guardò la riva del fiume. Da là aveva una visuale più ampia. C'erano i veicoli della polizia, il veicolo del Dipartimento dei Servizi di Emergenza e le due ambulanze. Poi i resti del capannone, il boschetto di ceppi d'albero. A seguire una distesa di *Erechtites hieraciifolius* e, poco più avanti, un gruppo di alberi alti e sani, che non erano stati abbattuti nel corso delle operazioni di sfoltimento della zona. Tra questi, Josie scorse qualcosa di metallico e blu. Un'auto.

Gretchen le passò accanto e inciampò su alcune rocce che rotolarono sotto suoi piedi. Con una mano Josie scattò automaticamente verso di lei, afferrandola per un braccio e tenendola in piedi prima che cadesse. «Aspettate.» disse.

Noah e Gretchen si voltarono e videro che indicava l'auto.

Schermandosi gli occhi con una mano, Gretchen chiese: «Quella è una Chevrolet Cavalier?»

Noah fece qualche passo in avanti, cercando di ottenere un'angolazione migliore. «Quella deve essere "l'autofficina" di proprietà "dell'amico" di Deirdre Velis.»

«L'auto di Deirdre Velis è una Chevrolet Cavalier blu?»

Un brivido di malessere attraversò tutto il corpo di Josie. «È quello che dice la registrazione...»

«Può anche darsi che Mira Summers non sia una vittima... può darsi che abbia un ruolo attivo in tutta questa faccenda.» suggerì Gretchen. «L'unica alternativa è che Seth Lee abbia portato qui la Chevrolet Cavalier e ce l'abbia lasciata, ma è una sfacchinata piuttosto lunga da qui al negozio di Deirdre Velis.»

«No.» disse Josie. «Io non credo che Mira...» ma non finì la frase. Ancora una volta, c'era qualcosa che si dimenava per squarciare le ombre in fondo alla sua mente. Che cosa poteva essere?

Noah tornò verso di lei. «Non credi che Mira... cosa?»

Josie non riusciva a fermare quel turbinio di pensieri. «Non importa.»

«Andiamo, allora.» li esortò Gretchen.

Mettendo la mano sulla fondina, Josie si allontanò dalla riva e seguì Gretchen tra gli alberi. Noah si mise in coda. Il fogliame era fitto, ma l'isolotto in sé non era molto grande. Anche dal lato dove avevano attraccato potevano scorgere il fiume e frammenti della riva sul lato opposto.

«Rosie? Mira?» chiamò Gretchen.

Più vicino al centro dell'isola, le cime degli alberi formavano un baldacchino che calava tutta l'area in un'isolata oscurità. Un lampo di colore alla sinistra di Josie la costrinse a fermarsi, ma scoprì che si trattava solo di una piccola imbarcazione a motore.

«Ecco il mezzo con cui entrano ed escono dall'isola...» disse Noah.

Ma se quella barca era ancora ormeggiata lì, significava che chiunque fosse salito a bordo non se n'era andato. Solo che non poteva trattarsi di Mira Summers. L'istinto di Josie le diceva che quella donna era in pericolo tanto quanto lo era stata sua sorella. E tanto quanto lo era ancora la sua bambina.

Ma come era possibile?

«Rosie? Mira?» chiamò di nuovo Gretchen a gran voce. «Siamo della Polizia di Denton. Siamo venuti a portarvi via da qui.»

Al di sopra dell'impeto della corrente intorno all'isola, Josie ebbe l'impressione di sentire un suono acuto, quasi come uno strepito, ma ovattato. Si bloccarono tutti e tre sul posto, cercando di capire da quale direzione fosse arrivato. Intorno a loro non c'erano che tronchi d'albero alti e stretti dai rami frondosi.

Noah fece segno di separarsi per coprire più terreno e avere maggiori possibilità di individuare eventuali minacce.

«Rosie?» urlò Josie. «Mira? Ora siete al sicuro. Vi porteremo a casa.»

Si udì di nuovo quello strepito ovattato e un attimo dopo una figura si precipitò su di loro attraverso gli alberi atterrando di lato su Gretchen. Prima che avesse il tempo di reagire razionalmente, con un gesto automatico Josie aveva già portato la mano al fianco, aveva sganciato la fondina e aveva estratto l'arma, brandendola in direzione di quel suono misto, che si rivelò essere il respiro affannoso e lo scalpiccio di piedi sulle rocce nell'esatto momento in cui una ragazzina era apparsa all'improvviso ed era finita dritta tra le braccia di Gretchen che per la spinta per poco non si ritrovò a terra, barcollando all'indietro e smuovendo le rocce sotto i suoi piedi nel tentativo di ritrovare l'equilibrio. Quella ragazzina che si ritrovava avvolta tra le sue braccia era Rosie Summers. Noah passò rapidamente davanti a Josie, battendole leggermente sul gomito per indicarle di riporre la pistola nella fondina. Gretchen stava ancora barcollando, con la bambina aggrappata a lei con braccia e gambe. Noah afferrò Gretchen per le spalle e la tenne ferma fino a quando non riuscì a rimettersi definitivamente dritta.

La bambina era più alta di come Josie se l'era immaginata e da quello che poteva vedere, grazie al cielo, aveva un peso nella norma. Lunghi riccioli castani le pendevano lungo la schiena, aggrovigliati e punteggiati di foglie e rametti. Indossava pantaloncini di colore viola, rigati di terra, e attillati che le avvolgevano stretti le gambine. Quanto alla maglietta, era grigia e lungo la parte posteriore dell'orlo si contavano alcuni piccoli buchi.

Josie ripose la pistola nella fondina, ma il sollievo che si aspettava di provare non arrivò. C'era qualcosa che non andava. C'era qualcosa che si stava perdendo. La sua mente ripercorse il caso a ritroso: i lunghi giorni, il susseguirsi interminabile di vicoli ciechi e di piste da seguire, la miriade di dettagli infinitesimali che il suo cervello aveva registrato, per quanto sembrassero del tutto privi di significato.

Noah fece qualche passo nella direzione da cui era arrivata Rosie, perlustrando attraverso gli alberi. Gretchen appoggiò le mani sulle spalle della bambina e se la scostò delicatamente di dosso, facendo spazio tra loro in modo da poterla vedere in faccia. Aveva la pelle più pulita dei vestiti che indossava, ma aveva gli occhi spalancati dallo stupore e dalla paura. «Siete venuti!» sussurrò.

Doveva essere qualcosa che riguardava il negozio di Deirdre Velis. Le iniziali sui disegni nell'inquietante stanza del seminterrato: R.L. Josie proseguì più a ritroso nel tempo. Alla casa di Mira Summers. Alle rose in vaso. Al biglietto con su scritto *SCUSA*. Alle due tazze di caffè. Mira Summers aveva accolto un'altra persona nel suo salotto dove avevano preso il caffè prima che questa se ne andasse e poi lei fosse rapita da Seth Lee che l'aveva caricata nel furgone bianco qualche istante dopo. Ma poi era tornato.

Ma era davvero *tornato*?

Gretchen sorrise alla bambina. «Sì, siamo venuti. Io sono la detective Gretchen Palmer, quello lì è il tenente Noah Fraley e quella là è la detective Josie Quinn. Siamo venuti per portarti via da questo posto.»

Con la mente Josie tornò alle rose, al biglietto di scuse, alle due tazze di caffè. Un tovagliolo accanto a una delle due tazze con un cucchiaio infilato dentro. Il tovagliolo. Il cucchiaino. Le rose. Il bancone delle vendite al negozio di mobili. R.L.

Rosie si guardò alle spalle, dove Noah stava per scomparire tra due tronchi d'albero. «Non andate da quella parte!» lo avvertì. «Portatemi da dove siete venuti. Dobbiamo sbrigarci. Non è sicuro.»

Josie guardò tutto intorno a loro alla ricerca di qualunque segno di pericolo, ma non vide nulla. La sua mente stava ancora lavorando a rotta di collo. C'era una tazza di caffè vuota lasciata sul fondo del banco delle vendite del negozio di mobili d'epoca e subito accanto un tovagliolo ripiegato con un cucchiaio al suo interno. Tutti quei disegni nella stanza inquietante erano firmati con le lettere R.L. e alcuni erano vecchi e sbiaditi e di un livello di abilità molto più avanzato di quello che poteva avere Rosie. In nessun disegno c'erano delle rose. Josie non ci aveva fatto caso in quel momento.

Noah si arrestò bruscamente e si voltò verso di loro, sorridendo. «Ora sei al sicuro, Rosie. Va tutto bene.»

Gretchen diede alla bambina una leggera stretta alle spalle. «Tu e tua madre siete entrambe al sicuro. Siamo qui per riportare casa tutte e due. Puoi portarci da lei?»

Era stato un ragazzino a portare delle rose a Mira Summers, ma non erano stati in grado di trovare il fioraio per cui lavorava. Non ne erano stati in grado perché non lavorava per nessun fioraio. In qualunque supermercato si poteva comprare una dozzina di rose. Le aveva consegnate e si era fermato per un caffè. Guidava il camioncino. Ecco come aveva fatto Seth Lee a rapire Mira Summers e a tornare così velocemente per perquisire la casa. Perché non era lui che aveva consegnato i fiori ed era rimasto per il caffè poco prima.

Era stato il ragazzo.

Il labbro inferiore di Rosie prese a tremare. Abbassò di nuovo la voce a un sussurro. «Non posso. Non è sicuro. Mi ha detto di salvarmi.»

Noah aggrottò la fronte. Fece un paio di passi indietro verso Gretchen e Rosie. «Non hai bisogno di salvarti. Siamo venuti qui noi per portarvi in salvo tutte e due.»

Era stato il ragazzo.

Era così che il furgone era finito nel parcheggio dietro il complesso immobiliare, con l'appartamento mai usato da Seth Lee, ma rifornito di cibo preconfezionato. Era così lontano dal carattere di Seth Lee. Perché era stato il ragazzo. Nella portineria della pensione, Ryan Tramel si era fatto un caffè e lo aveva mescolato con un cucchiaino che poi lo aveva messo tra le pieghe di un tovagliolo.

Non Ryan Tramel.

R.L.

Non Rosie Lee.

Ryan Lee.

Rosie si allontanò da Gretchen, ma le tenne stretta la mano. «Dai. Per favore. C'è una barca. Vi faccio vedere.»

Carol Summers aveva raccontato che sua figlia era scomparsa per quattro anni dopo aver conosciuto Seth Lee, quando aveva appena diciotto anni. Un tempo più che sufficiente per portare a termine una gravidanza e dare alla luce un bambino. Un tempo più che sufficiente per prendersi cura di un bambino fino all'età prescolare. Poi un giorno suo padre era scomparso portandoselo via. Il ciclo era iniziato così. Mira Summers era rimasta con Seth Lee abbastanza a lungo da dare alla luce Rosie perché era già legata a lui tramite il primo figlio: Ryan. Da allora era sempre rimasta in attesa del ritorno di suo figlio, era sempre andata alla sua ricerca, aveva sempre nutrito la speranza di poter diventare un giorno la madre che avrebbe voluto essere, senza sapere che il suo compagno aveva ceduto quel privilegio a Deirdre Velis.

«Rosie...» disse Gretchen, «possiamo andarcene con la nostra barca, ma dobbiamo andare a prendere tua madre prima...»

All'epoca, Mira era così giovane. Aveva appena diciotto anni, diciannove al massimo. Si era ritrovata in tutto e per tutto alla mercé del suo compagno, o piuttosto di Deirdre Velis per procura. Ryan doveva aver trascorso gran parte della sua infanzia lontano da sua madre e così doveva aver sviluppato un legame più stretto con il padre e con la sua amante. Era facile presumere che avesse trascorso praticamente tutta la vita con il padre. Veniva automatico chiedersi se fosse presente anche il giorno dell'accoltellamento.

Rosie tirò il polso di Gretchen con tutte le sue forze. «Ti prego. Dobbiamo andarcene subito. Ucciderà mia madre e anche voi!»

Se Seth Lee aveva prelevato April Carlson dal seminterrato del negozio di mobili e l'aveva portata alla bancarella dei prodotti ortofrutticoli dell'Accademia Equestre dove sapeva che avrebbe incontrato Mira Summers, lo aveva fatto con l'intenzione di liberarla? Di consegnarla alla sorella? Ma che motivo aveva di lasciarla andare dopo un anno? Non aveva senso. Cosa poteva aver indotto un simile e improvviso cambio di idea? Cosa poteva averlo reso disposto a rischiare di punto in bianco che Mira e April lo denunciassero? A meno che...

Cosa aveva detto Seth Lee quando lo avevano tratto in arresto?

Non volevo che accadesse. Non volevo che accadesse niente di tutto questo...

Non sapeva che April era finita in quel seminterrato. Almeno, non lo aveva saputo da subito. Quando Seth aveva lasciato Hillcrest dopo che April aveva chiamato i Servizi Sociali, voleva allontanarsi da lei per proteggere Rosie. Aveva già la morte di Shane Foster da usare contro April, per tenerla sotto scacco.

«Rosie, nessuno farà del male a te o a tua madre.»

Non ho mai voluto che soffrisse. Non lo sapevo che era qui... non lo sapevo.

Ma April non aveva rinunciato a cercare né lui né Rosie. Forse Seth pensava che il loro status di reciproca distruzione assicurata significasse che lei non era una minaccia, ma Deirdre o Ryan, o entrambi, forse la pensavano diversamente. Mira era stata incapace come fidanzata di Seth e come madre di Ryan e Rosie. Né Deirdre né Ryan avrebbero avuto motivo di preoccuparsi di lei. Invece April aveva il potere di distruggere le loro vite.

«Ucciderà tutti!» piagnucolò Rosie.

Era stato Ryan a dare il tormento ad April e a vandalizzare la sua casa a Newsham. Era stato lui a lasciarle scritto di stare alla larga. Per questo aveva denunciato il fatto alla polizia. E considerando quanto aveva detto alla polizia – che, secondo lei, si era trattato di un caso di scambio di persona - si intuiva che Mira non aveva mai raccontato ad April di Ryan.

Era stato Ryan a rapire April, di sua volontà o su indicazione di Deirdre, e Seth lo aveva scoperto in seguito. Mira lo aveva convinto a liberarla. Così si erano incontrati alla bancarella dei prodotti ortofrutticoli.

«Rosie, nessuno verrà ucciso.» le garantì Noah.

Josie cercò di immaginare lo sconforto che Mira doveva aver provato nel vedere quanto fossero gravi le condizioni della sorella, che per farla tornare in salute non sarebbe bastato semplicemente prendersene cura. Si chiese se Mira si fosse messa a discutere con Seth per questo. Ma se, come aveva detto, Seth non aveva voluto che ad April fosse fatto del male e intendeva restituirla a Mira, allora perché mai aveva accoltellato prima l'una e poi l'altra quando era intervenuta in sua difesa?

Josie sentì di nuovo quella fastidiosa sensazione sulla pelle, come di pelle d'oca. Trepidazione. Fin dall'inizio delle indagini si era chiesta perché Seth avesse permesso a Mira e ad April di allontanarsi dal luogo dell'aggressione senza finire ciò che aveva iniziato. Perché non bisognava trascurare quella serie di impronte sconosciute sul punteruolo. Sebbene l'utensile provenisse senza alcun dubbio dal negozio di mobili, le impronte che non avevano dato riscontro nel Sistema di Identificazione non appartenevano a Deirdre Velis, e questo lo sapevano perché era già stata schedata per una condanna per assegni scoperti. Invece, le impronte di Ryan Lee non erano mai state registrate da nessuna parte.

«Rosie, abbiamo appena arrestato tuo padre...» disse Noah, «adesso è in prigione e non uscirà per molto tempo e così non può fare del male a nessuno.»

Seth aveva lasciato che Mira se ne andasse dall'Accademia portandosi via April perché la cosa che più gli premeva in quel momento era di portare via Ryan da lì. Proteggere suo figlio. Non voleva che le autorità gli portassero via i suoi figli.

Rosie guardò Noah come se gli fosse spuntata un'altra testa. «Non mio padre. Mio fratello.»

Josie si precipitò verso di loro, inciampando su altre pietre. «È Ryan.» disse. «Il ragazzino della portineria. Gretchen non c'era quel giorno, ma...»

Prima che potesse finire, un urlo straziante squarciò l'aria intorno a loro.

CINQUANTANOVE

Rosie cominciò a strillare. Un altro urlo proveniente da un'altra parte dell'isola si unì a quello di Rosie, finché non sembrò che si trovassero in una specie di cassa di risonanza del terrore. Sopra quel frastuono, Noah gridò a Gretchen: «Porta la bambina alla barca e andatevene da quest'isola. Subito.»

Gretchen non perse tempo. Strinse forte la mano della bambina e la trascinò via.

Mentre le sue grida si allontanavano, Josie e Noah estrassero le loro armi, tenendole in posizione di tiro in modo da potersi fare strada con più sicurezza tra i fitti tronchi d'albero. Si distanziarono e lasciarono che i loro passi fossero guidati dal rumore che sentivano. L'unica persona che poteva produrre quegli ululati era Mira Summers; il lato positivo era che finché strillava abbastanza forte da far rizzare i peli sulle braccia a entrambi, significava che era ancora viva.

Ma non appena quel pensiero attraversò la mente di Josie, le grida della donna si interruppero, facendoli piombare nel silenzio più completo. Si immobilizzarono, tendendo le orecchie. Qualcosa più avanti si stava muovendo. Noah incrociò lo sguardo di Josie e le fece cenno di continuare a camminare. Con la coda dell'occhio, Josie vide qualcosa volare verso Noah. Era praticamente sul punto di avvertirlo, ma era già troppo tardi. Un grosso sasso perforò l'aria diretto verso la sua testa. Noah lo schivò girandosi così che il sasso gli sfiorò la spalla. Un istante dopo ne arrivò un altro, che Noah riuscì a schivare altrettanto agilmente. Josie continuò a muoversi, girando intorno al punto da cui proveniva la raffica.

«Ryan!» urlò Noah. «So che sei tu! Vieni fuori con le mani sopra la testa. Tuo padre e Deirdre Velis sono stati arrestati. È finita!»

Un altro sasso passò davanti al viso di Josie e lo spostamento d'aria della sua scia le sfiorò la guancia.

«Perché questo ragazzino ci tira contro le pietre?» brontolò Noah.

«Per disperazione.» disse Josie, pensando a quante anime aveva incontrato nella sua vita che ormai avevano raggiunto il limite della sopportazione e finivano per comportarsi immancabilmente e invariabilmente nei modi più selvaggi e irrazionali. Non ne aveva mai vista una finire bene. Nel caso specifico, Ryan era con le spalle al muro e non poteva andare da nessuna parte, a meno che non avesse intenzione di buttarsi nel fiume.

«Ryan!» gridò. «Non vogliamo che nessun altro si faccia del male. Smettila di lanciare pietre e fatti vedere con le mani in alto.»

Adesso che si era messo a lanciare pietre solo su Josie, Noah poté spostarsi più rapidamente, cercando di avvicinarsi. Josie poteva percepire il terreno che stava guadagnando, ma mantenne la sua attenzione sugli alberi davanti a sé, cercando di scorgere Ryan.

«Vogliamo solo parlare, ragazzo.» gli urlò Noah.

Si stavano avvicinando. Il suono della voce di Mira, così vicina, ma ridotta ad appena un rantolo, che implorava Ryan di fermarsi, fece scorrere nelle vene di Josie un'ondata di speranza mista a terrore. Accelerò il passo. Poi un sasso le colpì la caviglia, rimbalzando di lato contro un albero. Riuscì a rimanere in piedi, spingendosi contro il sottile tronco dell'albero e riprendendo l'inseguimento. Una fitta di dolore le sbocciò nella caviglia, ma riuscì a ignorarla, raggiungendo Noah proprio mentre sbucavano in una radura fangosa. Il cervello di Josie registrò i dettagli in un batter d'occhio. Quattro tende. Sedie da esterno arrugginite. Attrezzature da campeggio. Un anello di pietre pieno di cenere.

Ryan si trovava a circa cinque metri di distanza. Teneva Mira stretta in una morsa contro di sé con un braccio avvolto intorno al petto mentre con l'altra mano le premeva un coltello alla gola. Le aveva legato i polsi con una cordicella di nylon, ma Mira gli stava conficcando le dita nell'avambraccio e si dimenava per rimanere in piedi. Un altro stretto giro di corda le teneva unite le caviglie. Oltre al grosso livido che le attraversava la fronte, un più recente e lungo taglio le squarciava la guancia. «Ti... ti prego. Fermati!» lo implorò.

Josie si ritrovò in piedi proprio di fronte a loro. «Getta il coltello e alza le mani. Lasciala andare.»

Lo sguardo di Ryan passò da lei a Noah e viceversa. «No. No! Dov'è mio padre? Cosa gli avete fatto?»

Non c'era modo che Josie potesse sparare a Ryan senza colpire Mira, non dalla posizione in cui si trovava, e per quanto fosse una buona tiratrice, il rischio era troppo elevato. Con la coda dell'occhio vide Noah che si avvicinava a Ryan prendendolo di lato, cercando la migliore angolazione che gli consentisse di mirare alla superficie più ampia del suo corpo.

«Ti prego, ti prego!» ansimò Mira. Le gambe le cedettero sotto al suo stesso peso e Ryan strinse il braccio intorno a lei per tenerla su.

«Stai zitta.» le ordinò.

Josie sentiva il cuore rimbombare nel petto. Calò leggermente le braccia, tenendo gli avambracci appoggiati contro i fianchi, in modo da tenere la pistola in una posizione di tiro basso, con la canna puntata verso il suolo, in un'angolazione obliqua, così che non avrebbe avuto alcuna difficoltà a puntarla di nuovo se avesse avuto bisogno di fare fuoco e, allo stesso tempo, in modo da sembrare meno minacciosa agli occhi di Ryan. O così si augurava. Per far sì che il ragazzo mantenesse la sua attenzione su di lei e non su Noah, che nel frattempo gli aveva puntato la pistola alla cassa toracica, gli disse: «Tuo padre sta bene. È sotto la nostra custodia, ma non gli è stato fatto alcun male.»

Non era necessario menzionare la colluttazione con Turner, tanto più perché era Turner che aveva avuto la peggio.

«Non ha fatto nulla di male.» sbottò Ryan. «Lasciatelo andare e non la ucciderò.»

Mira cercò di strattonarlo per il braccio, ma lui era più forte di lei e non era stato accoltellato, ferito in un incidente stradale e rapito nel giro dell'ultima settimana. «Ryan, ti prego. Fermati. Hai superato il limite. Tuo padre ha bisogno di aiuto e anche tu ne hai bisogno.»

Il filo del coltello le raschiò la gola quando lui la tirò su, nel tentativo di reggere il suo peso praticamente morto. «Mio padre non ha bisogno di aiuto.» sbraitò Ryan. «Ha bisogno di qualcuno che si prenda cura di lui. È quello che sto facendo io. Stavamo bene finché tu e quella stronza di April non avete iniziato a ficcare il naso negli affari nostri. Avete rovinato tutto.»

«Ryan...» disse Josie, con voce ferma e forte. «Non possiamo portare tuo padre qui da te, ma sono sicura che possiamo fare in modo di portare te da lui, così potrai vederlo. E potrai constatare con i tuoi occhi che sta bene. Ma devi lasciare andare Mira. Getta il coltello e alza le mani.»

«Stavo cercando di fare la cosa giusta.» disse Mira. «Vi meritavate di meglio. Sia tu che Rosie. Mi dispiace di averti abbandonato quando eri solo un bambino. All'epoca avevo l'età che hai tu adesso! Non avevo idea di quello che stavo facendo! E poi tuo padre ti ha portato via e io...»

La mano con cui Ryan reggeva il coltello si abbassò leggermente, frapponendo un po' di spazio tra la lama e la pelle di Mira. «Tu non sei mia madre. Non sei mai stata mia madre. Deirdre è mia madre. Tu mi hai abbandonato e lei mi ha preso con sé.»

«Non ho mai voluto abbandonarti!» gridò Mira. Quando il suo corpo si afflosciò di nuovo, il coltello le scivolò sulla clavicola. Se lei fosse caduta o se lui l'avesse fatta cadere, Josie avrebbe avuto la possibilità di colpirlo proprio all'addome, ma sarebbe stato comunque rischioso. «Non sapevo nemmeno che fossi finito con lei finché non hai avuto l'età di Rosie! Tuo padre ti ha portato via! Ti ha sempre portato via! Se avessi saputo dove venirti a cercare, sarei venuta a prenderti.»

«Stronzate.» urlò Ryan con voce ora densa di emozioni e gli occhi che si facevano lucidi per le lacrime non versate.

Josie cercò di addolcire il suo tono. «Ryan, lascia andare Mira. Nessuno qui vuole che a tuo padre venga fatto del male. Siamo tutti qui perché teniamo a Rosie e a te. Possiamo parlare di tutto quello che vuoi, ma non in questo posto, non in questo modo. Getta il coltello.»

Noah teneva ancora la pistola puntata contro la cassa toracica del ragazzo. Da dove si trovava, Josie poteva vedere che non aveva una visuale chiara sulla spalla di Ryan, ma almeno avrebbe potuto allentare la presa sul coltello e farglielo cadere. Forse poteva avere un tiro pulito sull'ascella di Ryan, ma c'era un grosso rischio che gli colpisse il cuore. Se fosse successo, sarebbe morto dissanguato in pochi minuti, se non secondi. Era così che Mettner era morto.

Josie spinse quel pensiero nel profondo.

Dovevano comunque fare tutto il possibile per proteggere Mira e Josie non poteva far altro che sperare che questo non significasse che uno di loro dovesse sparare a un ragazzo di diciotto anni. Sapeva che Noah stava facendo più piano possibile per non attirare l'attenzione su di sé. L'ideale sarebbe stato che Josie riuscisse a convincere il ragazzo a calmarsi in modo che non ci fossero conseguenze.

Ryan abbassò la bocca all'orecchio di Mira. «Però l'hai scoperto. Hai scoperto di Deirdre e non sei mai venuta. Ti importava solo di Rosie. Stavi per portarcela via. Eravamo una famiglia finché tu e quella puttana di tua sorella non avete iniziato a rovinare tutto.»

«N-no, non è vero.» disse Mira con voce soffocata quando il ragazzo la strinse a sé ancora più forte con il braccio che la teneva ferma all'altezza del petto. «Deirdre non è la tua famiglia, Ryan. È pazza. Quello che ha fatto ad April è...»

«April voleva prendere Rosie e poi mandare papà in prigione.» sbraitò lui, punzecchiandole la pelle della gola con la punta del coltello. «Dovevamo fare qualcosa. Dovevamo proteggerlo.»

Con una goccia di sangue che le scivolava sul collo, Mira disse: «Deirdre non ha mai cercato di proteggere tuo padre e tantomeno te. Voleva solo avere il controllo. Voleva prendersi la famiglia che io avevo creato con tuo padre. Non hai visto cosa ha fatto a tuo padre? Come ha distorto ogni pensiero della sua mente? Non hai visto come ha alimentato la sua irrequietezza, la sua paura a tal punto da fargli fare tutto quello che lei gli diceva? Era molto peggio con lei.»

«Ti sbagli. Deirdre mi ha raccontato di come le avevi rubato papà, di come avevi cercato, anno dopo anno, di tenere lui e me lontano da lei. Quando hai capito che non avrebbe funzionato, hai coinvolto tua sorella. Non sei altro che una stronza egoista.»

Avvertendo un cambiamento nel tono di Ryan, da ragazzino spaventato a uomo vendicativo, Josie gli intimò di nuovo a gran voce. «Metti subito giù il coltello.»

Mira squittì: «Mi dispiace.»

«Metti giù il coltello, Ryan!» tuonò di nuovo Josie.

Ma Ryan non la stava ascoltando, tutt'altro, premeva la lama del coltello sulla gola di Mira con tanta forza che la sua pelle era già viva e rosea per il costante sfregamento contro la lama e altri rivoli di sangue fuoriuscivano dal punto in cui aveva perforato la pelle poco prima. Mira aveva gli occhi spalancati. Josie gli urlò di nuovo di fermarsi.

Un colpo di pistola rimbombò. Noah aveva fatto fuoco.

Il corpo di Ryan fu scosso da un sussulto quando il proiettile lo colpì al fianco, vicino alla parte inferiore della cassa toracica. Incespicò e cadde all'indietro. La mano con cui teneva il coltello gli pendette molle contro il fianco e il coltello finì nel fango vicino ai suoi piedi. Mira diede un altro strattone al braccio con cui la tratteneva stretta a sé. Il braccio cedette e lei sprofondò nella terra, cercando di tastarsi la gola con le mani legate. Quando Josie si precipitò in avanti, riponendo la pistola nella fondina, fu sollevata nel vedere che Mira non aveva le mani sporche di sangue. Ryan cadde a terra, con le gambe ripiegate. Noah si era già precipitato al suo fianco, assicurandosi che il coltello fosse ben lontano dalla sua portata. Mettendo nella fondina la sua arma, si sfilò la polo e la premette sul fianco di Ryan, cercando di arginare l'emorragia.

Josie chiamò i soccorsi via radio mentre raggiungeva Noah al fianco di Ryan.

Mettendosi sulle ginocchia, Mira cercò di alzarsi e fare qualche passo verso di loro, ma era impossibile camminare con i piedi legati e finì per cadere in avanti, attutendo la caduta allungando in avanti gli avambracci ancora avvolti nella garza tutta imbrattata di fango. Un urlo di dolore le ruppe la voce nel petto.

Il volto di Ryan era di un pallore stucchevole, le labbra prive di ogni colore. Muoveva le labbra nel tentativo di dire qualcosa.

«Non sforzarti di parlare, ragazzo.» gli disse Noah. «Ho paura che tu abbia un polmone perforato. Ci sono delle ambulanze sulla riva. Arriveranno in un attimo e poi ti porteremo via da quest'isola e prima di rendertene conto sarai in ospedale.»

La questione di come trasportarlo in ospedale, con un'imbarcazione o con un elisoccorso, era un altro discorso.

Tutto stava nelle mani dei paramedici che avevano fatto

intervenire: se fossero riusciti a stabilizzarlo abbastanza a lungo da permettergli di sostenere il trasporto in volo, avrebbero chiamato l'elicottero.

Noah incrociò lo sguardo di Josie per una frazione di secondo. Lei riuscì a leggerci di tutto. Il suo contegno freddo e calmo e, dietro a questo, quanto gli era costato dover sparare a un ragazzo così giovane. «Porta Mira lontano da qui.» le disse.

Josie si alzò in piedi e si girò verso Mira. Con delicatezza, la girò sulla schiena e constatò che la ferita alla gola era superficiale. Iniziò, quindi, a scioglierle la corda che le teneva legate le caviglie, lavorando sodo finché non riuscì a slegarla. Poi passò a quella che le teneva i polsi.

Dagli alberi, Josie sentì un vocio concitato seguito da una serie di passi che si muovevano rapidamente verso di loro. Non poté che esserne sollevata. Lanciando un'occhiata verso Noah e Ryan, vide che il ragazzo stava tenendo duro e Noah era piegato sul suo viso e parlava rapidamente ma con tono pacato. Finalmente riuscì a slegare i polsi di Mira e aiutarla a mettersi seduta.

La donna aveva gli occhi spalancati dalla speranza. «Rosie?»

«È al sicuro.»

Mira gettò le braccia intorno a Josie, con tutto il corpo che tremava per i singhiozzi. «Grazie.» disse ancora e ancora. «Grazie di cuore.»

SESSANTA

Quando l'elicottero si sollevò da terra, Josie si coprì gli occhi con l'avambraccio per ripararsi dalle foglie e dai batuffoli dei fiori di *Erechtites hieraciifolius* che volarono tutto intorno a loro. Un vortice di legnetti e di fiori turbinò appena il velivolo prese quota per lasciare l'argine dell'isoletta, trasportando Ryan al Centro Ospedaliero Geisinger nella città di Danville. Era troppo presto per poter dire se sarebbe sopravvissuto o se non sarebbe nemmeno arrivato all'ospedale. Si voltò a guardare Noah, che si trovava dall'altra parte del fiume e riemergeva tra gli alberi. Tanto la maglietta bianca quanto i pantaloni che indossava erano coperti dal sangue del ragazzo. Aveva un'aria affranta quando salì sulla barca di Mitch Brownlow per il breve viaggio di ritorno alla riva opposta.

Quando il rumore dei rotori dell'elicottero si attenuò, Josie poté sentire Mira e Rosie Summers che parlavano. Madre e figlia erano rannicchiate su una barella, sul retro di un'ambulanza, in attesa di essere trasportate al Denton Memorial Hospital per essere sottoposte a una visita completa.

«Non voglio che tu te ne vada.» gridò Rosie.

«Mi dispiace tanto, tesoro. Nemmeno io voglio andarmene,

ma dovrò farlo. Ho fatto delle cose molto brutte e ora devo affrontarne le conseguenze.»

Josie si voltò e le studiò entrambe. La madre era seduta dritta sulla barella e, in qualche modo, la bambina era riuscita a incastrarsi contro il suo fianco e guardava la madre con un'adorazione mista a timore. «Che cosa significa? Che significa che devi affrontarne le conseguenze?»

Mira le scostò i capelli dal viso. «Significa che quando fai qualcosa di brutto, come infrangere una legge, devi essere pronto ad andare incontro alle punizioni... al tipo di cose che devi accettare quando infrangi la legge.»

«Per esempio andare in prigione?» le chiese la bambina con un filo di voce.

Una lacrima scese sul viso della madre. «Sì, tesoro. Mi dispiace molto. Ma tu sarai al sicuro. Te lo garantisco. Ho già pensato a una persona che potrà prendersi cura di te, e con cui ti piacerà stare...»

La bambina si strinse alla vita della madre. «No. Non voglio stare con un'altra persona. Voglio stare con te.»

La madre strinse la figlia a sé e le accarezzò i capelli finché lei non si addormentò, troppo provata dagli eventi di quella giornata.

Josie si avvicinò e si affacciò ai portelloni del retro dell'ambulanza. «Presto vi porteremo via da qui.»

Mira annuì. «Può chiamare Rebecca e chiederle se è disposta a parlare con me? Ora che io e Seth finiremo tutti e due in prigione, è Rebecca il parente più stretto che resta alla mia Rosie. Non voglio che la mia bambina finisca alle mani di mia madre, non che lei accetterebbe, in ogni caso...»

Josie aveva la sensazione che, nonostante i forti sentimenti negativi che Rebecca Lee nutriva nei confronti di suo cognato, non avrebbe esitato ad accogliere la nipotina in casa sua. «Certamente...» le garantì, iniziando a incamminarsi verso Noah, che era quasi arrivato alla riva, quando Mira disse all'improvviso: «Mi dispiace per tutto questo. Probabilmente vorrà sapere...»

Voltandosi, Josie alzò una mano. «Mira, arriverà il momento in cui dovremo parlare con lei per concludere la nostra indagine, ma non deve essere per forza ora.»

«Ma io...»

«Prima dovrei leggerle i suoi diritti...» le spiegò Josie.

Anche se Mira Summers era una vittima, Josie immaginava che il procuratore distrettuale avrebbe voluto sporgere denuncia contro di lei per non aver detto subito alla polizia del suo collegamento con Seth Lee. Senza contare che avrebbero dovuto affrontare la questione dell'omicidio di Shane Foster, ma quello perlomeno era avvenuto fuori dalla giurisdizione della Polizia di Denton.

Mira strinse a sé la figlia ancora più forte, come se temesse di non avere mai più un'altra occasione di abbracciarla. «D'accordo, allora.»

Josie le lesse i suoi diritti e quando le chiese se li avesse compresi, Mira rispose di sì. Poi sospirò. «Tutto quello che ho detto poco fa a Ryan è vero: ero praticamente una bambina quando ho conosciuto Seth. Mi sono innamorata follemente di lui e ho cominciato a notare che a volte si comportava in modo strano solo quando sono rimasta incinta di Ryan. Quando dico che si comportava in modo strano intendo dire che si faceva venire delle fissazioni su cose insolite. Ma ho accettato questa sua caratteristica perché lo amavo. Lo amavo così tanto e stavamo per avere un bambino. Il problema era che le sue paranoie stavano peggiorando notevolmente. Per esempio, ne aveva fatto un'ossessione dell'idea che le autorità, da qualche parte, lo stessero tenendo d'occhio e che prima o poi ci avrebbero portato via Ryan.»

«Erano crisi di delirio.» spiegò Josie. «Almeno da quello che ho capito.»

Mira annuì. «All'epoca non lo capivo. Ero sinceramente

convinta che avremmo potuto mettere su una vera vita insieme, come una vera famiglia. E che magari in un modo o nell'altro ce la saremmo cavata. Avevo sempre desiderato l'esatto opposto della vita che avevano avuto i miei genitori e volevo convincermi che ci saremmo riusciti, se non fosse che poi Seth è scomparso portandosi via Ryan. L'ho rivisto una volta sola, quando aveva circa cinque anni. Dopo di allora non l'ho più rivisto fino a quando ne ha compiuti dieci di anni. E a quel punto avevo già avuto Rosie e avevo tanta paura che mi portasse via anche lei. Per sempre.»

«Non ne ha mai parlato con la polizia?» le chiese Josie. «Non ha provato a chiedere l'affidamento?»

Le lacrime rigarono il volto martoriato di Mira. «Volevo farlo, ma non avevo un centesimo ed ero terrorizzata a morte. Non avevo un sistema di supporto. I miei genitori erano tremendi. Una volta sono andata alla stazione di polizia e ho parlato con l'agente all'entrata, cercando di spiegargli che l'uomo con cui ero stata mi aveva portato via mio figlio e che non riuscivo a trovarli. Ma l'agente non ha mai avviato la pratica e si è limitato a dire che era una questione di competenza del tribunale, non della polizia, perché eravamo entrambi sul certificato di nascita di Ryan e non c'era alcun ordine di custodia in vigore che la polizia potesse far rispettare.»

Purtroppo, le cose stavano così e Josie sapeva che non si poteva fare niente perché, da un punto di vista puramente tecnico, Seth Lee non aveva fatto nulla di male andandosene e portandosi via il bambino. Se Mira lo avesse citato in giudizio per ottenere la custodia in un secondo momento, avrebbe certamente potuto sfruttare a suo favore il fatto che Seth se ne era andato all'improvviso e le aveva impedito di vedere il suo bambino, ma anche così non ne avrebbe tratto alcun beneficio nel tentativo di rintracciarli.

Mira fece un sospiro tremante e continuò. «C'è stato un momento in cui ho minacciato di fare causa a Seth per ottenere la custodia di Ryan. Non lo sapevo nemmeno io come avrei fatto, l'unica cosa che pensavo era che avrei trovato una soluzione. La volta successiva che si è ripresentato senza Ryan, l'ho minacciato. Quella è stata la prima volta che mi ha messo le mani addosso e con rabbia. È stato terrificante. Mi ha detto che non avrei più rivisto né Ryan né lui se avessi provato a fare una cosa del genere. E così mi ha tenuto lontano il mio bambino per i cinque anni successivi. A quel punto ero così sprofondata in questo casino che non riuscivo a vedere una via d'uscita. Ero completamente concentrata sul tentativo di non allontanare Seth ulteriormente da me e di sperare che mi permettesse di rivedere mio figlio. Non sono mai riuscita a scoprire dove lo tenesse. A volte cercavo di seguirlo, ma alla fine lo perdevo ogni volta. Poi un giorno mi ha sequestrata. Quella volta mi ha picchiata veramente di brutto e quando ha finito mi ha detto che, se avessi provato a seguirlo di nuovo, non avrei visto mio figlio per il resto della mia vita. Certe volte...» a queste parole si interruppe, emettendo un singhiozzo. Rosie si agitò tra le sue braccia, ma non si svegliò. «Certe volte ho temuto che fosse morto.»

«Era con Deirdre Velis...» disse Josie. «L'ex ragazza di Seth. Qui a Denton.»

«Cinque anni più tardi, finalmente, Seth mi ha concesso di rivedere Ryan, che ormai ne aveva compiuti dieci... e mi ha detto che non ero sua madre. Sua madre era una donna che lui chiamava Deirdre. Né lui né Seth hanno voluto parlarmi di chi fosse questa donna. Tutto quello che sono riuscita a sapere era il suo nome. Seth giurava che non avevano una relazione sentimentale, ma ora, a pensarci bene, ho l'impressione che io e Deirdre siamo sempre state in contesa per Seth e per Ryan, senza neanche mai esserci incontrate.»

«Rosie non ha mai incontrato Deirdre Velis?» si informò Josie. Diede una rapida occhiata alle sue spalle. Noah era sulla riva e stava parlando con Gretchen.

«Può darsi che l'abbia incontrata, ma era troppo piccola per ricordarsene.» spiegò Mira. «Oppure può non avermelo mai detto. Non so cosa pensare. Ma Rosie è tutta mia.» Abbassò lo sguardo sul viso della sua bambina, che dormiva profondamente, e le accarezzò la guancia.

«E invece con Rosie... Seth le ha dato il permesso di tenersela?» le chiese Josie.

«Sono stata con lei quasi tutto il tempo finché non è andata a scuola. Nemmeno io riuscivo a credere di aver convinto Seth ad acconsentire a mandarla a scuola. April mi ha dato una mano e io gli ho promesso che mi sarei assicurata che mangiasse solo cose che lui approvava. Fino ad allora se l'era portata via qualche volta quando era piccola, ma mai per più di qualche settimana. Ma vivevo comunque nel terrore più assoluto che se la portasse via per sempre come aveva fatto con Ryan.»

La caviglia dove Josie aveva ricevuto la sassata cominciava a pulsare dopo essere stata in piedi così a lungo. Sapeva che non era rotta, ma ci sarebbero volute una o due settimane perché smettesse di farle male. «Ed è quello che Seth ha fatto una volta che April ha chiamato i Servizi Sociali. Gliel'ha portata via, vero?»

Mira tirò su con il naso. «Sì. Col senno di poi, April ha fatto bene a chiamarli, ma in questo modo ho perso anche la mia Rosie. Per giunta, di punto in bianco, April ha smesso di parlarmi. Avevo sempre saputo che pensava che fossi uno straccio per come si erano messe le cose con Seth e Rosie, ma stavamo iniziando a diventare amiche. Aveva perso la testa per Rosie nel momento stesso in cui l'aveva vista. Mi ha parlato solo due volte dopo che Seth me l'ha portata via.»

«Non ha mai parlato di Ryan ad April?»

Mira si guardò i piedi. «No. Ero troppo imbarazzata. Senza contare che, in tutta la vita di mio figlio, l'avevo visto solo un paio di volte. Non è mai stato veramente mio.»

«Quando April è venuta a parlare con lei dopo che Seth le

aveva portato via Rosie a Hillcrest, era per la scomparsa di Shane Foster, vero?» chiese Josie. «Lei era presente la notte in cui è morto?»

Mira scosse la testa, senza azzardarsi a incrociare lo sguardo di Josie. «No. Me lo hanno raccontato in seguito. Seth aveva chiesto ad April di portare Shane al parco in modo che lei potesse dimostrargli che non aveva fatto la spia su di lui. Il fatto che mia sorella si frequentasse con un poliziotto restava comunque un problema, era la cosa peggiore che potesse capitare, secondo Seth. Perciò aveva pensato che, se April lo avesse presentato a Shane come il fidanzato di sua sorella, avrebbero potuto bersi una birra in riva al lago e lui avrebbe potuto capire cosa sapeva Shane su di lui. Le cose non sono andate molto bene. Shane ha capito praticamente subito che c'era qualcosa che non andava. April era troppo spaventata e non riusciva a nasconderlo. È scoppiata una specie di discussione. Seth è salito sul suo furgone per andarsene, ma anziché andarsene ha cercato di investire sia Shane che April. Lei è riuscita a scansarsi, ma Shane non ce l'ha fatta.»

«April aveva troppa paura di Seth per raccontarlo a qualcuno.» aggiunse Josie.

«Seth l'ha costretta ad andare con lui a seppellire Shane. Subito dopo l'accaduto, mia sorella era talmente sotto shock che non riusciva a ragionare. Senza contare che Seth aveva appena cercato di uccidere anche lei. Una volta che hanno finito, è svenuta. Non sapeva nemmeno dove Seth li avesse portati. Ha detto che un attimo prima era in piedi vicino al lago mentre Shane e Seth litigavano e l'attimo dopo era in mezzo al bosco, nel buio più pesto ad aiutare Seth a far rotolare il corpo senza vita di Shane in una buca scavata nella terra. Quando sono tornati, April ha capito che era andata a cacciarsi in un guaio da cui non sarebbe riuscita a uscire. Era andata troppo oltre. Non aveva cercato di allontanarsi da Seth in nessun momento del viaggio, nemmeno quando si erano fermati a fare benzina. Seth era riuscito a convincerla che sarebbe andata in prigione, che avrebbe perso la licenza di insegnamento e, cosa anche peggiore, che nessuno avrebbe più rivisto Rosie. Ho sentito la stessa storia da entrambi e nemmeno io l'ho raccontata a nessuno.»

Un camion si mise a rombare nelle vicinanze. Mitch Brownlow se ne stava andando con la sua barca, ora che il suo lavoro era finito. Josie si tolse dei batuffoli di *Erechtites hieraciifolius* dalla maglietta. L'ammissione di Mira di aver sempre saputo della sorte di Shane Foster e di non averlo detto alle autorità avrebbe sicuramente comportato ulteriori accuse.

Come se le stesse leggendo nel pensiero, Mira disse: «Lo confesso. Qualunque cosa mi succederà adesso, non mi interessa. L'unica cosa di cui mi importa è che Rosie sia al sicuro.»

«Ha detto di aver parlato con April due volte dopo che lei aveva chiamato i Servizi Sociali.»

Mira fece scorrere una mano su e giù per il braccio della sua bambina. «La seconda volta è stata quando è venuta da me prima che mi trasferissi a Denton per dirmi che aveva pagato per far fare un controllo online su Seth. Diceva che aveva un fratello, Jonathan, e pensava che se fossi venuta a Denton e se fossi andata a parlare con questa persona, sarei riuscita a trovare Rosie.»

«È stato allora che le ha dato l'opuscolo?»

Mira spalancò gli occhi per la sorpresa. «Ehm, no. Non è stato allora. Ma aspetti, quindi l'ha trovato? Sotto il cassetto?»

«Il suo gatto non era esattamente al settimo cielo quando lo abbiamo fatto uscire dal mobile, comunque sì.»

«Infatti è per questo che l'ho messo lì sotto.» le spiegò Mira. «Il mio gatto non fa entrare nessuno nell'armadietto dove tengo il suo cibo.»

Josie spostò di nuovo il peso sentendo aumentare il dolore alla caviglia. «Quindi April si è messa in contatto con lei quando viveva ancora a Hillcrest e le ha detto che il fratello di

Seth viveva a Denton, però non è stato allora che le ha dato la brochure dell'Accademia, giusto?»

«Esatto. Quando mi sono trasferita qui sapevo solo che Seth aveva un fratello di nome Jonathan. Ho scoperto dell'Accademia dei Sentieri Tranquilli e mi sono iscritta lì. Non sapevo che tipo di rapporto avesse Seth con suo fratello, ammesso che di rapporti ce ne fossero, e non volevo che Jonathan spaventasse Seth dicendogli che mi ero tesserata all'Accademia. Quindi, non ho detto a nessuno che conoscevo Seth. Mi sono limitata a diventare una cliente e a sperare di entrare in contatto con lui a un certo punto. Era l'unica pista che avevo per trovare la mia Rosie.»

«Allora quand'è stato che April le ha dato l'opuscolo?» le chiese Josie.

«Parecchio tempo più tardi, in effetti. È stato circa un anno dopo che mi sono trasferita a Denton: si è presentata alla compagnia di assicurazioni per la quale lavoravo. Non so come abbia scoperto che lavoravo in quel posto, ma un giorno me la sono ritrovata davanti, che faceva finta di voler stipulare un'assicurazione. E io sono stata al gioco, facendo finta di avviare la pratica. Naturalmente non ha mai acquistato alcun piano e io non avevo idea che si fosse appena trasferita a Newsham.»

La visita alla compagnia di assicurazione di Denton doveva essere comparsa sui dati del GPS estratti dall'auto di April quando Heather aveva condotto le sue indagini, ma non avrebbe fatto scattare nessun campanello d'allarme considerando che era una cosa più che normale stipulare un contratto di assicurazione e, poiché alla fine April non aveva acquistato nessun piano in quella compagnia, la Loughlin non avrebbe avuto alcun motivo per indagare.

Mira sospirò. «April era un disastro.»

«In che senso?» chiese Josie.

«Era consumata dal senso di colpa per Shane. Voleva confessarlo, ma non voleva andare in prigione. Senza parlare del fatto che non era in grado di tornare al luogo in cui lei e Seth lo avevano seppellito. Era notte fonda quando avevano chiuso la buca e, come le ho detto, era disorientata dopo aver perso i sensi. Ma era convinta che fosse da qualche parte nella proprietà del fratello di Seth. Voleva confessare tutto alla polizia e dire loro di perlustrare il terreno dell'Accademia dei Sentieri Tranquilli.»

«Ma rimaneva ancora in sospeso la questione di Rosie...» le fece notare Josie.

Mira accarezzò con tocco leggero la testa della figlia. «Infatti. April era decisa più che mai a trovare Rosie, ma temeva che Seth l'avrebbe uccisa se si fosse sentito messo alle strette. Nessuna di noi due credeva che la polizia sarebbe riuscita a trovarli. Senza offesa. A quel punto non ci eravamo ancora messe in contatto con Seth. Sono riuscita a convincere April che, se fosse andata alla polizia per parlare di Shane avrebbe ottenuto soltanto di rovinare la vita di tutti quanti e ogni possibilità di ritrovare Rosie. Così le ho detto che Seth era stato aiutato da un'altra donna, ma non le ho mai detto di Ryan. L'ho pregata di aspettare un altro po' di tempo. Volevamo trovare un modo per allontanare Rosie da Seth senza finire entrambe in prigione. Ma non sapevamo come fare.»

Con la coda dell'occhio, Josie vide che Noah e Gretchen si erano spostati più vicino a loro, mettendosi a portata d'orecchio. «È stato allora che le ha dato la brochure con il biglietto?»

«No. Qualche mese più tardi mi ha fatto recapitare quella busta allo studio. Stava diventando impaziente. Credo che il senso di colpa la stesse divorando. Era il suo modo di dirmi che era sicura che Shane fosse sepolto da qualche parte nella proprietà dell'Accademia dei Sentieri Tranquilli e che dovevamo dirlo alle autorità.»

«In altre parole, cercare di ritrovare Rosie non era più la sua priorità.» dedusse Josie.

«Non lo so se era davvero così, ma è la stessa impressione che ho avuto anch'io. A quel punto, io avevo iniziato a fare visite regolari a Seth, Rosie e a Ryan ai Sentieri Tranquilli, cercando di instaurare un rapporto di fiducia con loro. Stavo cercando di trovare un modo per convincere Seth a restituirmi la mia bambina. Ero riuscita a mettere da parte una bella somma, con cui sarei riuscita a sostenere la causa che avrei avviato per ottenere la custodia. E dato che non ero presente la notte in cui Shane era morto, contavo sul fatto che Seth non avrebbe giocato quella carta. Ma Ryan era così arrabbiato. Avevo più paura di lui che di Seth. Ogni volta che Seth sembrava disposto ad accettare che io mi riprendessi Rosie, quando si ripresentava la settimana successiva aveva cambiato idea. Mi dava come l'idea che qualcuno lo dissuadesse. Ryan, o quell'altra donna, non saprei. Quando ho provato a cercare April per metterla al corrente del mio piano, era già stata rapita.»

«Non aveva idea che fosse stato Ryan a rapirla?» disse Josie.

«All'inizio no, ma poi mi sono resa conto che una volta avevo detto a Rosie che, quando finalmente sarei andata a prenderla, avrebbe potuto rivedere anche la zia April, perché non viveva molto lontano. Posso immaginare che Rosie se lo sia lasciato sfuggire, ma quando mi sono confrontata con Seth, non aveva idea di cosa stessi parlando. E allora, quando l'ho accusato di averla rapita, lui ne è rimasto sconcertato.»

«Perché non era con suo padre che Rosie si era lasciata sfuggire che un giorno sarebbe tornata a stare con sua madre e la zia April...» concluse Josie, «ma con suo fratello.»

Una lacrima scivolò sul viso di Mira. «Esatto. La settimana successiva, Rosie mi ha detto che aveva sentito Seth e Ryan discutere di mia sorella. Seth continuava a dire che Ryan aveva fatto una cosa sbagliata e che doveva lasciarla andare. Li ho affrontati entrambi, senza perdere un minuto di più. Ho detto loro che avrei denunciato Ryan, che avrei chiamato la polizia e, beh...» distolse lo sguardo per concludere: «Ryan mi ha aggredita. Voleva uccidermi. La sola e unica cosa di cui gli è sempre importato era di proteggere suo padre. Seth è riuscito a farlo calmare, e non gli è stato facile. Ho mentito a entrambi e ho detto che se mi avessero restituito April, a me soltanto, non avrei detto nulla a nessuno e che avevo abbastanza influenza su di lei da convincerla a non dire nulla a sua volta. Proprio come non aveva detto nulla di Shane. Alla fine, ci hanno creduto. Ma poi, quando me l'hanno portata e ho visto in che condizioni era ridotta...»

Un singhiozzo le salì alla gola e si premette una mano sulla bocca. Rosie si agitò, ma non si svegliò.

Josie si accorse che i paramedici si stavano avvicinando. «Ryan vi ha accoltellato entrambe.»

Mira annuì. «Quando me l'hanno portata, io... io non ero preparata a quello che avrei visto. Ho finito col perdere la testa e ho iniziato a urlare contro Ryan, chiedendogli come avesse potuto farle una cosa del genere. E poi ho urlato contro Seth, chiedendogli come avesse potuto permettere a Ryan di ridurla in quel modo, chiedendogli che razza di figlio aveva cresciuto! A quel punto, Ryan ha deciso che il nostro accordo era saltato, che non mi avrebbe restituito April. Lei deve averlo sentito perché è scappata via. O diciamo che ci ha provato. Riusciva a malapena a camminare. Deve aver consumato tutte le energie che le erano rimaste per fare quegli ultimi passi. Ryan l'ha seguita. Era in preda al furore. Aveva quell'arnese in mano. Ho cercato di fermarlo. Voglio dire, non c'era alcuna possibilità che April costituisse una minaccia, ma lui non ragionava più. Seth alla fine è riuscito ad allontanarlo, ma ormai era troppo tardi. Era più preoccupato di allontanare Ryan da quel posto che di me e mia sorella.»

«Così lei ha caricato April in macchina e poi si è fermata per cercare di prendere Rosie.»

Con un'altra crisi di pianto, Mira proseguì: «Mi aveva disegnato la mappa qualche settimana prima. Non era da molto che si erano accampati in quel posto, ma mi aveva spiegato come meglio aveva potuto dove si trovavano. Ero già andata a controllare, ma quando ho accostato, mi girava la testa e c'era tanto di quel sangue. Sapevo di non poter andare fino alla riva, farmela a nuoto fino all'isoletta e tornare indietro con la mia bambina. April stava morendo dissanguata. Poi c'è stato l'incidente e... mi dispiace di avervi mentito.»

«Sapeva dov'era Rosie quando abbiamo parlato con lei in ospedale...» le fece notare Josie. «Avremmo potuto salvarla quel giorno.»

Un paramedico salì sull'ambulanza e iniziò a controllare i parametri vitali di Mira, seguito subito dopo da Sawyer che, passandole accanto, toccò la spalla di Josie, prima di mettersi insieme al collega a discutere se fosse il caso di far salire Rosie sull'altra ambulanza.

L'attenzione di Mira era ancora concentrata su Josie. Fece una risata amara. «In qualsiasi altro giorno della mia storia con Seth, sarebbe tornato immediatamente qui, avrebbe preso Rosie e se ne sarebbe andato. Non avrei mai pensato, nemmeno in un milione di anni, che sarebbero rimasti in questo posto, pensavo che se ne fossero andati da un pezzo. Il giorno dopo, Ryan mi ha seguita mentre andavo da casa di Bobbi a casa mia. Mi ha portato dei fiori, come se questo potesse rimediare a ciò che aveva fatto. È veramente malato. Penso che quella donna lo abbia distrutto più di quanto abbia fatto con Seth. Non era dispiaciuto. Voleva solo assicurarsi che non lo denunciassi. Mi ha detto che Seth e Rosie se ne erano andati e che, se volevo tenere Rosie in vita, dovevo tenere la bocca chiusa. Gli ho promesso che l'avrei fatto, ma temo che non mi abbia creduto, perché non appena se n'è andato da casa mia, è passato con il furgone e mi ha trascinata via dalla strada.»

«Lascia stare la bambina.» disse Sawyer al suo collega. «Andiamo e basta.»

L'altro paramedico iniziò a controllare che entrambe le pazienti fossero ben assicurate sulla barella. Mira diede un'ultima occhiata a Josie. «Grazie per aver salvato la mia Rosie.»

Josie annuì e si allontanò dal retro dell'ambulanza. Sawyer le fece un finto saluto mentre chiudeva i portelloni. «Alla prossima volta.» le disse.

No, pensò lei. La volta successiva non sarebbe stata così. Lo avrebbe invitato a cena, tanto per cambiare. In fin dei conti, era un membro della sua famiglia, anche se erano legati da una parentela tutta particolare.

Rimase a guardare l'ambulanza che si allontanava, oppressa dal peso della conclusione di quell'indagine e dall'orrore assoluto in cui li aveva catapultati. Poi Noah le posò una mano sulla schiena e il suo tocco le regalò un immediato senso di conforto dalla tristezza e dalla tensione della giornata. «Coraggio, andiamo a casa.» le disse.

SESSANTUNO

La voce di Noah la raggiunse dalla lavanderia alla cucina. Da dove si trovava, davanti al piano cottura, Josie lo poté vedere di profilo nel momento in cui gettava un carico di vestiti bagnati nell'asciugatrice. «Sei riuscita a parlare con tua sorella?» le chiese lui.

«Sì. E tu?»

«Sì...» disse Noah con una risata. «Figurati se riesce a tenere un segreto.»

Josie sorrise tra sé e sé senza distogliere lo sguardo dalle patate che bollivano. Trinity era stata a dir poco entusiasta quando avevano parlato al telefono.

«Ti ha detto perché i tuoi genitori hanno voluto fare questa cena di famiglia stasera?» le domandò Noah. Lei riuscì a sentirlo che girava le manopole dell'asciugatrice.

«Sì.» In effetti Trinity glielo aveva detto nel momento stesso in cui aveva saputo la grande notizia. I loro genitori, Shannon e Christian Payne, si stavano trasferendo a Denton. Se volevano fare i nonni, naturalmente ammesso che a Josie e a Noah fosse stata data l'idoneità all'adozione, non volevano abitare lontano. Trinity le aveva detto che lo avrebbero annunciato quella sera stessa a cena; la prospettiva aveva riempito Josie di entusiasmo misto a una strana sorta di nervosismo. Non era ancora stato scongiurato il rischio che non ottenessero l'idoneità per l'adozione, magari perché erano loro che non rispondevano pienamente ai requisiti necessari per procedere o magari perché ci sarebbero voluti ancora anni per trovare un bambino adatto a loro.

La visita al domicilio da parte dell'incaricata dell'agenzia di adozione era stata riprogrammata tre settimane più avanti, ma questo non serviva ad attenuare il nervosismo di Josie.

«Dobbiamo sembrare sorpresi.» ribatté lei.

Spense il fornello e trasferì la pentola nel lavandino, dove cercò di svuotare l'acqua senza far cadere le patate nella buca, spostando leggermente il coperchio in modo da creare una piccola apertura da cui lasciare defluire l'acqua. In quel momento una fitta lancinante le attraversò la punta delle dita e, con un gridolino, lasciò cadere la pentola con l'acqua ancora bollente nel lavandino. Le morbide patate a fette caddero fuori. Anche il coperchio di vetro finì nella buca. Il liquido sfrigolante schizzò verso l'alto. Con un altro grido, Josie fece un salto all'indietro, grata che né l'acqua bollente né le patate l'avessero raggiunta. Trout, che se ne stava sdraiato vicino alla porta sul retro, saltò in piedi e cominciò ad abbaiare. Abbaiava spesso quando Josie era agitata, quando si faceva male o quando era spaventata; anche se non si rendeva conto di quello che stava succedendo, capiva solo che qualcosa non andava bene.

Josie chiuse le dita scottate nel palmo dell'altra mano, trasalendo per il dolore che aumentava di intensità a ogni secondo. «Va tutto bene, bello...» disse al cane, ma lui non le credette. Stava ancora abbaiando quando Noah si precipitò di corsa in cucina, spostando lo sguardo da Josie a Trout e di nuovo a Josie.

Lei alzò la mano. «Mi sono scottata.»

«Va tutto bene, Trout.» disse al cane, che si zittì immediatamente, ma continuando a sorvegliare attentamente la padrona, con gli occhi marroni che catturavano ogni suo movimento e le punte delle orecchie sull'attenti. «Fammi dare un'occhiata.»

Josie lasciò che Noah le prendesse la mano tra le sue. La pelle dell'indice e del medio era di un rosa acceso. «Mi sembra che stiano andando a fuoco.» disse a denti stretti.

Noah la condusse di nuovo al lavandino e aprì l'acqua fredda.

Il pentolone che le era caduto pochi secondi prima sfrigolò sotto il getto, rilasciando un'altra nuvola di vapore denso. «Fai attenzione...» si raccomandò lei. «È proprio così che mi sono scottata.»

Lui lasciò scorrere l'acqua fredda, tenendole delicatamente la mano. «L'acqua bollente ti è schizzata sulla mano?»

«No, non l'acqua, il vapore. Stavo cercando di scolare l'acqua dalla pentola per poter schiacciare le patate. Ho usato il coperchio per cercare di non far fuoriuscire le patate mentre facevo scorrere l'acqua e credo di non averlo tenuto bene... il vapore mi ha semplicemente...» concluse la frase lasciandosi sfuggire un fiume di imprecazioni.

Noah le guidò la mano sotto l'acqua fredda e nel giro di pochi attimi il bruciore insopportabile si attenuò.

«Tienila lì. Almeno venti minuti.»

«Venti minuti?» esclamò Josie, sentendo che faceva scorrere un cassetto e apriva e richiudeva un mobile e poi iniziava a ripescare patate spappolate dal lavandino con una spatola per depositarle in una ciotola.

Josie sospirò, tenendo le dita sotto l'acqua gelida. «Non credo che riusciremo a recuperarle.»

«Certo che le recuperiamo...» le rispose Noah con un sorriso. «Il lavandino era pulito e non ti si è squamata la pelle qui dentro. Almeno, non mi sembra da quello che riesco a vedere, comunque.»

Lei gli diede un colpetto col fianco contro il suo. Apprezzava che stesse cercando di sdrammatizzare, ma il semplice fatto di aver rovinato quella piccola parte della cena che aveva accettato di preparare e di essersi pure fatta male nel tentativo, le sembrava una sconfitta epocale.

Erano passate due settimane da quando avevano sparato a Ryan Lee durante il salvataggio di Mira e Rosie Summers. Ryan era sopravvissuto, lo avevano ripreso per i capelli, ma Josie non riusciva a smettere di pensare a quel povero ragazzo e, nonostante la forza d'animo e l'equanimità di Noah, sapeva che anche lui continuava a rivivere nella sua testa, in ogni attimo di tranquillità di tutti i giorni, il momento in cui gli aveva sparato.

In qualche modo Ryan se la sarebbe cavata, ma avrebbe trascorso il resto della sua vita in prigione. Non che il modo in cui era cresciuto giustificasse l'omicidio di April Carlson o gli altri crimini che aveva commesso, ma restava il fatto che non aveva mai avuto la possibilità di condurre una vita normale.

Alcuni casi colpiscono più duramente di altri e permangono a lungo anche dopo che vengono risolti.

L'unico risultato positivo di tutta la vicenda era stato che Rebecca e Jonathan Lee avevano accettato di accogliere la piccola Rosie in casa loro e sebbene Josie non fosse entusiasta del fatto che Jonathan fosse uno dei tutori della bambina, confidava nel fatto che Rebecca si sarebbe presa cura di lei e nel fatto che vivere giorno dopo giorno al fianco di una psicologa che l'avrebbe aiutata a superare tutti i danni che le erano stati inflitti nella sua giovane vita fosse una grandissima fortuna per lei.

Aveva fatto visita ai Lee al loro maneggio proprio il giorno prima e aveva trovato Rosie che seguiva Rebecca, raggiante per la curiosità e per la sua ritrovata libertà. Aveva mostrato a Josie la sua nuova stanza, i suoi nuovi vestiti e le aveva raccontato tutto di quello che Rebecca e Jonathan le avevano preparato da mangiare nel breve periodo in cui era stata con loro, e poi le aveva raccontato di tutte le cose che avrebbe fatto in futuro, dato che finalmente viveva con una famiglia vera. «Sono così normale adesso.» le aveva detto la bambina con aria divertita.

Sentirle dire una cosa del genere aveva dato una gran gioia a Josie e allo stesso tempo le aveva spezzato il cuore.

«Josie...» la chiamò Noah. «Che ti succede?»

La voce le si abbassò. «Per la miseria, Noah. Non riesco nemmeno a maneggiare una pentola d'acqua bollente. L'unico motivo per cui Trout non si è fatto male quando l'ho fatta cadere e l'acqua ha schizzato dappertutto è che si era messo laggiù e non accanto ai miei piedi dove sta di solito...»

Abbandonando il salvataggio delle patate, Noah le passò una mano intorno alla nuca e la tirò a sé per darle un bacio intenso. Poi appoggiò la fronte contro la sua. Con la mano libera le spostò le dita sotto il getto d'acqua che cadeva. «Ti stavo prendendo in giro l'altro giorno...» sussurrò. «Ti ho visto gestire situazioni che avrebbero spezzato la maggior parte delle persone. Pentole e padelle non avranno mai la meglio su di te.»

Josie scoppiò a ridere, a lungo e con forza, tirando indietro la testa da quella di Noah per poterlo guardare negli occhi nocciola. Era bello ridere insieme dopo i giorni passati a scavare tra i rottami che Seth, Ryan e Deirdre si erano lasciati alle spalle. «Pentole e padelle non avranno mai la meglio su di te?» ripeté.

Un sorriso si allargò sul suo volto. Uno di quei sorrisi che Noah conservava solo per lei. Le lasciò il collo e si rimise a recuperare le patate, aggiustandole di nuovo la mano sotto l'acqua corrente in modo che le dita rimanessero sotto lo spruzzo gelido. «Non glielo permetterò.»

Rovistò nel lavandino nel tentativo di recuperare ciò che restava delle patate mollicce e quando ne ebbe tirata su una manciata le rimise le dita sotto il rubinetto ancora una volta. «Solo qualche minuto ancora...» le disse. Josie non sentiva più la mano e, come promesso, pochi istanti dopo Noah gliela spostò delicatamente lontano dal getto. Poi bagnò una salvietta, ne strizzò l'acqua in eccesso e gliela avvolse intorno alle dita.

Quindi la condusse al tavolo della cucina, tirando fuori una sedia per farla sedere.

Trout le si avvicinò, saltò sulle zampe posteriori e premette quelle anteriori sulla sua coscia, dandole un'annusatina per poi darle un colpetto al gomito. Josie avrebbe giurato di vedere una sincera preoccupazione nei suoi occhietti marroni. Con la mano buona gli diede una grattatina dietro le orecchie e lo rassicurò ancora: «Sto bene, bello. Dico davvero.» Il bruciore alle dita stava tornando, ma la salvietta fresca le dava un po' di sollievo.

«Pensavo che saresti stata contenta che i tuoi genitori si trasferissero a Denton...» disse Noah.

«Lo sono. Credo. È solo che mi dispiace pensare che stiano sradicando la loro intera esistenza per noi e per un bambino che forse non avremo mai.»

«Hai paura che li deluderemo.» precisò lui, senza sottintendere una domanda. «Josie, tuo padre mi ha detto anni fa che non vedevano l'ora di andare in pensione per potersi trasferire qui e stare più vicino a te.»

A quelle parole Josie si sentì investire da un'ondata di calore. «Dici sul serio?»

«Puoi scommetterci che dico sul serio. Josie, si sono persi i primi trent'anni della tua vita! Vogliono solo passare quanto più tempo possibile insieme a te. Se gli daremo il loro primo nipotino, loro ne saranno entusiasti... e noi saremo fortunati perché avremo un sacco di persone che ci daranno una mano... ma comunque vada tu non potresti mai deluderli.»

Josie abbassò lo sguardo su Trout, che la stava ancora guardando con attenzione. «Non lo so. Non hanno ancora assaggiato la mia cucina...»

Noah rise mentre le rimuoveva la salvietta dalla mano e guardava in che condizioni erano le dita. La pelle era di un rosso vivo. «Non ci sono vesciche.» constatò. «Penso che ti farà un male cane per un giorno o due, ma dovresti stare bene presto.»

«Non c'è niente che non mi faccia un male cane...»

Anche dopo diversi giorni, sentiva ancora vivi i dolori, le fitte e i lividi che le erano rimasti in tutto il corpo dopo lo scontro con Seth Lee e, soprattutto, dopo la sassata alla caviglia che Ryan le aveva tirato per disperazione. Si sporse in avanti e baciò dolcemente Noah. «Ma ti ringrazio lo stesso.»

«Sono sempre a disposizione...» sussurrò lui.

Lei guardò la ciotola in cui Noah aveva abbandonato le patate lesse recuperate.

«Che dici? È il caso di ordinare da asporto?»

Noah le diede una stretta a un ginocchio. «No. Riproviamoci.»

UNA LETTERA DA LISA

Cari lettori, vi ringrazio di cuore per aver scelto di leggere *L'ultimo segreto*. Se questo libro vi è piaciuto e se volete rimanere aggiornati su tutte le mie ultime uscite, vi invito a iscrivervi al seguente link. Il vostro indirizzo e-mail non verrà mai condiviso e potrete annullare l'iscrizione in qualsiasi momento.

italia.bookouture.com/subscribe/

Questo è il ventesimo libro della serie sulla detective Josie Quinn... e perfino io stessa stento a crederci! È stato un viaggio incredibile quello che, dal primo libro, *Le ragazze svanite*, e siamo passati da una Josie arrabbiata, abrasiva e amareggiata che risolveva i suoi problemi tracannando bottiglie di Wild Turkey, alla Josie di cui avete appena letto in questo libro, che è una donna molto diversa. È stato per me un piacere e un privilegio avere la possibilità di presentare ai miei lettori queste storie e di assistere alla crescita e al cambiamento di Josie come personaggio. Sono grata a ogni singolo lettore e recensore che ha voluto cimentarsi con questa serie di romanzi, indipendentemente dal capitolo in cui ha raggiunto Josie nel suo viaggio.

E, parlando appunto di viaggi, Josie e Noah hanno appena iniziato il loro percorso per diventare genitori. Per poterlo descrivere in questo libro, mi è stato necessario fare molte ricerche sul tema dell'adozione, compito che mi ha permesso di imparare molto e di acquisire un rispetto ancora più profondo per tutte le parti coinvolte nel processo adottivo, che comprendono tanto i genitori naturali, quanto le famiglie adottive e tutte le persone che lavorano presso le agenzie che fanno da ponte tra i primi e i secondi. La mia speranza è quella di aver ritratto questo processo nel modo più accurato possibile. In ogni caso, eventuali errori o imprecisioni in questa rappresentazione sono da imputare interamente a me.

In aggiunta, vi prego di notare che due delle tre città che ho menzionato in questo libro descrivendo la contea di Bucks – vale a dire Hillcrest e Riddick – sono fittizie. Le ho inventate io. Non esistono.

Ancora una volta, vi ringrazio infinitamente per esservi dedicati a questa lettura. Vedere questa serie crescere e raggiungere un numero di appassionato lettori in costante aumento è stato immensamente gratificante. Mi fa sempre un grande piacere ricevere e leggere i commenti dei miei lettori, vecchi e nuovi che siano. Perciò, se lo desiderate, potete mettervi in contatto con me attraverso il mio sito web o uno qualsiasi dei social media che trovate qui sotto, oltre alla mia pagina Goodreads.

Inoltre, vi sarei molto riconoscente se voleste lasciare una recensione e se poteste consigliare *L'ultimo segreto* o altri capitoli della serie su Josie Quinn ad altri lettori. Le recensioni e le raccomandazioni attraverso il passaparola non cessano mai di essere uno strumento prezioso nell'aiutare i lettori a scoprire i miei libri per la prima volta. Vi ringrazio ancora dal profondo per la dedizione e l'entusiasmo che dimostrate per questa serie. Josie e io vi siamo molto riconoscenti e speriamo di vedervi la prossima volta!

Grazie,

Lisa Regan

RINGRAZIAMENTI

Cari straordinari lettori: abbiamo raggiunto un traguardo straordinario e lo abbiamo fatto insieme! Siamo al ventesimo libro di questa serie! Non esistono abbastanza parole per esprimere la gratitudine che provo verso ognuno di voi! Siete i migliori lettori del mondo!

Vi ringrazio con tutta me stessa per la costante fedeltà che dimostrate verso questa serie. Il vostro trasporto nei confronti di Josie e della sua squadra mi fa sentire di non meritarvi.

L'entusiasmo e il coinvolgimento, imperituri e implacabili, che mi riconfermate un libro dopo l'altro rendono la scrittura di questa serie una delle più grandi gioie della mia vita. Sono sempre contenta di sentire le opinioni di ciascuno di voi e apprezzo molto tutti i messaggi, i commenti, le e-mail e i contatti privati con i quali vi mettete in contatto con me.

Un grazie speciale va ai membri della mia Reader Lounge, che continuano a tenere in piedi uno spazio online pieno di gentilezza, di buon umore, di incoraggiamento e di rispetto reciproco, celebrando al contempo il rispettivo amore per la lettura e per tutto il mondo che circonda Josie, e di cui faccio tesoro.

Ringrazio, come sempre, mio marito Fred, che è sempre presente per qualsiasi cosa di cui io abbia bisogno. A seconda delle esigenze del momento, mi offre il suo aiuto con le ricerche, con lo sviluppo della trama o con l'ideazione di indizi di depistaggio (per esempio, l'idea del cucchiaio riposto tra le pieghe del tovagliolo è una sua creazione!); in altre occasioni mi offre parole di incoraggiamento e di conforto; altre volte ancora resta al mio fianco semplicemente per ricordarmi di dormire di più e per assicurarsi che io mangi a sufficienza! Insomma, tutto questo fa parte del suo modo di assicurarsi che io mi senta in grado di portare a termine la versione migliore possibile del libro che sto scrivendo. Voglio poi ringraziare mia figlia, Morgan, per avermi dato la brillante idea di usare il disegno fatto da un bambino come indizio per portare avanti le indagini. Come sempre la ringrazio tanto anche per aver sacrificato così tutto quel tempo che avrebbe potuto passare con sua madre e per essersi dimostrata immancabilmente e incredibilmente solidale e per aver sempre saputo cosa dire per farmi ridere e per farmi rilassare! Sei perfetta. Non cambiare mai.

Voglio ringraziare poi la mia favolosa assistente, nonché amica e prima lettrice, Maureen Downey, che tiene in equilibrio così tanti piatti per darmi modo di fare quello che devo fare. Non posso che descriverla come una rockstar o come una supereroina e le voglio un mondo di bene. Grazie alle mie prime lettrici e grandissime amiche: Katie Mettner, Dana Mason, Nancy S. Thompson e Torese Hummel. Le vostre intuizioni sono sempre fondamentali per far brillare ogni singolo libro!

Grazie a Matty Dalrymple e a Jane Kelly per essere state le prime a darmi il loro parere sulla trama! Ormai sono convinta che le nostre sessioni di riflessione potrebbero risolvere qualsiasi problema di narrazione!

Un altro grazie va alle mie nonne: a Helen Conlen e a Marilyn House; ai miei genitori: a Donna House, a Joyce Regan, al compianto Billy Regan, a Rusty House e a Julie House; ai miei fratelli e alle mie cognate: Sean e Cassie House, Kevin e Christine Brock e Andy Brock; e per finire alle mie adorabili sorelle: Ava McKittrick e Melissia McKittrick. Un grazie anche a tutti i soliti sospetti, che diffondono incessantemente la notizia: a Debbie Tralies, a Jean e Dennis Regan, a Tracy Dauphin, a Claire Pacell, a Jeanne Cassidy, a Susan Sole, alla famiglia Regan, alla famiglia Conlen, alla famiglia House, alla famiglia

McDowell, alla famiglia Kays, alla famiglia Funk, alla famiglia Bowman e alla famiglia Bottinger! Non so dirvi quanto sono riconoscente a tutti gli incredibili blogger e i recensori che seguono questa serie e che si prendono il tempo di leggere e di recensire ogni singolo libro; così come sono molto grata ai blogger e ai recensori che hanno scelto questo libro come primo capitolo della serie su Josie Quinn. Ci tengo a ringraziarli uno per uno per averle dato una possibilità!

Un ringraziamento, come sempre, va al tenente Jason Jay per tutto l'aiuto che mi ha fornito e per aver risposto a tutte le domande che gli ho posto. E che Dio lo benedica, perché stavolta ce ne sono state davvero una quantità enorme! Non potrò mai ringraziarlo abbastanza per la sua pazienza e per avermi guidato attraverso tanti scenari, un tentativo dopo l'altro, con tutte le variazioni del caso. È il migliore. Voglio poi ringraziare Stephanie Kelley, la mia fenomenale consulente in materia di forze dell'ordine, per tutto l'aiuto che mi ha dato e per aver sopportato molte delle mie assurde domande e degli scenari che le ho proposto. Grazie a Michelle Mordan e a Kevin Brock per aver risposto a tutti i miei dubbi sul pronto intervento! Grazie a Denene Lofland per il suo aiuto con la tipizzazione del sangue e l'analisi del DNA! Grazie a Megan Rodriguez, ad Alicia Jay e a Melissia McKittrick per aver risposto a tante delle mie domande sulle politiche e le procedure scolastiche e sul diritto educativo. Grazie a Meghann Chiappa e ad Alyssa Cole per la gentilezza, la generosità e la pazienza con cui hanno risposto alle moltissime domande che ho fatto sull'adozione. Apprezzo davvero molto l'aiuto di tutti loro. Grazie anche a mio cugino, Chris McAllister, per avermi aiutata facilitando alcune delle ricerche che ho condotto per questo romanzo!

Grazie a Jessie Botterill (siamo tornate, baby!) per la sua assoluta genialità che ha tirato fuori aiutandomi a trovare il cuore di questo libro e per avermi fatto superare tutte le complessità che mi impedivano di far funzionare tutti gli ingranaggi. Grazie per avermi concesso così tanto tempo in più pur di rendere questo libro il migliore possibile! Sei fantastica e non sai quanto ti adoro. Infine, ci tengo a ringraziare Noelle Holten, Kim Nash, Liz Hatherell e la correttrice di bozze Jenny Page, oltre a tutta la squadra di Bookouture.

www.ingramcontent.com/pod-product-compliance
Lightning Source LLC
Chambersburg PA
CBHW050958210726
48287CB00004B/1277